Heuvel & De Waal

Die fünf Farben des Todes

Ein Amsterdam-Krimi

Deutsch von
Monika Götze

Rowohlt
Taschenbuch Verlag

Die Originalausgabe erschien 2004
unter dem Titel «Spelen met Vuur»
bei Uitgeverij De Fontein, Amsterdam
Redaktion Jan Wielpütz

Deutsche Erstausgabe
Veröffentlicht im Rowohlt Taschenbuch Verlag,
Reinbek bei Hamburg, September 2005

Umschlaggestaltung any.way, Wiebke Jakobs
(Foto: Ullstein)
Satz Plantin PostScript (InDesign)
bei Pinkuin Satz und Datentechnik, Berlin
Druck und Bindung Clausen & Bosse, Leck
Printed in Germany
ISBN 3 499 24006 8

Für jeden, der höher springt,
schneller rennt, weiter geht,
und jeden, dem Mitmachen wichtiger ist
als Gewinnen.

— 1 —

Dort steige ich auf keinen Fall hinauf», weigerte sich der Apotheker C.J. van Ledden Hulsebosch beharrlich. Er stand mitten auf dem Nieuwendijk, die Arme vor der Brust verschränkt. Vor ihm stand ausgeklappt eine wackelige alte Leiter. «Das Ding hält nur die pure Verzweiflung zusammen. Das ist Selbstmord! Und sollten Sie mich dazu zwingen, wäre es sogar Mord! Eines verspreche ich Ihnen: Wenn ich dabei sterben sollte, werde ich Sie heimsuchen und für dieses Verbrechen einsperren lassen. Nur damit Sie's wissen!»

Fräulein Van Henegouwen seufzte tief. Inzwischen hatte sie sich zwar an die Marotten ihres Arbeitgebers gewöhnt, doch dieses Mal durfte sie nicht so einfach nachgeben – schließlich hatten sich die Inhaber der anderen Geschäfte bereits der Aktion angeschlossen.

«Alle hängen Fahnen für die Olympiade in der Straße auf, und wir werden es ebenfalls tun!», forderte sie fest entschlossen.

«Es heißt nicht einmal Olympiade», sagte Van Ledden Hulsebosch etwas beleidigt und rüttelte erneut an der Leiter, um zu beweisen, dass sie bei der kleinsten Belastung umfallen würde. «Die Periode zwischen zwei Olympischen Spielen, das ist die Olympiade. Nun ja, das wissen ohnehin nur die wenigsten Menschen, und es interessiert auch niemanden. Aschenbecher, Tassen, Lesezeichen … allesamt hat man sie mit einem Sprachfehler erster Klasse bedruckt: Olympiade! Und jetzt soll ich für diesen Unsinn auch noch eine Fahne aufhängen?»

Der Apotheker war absolut dagegen; Amsterdam war viel zu klein für ein solches Großereignis. «Los Angeles, ja, das wäre ein geeigneter Ort gewesen. Hatten die sich nicht auch beworben? Hollywood! Dort drehen sie ‹Ben Hur›; da bauen sie ein komplettes Kolosseum, wenn es sein muss. Warum veranstaltet man nicht dort diesen ganzen Unsinn!»

«Sie meckern und nörgeln den ganzen lieben, langen Tag, Herr Van Ledden Hulsebosch», sagte Fräulein Van Henegouwen, die allmählich die Geduld verlor.

«Habe ich nicht allen Grund dazu? Die Regierung bezahlt keinen Cent für diese Veranstaltung. Was glauben Sie wohl, wem hier das Geld aus der Tasche gezogen wird? Uns natürlich! Und von dem Geld bauen sie ein lächerliches Stadion, das keiner braucht.»

«Olympische Spiele müssen in einem Olympiastadion abgehalten werden», murrte Fräulein Van Henegouwen.

«Wir haben bereits ein Stadion.»

«Das ist zu klein.»

«Nein, es ist überhaupt nicht zu klein. Alles Lug und Trug! Niemand weiß genau, wie viel Plätze in dem neuen Stadion sein werden. Das ist doch merkwürdig, oder? Ich glaube, man verschweigt uns etwas, und ich habe auch eine Vermutung, was es ist: In das neue Stadion werden weniger Leute reinpassen als in das alte.»

«Das wissen Sie nicht mit Sicherheit.»

«Ich weiß es sogar mit großer Sicherheit, denn ich habe es ausgerechnet. Aber mir will ja keiner zuhören; alle stehen sie nur da und jubeln über diese stumpfsinnigen Olympischen Spiele. Sehen Sie sich doch nur einmal an, worum es dabei eigentlich geht. Da sind erwachsene Leute, die Speere werfen … und zwar nicht, weil sie auf der Jagd sind, sondern nur weil sie dieses Stück Holz möglichst weit werfen wollen. Das Einzige, was der Speer trifft, ist der Boden. Völliger Unfug! Und dann erst diese Kerle, die Diskusse schleudern, oder die Gewichtheber …» Van Ledden Hulsebosch schüttelte den Kopf.

Fräulein Van Henegouwen sah ihn mit einem ermunternden Lächeln an. «Was soll es denn nun werden? Steigen Sie die Leiter hinauf oder nicht?»

Inzwischen hatten sich die anderen Ladenbesitzer in den Eingängen ihrer Geschäfte versammelt und genossen das Treiben mit einem spöttischen Lächeln. Sie wussten alle sehr wohl, dass der Apotheker keinen Sinn für Sport hatte. Nun probte er auf offener Straße einen kleinen Aufstand, weil er eine Leiter hinaufsteigen sollte. Ein köstlicher Anblick.

«Sie stellen sich wirklich an!», schimpfte Fräulein Van Henegouwen erneut und faltete eine große Fahne mit den fünf olympischen Ringen darauf auseinander. Die Fahne sollte zwischen Hausnummer 17 und 18 aufgehängt werden, wo bereits die orangefarbene Standarte des Könighauses hing.

«Königin Juliana unterbricht noch nicht einmal ihren Urlaub in Norwegen, um die Spiele zu eröffnen», beklagte Van Ledden Hulsebosch. «‹Dann sollen sie das Ganze meinetwegen verschieben›, hat sie gesagt. So *wichtig* sind diese Spiele also! Dass ich nicht lache!»

Der Apotheker trat einen Schritt zurück, doch seine Haushälterin versperrte ihm, die Fahne schräg vor der Brust, den Weg.

«Sie steigen jetzt auf diese Leiter und binden die Fahne fest. Sonst gehe ich, und Sie bekommen heute Abend nichts zu essen», drohte sie ihm.

Van Ledden Hulsebosch öffnete den Mund, um etwas zu erwidern. Der stechende Blick, mit dem Fräulein Van Henegouwen ihn ansah, belehrte ihn aber eines Besseren, und so schwieg er. Voller Angst und mit deutlichem Widerwillen stieg Van Ledden Hulsebosch die Leiter hinauf. Auf halber Höhe drehte er sich herum und nickte mit einem Lächeln den Ladenbesitzern zu, die noch immer auf der Straße standen und ihm feixend zusahen. Das war also der große Ermittler, der so beeindruckende Arbeit bei der Aufklärung des rätselhaften Mordes an einem Revuestar geleistet hatte. Und nun stand er vor aller Leute Augen mit wackeligen Knien auf einer kippeligen Leiter mit der olympischen Fahne über der Schulter.

Während der letzten Wochen war Van Ledden Hulsebosch voller Verachtung durch seine eigene Straße gegangen. Jeder versuchte, einen Vorteil aus den Spielen zu ziehen. Der Bäcker, Van Iersel, bot neuerdings «Olympisches Gebäck», wie er es nannte, in seiner Étalage an. Außerdem verkaufte er Plätzchen, die er «Olympiadetjes» getauft hatte. Und im Schaufenster von Borchels Kramladen standen Keksdosen, Teedosen, Kaffeedosen oder gar Zigarrenschachteln mit Art-déco-Abbildungen von Sportlern darauf. Auch wenn bis zum ersten Startschuss noch einige Wochen vergehen würden, hatten die Spiele die Stadt bereits in ihren Bann gezogen.

«Ein bisschen weiter nach links. Nein, das ist zu viel. Etwas zurück. Jetzt hängt sie gut. So lassen. Wunderbar!», kommandierte Fräulein Van Henegouwen. «Sollen wir nicht auch unser Schaufenster ein wenig umdekorieren?»

Behutsam kletterte Van Ledden Hulsebosch die Leiter hinab, wobei er sich so krampfhaft an den Sprossen festklammerte, dass seine Knöchel weiß wurden. «Eine Apotheke hat kein Schaufenster und meine schon gar nicht. Habe ich mich deutlich ausgedrückt?» Van Ledden Hulsebosch warf seiner Haushälterin einen wütenden Blick zu, doch die ließ sich nicht von ihm beeindrucken.

Als wäre sie taub, sagte sie: «Vielleicht etwas aus Lakritz in den olympischen Farben. Ja, das würde gut aussehen: Blau, schwarz, rot, grün und gelb. Kinder sind ganz wild auf bunte Süßigkeiten!»

«Fräulein Van Henegouwen, lassen Sie meine Apotheke in Ruhe! Ich bin kein Süßwarenladen! Außerdem ist Lakritz schwarz – das ist schon seit Jahrzehnten so und wird sich bestimmt nicht wegen dieser unsinnigen Sportveranstaltung ändern!»

Van Ledden Hulsebosch drehte sich um und stiefelte in sein «Heiligtum». Am liebsten hätte er sich in seinem Labor eingeschlossen und gewartet, bis dieses fürchterliche Spektakel vorbei war. Leider hatten die Organisatoren mit ihren fossilen Hirnen den Plan gefasst, die Spiele in zwei Teilen abzuhalten, was das Ganze noch verschlimmerte. In ein paar Wochen sollte zuerst die große olympische Hockey- und Fußballmeisterschaft stattfinden, danach eine kurze Pause und dann, fast einen Monat lang, Schwimmmeisterschaft, Wettrennen, Boxkämpfe und Radmeisterschaften. Er wollte nichts damit zu tun haben. Van Ledden Hulsebosch stampfte schmollend in das Labor und schrie seinen freundlichen, von Natur aus sehr schweigsamen Assistenten Vreugdenhil an, er solle nur ja die Klappe halten.

Der Nieuwendijk und die Kalverstraat sahen prächtig und farbenfroh aus. Fräulein Van Henegouwen war begeistert von dem gigantischen Aufwand. An fast allen Häusern hingen bunte Fahnen, und die Schaufenster waren reich dekoriert. Die Stadt hatte sich beinahe über Nacht in einen quirligen Jahrmarkt verwandelt, und in den kommenden Tagen würde es noch aufregender werden, wenn die Sportler, die Funktionäre und die ausländischen Zuschauer nach Amsterdam strömen würden.

Die neunte Olympiade, wie sie der Volksmund nannte, war eine komplizierte Angelegenheit. Fräulein Van Henegouwen kannte zwar nicht alle Einzelheiten, doch ihr war nicht entgangen, dass man in den Niederlanden schon seit Jahren davon träumte, dieses Spektakel auszurichten. 1916 hatte noch der Weltkrieg getobt, und 1920 war Antwerpen die große Ehre zuteil geworden, weil die Belgier während des furchtbaren Krieges solch schreckliches Leid hatten ertragen müssen. Danach hätte eigentlich Amsterdam an der Reihe sein sollen, aber der Begründer der modernen Olympischen Spiele, Pierre de Coubertin, forderte vor seinem Abschied, Paris solle 1924 die Spiele organisieren. Eine große Enttäuschung. Doch die frühe Zusage, die Niederlande würden nach Paris die Spiele bekommen, beruhigte die Gemüter schnell. Zuerst war Den Haag im Gespräch gewesen. Die günstige geographische Lage und die vielen Hotels für die internationalen Gäste hatten dafür gesprochen. Doch dann hatte Amsterdam die stärkere Lobby gehabt und den Zuschlag bekommen.

Fräulein Van Henegouwen war eine der Ersten gewesen, die ein Gästezimmer angeboten hatten. Die Organisation hatte zu wenig Unterkünfte für die Sportler, die von nah und fern anreisen würden. Und weil ihr Arbeitgeber ein großes Haus hatte, hielt sie es für angebracht, dort einem Athleten Unterschlupf zu bieten. Van Ledden Hulsebosch gegenüber hatte sie das bisher verschwiegen; es war noch nicht sicher, ob sie überhaupt einen Gast bekommen würden. Die Vorstellung, jemanden im Haus zu haben, der vielleicht eine Medaille gewann, erschien ihr großartig. Jemanden aus einem fernen Land, aus Malta zum Beispiel, oder einen Schwimmer aus Norwegen, oder einen Läufer aus Finnland. Sie würde dafür Sorge tragen, dass es ihm an nichts mangelte, und auf diese Weise ihren Teil zum Medaillengewinn beitragen. In ihren Tagträumen sah sie bereits, wie die Flagge bei der feierlichen Siegerehrung gehisst wurde und wie der Athlet eine Träne wegwischte, den Blick zur Tribüne richtete und ihr Gesicht suchte. Sie würde ihm mit einem weißen Handschuh zuwinken, und der Sportler würde nach Ablauf der Spiele sagen, dass er diese Leistung nie hätte vollbringen können, wenn nicht Fräulein Van Henegouwen so ausgezeichnet für ihn gesorgt hätte.

Dass nun zum ersten Mal auch weibliche Sportler teilnehmen durften, war der Haushälterin ein Dorn im Auge. Sie mochte keine sportlichen Frauen, weil sie so männlich wirkten. Deswegen hatte sie auf dem Formular auch geschrieben, dass sie «einen Sportler männlichen Geschlechts bevorzugen würde», wobei sie «keinerlei Bedenken wegen der Hautfarbe oder mangelnder Sprachkenntnis» hege. Wenn der besagte junge Mann vor ihrer Tür stünde, würde sie ihn liebevoll aufnehmen. Und wenn er erst einmal das Haus betreten hatte, würde ihn Van Ledden Hulsebosch sicherlich nicht mehr zurückweisen.

Jeden Tag ging sie bei dem Büro an der Weesperzijde vorbei, um sich nach dem Stand der Dinge zu erkundigen. Doch die Mühlen der Behörden mahlen langsam, und es war noch nicht bekannt, welchen Sportler sie – wenn überhaupt – beherbergen würde. Mit der Zeit wuchs in ihr das Gefühl, abgewimmelt zu werden. Die Organisation tat gerade so, als hätte sie genug Betten. Wie oft hatte sie schon erzählt, dass der Sportler bei ihr zu Hause – sie erwähnte nicht, dass das Haus eigentlich ihrem Arbeitgeber gehörte – eine fabelhafte Unterkunft haben würde, mit fließend Wasser, einem weichen Bett und mehr als drei Mahlzeiten pro Tag. Die Mädchen vom Organisationskomitee vertrösteten sie jedes Mal; sie würden sich bei ihr melden. Es war zum Verzweifeln.

Fräulein Van Henegouwen wurde unsanft aus ihren Tagträumen aufgeschreckt, als eine junge Frau ihren Arm packte. Sie hatte einen dunklen Teint und sprach nur gebrochen Niederländisch. Sie suche die Apotheke, stotterte die Frau nervös. Vielleicht braucht sie Medikamente, dachte Fräulein Van Henegouwen. Die Augen der Frau rollten Hilfe suchend umher, auf ihrer Stirn standen runde Schweißperlen – nicht vor Anstrengung, sondern ganz offensichtlich vor Angst. Sie müsse unbedingt den Apotheker sprechen. Fräulein Van Henegouwen handelte kurz entschlossen und führte sie zum Haus von Van Ledden Hulsebosch.

Der Apotheker hatte sich inzwischen hinter ein Mikroskop geflüchtet. Sein Nachbar, der Lebensmittelhändler Alex van Zulten, hatte ihn um einen Farbstoff für Salatöl gebeten. «Das Zeug verfärbt sich schon vom bloßen Anschauen», hatte er sich beklagt. «Die Leute wollen nun mal hellgelbes Öl, sonst meinen sie, es sei alt und ranzig. Ich schütte jede Woche mehrere Liter frisches Öl weg, nur weil es nicht die richtige Färbung hat.» Van Ledden Hulsebosch hatte versprochen, sich der Sache anzunehmen. Er hatte eine Reihe von Experimenten mit dem Salatöl durchgeführt und war inzwischen zu dem Schluss gekommen, dass Zitronensäure zwar den gewünschten Effekt erzielte, sich aber nicht gut mit dem Öl verband – von der Geschmacksveränderung ganz zu schweigen. Lieber hätte der Apotheker eine Mordwaffe untersucht, das Blut auf einer Klinge oder verdächtige Spritzer auf einem Oberhemd, doch die letzte Zeit war es in Amsterdam auffallend friedlich gewesen. Zweifellos eine weitere unangenehme Nebenwirkung dieser Sportveranstaltung; offenbar verbrüderte Sport tatsächlich. Der Kriminologe in Van Ledden Hulsebosch hätte es gern anders gehabt.

Er sah irritiert auf, als Fräulein Van Henegouwen das Labor betrat. Einen Augenblick lang dachte er, sie wolle ihn wieder mit Flaggen, olympischen Ballons oder anderem sportlichem Firlefanz belästigen. Dann bemerkte er die Frau, die sie in das Zimmer hineinführte. Die Frau sah ihn kurz an und sank dann langsam auf den Marmorfußboden.

«Vreugdenhil!», rief der Apotheker seinen Assistenten, und kurz darauf hatten die beiden die junge Frau auf einen der Tische gelegt. Unter ihren Kopf schoben sie einige zusammengefaltete Handtücher als Kopfkissen. Van Ledden Hulsebosch hielt Riechsalz unter ihre Nase. Während die Frau zu sich kam, musterte er sie aufmerksam; sie sah wie eine Inderin aus. Sie hustete einige Male, sah sich überrascht um und brach dann in ein untröstliches Schluchzen aus. Van Ledden Hulsebosch reichte ihr ein Glas Wasser und legte die Hand stützend unter ihren Kopf. Nach einigen Minuten hatte sie sich ein wenig beruhigt, war aber immer noch nicht im Stande zu sagen, was sie in die Apotheke geführt hatte.

«Sie sagte, sie müsse Sie sprechen», meinte Fräulein Van Henegouwen. «Sie war völlig aufgelöst. Allein wie sie sich an meinen Arm klammerte, als wäre ihre Hand ein Schraubstock. Ihre Fingerabdrücke sind immer noch an meinem Handgelenk zu sehen. Da, schauen Sie mal.»

Van Ledden Hulsebosch sprach fließend Französisch und sehr gut Deutsch, aber sein Englisch war nur mäßig. Dem aufgeregten Wortschwall der Inderin entnahm er nur, dass es um ihre Mutter ging, und ein Hotel war ebenfalls im Spiel.

«Rufen Sie Saltet an, Wache Rembrandtplein, und sagen Sie ihm, er soll so schnell wie möglich herkommen. Er liest englischsprachige Zeitschriften über die amerikanische Polizei, also wird er diese Dame wohl verstehen können.» Dann wandte er sich an die junge Frau und sagte auf Niederländisch: «Seien Sie ganz unbesorgt. Was auch immer es ist, ich werde Ihnen helfen.» Sie nickte, obwohl sie ihn nicht verstand. Doch seine sonore Stimme und der freundliche Blick, den er ihr hinter den Brillengläsern zuwarf, übten wohl einen beruhigenden Einfluss auf sie aus. Dennoch schien sie von einer schier unmenschlichen Panik ergriffen zu sein. Ihre Augen schossen fortwährend von links nach rechts, wie bei einem jungen, ängstlichen Reh auf der Flucht vor dem Jäger. Van Ledden Hulsebosch zückte ein unbenutztes Notizheft und notierte: *Panik, rollende Augen.* Er rieb sich innerlich die Hände: Das war ein neuer Fall.

Kommissar Jonathan Saltet befand sich mit seinen Kollegen mitten in einer Besprechung unter dem Vorsitz von Polizeipräsident Marcusse. Dieser stand im Unterrichtssaal vor der Tafel und erklärte, dass die Olympischen Spiele das Können der gesamten Amsterdamer Polizei auf die Probe stellen würden.

«Menschen vieler Nationalitäten werden unser Land besuchen, und mit ihnen wird natürlich nicht nur die sportliche Elite der Welt in unsere Hauptstadt kommen, sondern zweifellos auch kriminelle Elemente. Ich bin davon überzeugt, dass sich unter den rechtschaffenen Besuchern viele Verbrecher befinden werden, die Handel mit allerlei zwielichtigen Gütern betreiben wollen. Und deswegen, meine Herren, müssen wir auf der Hut sein!»

Polizeipräsident Marcusse hielt bereits seit zwei Stunden einen Monolog über dieses Thema, doch Kommissar Saltet hatte noch keine einzige praktische Anweisung erhalten, geschweige denn ein Konzept vernommen, mit dem die Polizeibeamten etwas anfangen konnten. Die meisten Polizisten verstanden keine fremden Sprachen, und das wäre doch wohl das mindeste, was ein Polizist bei der anstehenden Olympiade können müsste. Wie sollten sie nur registrieren, wer sich in Amsterdam befand, und wie sollten sie Maßnahmen ergreifen, um den Zustrom von Ausländern, und vor allem der Waren, die sie mit sich führten, zu kontrollieren? Saltet hatte bereits einige Male tief geseufzt, denn über all diese Dinge hatte er sich bereits Gedanken gemacht, doch die Vorschläge, die er bei Marcusse eingereicht hatte, waren ungelesen in der Schublade verschwunden. Marcusse mochte keine jungen, ambitionierten Kommissare, die meinten, alles besser zu wissen, und erging sich lieber in weitschweifigen, pathetischen Ausführungen.

«Der olympische Gedanke ist der des Friedens. Und wir – der örtliche Hermandad, um beim Griechischen zu bleiben –, wir haben die Aufgabe, dafür zu sorgen, dass dieser Gedanke verteidigt wird.»

Saltet entfuhr erneut ein tiefer Seufzer, dieses Mal allerdings ein wenig zu laut.

«Gibt es einen Grund für Ihr Stöhnen, Kommissar Saltet?»

Jonathan sah sich um. Alle Blicke waren auf ihn gerichtet.

«Hermandad ist nicht griechisch.»

Marcusse warf dem jungen Staatsdiener einen tödlichen Blick zu.

«Aha, und was soll Hermandad sonst sein?»

«Der Name einer Art Gesellschaft, die im Spätmittelalter in Spanien entstand, sowohl auf dem Land als auch in der Stadt. ‹Bruderschaft› ist die wörtliche Bedeutung. Sie sorgte für die Einhaltung von Recht und Ordnung.» Saltet erinnerte sich an den peinlichen Moment, als Van Ledden Hulsebosch ihn korrigiert und sich belehrend über die ersten Polizisten in der Geschichte ausgelassen hatte.

«Könnten Sie mir dann bitte schön den Titel ‹Heiliger Hermandad› erklären? Ich nehme doch an, wir sprechen von derselben Person!», warf Marcusse, der versuchte, das Gesicht zu wahren, ein.

«Die Gesellschaft hatten das Ziel, die Wallfahrer zu

beschützen, die auf dem Weg nach Santiago de Compostela waren. Und weil sie ihre Sache sehr gut machten, verlieh ihnen der Papst das Prädikat ‹heilig›.»

«Und der Papst bringt uns wieder zurück zu den Olympischen Spielen!», schloss Marcusse die Erklärungen Saltets resolut ab.

Saltet schluckte seinen Ärger hinunter. Der Papst, Rom, das Stadion, Athletik, die Spiele, die Griechen … Wer keine Ahnung hatte, konnte wirklich alles wahllos miteinander in Verbindung bringen.

«Wenn Herr Saltet es erlaubt, werde ich mit meinen Ausführungen fortfahren», sagte der Polizeipräsident.

Dazu war Saltet durchaus bereit, doch scheinbar war es Marcusse nicht vergönnt weiterzureden. Fräulein Jans aus der Telefonzentrale klopfte höflich an und entschuldigte sich für die Störung.

«Es ist dringend. Für Herrn Saltet. Ich hab's aufgeschrieben, denn ich soll es Ihnen wortwörtlich weitersagen.» Sie sah auf den Zettel in ihrer Hand. Fräulein Jans wurde von der gesamten Wache Rembrandtplein auf Händen getragen, denn sie kochte den besten Kaffee von Amsterdam. Sie hatte, gelinde gesagt, das Schießpulver nicht gerade erfunden, aber sie war ein durch und durch liebenswerter Mensch ohne jeden Hintergedanken. Sie drückte ihre Brille fest auf die Nase. «Herr Van Ledden Hulsebosch lässt ausrichten, dass Sie sofort zur Apotheke kommen sollen und dass Sie keine Bedenken wegen Herrn Marcusse haben sollen, denn der sei doch bloß eine Flasche, und hierbei ginge es um Leben und Tod, und davon habe das Den Haager Würstchen ja sowieso keine Ahnung. So jedenfalls hat er es gesagt.»

Marcusse stieg die Zornesröte ins Gesicht. Einzelne

Polizisten kicherten leise, und Saltet sah zu seinem Vorgesetzten auf, der eine wegwerfende Handbewegung machte. Marcusse war froh, den Besserwisser los zu sein. Jonathan packte seine Sachen zusammen und verließ den Saal. Zusammen mit Fräulein Jans ging er über den Flur.

«Er sagte, ich müsse es genau so wiedergeben», entschuldigte sich Fräulein Jans.

«Sie haben das sehr gut gemacht.»

«Aber Herr Marcusse war nicht sehr erfreut.»

«Ach, das beruht vermutlich auf Gegenseitigkeit!»

Fräulein Jans runzelte die Stirn … Was meinte der junge Ordnungshüter nur damit?

Keine Viertelstunde später war Saltet in der Apotheke. Die Frau war inzwischen weniger scheu, aber noch immer ängstlich. Sie musste etwas Schreckliches erlebt haben, so viel war sicher. Doch was das sein konnte, war ihr nicht zu entlocken. Nur, dass etwas mit ihrer Mutter nicht stimmte, stand fest.

Van Ledden Hulsebosch brachte Saltet auf den Stand der Dinge.

«Sie hat Fräulein Van Henegouwen angesprochen, weil sie eine Apotheke suchte. Ob sie speziell meine Apotheke suchte, ist unklar. Vielleicht kannst du das herausbekommen. Und bitte frag auch, was genau passiert ist.»

«Du sagtest, es ginge um Leben und Tod.»

«Als ob dich Marcusse wegen eines einfachen Fahrraddiebstahls gehen lassen würde. Ich kenne doch meine Pappenheimer! Bitte sprich mit ihr.»

Jonathan Saltet stellte sich vor. Die Miene der jungen Frau hellte sich auf, als sie in fließendem Englisch angesprochen wurde. Van Ledden Hulsebosch verfolgte das Gespräch aus gebührendem Abstand. Nur hin und wieder schnappte er ein Wort auf, das er verstand. An Saltets Gesichtsausdruck konnte er jedoch ablesen, dass es nicht um Kleinigkeiten ging, sondern um Dinge von größter Wichtigkeit. Schließlich zog Saltet Van Ledden Hulsebosch in eine Ecke des Laboratoriums.

«Merkwürdig», sagte Saltet.

«Was?»

«Sie vermisst ihre Mutter.»

«Das kann in einer Stadt wie Amsterdam passieren», meinte Van Ledden Hulsebosch relativierend.

«Die Frau ist wegen der Spiele hier. Anscheinend ist sie Leichtathletin, wahrscheinlich eine Läuferin. Ihre Mutter trainiert sie.»

«Na und?»

«Sie sind extra vor der Eröffnungsfeier in die Niederlande gekommen, um sich zu akklimatisieren. Ihr Körper muss sich wohl erst an unsere Temperaturen gewöhnen.»

«Was für ein Unsinn!»

«Sie sind heute Morgen angekommen und haben sich ein Zimmer im Hotel Klugt genommen, etwas weiter weg, am Haarlemmerdijk. Ihre Mutter hatte von der langen Reise Kopfschmerzen. Sie selbst wollte ein bisschen einkaufen und sich in der Stadt umsehen.»

«Und das hat sie getan?»

«Sie ist zwei Stunden weg gewesen, sagt sie. Zwei Stunden und 17 Minuten, um genau zu sein. Diese Leichtathleten scheinen bei allen Gelegenheiten die Zeit zu stoppen.»

«Sportlerwahnsinn», kommentierte Van Ledden Hulsebosch; er ließ selten eine Gelegenheit aus, seine Meinung zu den Spielen und anverwandten Themen kundzutun.

«Als die Frau ins Hotel zurückkehrte, war ihre Mutter verschwunden. Schlimmer noch, das Zimmer im zweiten Stock war nicht mehr da! Und der Besitzer behauptet steif und fest, sie seien nie angekommen.»

«Was?»

Van Ledden Hulsebosch sah Saltet mit großen Augen an.

«Was soll das heißen, das Zimmer war nicht mehr da?»

«Sie bat um den Schlüssel von Zimmer Nummer 7. Der Hotelier sagte, es gäbe überhaupt kein Zimmer 7. Außerdem würde er sie gar nicht kennen. Und als sie in Panik geriet, ging er mit ihr zu der Stelle, wo sie ihre Mutter vor zirka zwei Stunden zum letzten Mal gesehen hatte.»

«Ein Zimmer kann doch nicht einfach verschwinden. Ich bitte dich!» Van Ledden Hulsebosch zog die Augenbrauen hoch und schüttelte vehement den Kopf.

«In dem Zimmer, wo die Frau noch vor wenigen Stunden mit ihrer Mutter gewohnt hatte, befand sich nun die Wäschekammer, ganz so, als habe es nie ein Zimmer Nummer 7 gegeben.»

«Und was ist mit Zimmer 8?»

«Das Hotel hat nur sechs Zimmer.»

Van Ledden Hulsebosch sah zu der jungen Dame auf dem Tisch hinüber. Fräulein Van Henegouwen streichelte ihr mitfühlend übers Haar.

Er kniff seine Augen halb zu und versuchte, sich die Ereignisse bildlich vorzustellen.

«Eine junge Frau und ihre Mutter gehen in ein Hotel. Die junge Frau macht einen Spaziergang. Sie kehrt zum Hotel zurück. Ihre Mutter ist verschwunden, und das Zimmer ist zur Wäschekammer umfunktioniert worden», fasste Van Ledden Hulsebosch die Geschichte zusammen. «Das ist doch der reinste Unsinn!»

«Sie behauptet, es sei so gewesen.»

Der Apotheker nahm Jacke, Spazierstock und Hut und wandte sich zum Gehen.

«Wir werden uns dieses so genannte Hotel einmal anschauen. Ich mag nämlich keine Rätsel», sagte der selbst ernannte Kriminologe. «Und du kommst mit, Saltet. Fräulein Van Henegouwen, Sie passen in der Zeit auf unsere Athletin auf.»

Das Gebäude am Haarlemmerdijk 13, nur einen Steinwurf von der Apotheke entfernt, war breiter als die meisten Häuser dieser Straße. Es stand noch nicht so lange hier und war von der Bankiersfamilie Huetinck errichtet worden. Die jüngste Tochter der Familie, Amalia, hatte den Grundstein gelegt, wie eine Inschrift an der Vorderfront verkündigte. Im Erdgeschoss gab es einen Haushaltswarenladen. Familie Huetinck hatte nur ein paar Jahre hier gewohnt, dann war der Bankier mit den Seinen in ein Haus an der Nassaukade umgezogen. Nicht etwa, weil ihm das Haus nicht gefallen hätte, aber die Gegend galt in der Stadt als ‹minderwertig›, und in den letzten Jahren hatte es am Haarlemmerdijk einen großen Zustrom verschiedenster krimineller Subjekte gegeben. «Mach keine Haarlemmerdijkies», sagten die Amsterdamer, wenn sie fanden, ihr Gegenüber solle sich mäßigen. Inzwischen war das zu einem feststehenden Ausdruck geworden. «Haarlemmerdijkies» wurde alles genannt, was zu weit ging.

Johannes Klugt hatte das Gebäude für wenig Geld

bekommen und darin ein mittelmäßiges Hotel eröffnet. Seine Gäste suchte er sich selbst, in und um den Hauptbahnhof, wo er tagelang herumstreifte und jeden Fremden ansprach, der aussah, als könne er eine billige Bleibe gebrauchen. Selbstverständlich konnten Reisende auch ins Victoria Hotel gegenüber dem Bahnhof gehen, aber das war um ein Vielfaches teurer als die Zimmer am Haarlemmerdijk.

Klugt stand selbst an der Rezeption und empfing Van Ledden Hulsebosch und Saltet aufs Freundlichste.

«Tja, die Dame kommt hier rein und sagt: Ich will auf Zimmer 7. Dann beginnt sie plötzlich zu schreien und dreht durch. Also sag ich: ‹Dann sehen wir eben mal nach.› Ich hab sie mitgenommen und ihr das Zimmer gezeigt», erzählte er in breitem Amsterdamer Dialekt.

«Ich würde das Zimmer auch gern sehen», sagte Van Ledden Hulsebosch.

«Und mit welchem Recht, wenn ich fragen darf?», erwiderte Johannes Klugt mit einem verschlagenen Lächeln. Saltet zog seine Polizeimarke hervor und zeigte sie dem Hotelbesitzer.

«Polizei, auch das noch», erschrak sich Klugt. «Wenn's was Schlimmes is … ich hab nichts damit zu tun. Ich war so freundlich, dem Fräulein zu zeigen, dass ihre Frau Mutter nich hier ist. Sonst hab ich nichts mit der Sache zu tun. Ich bin ein gesetzestreuer Bürger. In meinem Haus geschehen keine zwielichtigen Dinge.»

«Wenn Sie mir das Zimmer jetzt zeigen würden!»

«So 'n Zimmer gibt's nich. Das habe ich dem Fräulein auch gesagt.»

«Das Zimmer, von dem sie behauptet, sie habe es bezogen.»

«Das is meine Wäschekammer! Wie oft soll ich das noch sagen? Aber Sie können sie sehen. Was daran so interessant sein soll, is mir schleierhaft.»

Klugt war nervös. Die Polizei mochte er gar nicht. Er beherbergte oft Kriminelle. Wenn sie irgendwo einen Bruch gemacht und sich in einem der Cafés die Beute geteilt hatten, nahmen sie gern ein Bett in seinem Hotel. Im Tausch gegen einen Teil der Beute organisierte Klugt dann alles, wonach ihnen verlangte: Mädchen, Alkohol und andere Vergnügungen. Davon sollte die Polizei natürlich nichts wissen.

«Ich hab nichts damit zu tun», wiederholte Klugt noch einmal und stieg mit einer Laterne in der Hand die Treppe hinauf. Sie kamen in einen Flur, in dem die Nummer 6 tatsächlich das letzte Zimmer war. Daneben war eine Tür, die genauso aussah wie die anderen Türen. Nur hatte diese keine Nummer.

Klugt schloss sie auf. Sie traten in einen kleinen Vorraum; dahinter befand sich ein relativ großes Zimmer, das als Wäschekammer benutzt wurde. In den Fächern der Wäscheschränke lagen Decken, Laken, Kissen, Handtücher und andere Sachen, die im Hotelbetrieb unentbehrlich waren. Van Ledden Hulsebosch ließ seine Hand über das Holz der Tür gleiten. Dann betrachtete er das Türschloss. Keine Spur irgendwelcher Manipulation. Wenn ihn sein Instinkt nicht völlig im Stich ließ, dann war dieser Raum schon seit langem eine Wäschekammer. Nichts deutete darauf hin, dass man das Zimmer vor kurzem neu eingerichtet hatte.

Er warf einen Blick in den Flur und überlegte, ob sich die Frau vielleicht im Zimmer geirrt hatte.

«Nein, unmöglich. Die anderen Zimmer sind besetzt. Sie is garantiert nicht hier gewesen», sagte Klugt schnell, als könne er Van Ledden Hulseboschs Gedanken lesen.

«Hat sie sich in das Gästebuch eingetragen?»

«Natürlich nicht, sie is doch kein Gast! Wenn man kein Gast is, dann trägt man sich dort auch nich ein. Das ist doch wohl klar.»

«Darf ich Ihr Gästebuch mal sehen», sagte Van Ledden Hulsebosch so entschieden, dass Klugt nichts anderes blieb, als ihm murrend diesen Wunsch zu erfüllen.

«Die kommt in mein Hotel, die fragt mir Löcher in den Bauch, aber mir glauben – vergiss es! Ich bin ein ehrenwerter Hotelbesitzer. Was hier in der Gegend passiert, is mir schnuppe. Ich bin einfach ein ehrlicher Bürger. Ich hab 'n reines Gewissen. Die kommt hier einfach rein, schreit rum, und ich hab da nichts mit zu tun.»

Van Ledden Hulsebosch schlug das Gästebuch auf und studierte die Eintragungen. Nirgends gab es ein Zimmer Nummer 7; nirgendwo waren Namen durchgestrichen oder ausradiert worden. Alles sah ordentlich aus.

In dem Moment wurde die Tür aufgerissen. Herein kam Fräulein Van Henegouwen, vollkommen außer sich.

«Da sind Leute vom Krankenhaus gekommen, und die haben sie mitgenommen», sagte sie.

«Die Inderin?»

«Ja, die sagten, Sie hätten sie angerufen und um eine Untersuchung gebeten. Ich sagte: ‹Das würde ich aber doch wissen.› Aber die sagten, sie müsse mit, und dann haben sie die Frau mitgenommen.»

«Ich habe nicht im Krankenhaus angerufen», sagte Van Ledden Hulsebosch alarmiert.

«Tja, das hab ich mir auch gedacht, aber was sollte ich denn machen? Und auf Vreugdenhil braucht man auch nicht zählen.»

Saltet sah Van Ledden Hulsebosch an.

«Ich werde einen Dienstwagen kommen lassen», sagte Saltet. Er wusste genau, dass alle körperlichen Anstrengungen Van Ledden Hulsebosch zuwider waren; und bis zum Krankenhaus war es ein weiter Weg.

«Tu das», sagte der Apotheker und schwieg.

— 2 —

Der DKW, mit dem Saltet und Van Ledden Hulsebosch zum Amsterdamer Krankenhaus gebracht wurden, bog mit quietschenden Reifen um die Ecke. Der erschrockene Pförtner schaffte es gerade noch rechtzeitig, den Schlagbaum für das heranbrausende Polizeiauto zu öffnen. Er vergaß prompt, ihn wieder zu schließen, und starrte Saltet, der wie ein junger Filmheld aus dem Fahrzeug sprang, mit offenem Mund an. Van Ledden Hulsebosch war – wie immer – langsamer. Er hatte es nicht so eilig, denn er wusste, dass die junge Frau nicht aus dem Krankenhaus fliehen konnte. Manchmal kam es auf Schnelligkeit an, wenn man einem Straftäter auf den Fersen war, doch meist war Eile ein schlechter Ratgeber bei der Verbrechensbekämpfung. Man konnte schnell etwas übersehen und dadurch den Fall unnötig verkomplizieren.

Saltet war bereits nach oben gerannt, während C.J. behäbig die Stufen hinaufstieg. Die junge Leichtathletin aus Britisch-Indien lag im zweiten Stock, in einem Mehrbettzimmer. Sie schlief. Oder besser gesagt: Sie war gerade in Schlaf versetzt worden.

«Es erschien mir am besten, sie zur Ruhe kommen zu lassen», erklärte der behandelnde Arzt Cornelis van Tunen. Er schloss den Reißverschluss des Etuis, in dem er seine Injektionsnadeln verwahrte. «Sie stand unter Schock. Ich habe sie untersucht und bin zu dem Schluss gekommen, dass sie ein Beruhigungsmittel braucht. Sie wird den Rest des Tages und vermutlich die ganze Nacht schlafen. Würden Sie jetzt bitte auf dem Flur warten?»

Saltet warf noch einen letzten Blick auf die ruhig atmende Frau, die in dem Bett am anderen Ende des dunklen Schlafsaals lag, bevor er mit dem Apotheker den Raum verließ. Er konnte den Geruch, der in Krankenhäusern hing, nicht ausstehen, den Gestank von Formalin und das Geräusch von quietschenden, klappernden Schritten auf dem glatten Linoleum der Zimmer und Flure. Tagsüber wurde das Licht ausgeschaltet, wodurch in dem gesamten Gebäude eine bedrückende Stimmung herrschte.

«Unheimich», flüsterte Saltet auf Deutsch, als sie zusammen in dem dunklen Flur standen.

«Das heißt ‹unheimlich›», verbesserte ihn Van Ledden Hulsebosch.

«Haben Sie sonst noch Fragen?», erkundigte sich der Arzt. Er war ihnen gefolgt und putzte gerade seine Brillengläser. Für einen Mediziner war er noch recht jung, hatte ein bisschen zu lange blonde Haare, die in einer verwegenen Tolle vor seinen Augen hingen. Van Ledden Hulsebosch mochte ihn nicht, obwohl es dazu keinen Grund gab. Diese Art der Voreingenommenheit konnte er wiederum bei sich selbst nicht ausstehen, denn es war ein Gefühl, und Gefühle entbehrten jeglicher wissenschaftlicher Grundlage. Doch manchmal litt sogar er an menschlichen Regungen, weswegen dieser Arzt ihm abgrundtief unsympathisch war, er erschien ihm blasiert und arrogant.

«Weshalb haben Sie die Frau eigentlich hierher bringen lassen?», fragte der Apotheker.

«Wir bekamen einen Anruf von einem Ihrer Nachbarn. Er berichtete uns, dass eine völlig überreizte Frau

Ihre Apotheke betreten hatte. Inzwischen ist uns Ihr Name ein Begriff, Herr Van Ledden Hulsebosch», sagte der Arzt lächelnd. «Deswegen hat der Dienst habende Arzt sofort eine Ambulanz losgeschickt. Es hätte ohne weiteres etwas mit einem Mord zu tun haben können.»

«Wer war dieser Dienst habende Arzt?»

«Das war ich selbst», sagte er und sah C.J. trotzig an.

«Und Sie haben sie mitgenommen und ruhig gestellt.»

«Nein, zuerst habe ich sie untersucht. Und inzwischen kenne ich auch ihren Namen. Sie heißt Ione Chatterjee Golaknath, und sie kommt aus Britisch-Indien. Aber das wussten Sie wahrscheinlich schon.»

«Sie sucht ihre Mutter», sagte Saltet und beobachtete die Reaktion des Arztes. Dieser blieb gelassen und lächelte weiterhin grimmig, wie C.J. fand.

«Stimmt, so etwas hat sie erwähnt. Wenn Sie die Frau weiter befragen wollen, schlage ich vor, Sie holen sie morgen ab. Ich weiß auch nicht mehr als Sie, ich kann Ihnen also auch nicht weiterhelfen, und vorläufig schläft sie.»

Van Ledden Hulsebosch sah am Arzt vorbei zu der jungen Frau im Bett. Sie schlief und brauchte sich im Augenblick keine Sorgen über die Schrecken Amsterdams zu machen. Sie war das einzige Opfer und der einzige Zeuge in einem Fall, in dem es keinerlei Spuren gab. Selbst eine Leiche fehlte. Vielleicht ist es ja auch gar kein Fall, dachte Van Ledden Hulsebosch.

«Wir können hier nicht mehr viel tun», sagte Saltet und machte Anstalten zu gehen.

Doch Van Ledden Hulsebosch war noch nicht ganz fertig.

«Würden Sie bei jeder vagen Behauptung einen Krankenwagen losschicken?», fragte er den Arzt.

«Nein», antwortete dieser und strich sich die störende Haarlocke aus dem Gesicht. «Aber ich verfolge Ihre Abenteuer im *Courant Nieuws van de dag*, und dies war die einmalige Chance, eins davon mitzuerleben.»

«Sie fanden es also aufregend. Und deswegen spritzen Sie dem Opfer ein Schlafmittel?»

«Sie war außer sich! Panisch! Sie brauchte Ruhe!» Das Lächeln erlosch langsam, und der Arzt begann nervös in seinen Papieren zu blättern. «Sie hätte hier alles zusammengeschrien, wenn ich ihr nichts verabreicht hätte.»

«Ist es Vorschrift, jemanden, der Angst hat, ruhig zu stellen?»

«Nein, das war meine Entscheidung, wenn Sie gestatten. Ich bin schließlich Arzt, wissen Sie!»

«Und ich arbeite mit der Polizei zusammen. Sie müssen sich für Untersuchungen zur Verfügung halten», sagte der Apotheker.

«Was soll der Unsinn? Ich? Wieso?»

«Ich finde Ihr Verhalten reichlich verdächtig.»

Jetzt wurde der Arzt böse. «Ich versuche, dieser Frau zu helfen, und dann kommen Sie hierher, um mich zu beleidigen? Für wen halten Sie sich eigentlich?»

«Ich, mein Herr», sagte der Rechercheur, «bin der Mann, dessen Abenteuer Sie im *Courant* verfolgen. Sie waren also vorgewarnt.»

Damit drehte sich Van Ledden Hulsebosch um und schob Saltet vor sich her den Gang hinunter. Hinter seinem Rücken veränderte sich der Gesichtsausdruck des Arztes; alle Selbstsicherheit verschwand mit einem Mal.

«Und was wird morgen mit der Frau geschehen?», wollte Fräulein Van Henegouwen wissen, als der Apotheker in sein Geschäft zurückkehrte.

«Wenn sie sich ausgeruht hat, darf sie wieder nach Hause. Körperlich geht es ihr wohl gut.»

«Aber wo soll sie dann hin? Sie hat hier kein Zuhause, das wissen Sie genauso gut wie ich.» Inzwischen hatte Fräulein Van Henegouwen gut nachgedacht und Pläne geschmiedet. Die bewusstlose junge Dame im Krankenhaus war zwar eine Frau, aber trotzdem eine Spitzensportlerin. Vom Olympischen Büro an der Weesperzijde brauchte sie nichts zu erwarten, die hielten sie bloß hin. Wenn sie noch eine Chance haben wollte, an einer Medaillenverleihung beteiligt zu sein, dann war die Dame aus Britisch-Indien eine wunderbare Gelegenheit. Ihr Arbeitgeber würde sie nicht vor die Tür setzen, denn er würde wissen wollen, was hinter diesem merkwürdigen Rätsel steckte. Fräulein Van Henegouwen hatte bereits im ersten Stock ein Bett bezogen, in ebendem Zimmer, in dem der Apotheker bald einen Unterrichtsraum einrichten wollte. Er plante einen Kurs für junge Polizisten mit dem Thema «Was ist am Tatort zu tun?». Zehn Stunden sollte die Unterweisung dauern und von der Amsterdamer Polizei finanziert werden. Zwar hatte er sich mit Polizeipräsident Marcusse noch nicht auf die Höhe der Vergütung geeinigt, doch das würden sie bald nachholen.

«Das ist kein Schlafzimmer, das ist ein Unterrichtsraum!»

«Das ist es nicht! Sie haben weder ein Pult noch eine Tafel. Sie können dort noch gar nicht unterrichten, und deswegen können Sie damit genauso gut bis zum Ende des Sommers warten.»

«Was soll ich um Himmels willen mit einer Sportlerin unter meinem Dach?»

«Sie wollen doch nicht etwa behaupten, es würde Sie nicht interessieren, was mit ihrer Mutter geschehen ist?»

«Fräulein Van Henegouwen, ich habe nicht die Absicht, die Anzahl der Frauen in meinem Haus die Menge von einer überschreiten zu lassen. Das ist mir zu gefährlich. Meine Antwort lautet ‹Nein›, und das in dreifacher Ausführung!»

«Und wo soll sie dann hin?»

«Zu Ihrem wunderbaren Olympischen Komitee, das überall in Amsterdam um Zimmer für diese Sportsleute wirbt. Meiner Meinung nach haben die genug Platz.»

«Wenn Sie die Frau hier behalten, können Sie das Verschwinden der Mutter untersuchen.»

«Wer sagt denn eigentlich, dass es ein Kriminalfall ist? Vielleicht ist sie einfach nicht ganz richtig im Kopf. Vielleicht leidet sie unter einer Psychose. Vielleicht ist diese Mutter ein bloßes Hirngespinst. Ich hab mich den ganzen Tag mit der Sache beschäftigt und glaube mittlerweile, dass überhaupt nichts dran ist.»

«Das ist nicht Ihr Ernst.»

«Und ob es das ist!», sagte der Apotheker, klang aber ein wenig unsicher. Also drehte er sich schnell um und trank einen großen Schluck Wasser. Fräulein Van Henegouwen schwieg, und nach einer Weile schluchzte sie leise. Dann sagte sie klar und deutlich: «Entschuldigen Sie bitte», und lief schnell hinaus.

«Frauen», seufzte Van Ledden Hulsebosch und sah dabei nach oben, um Gott höchstpersönlich die Schuld am Nicht-Funktionieren der Schöpfung zu geben. Von Gott bekam er keine Antwort und von Vreugdenhil –

«Sagen Sie doch auch mal was!» – ebenso wenig. Er seufzte abermals. «Frauen.» Und dann ging er hinter Fräulein Van Henegouwen her, um sich mit ihr zu versöhnen. Was blieb ihm anderes übrig. Sie würden die junge Athletin für einige Zeit – aber keinen Tag länger, als die Olympischen Spiele dauerten – in seinem Hause unterbringen.

Weil ihm mehr als genug Zeit blieb, bevor die Inderin wieder ansprechbar war, ging er erneut ins Hotel Klugt am Haarlemmerdijk. Irgendetwas stimmte da nicht, aber er konnte nicht sagen, was es war.

Der Besitzer freute sich nicht gerade über das Wiedersehen.

«Sie! Nicht noch einmal!»

«Ich würde gerne Ihre Wäschekammer ein zweites Mal inspizieren, wenn Sie nichts dagegen haben.»

Der Hotelier machte eine abweisende Handbewegung. Van Ledden Hulsebosch wusste, dass er notfalls Saltet anrufen und so den nötigen Druck auf Klugt ausüben konnte. Aber er hatte keine Lust, diesen Aufwand zu betreiben, also zuckte er lediglich mit den Schultern.

«Wenn Sie nicht einverstanden sind, gehe ich wieder.»

«Ich hab nichts damit zu tun», sagte Klugt unaufgefordert.

«Womit haben Sie nichts zu tun?»

«Mit allem.»

Der Apotheker hörte genau hin und ließ die Worte auf sich wirken. Sagte ihm der Mann hinter der Rezeption indirekt, dass hier sehr wohl etwas geschehen war, er aber nicht hineingezogen werden wollte?

Und was war es genau, womit er nichts zu tun haben wollte?

«Sehn Sie sich um, aber rühren Sie nichts an – ich kann Unordnung nämlich nicht ausstehen», sagte Klugt mit verkniffener Stimme und stürzte sich auf den Papierkram auf seinem Schreibtisch.

Der Rechercheur ging die Treppe hoch. Jetzt hatte er Zeit, und diese Zeit wollte er nutzen, sich gründlich umzusehen. Vom oberen Flur ging eine Reihe Türen ab, sieben insgesamt. Sie waren dick mit Lack bestrichen, und an jede Tür war vor nicht allzu langer Zeit eine Kupferzahl genagelt worden. Nur an der Tür der Wäschekammer fehlte die Zahl. Van Ledden Hulsebosch strich über die Kupferzahl. Sie war geputzt und sah gut aus, viel zu gut für ein Hotel in solch einer schäbigen Gegend. An der siebten Tür hing ein Holzschild, auf dem in ordentlichen weißen Buchstaben «Wäschekammer» stand.

Van Ledden Hulsebosch vergewisserte sich mit einem kurzen Blick den Gang hinunter, dass er allein war. Dann fühlte er an der Lackschicht auf den Türen. Sie war gut getrocknet, doch es bestand kein Zweifel, dass sie erst kürzlich aufgetragen worden war. Die Farbe auf den Türen war in viel besserem Zustand als auf den Türrahmen und Fußleisten. An den Wänden blätterte sie sogar hier und da ab, und an den Stäben des Treppengeländers war so gut wie gar keine mehr vorhanden. Van Ledden Hulsebosch nahm ein Taschenmesser aus seiner Jacke und ritzte eine Tür leicht ein. Ein kleines Stück Farbe blätterte ab. Er zerrieb es zwischen den Fingern. Die unterste Schicht ließ sich noch ein bisschen kneten.

Dann öffnete er die Tür der Wäschekammer und ging hinein. Durch einen kleinen, mit Holz vertäfelten Vorraum gelangte er in den großen Wäscheraum. Der Geruch frisch gewaschener Wäsche schlug ihm entgegen. Der Raum war so groß, dass man darin ohne Probleme einige Betten hätte aufstellen können, aber es standen überall Schränke. Auch dieses Zimmer sah für das insgesamt ziemlich verfallene Gebäude sehr gut aus.

«Können Sie was finden?», fragte Johannes Klugt, der sich heimlich angeschlichen hatte.

«Ja», sagte Van Ledden Hulsebosch und verbarg sein Erschrecken erfolgreich. Er strich über die Laken, Kissenbezüge, Decken. Sie waren sehr sauber und glatt gebügelt. Er drückte auf einen Wäschestapel und beobachtete, wie dieser weich zurückfederte.

«Hier sieht's prima aus, finden Sie nich?»

«Ganz und gar nicht», sagte Van Ledden Hulsebosch und drehte sich um. «Gleich kommen ein paar Polizisten und nehmen diese Tür hier mit», sagte er plötzlich. Er konnte sehen, wie die Farbe aus dem Gesicht des Hotelbesitzers wich.

«Was wollen Sie denn mit meiner Tür?»

«Die benötige ich für meine Untersuchung», antwortete der Rechercheur und schob sich an dem verdutzten Mann vorbei nach draußen.

«Ich bin nich verpflichtet, Ihnen meine Tür zu geben. Darüber steht nichts im Gesetz. Sie können doch nich einfach bei Leuten reinspazieren und ihnen die Tür wegnehmen! Sind Sie meschugge? Noch is das meine Tür!»

«Sie können sie schon mal aus den Angeln heben. Sonst machen das die Beamten. Und keine Tricks», sagte C.J. und verließ das Gebäude. Klugt blieb mit einem nervösen Zucken um die Mundwinkel zurück.

«Eine Tür?» Polizeipräsident Marcusse sah Saltet an, als ob dieser ihm ein unziemliches Angebot gemacht hätte. Neben seinem Untergebenen stand dieser fürchterliche Apotheker vom Nieuwendijk.

«Die Tür ist ein wichtiges Beweisstück», entgegnete Van Ledden Hulsebosch ungeduldig.

«Ein Beweisstück wofür?»

«Im Fall der verschwundenen Mutter. Ich vergeude hier meine Zeit, denn Sie hören wieder nicht zu. Er hört einfach nie zu!» Letzteres sagte er zu Saltet, der in der Zwischenzeit die Zimmerdecke bewunderte, als ginge ihn dieser schon lange schwelende Streit nichts an.

«Ich höre sehr wohl zu. Es ist keine Mutter verschwunden. Es gibt eine Frau im Krankenhaus, die das behauptet, aber die ist vermutlich verwirrt. Und deswegen habe ich etwas Besseres zu tun, als Türen aus einem Hotel entfernen zu lassen. Demnächst finden die Olympischen Spiele statt!»

«Ja, das weiß ich inzwischen auch!», sagte Van Ledden Hulsebosch gereizt. «Aber das kann doch keine Entschuldigung dafür sein, die routinemäßige Recherche liegen zu lassen?»

«Gehe ich recht in der Annahme, dass für diese lächerliche Untersuchung ein Dienstfahrzeug missbraucht wurde?»

«Wir mussten so schnell wie möglich ins Krankenhaus!», warf Saltet ein.

«Ich habe es auch oft eilig. Doch deswegen verfüge ich nicht so verschwenderisch über das Eigentum der Polizei. Wenn ich es recht bedenke, ist ein derartiger Missbrauch mit Diebstahl gleichzusetzen. Nun gut, ich will nochmal ein Auge zudrücken, aber einen Tadel werden Sie dafür bekommen, junger Mann!»

«Um nochmals auf die Tür zurückzukommen», fing Van Ledden Hulsebosch von neuem an.

«Zustimmung verweigert!», rief Marcusse und freute sich, dass jetzt keine Staatssekretäre und Bürgermeister eingreifen konnten wie beim letzten Fall des Apothekers. «Es gibt keinen Mordfall oder Ähnliches. Es gibt lediglich eine überspannte Frau, die irgendetwas ruft, und deswegen werden keine Türen aus den Angeln gehoben. Wir haben Besseres zu tun», sagte er streng, und als Van Ledden Hulsebosch noch etwas einwenden wollte, hob er die Hand zum Zeichen, dass das Gespräch beendet war.

Saltet und Van Ledden Hulsebosch drehten sich um. Als sie an der Tür angekommen waren, spielte Marcusse seinen letzten Trumpf aus: «Ich möchte, dass Sie, werter Saltet, während der Olympischen Spiele die Leitung über die Verkehrspolizisten an der Weteringschans übernehmen. Das scheint mir eine schöne Aufgabe für einen Kommissar mit Zukunftsplänen. Ach ja, Apotheker, vielleicht ist es für Sie gut zu wissen, dass ich Bürgermeister Vlugt abgeraten habe, was Ihren Unterricht betrifft. Die Schulung junger Kommissare nehme ich selbst, oder einer meiner Männer, in die Hand. Dafür brauchen wir keine Apotheker.»

Van Ledden Hulsebosch, der wie angewurzelt stehen geblieben war, drehte sich um und hätte sich auf dieses selbstherrliche Großmaul gestürzt, wenn ihn Saltet nicht am Arm gepackt und nach draußen gezogen hätte. Als sich die Tür hinter ihnen schloss, meinte C.J., so etwas wie einen Siegesruf zu hören, wie von einem Fußballer, der gerade ein Tor geschossen hat.

«Ich könnte ihn umbringen. Unfassbar, welchen Zorn dieser Mann in mir entfacht. Eine sehr unangenehme Person», seufzte der Rechercheur. Kopfschüttelnd folgte er Saltet.

«Und wer hätte dann den Mord aufgeklärt?», fragte Saltet lächelnd. «Ich meine, wenn Sie ihn wirklich umgebracht hätten.»

C.J. spazierte die Amstel entlang. Es war ein schöner Frühlingstag, und der Fluss, an dem die Stadt vor langer Zeit entstanden war, schlängelte sich friedlich vom Munt stadtauswärts. «Ich brauche überhaupt keinen Dienstwagen», murmelte er vor sich hin. Wenn es weder regnete noch kalt war, war Van Ledden Hulsebosch durchaus bereit, zu Fuß zu gehen. Amsterdam war eine prächtige Stadt zum Spazierengehen. Hauptsache, er musste nicht schnell irgendwo hin, denn anstrengend durfte es nicht werden. Es war ein wunderbarer Spaziergang, und er genoss den weiten Blick übers Wasser. Er roch die Ställe des Zirkus Oscar Carré, und von der Berlagebrug aus, in der Nähe des Amstelhotels, sah er das prächtige Paleis voor Volksvlijt stolz auf dem Frederiksplein stehen. Im Licht der Maisonne leuchteten die Metallteile hell auf, und die vielen Fensterscheiben reflektierten die Sonnenstrahlen auf den Platz und den Fluss. Schließlich kam er an die Weesperzijde, wo die Armen, die sich die Miete für eine Wohnung nicht leisten konnten, in Hausbooten wohnten. Demnächst würden die schwimmenden Wracks allesamt weggeschleppt werden, damit die Stadt für die Olympischen Spiele ordentlich aussah. Sie sollten weiter oben am Fluss einen Platz finden.

Er hatte seinen Ritterorden angesteckt. C.J. van Ledden Hulsebosch war Ritter im *Orde van Oranje-Nassau*, aber er trug diese Auszeichnung selten. Er fand das Ganze ziemlich angeberisch und wollte deswegen nicht bevorzugt behandelt werden. Aber, ach, in Notfällen konnte sie vielleicht eine Tür öffnen, die für andere verschlossen blieb. Obwohl er in diesem Moment lieber nicht an «Türen» denken wollte. Die ganze Sache mit dem unangenehmen Marcusse lag ihm im Magen.

Er wusste, dass sich das Olympische Komitee im Eckhaus von Weesperzijde und Ruyschstraat befand. Diese Unterkunft hatte der fortschrittlich denkende Abgeordnete Wibaut der Organisation zur Verfügung gestellt. Der Seitenhieb, den der Politiker mit dieser Aktion den konfessionellen Parteien austeilte, war beabsichtigt. Denn diese hatten große Mühe mit den Olympischen Spielen, da auch sonntags Wettkämpfe stattfinden sollten. Vor allem die Reformierten hatten ernsthafte Bedenken gegen einen derartigen Anschlag auf die sonntägliche Ruhe. Wibaut, als tonangebendes Mitglied der Sozialistischen Demokratischen Arbeiterpartei, kurz SDAP, hatte die Spiele sofort befürwortet, und sei es nur, um den braven Gläubigen eins auszuwischen. Er selbst hatte sich vorübergehend in eine Wohnung in der Waldeck Pyrmontstraat einquartiert und verwendete einige Zimmer in dem weitläufigen Gebäude als Arbeitsräume.

Van Ledden Hulsebosch hatte sich telefonisch angekündigt und dabei beiläufig fallen lassen, dass er nicht nur Kriminalist sei, sondern auch von Königin Wilhelmina persönlich ausgezeichnet. Außerdem wusste er, dass der Bürgermeister von Doorn und Maarn, Herr Alpherts, Baron Schimmelpennick van der Oye, in der Organisation tätig war. Kurzum, er hatte lediglich hier und da an ein paar Fäden ziehen müssen, um nun höchstpersönlich vom Komiteevorsitzenden Geert van Rossem empfangen zu werden.

«Kommen Sie doch herein», sagte der Berufsmilitär, der vom Verteidigungsministerium freigestellt worden war, um die Spiele zu organisieren. Van Ledden Hulsebosch sah sofort, dass Van Rossem ein Mann mit wenig Sinn für Humor war. Er machte nicht viele Worte, und das, was er sagte, diente der Sache. Van Rossem war groß gewachsen und hatte den Körper eines Sportlers; welche Sportart er betrieb, konnte der Apotheker allerdings nicht sofort ausmachen.

«Fechten», sagte er knapp, als Van Ledden Hulsebosch ihn danach fragte. «Offiziell bin ich auch *Président de la fédération d'escrime* und als solcher Interessenvertreter des Olympischen Komitees. Sport kann nicht von Leuten organisiert werden, die nichts von Sport verstehen.»

«Ich dachte, der Regierung seien die Spiele egal», sagte Van Ledden Hulsebosch, als sie die knarrende Eichenholztreppe zu den Räumen, in denen Van Rossem das Zepter schwang, hinaufgingen.

«Wie meinen?»

«Sie sind vom Militär und nun zu diesem Komitee entsendet worden. Genau genommen ist das doch eine verkappte Subvention.»

Van Rossem warf dem Rechercheur einen gereizten Blick zu. Er wollte nicht über das politische Schachspiel, das um die Organisation herum stattfand, sprechen. Dass der Regierung die Olympischen Spiele im Magen lagen, nachdem sich die Konfessionellen so entschieden dagegen ausgesprochen hatten, war ein politisches Geheimnis. Seitdem war einiges unter der Hand geklärt worden. Der amtierende Vorsitzende des Komitees – im täglichen Leben Berufsmilitär – konnte zum Beispiel wenn nötig diverse Einrichtungen des Heers mobilisieren. Aber das durfte nicht öffentlich bekannt werden, erzählte Van Rossem dem Apotheker auf der Treppe. «Manchmal habe ich den Eindruck, dass wir ein Verbrechen begehen, dabei dienen wir doch nur einem Motto: *Citius, altius, fortius!*»

«Schneller, höher, stärker», sagte C.J. und verzog das Gesicht. In letzter Zeit wurde man mit olympischen Slogans nur so überschüttet.

«Womit kann ich dienen?», fragte van Rossem, der keine Zeit verlieren wollte.

«Ich würde gern etwas mehr über eine bestimmte Wettläuferin aus Britisch-Indien wissen, Frau Ione Chatterjee Golaknath. Im Moment liegt sie im Krankenhaus.» Van Ledden Hulsebosch war froh, dass er mittlerweile zumindest den Namen der Frau erfahren hatte.

«Hoffentlich ist es nichts Ernstes? Aber merkwürdig ist es schon.»

«Sie hat ihre Mutter verloren. Das behauptet sie zumindest. Wir untersuchen den Fall.»

«Das meinte ich nicht. Merkwürdig ist, dass Ione schon hier ist.»

«Sie kennen sie?»

«Nein, das nicht. Aber Sie wissen vielleicht, dass die Olympischen Spiele in zwei Teilen abgehalten werden. Sie ist Läuferin und erst im zweiten Teil an der Reihe. Also ist sie ganz schön früh, finden Sie nicht?»

«Sie wollte sich akklimatisieren, sagte sie. Ein vernünftiges Vorhaben, wenn Sie mich fragen», sagte der Apotheker.

«Zwei Monate bevor die Spiele überhaupt anfangen? Das ist sonderbar. Sehr sonderbar.»

«Was wissen Sie genau über diese Frau?»

«Nichts.»

«Aber Sie haben doch ihre Anmeldung empfangen?»

«Zweifellos. Aber es kommen mehrere tausend Sportler in unsere Stadt. Die kenne ich natürlich nicht alle mit Namen. Da müsste ich in den Akten nachsehen.»

«Wenn Sie das freundlicherweise tun würden?»

Van Rossem sah Van Ledden Hulsebosch einen Moment lang widerwillig an, setzte sich dann aber doch in Bewegung. Sie gingen durch einige Räume, in denen diverse Angestellte für das Komitee arbeiteten. In einem Zimmer waren zum Beispiel junge Damen damit beschäftigt, anhand von gezeichneten Vorlagen unterschiedliche Flaggen der teilnehmenden Länder zu nähen. Und in einem anderen Zimmer waren Musiker dabei, Notenblätter aller Nationalhymnen zu schreiben.

Als Letztes kamen sie in den Raum mit den Anmeldungen. Hier waren sicherlich 20 Verwaltungsangestellte damit beschäftigt, in Büchern festzuhalten, wer welche Nummer bekam, wo der betreffende Wettkampf stattfinden sollte und wo der jeweilige Sportler für den Zeitraum seines Aufenthalts in Amsterdam untergebracht wurde. Es schien eine gehetzte Suche zu sein, in einem, allem Anschein nach, chaotischen Raum voller Papierstapel.

«Wie Sie sehen, haben wir viel zu tun.»

Van Ledden Hulsebosch nickte. Van Rossem führte ihn zum hintersten Tisch, an dem ein nervöser Mann mit hochgekrempelten Ärmeln und einer Sonnenblende vor der Stirn, die allzu grelles Licht abwehren sollte, saß. Er stellte sich als Siep Wijngaarden vor und sah seinen Chef einen Moment lang hilflos an, als dieser um «mehr Informationen über eine bestimmte britischindische Athletin» bat. Dann blickte Wijngaarden verzweifelt auf die Stapel Bücher, Hefte und Formulare auf seinem Schreibtisch und fing zu suchen an. Es dauerte eine Viertelstunde, bevor er etwas gefunden hatte.

«Sie macht beim Vierhundertmeter- und Achthundertmeterlauf mit. Sie wird von ihrer Mutter trainiert. Ich habe eine Adresse in Bombay, Hadji Ali Chowk 32. Sie ist 23 Jahre alt, geboren am 22. Dezember. Und sie ist phantastische Zeiten gelaufen, über beiden Distanzen. Gestern angekommen, wenn alle Angaben stimmen.»

«Und ihre Unterkunft?»

«Die hat sie beantragt.»

«Beantragt? Sie ist doch bereits hier!»

«Äh, nun ja. Wir beschäftigen uns im Moment noch nicht mit den Unterkünften für die Athleten, weil wir erst die Fußballer unterbringen müssen …», erklärte der nervöse Wijngaarden zögerlich.

Ihm war klar geworden, dass die betreffende Dame schon längst ein Bett bei einer der vielen freiwilligen Gastfamilien hätte bekommen müssen, aber irgendwie war die Sache liegen geblieben.

«Haben wir bestätigt, dass sie über die Organisation eine Unterkunft bekommt?», fragte Van Rossem, dessen militärische Präzision durch diesen Fehler einen leichten Kratzer abbekommen hatte.

«Anscheinend schon», sagte Wijngaarden zittrig und drückte gegen seine Sonnenblende, als ob sie ihm Schutz gegen den Berufsmilitär bieten könnte.

«Und was haben wir unternommen?»

«Äh … nichts.»

«Nichts?»

Wijngaarden wurde vom Klingeln des Telefons gerettet. Eines der Mädchen aus der Verwaltung fragte, ob vielleicht ein Herr C.J. van Ledden Hulsebosch anwesend sei.

«Das bin ich», sagte der Ermittler.

«Ein Dienstwagen wird Sie gleich abholen, sagte der Kommissar. Sonst hat er nichts gesagt.»

«Ein Dienstwagen?», murmelte Van Ledden Hulsebosch und runzelte die Stirn.

Abermals raste der DKW mit quietschenden Reifen durch die Amsterdamer Straßen. Ein Bauer mit einem Karren voller Kartoffeln rettete sich im letzten Augenblick auf den Bürgersteig, sonst wäre er sicher dem jungen Polizisten zum Opfer gefallen, der beauftragt worden war, Van Ledden Hulsebosch so schnell wie möglich an den Tatort zu bringen. Der Tatort war das Hotel Klugt am Haarlemmerdijk 13. Jonathan Saltet befand sich bereits vor Ort.

«Es ist kein schöner Anblick», sagte der junge Kommissar.

«Das bin ich so langsam gewohnt», erwiderte der Rechercheur.

Sie gingen hinein und kamen zu der kleinen Rezeption des Hotels. Dort, über dem Gästebuch, lag der leblose Körper von Johannes Klugt. Das Blut floss aus mehreren Messerstichen über den Tresen und das Buch. Klugts Augen waren weit aufgerissen. Es schien alles sehr schnell gegangen zu sein, trotzdem konnte man deutlich die Angst auf seinem Gesicht lesen.

«Es wird nun wohl keine Einwände mehr geben, wenn ich die Tür mitnehme», sagte der Rechercheur trocken. Jetzt hatte er hundertprozentig einen Fall.

— 3 —

Zwei Beamte brachten die Tür in Van Ledden Hulseboschs Laboratorium. Sie bekamen Tee von Fräulein Van Henegouwen, die froh war, dass ihr Arbeitgeber zugestimmt hatte, die Leichtathletin zu ihnen ins Haus einzuladen. Sie hatte ihm einen Kuss geben wollen, aber das hatte Van Ledden Hulsebosch im letzten Moment verhindern können, indem er heftig nieste und herumgestikulierte, um deutlich zu machen, dass er im Begriff war, schwer krank zu werden, und niemanden anstecken wollte. Zusammen mit Vreugdenhil hatte er die Tür auf einen Arbeitstisch gelegt und sich sofort an die Arbeit gemacht. Mit großer Sorgfalt schnitt er zwei kleine Streifen aus dem Lack und legte einen unter das Mikroskop. Den anderen knetete er langsam zwischen den Fingern, um ein besseres Gefühl für das Material zu bekommen.

«Was glaubst du, Vreugdenhil?», fragte er wider besseres Wissen; wie gewöhnlich bekam er nur ein Schulterzucken als Antwort.

«Ich persönlich glaube, dass es eine schnell trocknende Lacksorte ist. Wijzonol wahrscheinlich, aber ich vermute, dass Wasserglas hinzugefügt wurde.»

Er ging zu einem seiner vielen Laborschränke und stöberte so lange darin, bis er unter den Hunderten von Tiegeln fand, was er suchte. Hinter einem Schrank, dicht bei der Tür, verwahrte er eine Sammlung Bretter, die seine Haushälterin immer wegwerfen wollte, die aber Van Ledden Hulseboschs Meinung nach «irgendwann einmal nützlich sein könnten». Er nahm ein Brett und legte es neben die Tür. Dann schüttete er einen Schluck Wijzonol in ein kleines Glas und goss Wasserglas hinzu. Mit einem Pinsel strich er das Gemisch auf das nackte Holz und drückte den Knopf der Stoppuhr. «Wir warten zwei Stunden», sagte er und bat seine Haushälterin um Kaffee.

Jonathan Saltet lief unterdessen über den Haarlemmerdijk und betrat das Café *In de bloeiende rammenas*. Es war ein heruntergekommenes Etablissement in einer heruntergekommenen Gegend, und Saltet fiel auf wie ein Gänseblümchen unter lauter Brennnesseln. Die Gespräche verstummten sofort, als er hereinkam. Dies war garantiert kein Ort, an dem Kriminalbeamte Kaffee trinken gingen, und dass er Polizist war, wusste hier jeder. Er sah sich um, ging zum Tresen und bestellte ein Glas Sodawasser. Das könne er haben, sagte der bärtige Wirt, und in seiner Stimme schwang mit, dass er danach so schnell wie möglich wieder verschwinden sollte. Saltet setzte sich auf einen Barhocker. Niemand sprach ein Wort, alle sahen ihn an. Er nahm das Glas in die Hand und trank einen Schluck.

«Schön kalt», sagte er, lächelte zögernd und schaute sich um.

Jemand am Fenster wollte sein Gespräch fortsetzen, bekam aber von seinem Nachbarn einen Stoß in die Rippen, sodass es in dem Gasthaus totenstill blieb. Saltet wusste, dass alle den Grund für seinen Besuch wissen wollten, und deswegen fing er ein Gespräch mit dem Wirt, der hinterm Zapfhahn stand, an.

Jeder würde hören können, was er zu sagen hatte, ob er sich nun an einen einzigen oder an alle Anwesenden richtete.

«Ist schon ein Ding, der Mord da, was?»

Der Wirt schwieg, zuckte mit den Schultern, nahm ein sauberes Glas aus dem Regal und begann es mit dem Geschirrtuch zu polieren.

«Wir werden diese Gegend in den nächsten Tagen sehr gut im Auge behalten. Eine neue Taktik. Hier wird es uns ein bisschen zu bunt. Jeder Verdächtige wird festgenommen. Wenn wir sehen, dass einer etwas macht, was uns nicht gefällt, wandert er ins Kittchen. Der Bürgermeister hat's abgesegnet. Der will nämlich während der Olympischen Spiele keine Scherereien.»

Dem Wirt war das egal. Polizisten in seinem Laden, das war kein gutes Zeichen. Er hoffte, dass Saltet so schnell wie möglich austrinken und dann verschwinden würde.

«Ich kann mir übrigens nicht vorstellen, dass ihr sehr glücklich über den Mord seid. Tja, wenn wir wüssten, wer's war, dann bräuchten wir uns nur mit dem Täter zu befassen. Festnehmen, verhören, ihr kennt das ja … Dann wäre das erledigt, und wir bräuchten hier nicht so gründlich herumzusuchen.»

Worauf er hinauswollte, war mehr als deutlich. Wenn Hinweise über den Mörder kämen, würde die Polizei die Zügel lockern. Das lichtscheue Gesindel, das in dieser zwielichtigen Kneipe versammelt war, konnte sich zwischen gegenseitiger Solidarität und dem ruhigen Fortgang ihres kriminellen Lebens entscheiden.

Saltet trank sein Glas aus und blickte in die Runde. Einigen sah er direkt in die Augen. Er hatte diese Art von Ausgeglichenheit an sich, die dafür sorgte, dass ihn die Männer in Ruhe ließen und begriffen, was er meinte. Normalerweise hatten sie nicht allzu viel Respekt vor der Polizei, aber Saltet hatte in letzter Zeit bei den Fällen, die er mit Van Ledden Hulsebosch gelöst hatte, eine Menge Erfahrung gesammelt – und eine Menge Selbstvertrauen erlangt. Er stellte sein Glas mit lautem Knall auf die Theke, warf etwas Geld daneben und verließ den Laden. Dieses Prozedere wiederholte er in weiteren zwölf Wirtschaften – sein Magen konnte fast kein Wasser mehr vertragen. Überall dieselbe Geschichte, überall derselbe Tauschhandel. Kurz das Feuer schüren, so nannten sie das. Sagt uns, wer der Täter ist, und wir lassen euch in Ruhe, sonst … wimmelt es auf dem Haarlemmerdijk in nächster Zeit nur so vor Polizisten. Mit einem tiefen Seufzer und aufgeblähtem Bauch setzte sich Saltet schließlich in den Dienstwagen und fuhr zurück auf die Wache. Jetzt konnte man nur noch abwarten, wann sich der erste Judas meldete.

Die zwei Stunden gingen für Van Ledden Hulsebosch langsam vorbei. Viel zu langsam. Also machte er sich auf den Weg, um Fräulein Van Henegouwen mit ein paar Fragen zu belästigen.

«Wie viele Bettlaken habe ich?»

«Was soll denn diese Frage nun wieder?»

«Sagen Sie doch einfach, wie viele es sind.»

«Für ihr eigenes Bett haben Sie vier, dann habe ich immer zwei saubere. Sogar, wenn ich mit der Wäsche ein bisschen im Rückstand bin. Das ist ein bisschen viel, aber so ist's sicherer.»

«Und Bettdecken?»

«Sie haben eine für den ständigen Gebrauch und eine zusätzliche, wenn's kälter wird. Und dann haben wir noch ein bisschen Bettwäsche für das Gästebett.»

«Hm, hm.» Er ging im Zimmer auf und ab.

Sie zuckte mit den Schultern und machte sich wieder an die Arbeit, bis er wieder zu ihr kam.

«Angenommen, man hat sechs Hotelzimmer und in jedem Zimmer können zwei Personen übernachten. Zwei Betten. Wie viele Laken würden Sie dann haben wollen?»

«Sicherlich die doppelte Anzahl. In einem Hotel muss man jeden Tag frisch beziehen, und sonntags wird nicht gewaschen. Das Dreifache. Ich würde die dreifache Menge haben wollen. 36 Bettlaken.»

«Dann müsste also ein Drittel der gesamten Menge in der Wäschekammer liegen, denn die Betten sind je mit einem Laken bezogen und die schmutzige Wäsche ist in der Wäscherei. So ungefähr. Oder aber die saubere Wäsche wird schnell zurückgebracht und dann liegen zwei Drittel in der Wäschekammer.»

«Ich glaube schon.»

«Das wären dann 24 Laken.»

Van Ledden Hulsebosch dachte kurz an die große Wäschekammer mit den hohen Wäschestapeln, die für ein riesiges Hotel ausreichten. Es gab Stapel von sechs Laken, erinnerte er sich. In einem Schrank lagen bestimmt fünf Stapel, in zwei Fächern übereinander. Sechs mal fünf mal zwei war sechzig. Ziemlich viel also.

«Vielleicht war Herr Klugt ja sehr reinlich», schlug Fräulein Van Henegouwen als Erklärung vor.

«Das war er eben nicht! Ein schmutziger Kerl war das. Das ganze Hotel war schmutzig.»

«Wozu dann so viele Bettlaken?»

«Tja», sagte der Apotheker. Genau das fragte er sich auch. Er sah auf die Armbanduhr, ging zurück in sein Laboratorium und fing mit seinem Test an. Der Lack auf dem Brett schien trocken zu sein. Er ritzte ihn mit einem Messer ein und zog ein paar Lackstreifen ab. Er betrachtete sie und formte einen Streifen zu einer kleinen Kugel. Sie sah genauso aus und fühlte sich genauso an wie die von der Tür. Es stand fest: Die Türen waren überstrichen worden.

Dann nahm er die UV-Lampe, die er vor noch nicht allzu langer Zeit bei Madame Curie gekauft hatte, und verdunkelte das Laboratorium. Er richtete die Lampe auf die Tür und betrachtete das Resultat. Das UV-Licht drang durch die Lackschicht hindurch. Van Ledden Hulsebosch studierte die gesamte Tür, bis er schließlich die Umrisse einer Zahl entdeckte. Er zog sie mit dem Finger nach, und eine ramponierte 7 wurde sichtbar. Es hatte also doch ein Zimmer Nummer 7 gegeben. Jemand hatte sich die Mühe gemacht, das Zimmer in weniger als zwei Stunden zu einer Wäschekammer umzubauen, mit Bettwäsche zu füllen und so zu tun, als wäre sie schon immer da gewesen.

Das war nicht die Tat eines einzelnen Mannes. Wer aber sollte so etwas tun und warum? Selbst wenn sie die Frau in dem Zimmer beraubt, entführt und vielleicht sogar ermordet hatten, mussten sie doch nicht gleich das ganze Zimmer verstecken? Das war merkwürdig, dahinter mussten mehrere, ja vielleicht sogar eine ganze Bande stecken – denn dass Klugt dies alles allein gemacht haben sollte, wollte C.J. nicht in den Kopf. Außerdem war ihm nicht klar, warum Klugt so etwas tun sollte. Was er aber sehr wohl wusste, war, dass Klugt ein Typ war, der sich schnell verplapperte. Er hatte bei C.J.s zweitem Besuch gesagt, dass «er damit nichts zu tun» hatte. Das war der Satz eines Mannes, der singen würde, so viel war klar.

«Ich verstehe das nicht», sagte er zu Vreugdenhil, als er sich die Melone aufsetzte und den Mantel anzog. «Also werde ich wohl mal Saltet damit belästigen.»

Saltet wartete ab. Er war davon überzeugt, dass demnächst jemand anrufen oder mit einem «goldenen Tipp» vorbeikommen würde. Auf dem Haarlemmerdijk war keine übermäßige Polizeipräsenz erwünscht, und deswegen würden sie ihre Chance mit beiden Händen beim Schopfe packen, dessen war er sich ziemlich sicher. Dennoch saß er etwas unruhig am Schreibtisch und starrte Löcher in die Luft, als C. J. hereinkam und ihm berichtete, was er herausgefunden hatte. Saltet verstand ebenso wenig wie Van Ledden Hulsebosch, was der ganze Spuk sollte.

«Mal sehen, ob ich alles zusammenbringe. In zwei Sätzen: Mutter und Tochter kommen in ein Hotel. Die Tochter geht kurz einkaufen. In der Zwischenzeit verschwindet die Mutter und wird das Zimmer, in dem sie übernachten sollten, in eine Wäschekammer verwandelt.»

«Genau. Das waren übrigens drei Sätze.»

«Was hat das zu bedeuten?»

«Es gibt einen Menschen, den wir das fragen können. Weißt du, ob sie schon bei Bewusstsein ist?»

«Ich habe vorhin noch mit dem Krankenhaus gesprochen. Wir können sie Morgen früh abholen. Sie wird bei dir unterkommen, richtig?»

Van Ledden Hulsebosch war unschlüssig. Er stand auf.

«Ich habe dich was gefragt», bemerkte Saltet und lächelte.

«Morgen früh, so ein Unsinn. Wir holen sie jetzt

gleich», sagte C.J. «Wir lassen sie nicht länger da. Besorg uns einen Krankenwagen.»

Der überhebliche Arzt hatte wieder Dienst, als C.J. und Saltet hereinstürmten und sagten, sie würden die Sportlerin mit nach Hause nehmen.

«Das können Sie nicht machen», protestierte er.

«Ach, nein? Dann passen Sie mal auf. Mit Ihnen hab ich sowieso noch ein Wörtchen zu reden», fügte Van Ledden Hulsebosch drohend hinzu.

«Ein Patient in bewusstlosem Zustand darf auf gar keinen Fall transportiert werden», hielt der Arzt dagegen.

«Gut, ich übernehme die volle Verantwortung. Sogar die medizinische», sagte Van Ledden Hulsebosch.

Zwei Beamte fuhren inzwischen, unter Leitung von Saltet, hinter dem Rücken des Arztes das Bett aus dem Saal. Die junge Frau wachte nicht auf. Der Arzt hatte ihr neue Medikamente verabreicht, und sie schlief tief und fest. Van Ledden Hulsebosch blieb gelassen, wie ein General stand er im Saal und lächelte zufrieden, als das Bett draußen war. Der Arzt bemerkte es und sah C.J. wütend an.

«Sie hören noch von mir», sagte der Arzt.

«Ach, das hoffe ich wirklich», sagte Van Ledden Hulsebosch seufzend und drehte sich um.

Niemand verriet den Mörder von Johannes Klugt, und das war nicht gut. Saltet konnte nicht glauben, dass niemand etwas über den Mord wusste. Demnach hatten die Kriminellen vom Haarlemmerdijk mehr Angst vor dem oder den Mördern als vor der Aussicht, bald eine ganze Kompanie von Polizisten in ihrem Viertel zu haben. Das gab Saltet gehörig zu denken. Leicht enttäuscht ging er an diesem Abend über den Nieuwendijk zum Haus des Apothekers, der am Bett der jungen Athletin saß. Ab und zu legte er sie um, der besseren Durchblutung wegen. In dem Zimmer brannte nur eine Kerze. Saltet setzte sich zu dem Apotheker. C.J. sah seinen jungen Freund an.

«Nichts», sagte Saltet.

«Dann warten wir eben», sagte der Rechercheur. Saltet nickte und rief seine Frau Lize an. Er sagte ihr, er könne heute Nacht nicht nach Hause kommen, weil er am Bett einer jungen Frau sitze. Er schaffte es nicht, den Spaß vor Lize lange durchzuhalten. C.J. hörte das Gekicher am anderen Ende der Leitung. Saltet lächelte, seine Frau bedeutete ihm alles.

Sie warteten bis zum Morgengrauen. Dann öffnete Ione endlich die Augen. Sie sah sich um und schien langsam zu begreifen, wo und bei wem sie war. Keine Frage, sie hatte noch immer Angst. Panisch huschte ihr Blick durch das Zimmer, als ob ihre Mutter dort zu finden wäre.

Nachdem sie vorsichtig etwas getrunken hatte, bat Saltet sie, die Geschichte noch einmal zu erzählen, und das tat sie auch. Ihre Mutter und sie waren mit dem Schiff von Bombay nach Marseille und von dort mit dem Zug über Paris und Brüssel nach Amsterdam gefahren. Auf dem Bahnhofsvorplatz trafen sie Johannes Klugt, den sie erst für jemanden vom Olympischen Komitee hielten, doch es war ein Hotelier, der ihnen eine Unterkunft anbot, ziemlich teuer, aber zu Fuß zu erreichen.

Das Zimmer war sauber, aber alt. Ausgefranste Gardinen und Rostflecken im Waschbecken. Die Wasserleitungen waren nicht an der Wand befestigt und machten Krach, wenn man den Wasserhahn aufdrehte. Ione wollte noch etwas von der Stadt sehen und ging spazieren. Sie war den Haarlemmerdijk entlanggegangen, die Haarlemmerstraat, den Nieuwendijk. Sie hatte etwas in einem Café getrunken, in dem es sich nicht schickte, als Frau allein zu kommen. Sie war mit jemandem ins Gespräch gekommen und hatte ihn neugierig über die Stadt ausgefragt. Jemand hatte ihr erzählt, dass dies die Straße war, in der der berühmte C.J. van Ledden Hulsebosch wohnte, der Verbrechen aufgeklärt hatte, und sie hatte die Geschichten über seine schlauen Einfälle genossen. Danach war sie zum Dam gegangen und hatte dem Bijenkorf einen Besuch abgestattet, dem prächtigen Jugendstilwarenhaus des Kaufmanns S.P. Goudsmit.

«So etwas haben wir in Bombay nicht», sagte sie und lächelte zum ersten Mal. Sie hatte dunkle Augen und einen asiatischen Teint. Ihr Gesicht hatte eine runde Form, und auf der Haut waren leichte Schatten, vor allem unter den Augen. Sie war klein, feingliedrig und unruhig.

Sie erzählte, wie sie ins Hotel Klugt zurückgegangen war und wie dort das Zimmer mit ihrer Mutter verschwunden war. Sie hatte herumgeschrien, sich mit dem Hotelier gestritten, aber nichts erreicht … Und danach hatte sie nach dem Apotheker gesucht, weil es sich um ein Verbrechen handelte und sie hoffte, er könne es aufklären.

Es war und blieb eine merkwürdige Geschichte.

«Sie glauben mir nicht», sagte sie auf Englisch. Saltet übersetzte.

C.J. sah erst sie und dann Saltet an. Dieser zuckte mit den Schultern, als wolle er sagen, dass er die Frau nicht für verrückt hielt. Und das fand C.J. auch. Sie machte sogar einen sehr wachen Eindruck. «Ich glaube Ihnen. Es ist eine sehr merkwürdige Geschichte, aber ich glaube Ihnen», sagte Van Ledden Hulsebosch.

Ione seufzte erleichtert, als sie Saltets Übersetzung hörte. Sie legte ihren Kopf zurück in die Kissen und schloss die Augen. Die Medikamente wirkten immer noch nach.

«Ich verabschiede mich dann», sagte Saltet. Van Ledden Hulsebosch nickte und brachte ihn zur Tür. Als er zurückkam, war die Sportlerin wieder eingeschlafen.

Der Apotheker konnte in dieser Nacht kaum schlafen. Immer wieder ging er die merkwürdigen Ereignisse in Gedanken durch, doch er konnte sich keinen Reim darauf machen. Eine verschwundene Frau, das war in einer Weltstadt nichts Besonderes. Sie konnte durchaus das Opfer eines Raubmordes geworden sein, zumal sie mit ihrer Tochter in einer Gegend wie dem Haarlemmerdijk gewohnt hatte, und das Hotel von Klugt war sicherlich auch nicht die erste Adresse am Ort. Doch die «Aufräumaktion» in dem Zimmer, die Art und Weise, wie die Spuren beseitigt worden waren, all das sprach eine andere Sprache. Weswegen sollte man um Himmels willen ein ganzes Zimmer verschwinden lassen? Man hätte doch ebenso gut so tun können, als ob die Frau nie in dem Hotel gewesen wäre. Dann hätte man weder das Bett noch alle ihre Besitztümer wegschaffen müssen. Man hätte lediglich steif und fest behaupten müssen, dass nie jemand da gewesen wäre, dass man die jammernde Tochter noch nie gesehen hätte und dass sie vermutlich verrückt sei.

Mitten in der Nacht brachte Fräulein Van Henegouwen ihrem Arbeitgeber noch eine Anismilch.

«Ich höre Sie die ganze Zeit stöhnen. Warum schlafen Sie nicht?»

«Mir geht es gut», beruhigte C.J. seine Haushälterin.

«Ich kenne das. Wenn man alleine in der Dunkelheit liegt, hört man allerlei seltsame Geräusche. Dann habe ich immer Angst, dass niemand da ist, der mich beschützen könnte, falls etwas passiert!»

«Vielen Dank für die Anismilch. Gehen Sie doch jetzt bitte wieder schlafen», sagte Van Ledden Hulsebosch und legte sich wieder zum Schlafen hin. Fräulein Van Henegouwen überlegte noch einen Augenblick, brachte es aber doch nicht fertig, die Frage, die ihr auf den Lippen lag, zu stellen. Sie wünschte ihrem Chef eine gute Nacht und schloss dann die Tür hinter sich.

Am nächsten Morgen fuhr eine kleine Delegation hoher Herren bei Van Ledden Hulsebosch vor. Die Gruppe wurde von Geert van Rossem, dem Vorsitzenden des Olympischen Komitees, persönlich angeführt. In seinem Gefolge war Polizeipräsident Marcusse, der ungewöhnlich freundlich lächelte. Sogar Alpherts, der Bürgermeister der Gemeinden Doorn und Maarn, hatte sich dem Besuch angeschlossen. Jonathan Saltet betrat als Letzter das Haus des Apothekers; er war auf Anweisung von Marcusse mitgekommen, auch wenn ihm nicht klar war, was ihn erwartete.

«Es gibt gute Nachrichten», sagte Geert van Rossem zu dem Apotheker. «Wir haben mit Bombay telefoniert, und was stellt sich heraus? Die Mutter von Fräulein Chatterjee Golaknath ist zu Hause. Scheinbar ist Ihre Dame ein bisschen verwirrt.»

«Das denke ich nicht», antwortete Van Ledden Hulsebosch abgemessen.

Marcusse ahnte bereits, dass dieses Gespräch in die falsche Richtung lief.

«Glauben Sie mir. Die Behörden in Britisch-Indien sind über alle Maßen zuverlässig; sie haben eine wunderbare, effiziente Verwaltung. Fräulein Chatterjee Golaknath scheint in der Vergangenheit bereits unter ... nun ja, nennen wir es einfach Verwirrtheit ... Sie leidet unter Verwirrtheit.»

«Schon möglich. Aber ihre Mutter ist hier in Amsterdam verschwunden.»

«Nein, nein, nein», sagte Geert van Rossem auffallend eindringlich. «Diese Frau leidet an eine Psychose. Sie sollten ihre Worte mit Vorsicht behandeln. Wir haben entschieden, sie so schnell wie möglich zu ihrer Mutter zurückzuschicken.»

«Wir lassen ihr sogar die Ehre zuteil werden, mit der Fokker F7 Pelikan nach Batavia zu reisen. Dort gibt es ein Schiff, das sie nach Hause bringen wird», kam Bürgermeister Alpherts Van Rossem zu Hilfe.

«Wer ist ‹wir›?», erkundigte sich Van Ledden Hulsebosch in ruhigem Tonfall. Er durchschaute noch nicht, was hier gespielt wurde, aber es gefiel ihm nicht, so viel stand fest. Er musterte seinen Besuch eingehend. Die Herren waren auffallend gelassen und sich ihrer Sache scheinbar sehr sicher. Noch ein Grund mehr, ihnen nicht zu trauen.

«Wir wollen nur das Beste für sie», betonte Alpherts, wobei er den Apotheker durchdringend ansah.

«Ich möchte Ihnen etwas zeigen. Wenn die Herren mir bitte folgen würden», sagte der Rechercheur und führte die Gruppe ins Laboratorium. Vreugdenhil trat just in diesem Augenblick mit zerzausten Haaren aus einem Schrank heraus, sodass beinahe der Eindruck entstand, er habe die ganze Nacht dort verbracht. Saltet wunderte sich schon lange nicht mehr über den seltsamen Assistenten des Apothekers, und auch Van Ledden Hulsebosch tat, als sei es die normalste Sache der Welt, dass sich Vreugdenhil Tag und Nacht im Laboratorium aufhielt. C.J. bedeutete der Gruppe, sich um den Tisch zu versammeln, auf dem die Holztür und das Testbrett lagen.

«Der Hotelbesitzer behauptete, es hätte in seinem Hotel nie ein Zimmer Nummer 7 gegeben. Wenn er die Wahrheit gesagt hat, dann lügt Fräulein Ione. Dann ist es durchaus möglich, dass die Mutter der Athletin noch immer in Bombay ist – in diesem Fall hätte ich allerdings gern ein Lebenszeichen von der Frau, bevor ich Ione in Ihre Obhut entlasse. Wobei ich nicht glaube, dass Sie mir diesen Wunsch erfüllen könnten.»

Die drei Herren sahen mit betretenen Blicken auf die Tür, die vor ihnen lag.

Van Ledden Hulsebosch fuhr fort: «Eine Untersuchung mit der UV-Lampe hat ergeben, dass unter der frisch aufgetragenen Lackschicht der Tür eine alte Schicht liegt. Und wenn wir uns nun diese Schicht genau ansehen ...» Er schaltete die Lampe ein, während Vreugdenhil die Gardinen zuzog, um das Zimmer zu verdunkeln. «... dann entdecken wir doch tatsächlich die Umrisse der Zahl 7.»

Van Rossem, Marcusse und Alpherts sahen einander verdutzt an. Vreugdenhil zog die Gardinen wieder auf.

«Wer von Ihnen hat dem Krankenhaus den Auftrag erteilt, das Fräulein aus meinem Laboratorium zu holen und sie mit Medikamenten ruhig zu stellen?», fragte C. J. vorwurfsvoll.

«Herr Van Ledden Hulsebosch, ein bisschen Argwohn und Misstrauen gehören wohl zum gesunden Menschenverstand eines Kriminalisten. Und da Sie sich auch zu dieser Berufssparte zählen, sei Ihnen das auch zugestanden. Doch ehrliche Menschen des Mordes zu beschuldigen, das geht wirklich zu weit!», empörte sich Marcusse.

«Herr Polizeipräsident, ich darf doch bitten! Von Mord habe ich mit keiner Silbe gesprochen. Es fühlt sich doch wohl niemand angesprochen?», fragte Van Ledden Hulsebosch und blickte in die Runde. «Aber Sie müssen in der Tat zugeben, dass sich ein Mord ereignet hat … und rein zufällig ist das Opfer der Besitzer des Hotels, in dem sich die ganze Geschichte abgespielt hat.»

«Ach, in diesem Viertel gibt es so oft Morde», versuchte Marcusse die Tat herunterzuspielen. Alpherts legte ihm die Hand auf die Schulter und machte dem Polizeipräsidenten deutlich, dass er nun besser den Politikern das Reden überließ. Der Bürgermeister – neben dieser Amtsbezeichnung trug er auch noch den Titel Baron – trat einen Schritt vor und betrachtete Van Ledden Hulsebosch nachdenklich. Dann stieß er einen tiefen Seufzer aus.

«Mit Mord haben wir nichts zu tun. Wir beschäftigen uns im Moment lediglich mit sportlichen Ereignissen», sagte der Baron und sah C. J. tief in die Augen, als wolle er ihm damit seine Aufrichtigkeit beweisen. Saltet hatte das Gespräch genau verfolgt und die Situation im

Stillen analysiert. Es bestand kein Zweifel: Van Ledden Hulsebosch hatte einen wunden Punkt getroffen, und nun war eine Pattstellung entstanden.

Offenbar waren diese Herren in ein Komplott verwickelt, das allerdings einige lose Enden hatte. Und C.J. hatte eines dieser Enden zu packen bekommen, nämlich die Tür. Doch das reichte noch nicht aus, um die Männer zu einem Geständnis zu bewegen. «Sagen Sie mir, was ich nicht wissen darf», wagte es Van Ledden Hulsebosch schließlich. Alpherts schüttelte den Kopf und bedeutete Marcusse zu schweigen.

Van Rossem drehte den Absatz seines Schuhs, als würde er seine Startmarkierung auf der Aschenbahn anbringen, um gleich – wenn der Startschuss gefallen war – so schnell wie möglich die Beine in die Hand zu nehmen.

Im Laboratorium herrschte eine gespannte Stille, die so geladen war, dass beinahe die Funken sprühten.

«Sie geben diesen Fall ab», beschloss Marcusse plötzlich.

«Ich unterstehe nicht Ihrem Kommando. Ich arbeite auf Anfrage, und Sie haben mich nicht diesem Fall zugeteilt. Sie bestimmen nicht, womit ich meine freie Zeit verbringe!», sagte der Apotheker mit ungekannter Schärfe. Marcusse wäre vor Wut am liebsten auf den Apotheker losgegangen, doch Alpherts hielt ihn zurück.

«Es wäre besser, wenn sich das Fräulein auf die Heimreise begibt», presste der Baron zwischen schmalen, gespannten Lippen hervor.

«Und zu Hause wird sie sich wieder in die fürsorgliche Obhut ihrer Mutter begeben, und alle sind glücklich. Das ist eine glatte Lüge», zischte Van Ledden Hulsebosch sarkastisch. «Ihre Mutter ist nicht dort, und das wissen Sie!»

Die beiden Männer sahen sich einen Moment lang mit stechenden Blicken an, dann wiederholte der Baron: «Dies ist nicht der richtige Ort für eine so junge Frau. Es wäre wirklich besser, wenn sie nach Hause fliegt.»

«Dann sagen Sie mir doch wieso? Was geht hier vor?» Van Ledden Hulsebosch sah fordernd in die Runde. Ein Baron beziehungsweise Bürgermeister, ein Berufsmilitär, den man zum Organisator der Olympischen Spiele gemacht hatte, und ein Polizeipräsident mit der Intelligenz eines Affen aus dem Zoo. C.J. konnte sich nicht vorstellen, dass auch nur einer dieser drei Blut an den Händen kleben hatte, dennoch waren sie in diese Entführungssache verwickelt, die letztendlich zu einem Mord geführt hatte. Er musste von nun an sehr vorsichtig sein, das spürte er. Diese Leute des Mordes zu beschuldigen – womöglich auch noch völlig ungerechtfertigt –, konnte ihn den Kopf kosten. Doch gerade deswegen waren weitere Untersuchungen dringend notwendig. Untersuchungen, die Zeit kosten würden, die er nicht hatte. Er musste nachdenken und vor allem schneller sein als die Männer, die ihm gegenüber standen.

«Ich schlage vor, wir fragen das Fräulein selbst, was sie möchte. Vielleicht ist sie froh, nach Bombay zurückzukehren, aber vielleicht möchte sie auch, trotz allem, ihr Land bei den Spielen repräsentieren.»

«Eine sehr gute Idee», befand Alpherts.

«Aber die Geschichte dieser Frau stimmt, dafür stehe ich ein», sagte der Apotheker. «Ich bin nämlich davon überzeugt, dass ihre Mutter in den Niederlanden ist.»

Die drei Männer sahen einander an.

«Soll das heißen, Sie führen Ihre Untersuchungen fort?», fragte Van Rossem erschrocken.

«Ja! Es wurde nämlich ein Mord begangen, und den werde ich aufklären, ob Herr Marcusse nun damit einverstanden ist oder nicht.»

Alpherts sah zu Van Rossem, der das Vorhaben des Apothekers mit einem kurzen, aber für alle sichtbaren Nicken kommentierte.

«Herr Van Ledden Hulsebosch, die Spiele dürfen auf keinen Fall in Gefahr oder Misskredit gebracht werden. Wir werden Sie natürlich nicht dran hindern, in diesem Fall zu ermitteln; das ist Ihre Entscheidung. Ich bitte Sie lediglich, die Spiele nicht in ein falsches Licht zu rücken. Verschonen Sie uns alle mit irgendwelchen Eskapaden.»

«Jemanden zu verschonen, ist etwas für die Kirche, mein Herr. Ich verschone niemanden, sicherlich nicht, wenn es um einen Mord geht.»

«Die Spiele sind sauber. Das verspreche ich Ihnen», bekräftigte Van Rossem.

Van Ledden Hulseboschs Gehirn arbeitete mit Hochgeschwindigkeit. Diese Männer wussten etwas über das Verschwinden der Mutter, das war deutlich … Und es war klar, was sie ihm mitteilen wollten: Mit dem Mord hatten sie nichts zu tun. Das machte die Sache nicht gerade leichter.

«Es geht mir nicht um die Spiele, natürlich nicht. Ich möchte nur den Täter fassen.»

Als der Rechercheur dies gesagt hatte, streckte der Baron ihm die Hand entgegen, und Van Rossem nickte abermals.

«Das sehe ich genauso, mein Herr. Ich schlage vor,

wir fragen die Dame jetzt nach ihren Wünschen», sagte Alpherts.

Kurz darauf saßen sie am Bett von Ione. Alpherts versuchte sie zur Heimreise zu überreden. Er bot ihr den Flug nach Batavia an und erklärte, von dort aus könnte sie an Bord eines Dampfschiffs innerhalb einer Woche nach Hause gelangen. Auf Iones Frage, ob er wüsste, wo ihre Mutter sei, gab er keine Antwort. Seine beiden Begleiter schwiegen ebenfalls.

«Herr Van Ledden Hulsebosch ist ein hervorragender Kriminalist. Ich würde – wenn ich Sie wäre – mein Schicksal in seine Hände legen. Ich weiß bestimmt, dass er alles tun wird, um das rätselhafte Verschwinden Ihrer Mutter aufzuklären. Und er bekommt dabei selbstverständlich jede Unterstützung des Olympischen Komitees und der Polizei», sagte Alpherts, der scheinbar der *Primus Inter Pares* dieser Gesellschaft war. «Sie können bleiben, Sie können aber auch zurück in Ihre Heimat reisen. Es liegt an Ihnen.»

«Mitmachen … Mitmachen ist wichtiger als gewinnen», sagte sie schließlich, und Alpherts nickte. Das war schön gesagt, und so sollte er es auch einmal seinem guten Freund Pierre de Coubertin, der vor einem Vierteljahrhundert die Grundlage für die Spiele gelegt hatte, gegenüber formulieren. Ione beschloss, in Amsterdam zu bleiben, in der Obhut des Herrn Van Ledden Hulsebosch und seiner Haushälterin Fräulein Van Henegouwen.

An diesem Abend saß der Rechercheur an dem großen, runden Tisch in seinem Wohnzimmer. Vor ihm lag das Notizheft, in dem er vor einem Tag seine ersten Aufzeichnungen in diesem Fall gemacht hatte. Er wusste, dass das menschliche Gehirn eine riesige Bibliothek war, voller Informationen, aber dass nur Stift und Papier Ordnung in das Informationswirrwarr in seinem Kopf bringen konnten. Er hatte nicht viel geschrieben, nur ein paar Seiten. Die meisten Sätze endeten mit einem Fragezeichen. Überhaupt warf der ganze Fall mehr Fragen auf, als er derzeit beantworten konnte.

«Sie schläft jetzt», sagte Fräulein Van Henegouwen und setzte sich zu ihm an den Tisch. Zum ersten Mal in all den Jahren genoss er ihre Gesellschaft. Er betrachtete sie und sah ein ganz anderes Fräulein Van Henegouwen vor sich. Sie trug ihr Haar offen und sah ihn freundlich an. Er musste verlegen blinzeln.

«Kann ich Ihnen etwas aus der Küche bringen?», fragte sie.

«Nein, bleiben Sie ruhig sitzen.»

«Machen Sie sich Sorgen?»

«Ja», sagte C. J. und massierte sich das Kinn.

«Ist es wegen Ione?»

«Weniger», sagte der Ermittler. «Ich habe mit drei Männern gesprochen, und jeder von ihnen vertritt in der ihm eigenen Funktion den Staat der Niederlande – Polizei, Adel und Militär. Die drei Säulen der Gesellschaft. Und ich muss die ganze Zeit daran denken, dass diese drei Säulen korrumpierbar sein könnten. Das darf doch nicht sein.»

Fräulein Van Henegouwen nickte zustimmend. Sie schlug vor, ein Glas Anismilch zu trinken, das würde ihn sicherlich auf andere Gedanken bringen.

«Ich würde lieber gar nicht mehr denken», sagte er missmutig. «Wenn wir den Regierenden nicht mehr vertrauen können … Dann wird das ganze Land irgendwann in Anarchie verfallen», schlussfolgerte er.

«Vielleicht sollten Sie diesen Leuten doch vertrauen.»

«Wie bitte?»

«Vielleicht sollten Sie ihnen vertrauen. Vielleicht meinen Sie es nur gut und sind nicht korrupt.»

Van Ledden Hulsebosch nickte. Er würde das nur zu gerne glauben, aber dennoch … Diese drei Männer hatten etwas mit dem Verschwinden der Mutter zu tun und vielleicht sogar etwas mit dem Mord.

— 4 —

Manchmal müssen wir eben unangenehme Dinge tun», hatte seine Haushälterin gesagt. Van Ledden Hulsebosch hatte ihr nicht zugestimmt, sondern nur höhnisch gelacht und war dann doch persönlich in die öffentliche Bibliothek an der Keizersgracht gegangen, um sich über Sport im Allgemeinen und Leichtathletik und Laufen im Besonderen zu informieren. Er hatte nicht viel über die Rennerei und Springerei finden können und schließlich Geert van Rossem angerufen, denn wenn jemand etwas über Leibesübungen wusste, dann war es der Vorsitzende des Komitees. Der war – seit ihrer letzten Begegnung – mehr als zuvorkommend und hatte dem kurz vor dem Nervenzusammenbruch stehenden Wijngaarden aufgetragen, alles zusammenzutragen, was übers Laufen geschrieben worden war. Es gab drei zentrale Bücher. *Die Bewegungen des Schnellläufers*, verfasst von A. Th. den Wijcker, der in blumigen Worten die Technik des Laufens beschrieb. Van Ledden Hulsebosch schlug das Buch in der Mitte auf und begann zu lesen: *Dazu muss man das Rückgrat anspannen, als wäre es ein Energiewirbel. Gerade nach oben und lediglich leicht in die Richtung des Kraftfeldes geneigt, das durch die Laufbewegung angegeben wird.* Van Ledden Hulsebosch las den Satz bestimmt siebenmal und verstand ihn am Ende immer noch nicht. Wohl entdeckte er allerlei Tabellen mit Geschwindigkeiten und Zeiten, und außerdem eine Anzahl wunderbarer Zeichnungen von verschiedenen Läufern.

Er legte das Buch mit einem resignierenden Seufzer zur Seite. Was für ein Unsinn! Er versuchte es trotzdem noch einmal mit *Bemerkungen zum Laufen* von Theodoor Zalvendijk, und zu guter Letzt fesselte ihn dann die Untersuchung von Professor F.J.J. Buytendijk aus Groningen über Ermüdungserscheinungen bei Sportlern. Van Ledden Hulsebosch beschloss, den Fachmann anzurufen.

«Ach, die Olympischen Spiele», hörte er Buytendijk müde sagen. «Welches Interesse haben Sie daran?»

«Ich betreue eine junge Athletin aus Britisch-Indien», sagte der Apotheker selbstbewusst.

«Ah, dann sind Sie also ihr Trainer?» Der Professor klang sofort interessiert.

Van Ledden Hulsebosch schluckte. Sport war nun wirklich nicht sein Gebiet; er fand das übertriebene Brimborium um diese Veranstaltung noch immer lächerlich. Aber Ione hatte ihn um Hilfe gebeten. Zwar nicht direkt und nicht mit Worten, aber er spürte, dass sie ihn brauchte. Sie war noch immer beunruhigt wegen all dem, was passiert war, aber sie wollte um jeden Preis an den Spielen teilnehmen. Für sich selbst und für ihre Mutter, wo auch immer sie sich derzeit befinden mochte. Doch alleine konnte sie die harte Vorbereitung nicht bewältigen. Sie brauchte jemanden, der sie begleitete, der ihre Zeiten stoppte, der sie ermahnte, wenn ihre Leistungen nachließen. C.J. hatte ihre Bitte erst ablehnen und ihr sagen wollen, dass er den ganzen Unsinn lächerlich fand. Aber dann hatte er plötzlich etwas in ihren großen, dunklen Augen gesehen, das ihn umgestimmt hatte. In ihrem Blick hatte ein Fanatismus gelegen, etwas, das sagte, dass Ione niemals aufgeben würde. Und nur deswegen hatte er zugestimmt und gesagt, dass er ihr gerne helfen würde.

Langsam übertrug sich ihre Begeisterung für den Sport ein wenig auf ihn. Und wenn er Ione eine Hilfe sein wollte, dann blieb ihm nicht anderes übrig, als sein Wissen über das Laufen zu erweitern.

«Das Olympische Komitee hat mir keine Fördergelder bewilligt», beklagte sich der Professor bitterlich. «Ich wollte von dem Geld einen Stereoröntgenapparat kaufen, um die Athleten biometrisch untersuchen zu können.»

Van Ledden Hulsebosch wusste, was er meinte. Den Wijker hatte dem Apparat ein paar Seiten in seinem Buch gewidmet. Im Körper eines Sportlers spielten sich bei den großen Anstrengungen beachtliche Veränderungen ab. Die Atmung wurde intensiver, der Sauerstoffbedarf größer, aber merkwürdigerweise erhöhte sich der Herzschlag nicht proportional zu diesen Veränderungen. Das bedeutete, dass das Herz bei einem aktiven Sportler pro Herzschlag mehr Blut transportieren musste. Eine Untersuchung dieses Phänomens könnte einen großen Beitrag zu den medizinischen Erkenntnissen über den menschlichen Körpers leisten.

«Ich könnte Ihnen vielleicht einen solchen Apparat besorgen», sagte Van Ledden Hulsebosch. Dafür müsste er zwar einige Gefälligkeiten einfordern, aber darin hatte er inzwischen einige Erfahrung. Buytendijk war von dem Angebot begeistert.

«Wenn Ihnen das gelingt ... Wenn Sie mir einen Stereoröntgenapparat organisieren können, komme ich mit meinen Assistenten nach Amsterdam. Ich werde forschen und Ihnen beim physischen Training Ihres Läufers helfen.»

«Läuferin. Es handelt sich um eine junge Dame.»

«Na und? Das tut doch nichts zur Sache! Solange sie nur läuft», sagte Buytendijk entschieden.

Ein paar Stunden später bot sich der verdutzten Amsterdamer Bevölkerung ein ungewöhnliches Bild. Im Vondelpark stand der Apotheker mit einem Chronometer in der Hand und nahm die Zeiten von Ione. Für diejenigen, die wussten, dass er Sport nicht mochte – und das waren inzwischen nicht wenige –, war das ein verwunderlicher Anblick. Manchmal radelte er sogar hinter der Läuferin her, und später stand er mit einem Fähnchen und einer Uhr in der Hand da und rief ihr die Rundenzeiten zu.

Er war nicht alleine. Seine Haushälterin stand ihm mit Rat und Tat zur Seite und kümmerte sich um das leibliche Wohl der jungen Sportlerin. Sie brachte regelmäßig Brote zum Training, damit sich Ione stärken konnte. Gemeinsam mit Van Ledden Hulsebosch hatte sie auch einige gesunde Getränke zusammengestellt, die viele Vitamine und andere Stoffe enthielten, die C.J. zufolge das Durchhaltevermögen steigern sollten.

Zwei Tage später hatte Professor Buytendijk sein Instrumentarium in Van Ledden Hulseboschs Labor aufgestellt. In der Hauptsache bestand es aus einem schräg stehenden Bett, auf dem die Läuferin liegen oder stehen konnte. Nach schwerer körperlicher Anstrengung wurden unterschiedliche Werte gemessen, wie Lungenvolumen, Atemfrequenz, Herzschlag, Blutdruck und Ähnliches.

Van Ledden Hulsebosch hatte stets mehr Freude an seiner neuen Beschäftigung, vor allem abends, wenn er mit seinem Kollegen (in Anerkennung seiner Leistungen titulierte ihn Buytendijk nur noch als solchen) stundenlang über die wissenschaftlichen Möglichkeiten sprach, die Leistungsfähigkeit zu steigern. Auf diese Weise lernte C.J., dass Sport in der heutigen Zeit eine Art Wissenschaft war, was sein neuerliches Interesse an diesem Thema nur verstärkte. Siep Wijngaarden war aus dem Laboratorium ebenfalls nicht mehr wegzudenken – er hatte von seinem Chef den Befehl bekommen, Van Ledden Hulsebosch so lange zur Seite zu stehen, wie der Apotheker ihn benötigte. Scheinbar waren sie im Büro des Olympischen Komitees nicht unglücklich, ein paar Tage von seiner nervösen Arbeitsweise verschont zu bleiben. Van Ledden Hulsebosch ließ Wijngaarden die Zeiten von Ione verarbeiten. In Grafiken stellte der Buchhalter die Zeiten als Kurven dar, anhand derer Buytendijk und C.J. das Trainingsschema überarbeiteten.

Auf diese Weise verstrichen Wochen. Inzwischen hatten der Fußballwettstreit begonnen, und im Olympiastadion von Architekt Jan Wils versammelten sich pro Spiel mehr als 30000 Menschen. Das war eine gute Zeit für Amsterdam, zumal das Wetter herrlich war – es regnete kaum, und der strahlende Sonnenschein bot eine perfekte Bühne für das Spektakel.

«Sie sollten auch einmal bei einem Spiel zuschauen», hatte Geert van Rossem zu Van Ledden Hulsebosch gesagt. «Die Niederlande spielen gegen Uruguay, seien Sie mein Gast! Es ist ein Spiel, über das seit Wochen geredet wird, und Sie werden es sicher nicht bereuen.»

«Ich würde gerne kommen ... dürfte ich vielleicht auch einen Freund mitbringen?»

«Das geht in Ordnung», sagte Van Rossem, «ich besorge Ihnen Karten.»

Saltet freute sich wie ein kleiner Junge, als C.J. ihn fragte, ob er ihn ins Stadion begleiten würde. «Aber wahrscheinlich habe ich Dienst. Ich muss den Verkehr auf der Weteringschans regeln.»

«Wahnsinn! Lächerlich!», sagte Van Ledden Hulsebosch, und mit einem einzigen Telefonat verschaffte er seinem Freund einen freien Tag. Marcusse willigte allerdings nicht gerne ein, denn bei allem, worum der Apotheker ihn bat, knirschte er erst einmal mit den Zähnen.

Es war Ende Mai, und es schien der schönste Tag des Jahres zu werden, als C.J. mit Saltet ins Olympiastadion ging. Auch wenn die Spiele Amsterdam vollkommen in ihren Bann gezogen hatten und der Apotheker eigentlich mit nichts anderem als dem Training seiner Läuferin beschäftigt war, hatte er das Stadion bis jetzt noch nicht in seinem vollen Glanz gesehen. Zusammen standen sie vor dem imposanten Gebäude und betrachteten es lange, während um sie herum Scharen von Menschen hineinströmten. Es war wirklich ein prächtiges Bauwerk, mit einem Turm an der Vorderseite, in dessen Spitze das olympische Feuer brannte.

«Das fanden wir eine hübsche Idee», erklärte Van Rossem, als er den beiden Männern die Hand schüttelte. «Wussten Sie, dass auf dem Olymp auch immer ein Feuer brannte?»

Van Ledden Hulsebosch hatte darüber gelesen.

«Brannte das nicht im Prytaneion, dem Herzen der Stadt?»

«Genau», entgegnete Van Rossem.

«Und es wurde entzündet, indem man das Sonnenlicht in einem Parabolspiegel auffing und die Strahlen auf einen einzigen Punkt bündelte. Also eigentlich ein enormes Vergrößerungsglas, ein Brennglas.»

«Ja, genau! Und die vestalischen Jungfrauen hielten das Feuer in Brand», fügte Van Rossem hinzu.

«Vestalische Jungfrauen?», fragte Saltet.

Van Rossem verspürte keine Lust, es ihm zu erklären. «Nun ja, wir wollten also auch so ein olympisches Feuer. Herr Coubertin mochte die Idee und entwarf diesen Turm. Wir haben nur noch ein paar Probleme damit, die Flamme dort oben am Brennen zu halten.»

«Wer hat das Feuer denn entzündet?», fragte der Apotheker, der wusste, dass dieses Ritual im alten Griechenland den Sportlern selbst vorbehalten war.

«Ein Mitarbeiter der Stadtwerke. Hat eine Menge Mühe gekostet, es überhaupt zu entfachen. Eigentlich raucht es nur. Die Amsterdamer nennen es den ‹Aschenbecher der KLM-Piloten›. Das ist nicht sehr nett.»

«Amsterdamer sind sauertöpfisch», sagte Van Ledden Hulsebosch, der selbst aus Amsterdam stammte und auch hier aufgewachsen war.

Van Rossem legte den Arm um C.J.s Schultern und zog ihn mit sich ins Stadion hinein. «Wir haben gute Plätze», sagte er. «Aber vielleicht möchten Sie noch von den Toiletten Gebrauch machen, bevor das Spiel beginnt? Oder haben Sie Hunger?»

«Ich sehe mich lieber noch etwas um», sagte der Kriminalist und schlenderte mit Saltet über das Gelände. Bis zum Anpfiff würde es noch einen Moment dauern. Durch die neue Lautsprecheranlage, die Philips im Stadion installiert hatte, hallte ein spöttisches Lied:

Atheisten, Klerikale,
alle sind sie fußballkrank.

Königstreue, Radikale,
einheitlich auf einer Bank.
Niederländer sind sich einig,
gegen Uruguay, na klar.
Wer nicht weiß, wo dieses Land liegt,
brüllt am lautesten «Hurra».

Van Ledden Hulsebosch nickte. «Da spricht der Dichter weise Worte, Saltet. Komm, vielleicht bekommen wir hier irgendwo eine warme Krokette.»

Zu Hause, am Nieuwendijk, trainierte Ione im Laboratorium von Van Ledden Hulsebosch mit Gewichten. Krafttraining, so hatte Buytendijk gesagt, sorge dafür, dass die Muskelgruppen besser auf eine plötzliche Kraftanstrengung vorbereitet seien. Es erschien ihm sogar erforderlich, die Armmuskeln zu stärken, da er den Eindruck hatte, dass auch die Armbewegungen die Geschwindigkeit verbesserten. Beim Wettkampf wollte er eigentlich Filmaufnahmen machen, doch das hatte ihm das Komitee verboten.

Als sie ihr Training beendet hatte, ging Ione schweißgebadet ins Wohnzimmer hoch, wo Fräulein Van Henegouwen gerade Tee gemacht hatte. Sie sprachen nicht dieselbe Sprache, doch nachmittags – wenn Van Ledden Hulsebosch für eine Weile von dannen zog – genossen sie es, einen Moment am Tisch beisammenzusitzen. Irgendwie gelang es ihnen dann immer, sich mit Händen und Füßen zu verständigen. Die beiden mochten einander, und so genossen sie dieses Beisammensein, auch wenn sie nicht immer genau verstanden, was der andere zu sagen versuchte.

«Du übernimmst dich», sagte die Haushälterin. «Das ist zu viel, mit den Gewichten und der Rennerei. Du arbeitest zu hart, du musst dich öfter ausruhen. Ruhe. *Rest.*»

Das verstand Ione, und sie machte deutlich, dass sie es überhaupt nicht schlimm fand, *hart* zu arbeiten. Sport war ihre Leidenschaft und ihr Leben, und sie war bereit, alles dafür zu tun. «Sport is my heart.» Das brauchte man nicht zu übersetzen, denn es klang auf Niederländisch fast genauso wie auf Englisch, und so nickte Fräulein Van Henegouwen zustimmend. Über dem schönen, runden Gesicht der jungen Sportlerin schwebte jedoch eine Spur Traurigkeit. Sie musste kurz den Blick von Fräulein Van Henegouwen abwenden, die so viel Wärme und Fürsorge ausstrahlte, und schenkte ihr dann ein Lächeln, wie es Menschen manchmal tun, wenn sie sich ihrem Schmerz gefügt haben.

«Sie vermissen Ihre Mutter», sagte die Haushälterin. Ione nickte, denn auch das hatte sie ohne Probleme verstanden.

«Herr Van Ledden Hulsebosch», sagte sie, denn inzwischen konnte sie seinen Namen aussprechen. «Er, ehm … *search?*» Sie sah sich um, um die Tätigkeit vorzumachen.

«Ob er noch nach Ihrer Mutter sucht?» Fräulein Van Henegouwen wusste es nicht. Ihr Arbeitgeber hatte die Läuferin liebevoll aufgenommen und viel Zeit ins Training gesteckt. Die Suche nach der verschwundenen Frau war scheinbar in den Hintergrund gerückt. Doch das war etwas, was sie von dem Mann, den sie so bewunderte, nicht kannte.

«Ich werde ihn heute Abend danach fragen. Ich weiß es nicht.» Von Johannes Klugts Mörder fehlte ebenfalls jede Spur. Es schien sogar, als habe der Apotheker überhaupt nicht nach dem Täter gesucht. *Ob ihn der*

Besuch der drei Herren doch beeindruckt hat?, fragte sich Fräulein Van Henegouwen. Jetzt, wo sie darüber nachdachte, kam ihr das doch sehr merkwürdig vor.

«Wir müssen Ihre Mutter finden», sagte Fräulein Van Henegouwen auf einmal entschlossen. «Wo kommen wir denn da hin! Er hat schon so viele Straftaten aufgeklärt, da wird er doch wohl sicher herausfinden können, wo Ihre Mutter steckt. Also wirklich, das wäre ja noch schöner, wenn er es dabei belassen würde. Für wen hält er sich denn eigentlich?» Sie steigerte sich in die Sache hinein. «Da hat er auf dem Schaufenster in Elefantenschrift stehen, dass er ein Laboratorium für kriminalistische Spurensuche hat, und unternimmt dann nichts in einer solchen Angelegenheit. Vertut seine Zeit mit dem Sport, pah, typisch Mann!»

Ione beobachtete die Frau, ohne ein Wort zu verstehen, aber sie begriff sehr wohl, worüber sie sich aufregte. Sie musste über die nette Haushälterin lächeln, die sich so wütend aufführte, ihren Arbeitgeber aber insgeheim ungemein mochte.

Saltet stand in einer langen Schlange vor dem Essensstand an. C.J. bewunderte in der Zwischenzeit den Baustil des Stadions. Aus einigem Abstand sah es wie ein geometrisches Werk aus, aber von innen aus gesehen, war es ein absolutes verwinkeltes Labyrinth. Alle 50 Meter gab es ein Treppenhaus, das die Tribünen abstützte. Die Treppenhäuser waren mehr oder weniger miteinander verbunden und verteilten das Publikum auf verschiedene Eingänge. Auf diese Weise konnten die Zuschauer schnell ins Stadion hinein- und herauskommen.

Er schlenderte auf die Rückseite der Tribünen. Dort

sah er sich aufmerksam um und bemerkte dabei zwei dunkelhäutige Männer, die sich miteinander stritten. Der Erste hatte ein Fahrrad dabei und wurde heftig von dem anderen beschimpft. Sie sprachen kein Niederländisch. *Wahrscheinlich ist es Spanisch*, dachte C.J. Der eine Mann hatte breite Schultern, trug einen gestrickten Trainingspulli, eine weite Hose und hatte sich ein Handtuch über die Schulter geworfen. Wahrscheinlich ein Sportler, vielleicht sogar ein Fußballer. Der andere war dürr und trug einen viel zu weiten, grauen Anzug mit einem weißen Oberhemd ohne Krawatte. Der Sportler schubste den anderen und trat gegen das Fahrrad. Der Mann im Anzug kam nicht gegen ihn an. Dann hatte es der Sportler satt. Er fluchte noch einmal und ging dann weg. Der Mann im Anzug sprang auf das Rad. Er konnte nur mit Mühe das Gleichgewicht halten – offenbar fuhr er selten Fahrrad – und entfernte sich vom Stadion.

Inzwischen war Saltet beim Essensstand an die Reihe gekommen und kam mit zwei prächtigen Kroketten zu Van Ledden Hulsebosch herüber.

«Wir sollten zu unseren Plätzen gehen, findest du nicht?», fragte der Kommissar.

«Hast du Senf mitgenommen?»

«Es ist ein dicker Klacks drauf», sagte Saltet. Sie bissen in die Kroketten und gingen ins Stadion.

Harry Dennis machte den Anstoß beim Spiel Niederlande – Uruguay. Vor vier Jahren, erzählte Van Rossem, hatte die niederländische Mannschaft bei einem sehr unerfreulichen Spiel «Prügel» bezogen. Darum bestand großes Interesse an einer Revanche, sodass man leicht acht Stadien mit Zuschauern hätte füllen können. Auf dem Platz draußen standen Tausende von Menschen, die dem Gebrüll im Stadion lauschten. Sie hofften, den Spielstand anhand der Reaktionen des Publikums herauszuhören. Die Straßenhändler machten gute Geschäfte, manche von ihnen verkauften Limonade, andere geräucherte Makrele und Schokolade.

Im Stadion war der Lärm unglaublich. Diejenigen, denen es gelungen war, eine Karte zu ergattern, hatten Flüstertüten, Zugtrompeten und unzählige andere Musikinstrumente, mit denen ein Höllenlärm veranstaltet wurde, mitgebracht. Die niederländische Nationalmannschaft hatte so etwas noch nie erlebt und machte mit ihrem Spiel dem holländischen Wappentier, dem Löwen, alle Ehre.

Die «Blauen Zwerge» – so genannt, weil so ziemlich alle Uruguayer einen Kopf kleiner waren als die Niederländer – hatten allerdings das Spiel fest im Griff. Sie ließen die Holländer laufen und spielten einander zielsicher listige Pässe zu.

«Der Amateurstatus von Uruguay ist fraglich», gab Van Rossem zu bedenken. «Sie wissen ja sicherlich, dass nur Amateure bei den Spielen mitmachen dürfen?» Er musste Van Ledden Hulsebosch regelrecht anschreien, denn der Lärm war ohrenbetäubend.

«Müsste man sie dann nicht von den Spielen ausschließen?», fragte der Apotheker.

«Eigentlich schon, aber wir können nichts beweisen. Das ist schade, denn es führt dazu, dass das Niveau der Mannschaften teilweise weit auseinander liegt.»

Der Mannschaftskapitän Harry Dennis schrie seinen Spielern zu, dass sie die Taktik ändern müssten. Bisher waren sie lediglich hinter den Uruguayern hergerannt und immer zu spät am Ball gewesen.

«Guckt auf den Ball!», brüllte er, aber selbst auf dem Feld konnte er den Zuschauerlärm kaum übertönen. Der niederländische Mittelfeldspieler Massy stieß unsanft mit dem Stopper José Leandro Andrade zusammen. Dieser ließ sich prompt fallen und holte so einen Freistoß heraus. Massy wollte Andrade die Hand geben, um sich zu entschuldigen, aber Harry Dennis verbot es ihm.

«Sehr unsportlich. Nicht im Sinne der olympischen Idee», ließ Van Rossem wissen.

Obwohl sich die Niederländer wacker hielten, mussten sie doch ein Tor einstecken. Der pfeilschnelle Hector Scarone rannte allein mit dem Ball aufs Tor zu und wurde von Torwart Van der Meulen mit einer Grätsche gestoppt. Der belgische Schiedsrichter Jean Langenus zeigte auf die Elfmetermarke. Auch das zweite Tor fiel, ohne dass die Niederländer etwas dagegen tun konnten. Der Uruguayer Santoe Urdinarián dribbelte den Ball geschickt um die niederländischen Verteidiger Van Kol und Van Boxtel herum und knallte das Leder ins Netz. Sogar Van Ledden Hulsebosch konnte nicht umhin, dies mit einem «Verflixt nochmal» zu kommentieren. Das Tor wurde anerkannt, und das Spiel war vorbei.

Als der Schlusspfiff ertönte, standen die Niederländer, die einen Sitzplatz hatten, auf und klatschten laut Beifall. Sie klatschten für die phantastischen Uruguayer, gegen die die Niederlande nie eine Chance gehabt hatten, aber vor allem auch für die tapferen Löwen, die sich voller Inbrunst in den Kampf gestürzt hatten.

«Möchten Sie den Spielern noch die Hand drücken?», fragte Van Rossem.

«Geht das denn?», fragte Van Ledden Hulsebosch,

aber da bemerkte er auch schon Saltets sehnsüchtigen Gesichtausdruck. «Na, dann mal los.»

Sie warteten einen Moment, bis der erste Ansturm vorbei war. Die Leute hatten einen phantastischen Nachmittag gehabt und das wunderbare Spiel – so gute Partien gab es selten auf holländischem Boden – in vollen Zügen genossen. Nach einigen Minuten tauchte Van Rossem mit C. J. und Saltet in die Katakomben des Stadions ab, in denen sich die Umkleideräume befanden. Der hinterste – ein klammer Hohlraum aus Beton – war der niederländischen Elf zugedacht worden. Die Spieler waren bedrückt und still, nur die hallende Stimme des englischen Trainers Bob Glendenning war zu hören.

«Ein phantastisches Spiel. Gute Reklame für den niederländischen Sportsgeist», sagte Van Rossem, als er draußen auf dem Flur bereits dem Chef des Teams, Karel Lotsy, begegnete.

«Das waren doch keine Amateure!», rief Lotsy, der sich draußen vor dem Umkleideraum eine Zigarette angezündet hatte. «Wie sollen wir uns gegen solche Mannschaften wehren, wenn die Spieler fürstlich bezahlte Profis sind?»

«Das wissen wir nicht mit Sicherheit», sagte Van Rossem. Van Ledden Hulsebosch und Saltet blieben im Hintergrund. Der Apotheker konnte der Versuchung nicht widerstehen, einen Blick in den Umkleideraum zu werfen. Da saßen die niedergeschlagenen Spieler. Freese raufte sich die Haare, und Gehring hatte den Kopf an die kühle, gekachelte Wand gelehnt. Massy warf einen Ball durch den Raum. Nur Harry Dennis schien gefasst. Mit einem Messer säuberte er seine Fußballschuhe, kratzte den Dreck zwischen den Noppen weg und ließ ihn auf ein Stück Zeitungspapier fallen. C.J. war so fasziniert von dem, was der Fußballspieler dort gerade machte, dass er den Schubs, den er bekam, kaum bemerkte. Anscheinend lief jemand durch den Flur, der so viel Platz einnahm, dass er den Apotheker unweigerlich umstoßen musste. Als Van Ledden Hulsebosch aufsah, blickte er direkt in das Gesicht des Mannes, der sich vor dem Spiel auf der Rückseite der Tribüne mit jemandem gestritten hatte.

«Herr Scarone, darf ich Ihnen zu Ihrem Tor gratulieren», sagte Van Rossem auf Englisch und schüttelte dem Fußballer die Hand. Der schien sich nicht besonders zu freuen, sondern nickte nur höflich und ging weiter. Die Fußballer der niederländischen Nationalmannschaft hatten keine Lust auf Fans und waren nicht im Geringsten an dem berühmten Kriminalisten und schon gar nicht an dem Polizeibeamten, der ihn begleitete, interessiert. Sie wollten nach Hause oder in den Aufenthaltsraum für Spieler. Ihre Teilnahme an den Spielen hatte lediglich aus einem einzigen Spiel bestanden, und das ärgerte alle gewaltig.

«Das ist wahrer Sportsgeist», sagte Van Rossem, als die Tür des Umkleideraums mit einem Knall geschlossen wurde. Der englische Trainer schimpfte weiter über die Fehler in der Verteidigung, und Karel Lotsy zündete sich noch eine Zigarette an.

«Wahrscheinlich ist es besser, wenn wir gehen», sagte der Apotheker. Saltet nickte.

Die beiden Männer atmeten erleichtert auf, als sie an die frische Luft kamen. Die meisten Zuschauer hatten das Stadion bereits verlassen und die Händler ihre Stände geschlossen. Van Ledden Hulsebosch und

Saltet gingen ein Stück nebeneinander her, bis sie auf Höhe des Turms mit dem olympischen Feuer zwei Sanitäter rennen sahen. Der Apotheker stieß den jungen Kommissar an, und beide eilten den Rettungskräften hinterher.

«Ich habe davor gewarnt», hörten sie einen der Sanitäter sagen, als sie nahe genug waren. Auf dem Boden lag ein dunkelhäutiger Mann in grauem Anzug. Der zweite Sanitäter versuchte gerade, ihn durch Mund-zu-Mund-Beatmung zu reanimieren. Saltet ging auf die beiden zu, stellte sich kurz vor und fragte, ob er irgendwie helfen könne.

«Ein Zuschauer ist zum Feuer hinaufgeklettert. Anscheinend dachte er, er könne das Spiel von dort aus besser sehen. Wahrscheinlich ist er an dem Rauch erstickt.»

«Ist ein Krankenwagen unterwegs?»

«Ich habe angerufen. Aber die Stadt ist ein einziges Irrenhaus. Es waren noch nie so viele Autos in Amsterdam unterwegs.»

«Ich habe hier einen Wagen stehen», sagte Saltet. «Legen Sie den Mann auf eine Trage oder meinetwegen auch ein Brett. Ich fahre ihn dann ins Krankenhaus.»

Der beatmende Sanitäter schüttelte zwischen zwei Atemzügen schnell den Kopf. Sein Kollege übersetzte diese Geste in Worte. «Wir müssen ihn erst zum Atmen bringen, sonst hat das Ganze keinen Sinn.»

Van Ledden Hulsebosch betrachtete den Mann. Es war einer der beiden Männer, die er beim Streit beobachtet hatte. Das Fahrrad, das er bei sich gehabt hatte, konnte der Apotheker allerdings nirgendwo entdecken. Er tippte Saltet an.

«Such den Fußballer, der das erste Tor geschossen hat. Der kennt ihn.»

«Scarone?»

«Ja, ich habe gesehen, wie sie sich vor dem Spiel miteinander gestritten haben.»

«Den kann ich doch nicht einfach so aus dem Umkleideraum holen», gab Saltet zu bedenken.

«Du bist doch Polizist, oder etwa nicht?»

Saltet zögerte. Lieber würde er diesen Mann ins Krankenhaus bringen, doch den Sanitätern zufolge hatte es keinen Sinn, ihn zu transportieren. Sie versuchten weiter, die Atmung des Verletzten in Gang zu bringen. Zwischen zwei Atemzügen drückte der Sanitäter mehrmals auf die Brust des Mannes. Doch es war vergeblich.

Ein paar Minuten später gaben sie auf.

«Wir bringen ihn in die Polizeistation. Es gibt hier im Stadion eine kleine Wache», sagte der Sanitäter.

Wenig später lag der tote Mann auf einem Tisch in dem Polizeibüro. Saltet führte den großen Hector Scarone in den Raum. Van Ledden Hulsebosch wich instinktiv vor dem Hünen zurück. Scarone hatte seinen Kollegen Arrémon mitgebracht, der ein bisschen Englisch sprach. Scarone ging zum Tisch und betrachtete den Toten. Dann sah er Van Ledden Hulsebosch in die Augen.

«Er kennt ihn nicht», sagte Arrémon.

«Das kann er seiner Großmutter erzählen», sagte der Apotheker zum Kommissar, der es auf Englisch übersetzte, was Arrémon wiederum in Spanisch weitergab. Scarone wurde wütend und ging einen Schritt auf Van Ledden Hulsebosch zu. «Scheint so, als ginge das Spiel in die Verlängerung», meinte der Apotheker grimmig. «Sag ihm, dass ich gesehen habe, wie sie sich hinter der Tribüne gestritten haben.»

Scarone erzählte, er sei kurz vor dem Spiel noch nach draußen gegangen, um sich zu sammeln; kurz weg von dem Trubel und der Anspannung. Dann habe ihn ein Uruguayer angesprochen und nach Eintrittskarten für das Spiel gefragt. «So kurz vor dem Spiel konnte ich ihm keine Karten besorgen», erklärte Scarone. «Ich habe ihm gesagt, er solle sich einfach irgendwo einen anderen Platz suchen, von wo aus er das Spielfeld sehen kann.»

Das hatte der Fußballfan anscheinend auch versucht. Er war in der Hoffnung auf den Turm geklettert, von dort aus das Spiel sehen zu können. Das Feuer verbrannte dort oben nicht ordnungsgemäß, wie Van Rossem dem Apotheker zuvor erklärt hatte. So hatte das Kohlenmonoxyd wahrscheinlich seine Lungen vergiftet und seinem Leben ein abruptes Ende bereitet. Die Sanitäter pflichteten dieser Theorie bei.

«So könnte es gewesen sein», sagte der Kriminalist, glaubte aber insgeheim kein Wort davon. Er sah Van Rossem an, der inzwischen hinzugekommen war. Doch er wich dem Blick des Rechercheurs aus. C.J. brauchte keine weiteren Hinweise. Hier war mehr geschehen. Und Van Rossem hatte offenbar geahnt, dass es weiteren Ärger geben würde – es war etwas, wovor er sich sehr gefürchtet hatte, das spürte Van Ledden Hulsebosch. «Vielleicht ist es an der Zeit, dass Sie mir erklären, was hier vor sich geht», forderte C.J. den Berufsmilitär auf.

Van Rossem nickte zustimmend.

Die Aussprache fand im Gebäude des Komitees an der Weesperzijde statt, im Arbeitszimmer des Abgeordneten Wibaut. Es war das schönste Zimmer des Gebäudes, mit Regentenporträts und einer Eichenholzvertäfelung im unteren Teil der Wände. In großen Vitrinen standen etliche dicke Bücher hinter schweren Bleiglastüren. Der Schreibtisch war im gleichen Stil wie das Zimmer gehalten und von enormen Ausmaßen. Saltet und Van Ledden Hulsebosch waren durch die feiernde Stadt gegangen, in der es niemanden kümmerte, dass die niederländische Mannschaft verloren hatte. Die Nationalfahnen an den Häusern flatterten immer noch im Frühlingswind. Auf der Straße wurde ausgelassen zu Orgelmusik getanzt.

Geert van Rossem, Polizeipräsident Marcusse und Baron Alpherts hatten sich um den Tisch versammelt. Nach einer kurzen Beratung hatten sie sich darauf geeinigt, mit dem Kriminalisten und seinem Partner ein Gespräch zu führen. Alpherts ergriff als Erster das Wort.

«Wie Sie sicherlich wissen, hat es die Stadt Amsterdam einige Mühen gekostet, den Zuschlag für die Spiele zu bekommen. Es bedurfte unsererseits einiger Anstrengungen, das Internationale Olympische Komitee davon zu überzeugen, dass wir die besten Kandidaten sind. Solch eine Veranstaltung muss von der Regierung des ausrichtenden Landes und von der Stadt, in der sie ausgetragen werden soll, unterstützt werden. Noch bis vor kurzem war Los Angeles unser größter Konkurrent.»

«Ich weiß», sagte Van Ledden Hulsebosch.

«Die Regierung hatte sich gegen die Olympiade ausgesprochen. Und dadurch entstand bei der Finanzierung ein großes Loch. Es folgte ein Aufruf an die niederländische Bevölkerung, um einen Beitrag zu liefern ... Tja, die Bürger kamen diesem Aufruf auch mit großer Begeisterung nach. Wir brauchten etwas mehr als eine Million. Und wir bekamen mehr, als wir uns jemals erträumt hatten – von Kindern, die ihre Spardose leerten, oder auch Betrieben, bei denen das gesamte Personal das Einkommen eines ganzen Arbeitstages für den guten Zweck spendete.»

Es schien ganz so, als hätte Alpherts vor, sein Herz auszuschütten. Ihm war klar, dass Van Ledden Hulsebosch kein Gegner, sondern ein Freund war, der ihm vielleicht aus der unangenehmen Situation, in der er sich befand, helfen konnte.

«Als sich herausstellte, dass es bei den Amsterdamer Spielen keinerlei finanzielle Probleme geben würde, hat uns das Olympische Komitee sofort die Zusage erteilt. Am nächsten Morgen bekamen wir einen Brief ...»

Alpherts öffnete eine Mappe, die mit roten Bändern verschlossen war. Van Ledden Hulsebosch wurde bewusst, dass es sich um ein wichtiges Dokument handeln musste. Er nahm es mit großer Neugierde entgegen.

Das Papier war eine kurze, aussagekräftige Epistel.

«Hüte dich vor Olympias Zorn!» stand da. Es war von Hand geschrieben. Es stand kein Absender dabei, und es gab keine Unterschrift.

«In den darauf folgenden Wochen haben wir mehrere solcher Briefe empfangen. Sie können sie gerne einsehen. Einen Moment lang dachten wir, es könnte sich um einen geistig Verwirrten oder einen albernen Scherz handeln, aber nach dem rätselhaften Verschwinden der

Mutter Ihrer Sportlerin müssen wir in Erwägung ziehen, dass … dass hier ein ernsthafter Versuch unternommen wird, die Spiele zu sabotieren.»

«Wo ist Iones Mutter?», wollte C.J. nun endgültig wissen.

«Das kann ich Ihnen leider nicht sagen», antwortete Alpherts und schloss die Mappe.

Van Ledden Hulsebosch schlug mit der flachen Hand auf den Tisch.

«Versuchen Sie, ein Spiel mit mir zu spielen? Hier sterben Menschen, sie werden ermordet, sie verschwinden, und Sie wollen immer noch nicht alle Karten auf den Tisch legen? Das wird den Spielen nicht gut bekommen!»

«Wir hoffen, dass der Fall von Fräulein Chatterjee Golaknath nichts damit zu tun hat. Es ist vielleicht ein reiner Zufall.»

«Nein, es ist sicher kein Zufall. Sie werden erpresst. Und wenn Sie nicht nachgeben, dann wird sich dieser Wahnsinnige rächen», folgerte Van Ledden Hulsebosch kalt.

Marcusse stand auf. Er ging im Zimmer auf und ab. Geert van Rossem sah Van Ledden Hulsebosch an.

«Was, glauben Sie, will der Erpresser?», fragte er den Rechercheur.

«Dass Sie die Spiele abbrechen.»

«Sie meinen, er will kein Geld?»

«Nein, er will, dass die Spiele aufhören.»

«Aufzuhören würde bedeuten, alles zu verraten, wofür wir bisher gearbeitet haben. Wir müssten auch bekannt geben, was sich hier abgespielt hat. Stellen Sie sich doch nur vor, was geschieht, wenn die Zeitungen Wind davon bekommen, dass ein verrückter Erpresser in der Lage ist, den Abbruch der Olympischen Spiele herbeizuführen. Wir dürfen uns diesem Mann nicht beugen.» Alpherts war scheinbar fest entschlossen.

«Auch nicht, wenn es Tote gibt?» C.J. zog eine Augenbraue fragend in die Höhe.

Alpherts holte tief Luft.

«Sind wir für die Toten verantwortlich?»

«Etwa nicht? Beenden Sie die Spiele, dann hören die Morde auf. Das ist doch ganz einfach.»

«Wir organisieren lediglich ein Sportereignis. Das ist alles, was wir tun. Wir versuchen, mit Hilfe des Sports Menschen und Länder einander näher zu bringen», sagte Alpherts ein wenig ratlos.

«Wer weiß noch von diesen Briefen?», fragte der Apotheker.

«Henri de Baillet-Latour, der Präsident des Internationalen Olympischen Komitees. Ich habe ihm genau dieselbe Frage gestellt, mit der Sie mich gerade konfrontiert haben. ‹Dürfen wir weitermachen, wenn es Tote gibt?› Und er hat an mich appelliert, die olympische Idee hochzuhalten. Wenn die Wahnsinnigen gewinnen, verlieren die Menschen.»

Van Ledden Hulsebosch raffte seine Sachen zusammen und stand auf.

«Was tun Sie?», fragte Marcusse verdattert.

«Ich gehe, meine Herren. Ich kann Ihnen ja doch nicht helfen.»

Saltet sah seinen Freund an. Er reizte hoch.

«Aber Sie müssen uns helfen, Herr Van Ledden Hulsebosch. Die Drohungen sind ernst!»

«Ich werde Ihnen helfen, wenn Sie die Wahrheit sagen.»

Die Herren sahen sich an. «Dazu muss ich erst mit

Lausanne Kontakt aufnehmen», sagte Alpherts schließlich. «Bitte, verstehen Sie mich nicht falsch … Ich würde Ihnen gerne alles erzählen, aber mir sind die Hände gebunden.»

Der Apotheker nickte. «Man kann Lausanne anrufen, nicht wahr?»

Alpherts nickte und griff zum Telefonhörer.

— 5 —

Ein Wagen brachte Saltet und Van Ledden Hulsebosch zum Nieuwendijk zurück. In der Fahrerkabine herrschte absolute Stille, obwohl überall in den Straßen um sie herum gefeiert wurde. Die niederländische Mannschaft hatte zwar gegen das mächtige Uruguay nicht die geringste Chance gehabt, trotzdem wurde die Niederlage wie ein Sieg gefeiert. Die Holländer waren nicht in die Knie gegangen, und das war schon eine Menge! Das kleine Land hatte sich gegenüber der Mannschaft, von der jeder erwartete, dass sie Olympiasieger wurden, gut gehalten. Aber sowohl dem Kommissar als auch dem Apotheker war deswegen kein Lächeln abzuringen. Auf dem Schoß des Kriminalisten lag die Mappe mit den Drohbriefen, die das Olympische Komitee in den letzten Monaten erhalten hatte. Er hatte nur einen kurzen Blick darauf geworfen, in seinem Laboratorium wollte er sie genauer untersuchen. Vielleicht würde ihm die Untersuchung des Papiers oder der Tinte mehr verraten. Anscheinend war das Komitee über das Schicksal, vielleicht sogar den Aufenthaltsort von Iones Mutter, unterrichtet, aber dazu hatten sie sich am Telefon nicht äußern wollen, egal wie sehr C.J. gewettert und gedroht hatte. Zuerst musste man sich mit «höheren Instanzen» beraten, darauf hatten die Leute in Lausanne bestanden. Und wenn Van Ledden Hulsebosch etwas nicht ausstehen konnte, dann waren es höhere Instanzen: Wenn Minister beschlossen, was er erfahren oder nicht erfahren durfte;

wenn internationale Komitees sich wie Syndikate oder Geheimdienste verhielten. Wenn sie ihn brauchten, dann mussten sie ihm auch die Wahrheit sagen. Aber Alpherts, Van Rossem und Marcusse hatten ihn immer wieder um Geduld gebeten; man müsse erst die Gespräche abwarten.

«Wenn über die Wahrheit erst beraten werden muss, dann wird am Schluss wohl eine Lüge dabei herauskommen», hatte er zu guter Letzt gerufen. Er wollte sich umdrehen und gehen, sie in ihrem eigenen Saft schmoren lassen, aber der Baron hatte zweimal «Bitte» gesagt, und das war mehr als ein Kniefall vor dem Apotheker gewesen. C.J. fragte sich, wie er sich Ione gegenüber verhalten sollte. Das Einzige, was er wusste, war, dass das Verschwinden ihrer Mutter in einem größeren Zusammenhang stand. Was sollte er ihr sagen? Er konnte ihr nur erzählen, dass um das Verschwinden ihrer Mutter ein Mysterium schwebte und dass das Entwirren desselben eine Frage von Zeit und Verhandlungen war. Er hatte es mit einem Puzzle zu tun, dessen entscheidende Teile fehlten – und zwar vor allem deshalb, weil jemand anders sie ihm vorenthielt.

«Man leitet eine Untersuchung», sagte er plötzlich im Auto, «und das Wort ‹leiten› ist kein Zufall. Auf einem Schiff steht auch niemand über dem Kapitän.»

Saltet nickte bloß und sah kurz zu C.J. hinüber. Er lächelte, denn er musste an einen Abend vor einigen Wochen denken. Er wusste, dass Van Ledden Hulsebosch sich wegen all dem Aufwand, der um die Spiele betrieben wurde, ärgerte, und an jenem Abend – als C.J. bei ihm und Lize zum Essen gewesen war – hatten sie ihn nach allen Regeln der Kunst auf den Arm genommen. «Wusstest du, dass jeder Amsterdamer verpflichtet ist, mindestens einmal die Spiele zu besuchen oder für das Komitee eine ehrenamtliche Aufgabe zu übernehmen?»

«Niemand kann mich zwingen, etwas für die dummen Spiele zu tun», hatte C.J. geantwortet.

«O doch! Sie haben mich beauftragt, dafür Sorge zu tragen.» Saltet blinzelte Lize zu. «Die Polizei muss schließlich für Recht und Ordnung sorgen. Ich habe mir überlegt, dich ins Wasser zu beordern.»

«Ins Wasser?»

«Ja! In Sloten werden Ruderwettkämpfe stattfinden. Und dafür brauchen wir Freiwillige, die im Wasser stehen und den Booten die Richtung weisen.»

«Stehen? Im Wasser? Was soll denn der Quatsch?»

«Das Wasser ist dort zu schmal, um euch Helfer allesamt in Booten herumfahren zu lassen. Also bekommen die verpflichteten Freiwilligen wasserdichte Hosen und stehen dann ganz einfach im Wasser. Es ist da nicht tief. Und ich habe dafür gesorgt, dass du nur drei Tage helfen musst statt vier. Prima, oder? Von acht Uhr morgens bis sechs Uhr abends. Das wird nett, glaub's mir.»

Terror hatte Van Ledden Hulsebosch das genannt. Er hatte eine Tirade über die sportliche Verdummung im Allgemeinen und die Amsterdamer Spiele im Besonderen vom Stapel gelassen.

Und die Tatsache, dass sogar Bürger, die nichts damit zu tun haben wollten, gezwungen wurden, an den Spielen teilzunehmen, sei glatter Wahnsinn. «Um mit Karl Marx zu sprechen, auch Sport ist Opium fürs Volk. Sport ist nur dazu da, unsere Gehirne lahm zu legen. Lächerlich! Ich verlasse die Stadt. Ich warne dich, Jonathan, wenn du glaubst, dass ich mich ins Wasser stelle, dass du mich da reinkriegst ...» Während sein Kopf vor Wut rot anlief, konnten sich Jonathan und Lize das Lachen nicht mehr verkneifen, was Van Ledden Hulsebosch nur noch wütender machte.

«Nimm die Wettläufer. Die rennen wie die Irren: Schnell, schneller, am schnellsten. Aber wohin? Und wozu? Der schnellste Läufer wird doch nicht schneller als ein Fahrrad. Und wozu auch? Denn Autos sind wiederum schneller als Räder. Also müssen die auch wieder schneller werden. Machen wir daraus einen Wettkampf: schnell, schneller, am schnellsten. Um schließlich einen Zug herauszubekommen, der wiederum schneller als ein Auto ist. Zum Schluss schießen wir eine Rakete zum Mond – was für einen Sinn hat es da noch zu laufen? Steh still und schau dich um. Aber daraus werden sie wohl keine Sportart machen, aus Beobachten und dem Genuss kleiner Dinge.»

Beim Nachtisch hatte der Apotheker noch bemerkt, dass Blut, das in die Beine geht, nicht ins Gehirn fließen kann, und dass deswegen Sportler überhaupt nicht intelligent seien. Er sagte, dass Sport dumm mache und dass die Umkehrung auch wahr sei: Dummheit macht Sport. Dem konnte Saltet nicht folgen, also erklärte Van Ledden Hulsebosch es ihm. «Wer denkt sich nur so etwas Idiotisches wie den Hundertmeterlauf aus? Dafür muss man dumm sein. Ein intelligenter Mensch würde sich eine Möglichkeit überlegen, diese Distanz zu überbrücken, ohne sich anstrengen zu müssen. Man sollte lieber einen Wettkampf in Chemie organisieren.»

Saltet betrachtete seinen Freund neben sich im Dienstwagen, der wütend vor sich hinstarrte, weil er an Menschen dachte, die viel wussten, ihm aber nichts sagten. In den vergangenen Tagen hatte er sich, mit dem Chronometer bewaffnet und bis zum Äußersten für die junge Athletin verausgabt, deren Schicksal er sich zu Herzen genommen hatte. Der Apotheker, der Sport so hasste, war sportlich geworden, nicht etwa aus wissenschaftlichem Interesse oder weil es gesund war oder weil er etwas lernen konnte, sondern aus Menschenliebe. Saltet überraschte das ein bisschen, er fand es aber schön, und deswegen hatte er im Vondelpark auch keine zynischen Scherze gemacht. Er konnte es verstehen. Van Ledden Hulsebosch war oft über alle Maßen verärgert, betrübt und meckerte über allerlei kleine, unwichtige Dinge. Aber er war eine gute Seele und ein Mensch, der sich um seine Umwelt sorgte.

Sie stiegen am Nieuwendijk aus und betraten schweigend das Laboratorium. Zu seiner Überraschung bemerkte Saltet, dass Vreugdenhil bereits Platz für die neue Untersuchung geschaffen hatte. C.J. nahm die Vorbereitungen seines Assistenten wohlwollend zur Kenntnis und legte die Mappe mit den Papieren auf den Tisch.

«Kann ich etwas tun?», fragte Saltet.

Van Ledden Hulsebosch schüttelte den Kopf. «Vorläufig nicht.»

Er ging zum Kleiderständer hinüber und streifte den weißen Laborkittel über, den er bei seinen Experimenten gewöhnlich trug. Aus einem der Schränke holte er eine seiner schönsten Pfeifen und stopfte sorgfältig den Kopf mit Tabak, den er aus einer Dose in Delfter Blau nahm. Er zündete den Tabak mit einem Feuerzeug an, nahm einen Zug und betrachtete die Pfeife. Dieses Ritual beendete die Galgenfrist für den Täter. Die Ermittlung begann nun erst richtig.

Saltet blieb im Türrahmen stehen; er wurde nicht

gebraucht, aber er wollte seinen Partner auch nicht alleine lassen. Van Ledden Hulsebosch betrachtete die Mappe, als ob er den Deckel eines ungeöffneten Sarkophags vor sich hätte. Er war so in Gedanken vertieft, dass er erst spät bemerkte, dass Fräulein Van Henegouwen mit Ione hinter ihm die Treppe herunterkam.

«Sie sind aber lange weg gewesen», sagte die Haushälterin.

«Willst du ihnen sagen, was passiert ist?», fragte Van Ledden Hulsebosch Saltet mit ernster Miene.

«Auch das mit dem äh ...», sagte Saltet leise, ohne den Satz zu beenden.

«Nein, das nicht», antwortete der Kriminalist, der wusste, was Saltet meinte.

Sie saßen am runden Tisch in Van Ledden Hulseboschs Wohnzimmer, tranken Tee und aßen Plätzchen. Saltet erzählte seine Geschichte, teils auf Englisch, teils auf Niederländisch. Er sprach vom ausländischen Sportfan, der im Rauch des olympischen Feuers erstickt war. Und von den Drohungen eines Unbekannten, der die Sportveranstaltung scheinbar um jeden Preis stören wollte. «Hat das Verschwinden meiner Mutter auch etwas damit zu tun?», fragte Ione am Schluss.

«Das wissen wir noch nicht. Das ist etwas, was wir noch untersuchen müssen», redete sich Saltet heraus.

«Sie wissen mehr, als Sie zugeben», vermutete sie.

«Mehr wissen wir wirklich nicht», sagte Saltet. Ione versuchte ihm tief in die Augen zu sehen, doch er wich ihrem Blick aus. Da stand sie hastig auf und rannte ins Laboratorium. Fräulein Van Henegouwen versuchte vergeblich, sie aufzuhalten.

Van Ledden Hulsebosch stand noch immer im Labor, als habe er auf sie gewartet. Er zog an der Pfeife und starrte die Mappe an, als ob sie ihn in eine Art Trance versetzt hätte. Er sprach kein Englisch, sie kein Niederländisch.

Sie sagte: «Sie wissen mehr!»

Und er sagte: «Nein. Aber ich verspreche Ihnen, dass ich mehr erfahren werde. Ich werde hinter die Wahrheit kommen, denn es sind nicht die Menschen, die mir die Wahrheit sagen, es sind die Spuren.»

Saltet und Fräulein Van Henegouwen waren ihr nachgeeilt und standen jetzt hinter ihr. Saltet wollte übersetzen, aber Ione hob die Hand: Es war nicht nötig.

C. J. legte die Hand auf die Mappe mit den Briefen.

«Dies ist nur ein Anfang. Es muss viel mehr Spuren geben. Man kann es mit den Sternen vergleichen. Sterne sind prächtig, aber es geht darum, in den Sternen das Sternbild zu erkennen. Das geschieht, indem wir Linien zwischen den Hinweisen ziehen, die wir haben.»

Dann sah er Ione eindringlich an. «Vertrau mir.»

«Das tu ich», sagte sie und nickte.

«Die Zeit ist im Moment noch ein Feind. Wir müssen dafür sorgen, dass sie ein Freund wird», sagte er, sichtlich bewegt. Wieder nickte sie.

«Nehmen Sie sich Zeit. Ich vertraue Ihnen», sagte sie in Englisch. C. J. verstand genug, um zu wissen, dass er sie für sich eingenommen hatte.

Dann ging sie plötzlich auf ihn zu und umarmte ihn. Sie war zwei Köpfe kleiner als er. Mit seiner ruhigen, gelassenen Art, der Pfeife in der Hand und stoischem Blick, sah Van Ledden Hulsebosch für einen Moment buchstäblich wie der Fels in der Brandung aus, an dem

Ione sich festhielt. C.J. legte ebenfalls die freie Hand um sie. Er hatte nie das Vergnügen gehabt, Kinder zu haben, so musste es sich aber anfühlen, wenn man welche hatte. Dann ließ er sie los und deutete ihr damit an, dass er mit der Arbeit beginnen wolle. Sie nickte, drehte sich um und ging die Treppe hinauf. «Ich mache Tee», sagte sie noch.

Saltet und Fräulein Van Henegouwen standen noch immer bass erstaunt am Fuß der Treppe und sahen den Kriminalisten an. Es sah beinahe so aus, als habe sich ein lichter Schein um seine Konturen gelegt. C.J. drehte sich wortlos um und widmete sich wieder der Mappe. Die beiden drehten sich herum und folgten Ione nach oben.

Zwei Tage lang war Van Ledden Hulsebosch für niemanden zu erreichen. Ione und Fräulein van Henegouwen brachten ihm Essen und Tee, ohne dass er darum hätte bitten müssen. Er rief niemanden an, noch nicht einmal das Olympische Komitee, um sich nach dem Stand der Dinge zu erkundigen. Er ging in seiner Arbeit auf, und seine Arbeit bestand aus der Mappe mit den Briefen, die von einem Mann abgeschickt worden waren, der sich Narkaoo nannte. Das war das Erste, womit er sich beschäftigte: Narkaoo. Jemand, der mit einem Decknamen unterzeichnet, wählt diesen Namen nicht umsonst. Er hatte recherchiert und schließlich herausgefunden, dass das Wort griechischen Ursprungs war und «betäuben» hieß. Das Wort «Narkose» war davon abgeleitet und sogar der Blumenname «Narzisse», weil man zu Anfang dachte, der Narzissenduft sei betäubend oder wenigstens einschläfernd.

Das war ein erster Hinweis, auch wenn er damit im

Moment nicht weiterkam. C. J. widmete sich den Briefen; vielleicht enthielten sie brauchbare Spuren. Es waren vier, jeder mit einer Stahlfeder und teurer, schwarzer Tinte auf handgeschöpftem Papier geschrieben.

Die Tinte drang an manchen Stellen durch das Papier hindurch, denn es war sehr rau. Anscheinend wollte der Schreiber nicht über die Flecken auf der Rückseite schreiben und hatte das Papier deswegen nur auf einer Seite beschrieben. Alle Texte schienen die gleiche Länge zu haben, und beim Nachzählen der Wörter stellte sich heraus, dass jeder Brief aus genau 111 Wörtern bestand.

C. J. las den Text des ersten Briefes, der an dem Tag geschrieben wurde, an dem das Internationale Olympische Komitee beschlossen hatte, dass die Spiele in Amsterdam ausgetragen werden würden:

«Gruß. Geschrieben von Narkaoo, dem Meister Bouwer, bringe ich Euch den Zorn von Olympia. Blut soll durch Eure Städte und Häuser fließen. Die Plagen, die Euch überkommen werden, werden schlimmer als die Plagen Ägyptens sein. Ich werde Leid über die Sportler bringen, wie heißes Pech, das sich über die heranstürmenden Legionen ergießt. Ihr sollt Eure Toten zählen. Es werden elf an der Zahl sein. Ich werde sie einen nach dem anderen des Lebens berauben, bis Ihr die Spiele abbrecht. Brecht Ihr sie nicht ab, wird ihre Zahl mehr als elf betragen – Tote so lange, bis der Meister Bouwer zufrieden ist. Blut, Tod und Schmerzen werden Eure Medaillen sein. Schmückt damit Eure Leichen.»

Ein außerordentlich biblischer Stil, beobachtete C. J. Ein religiöser Fanatiker? Oder war es eher mythologisch gemeint? In jedem Brief sprach der Verfasser vom «Zorn

Olympias». Auch der Begriff «Meister Bouwer» kam oft vor, aber das sagte Van Ledden Hulsebosch nicht viel, und er konnte den Ausdruck in keinem Nachschlagewerk finden. In jedem Brief kamen Zahlen vor, manchmal drohte er mit elf Toten, dann wieder mit sieben, dann wieder mit vier, dann mit sieben und vier, was zusammen wieder elf ergab. Er schien Zahlen zu lieben und kannte sich damit gut aus. In allen Brief sagte er «die Plagen» voraus.

Der zweite Brief schien tatsächlich von Iones Mutter zu handeln. Der Verfasser sprach von einer Ankunft und danach von «Verderben». C.J. schrieb die folgende Passage in sein Heft.

«Sie, die aus dem Osten kommt, wird das Verderben mitnehmen in die Stadt. Sie ist eins, dann zwei, dann vier, dann acht, bis alle Felder des Schachbretts gefüllt sind und Ihr mit den Toten Euern Grund und Boden verhüllen könnt.»

Van Ledden Hulsebosch las den Text erneut und versuchte vergeblich zu verstehen, wovon hier die Rede war.

Der dritte Brief sagte den Tod eines schwarzen Mannes voraus.

«… im schwarzen Rauch seines Bestehens. Seine Lungen werden so schwarz sein wie seine Haut. Er ist die Eins, und der Tod kommt durch die Sieben.»

Damit musste ohne jeden Zweifel der tote Mann beim olympischen Feuer im Stadion gemeint sein.

Nachdem Van Ledden Hulsebosch alle Briefe gelesen hatte, war sein Heft voller Anmerkungen, aber zwischen den einzelnen Briefen bestand kaum ein Zusammenhang. Der vierte Brief handelte von *«Der Wassernot. Die Vier wird sterben, aber die Eins sieht den Tod.»* Das konnte nur bedeuten, dass bei den Ruderwettkämpfen etwas passieren würde. Es würde allerdings noch ein paar Wochen dauern, bis die Wettfahrten begannen, Zeit genug, die nötigen Vorkehrungen zu treffen. Mehr Briefe gab es nicht, aber es war deutlich, dass der Verfasser nicht vorhatte, mit dem Schreiben aufzuhören.

Als Van Ledden Hulsebosch alles noch einmal gründlich durchgegangen war, fing er mit der Untersuchung im Laboratorium an.

In seinem Heft hatte er versucht, eine Matrix aus den Rätseln der Briefe anzufertigen. Er hatte auch die Hinweise aus den bisherigen Geschehnissen mit einbezogen. Doch selbst daraus konnte er nicht einmal ansatzweise schließen, um was für einen Menschen es sich bei dem Täter handeln konnte.

Das teure Papier, auf dem die Briefe geschrieben worden waren, konnte man nur in den besseren Schreibwarengeschäften bekommen. Auch die Tinte war gut und dick, sie bestand aus festen, schweren Kristallen. Der Poststempel auf den Briefumschlägen war jedes Mal ein anderer, aber es bestand kein Zweifel daran, dass alle Briefe in Amsterdam eingeworfen worden waren. Der erste in einen Briefkasten im östlichen Stadtteil, der zweite in Amsterdam-West, der dritte war vom Postamt Meeuwenlaan im Norden abgestempelt worden. Logischerweise kam der vierte Brief aus dem Concertgebouwviertel, also aus dem Süden.

Die kräftig durchdrückende Handschrift war deutlich, ruhig und gleichmäßig. C.J. betrachtete die Buchstaben unter dem Mikroskop. Der Täter – oder die Täterin – hatte die Briefe mit viel Bedacht geschrieben, was auch aus der Wortwahl und der Tatsache, dass jeder Brief genau 111 Wörtern zählte, abzulesen war. Zweifellos hatte er den Text vorgeschrieben und so lange daran herumgefeilt, bis die Wortzahl stimmte, und ihn erst dann auf das handgeschöpfte Papier übertragen.

C.J. kannte ein Geschäft, das solch teures Papier und verschiedene Tintensorten verkaufte: Vlieger. Der Schreibwarenladen an der Amstel, in der Nähe des Rembrandtpleins, befand sich fast gleich neben der Wache, in der Saltet als Kommissar tätig war. Van Ledden Hulsebosch beschloss, nachmittags dort vorbeizugehen und eine Reihe Papiersorten, vor allem aber kleine Tintenproben zu erstehen, um sie unter dem Mikroskop miteinander zu vergleichen.

An den zwei Tagen, an denen C.J. die Briefe untersuchte, vergingen viele Stunden, in denen er nichts tat, außer vor sich hin zu starren. Er tat sein Bestes, um sich auf die kriminalistischen Untersuchungen zu beschränken. Und das bedeutete, dass er auf der Jagd nach wissenschaftlichen Beweisen war. In der Tinte, im Papier, in der Handschrift, in der Sprache musste doch etwas sein, das auf die Spur des Täters führte. Doch das Geheimnis der Briefe blieb ihm unergründlich.

Van Ledden Hulsebosch ging schließlich noch einmal zum Rembrandtplein und kaufte neues Papier und Tinte. Dann besuchte er Saltet auf ein Schwätzchen, wobei er sogar Marcusse begegnete, der tatsächlich freundlich fragte, wie die Ermittlungen denn vorangingen.

Zurück in seinem Haus am Nieuwendijk, nahm der Apotheker den Telefonhörer in die Hand und rief Geert van Rossem an. Der war vollauf mit den Vorbereitungen für das Finale der Fußballmeisterschaft beschäftigt. Schon in zwei Tagen war es so weit, und das Spiel versprach ein wahres Spektakel zu werden. Uruguay hatte in der Tat alle Begegnungen gewonnen, doch der Gegner Argentinien würde für die «blauen Zwerge» keine leichte Beute sein. Van Ledden Hulsebosch hörte ihm nur mit halbem Ohr zu. Er erzählte, was er bis jetzt wusste, und das war nicht wirklich viel.

«Glauben Sie nicht auch, dass die nächste Gewalttat bei den Ruderwettkämpfen zu erwarten ist?», unterhielt er sich schließlich mit Van Rossem über den einzigen brauchbaren Hinweis, den er hatte.

Am anderen Ende wurde es sehr still, also wiederholte er seine Frage.

«Ja, ich habe Sie schon verstanden. Äh ... Wir haben darüber auch hier gesprochen, und wir glauben, dass es in der Tat so sein wird.»

«Gut, dann bleibt uns also noch etwas Zeit», sagte Van Ledden Hulsebosch.

«Ja, das denke ich auch.»

«Sie haben sicher keine Neuigkeiten ...», setzte der Kriminalist an, konnte jedoch seine Frage nicht beenden.

«Ich muss weitermachen, Verehrtester. Im Moment sitze ich hier in einem reinen Tollhaus. Bitte haben Sie Verständnis dafür. Wir bleiben in Kontakt.» Ohne Van Ledden Hulseboschs Antwort abzuwarten, beendete Van Rossem das Gespräch. C. J. starrte kurz den Hörer an, runzelte die Stirn und legte ebenfalls auf.

Dann blieb also nur das Laboratorium. Er stieg mit seinen Einkäufen in den Keller hinab. Dort legte er erst das Papier und dann die Tinte unter das Mikroskop, führte noch ein paar Tests durch und war nicht weiter überrascht, dass das Ergebnis seinen Erwartungen entsprach. Das Papier und die Tinte, die er besorgt hatte, stimmten mit dem überein, das der Täter benutzt hatte.

Bei Vlieger wurde viel Tinte und viel Papier verkauft. Doch es wurde nicht dokumentiert, wer was kaufte, danach hatte er sich bereits erkundigt. Die Spur verlief also im Nichts.

In dieser Nacht drang ein verhaltenes Schluchzen aus dem Gästezimmer in Van Ledden Hulseboschs Schlafzimmer herein. In den letzten Tagen schlief er schlecht, denn der Fall ging ihm nicht aus dem Kopf. Normalerweise hatte er viel Freude an solchen Rätseln, aber dieses war anders. Ione war traurig, und ihre Tränen um die verlorene Mutter gingen ihm zu Herzen.

C.J. war von dem leisen Schluchzen geweckt worden. Er knipste die Lampe neben seinem Bett an. Dann ging er in den Flur hinaus und lauschte. Er wagte es nicht, das Zimmer von Ione zu betreten, das war unmöglich: Es gehörte sich nicht, dass ein älterer Herr nachts das Schlafzimmer einer jungen Dame betrat. Er hörte sie leise weinen und schluchzen, dann wimmerte sie «Mama». Danach folgte Stille. C.J. wartete kurz, ging dann zwei Schritte nach vorn, drückte vorsichtig die Türklinke nach unten und sah um die Ecke ins Zimmer. Ione lag im Bett und schlief. Unruhig zwar, aber sie schlief. Wahrscheinlich war es ein Traum gewesen, was er gut nachvollziehen konnte. Er schloss die Tür und erschrak nicht im Geringsten, als er Fräulein Van Henegouwen im Flur stehen sah. Sie trug nur ihr Nachthemd.

«Sie haben es auch gehört?», fragte sie.

«Sie schläft, nur ein Albtraum», sagte er.

«Sie weint im Schlaf. Das ist schlimm.»

C.J. nickte. Sie sagten sich Gute Nacht und gingen in ihre Schlafzimmer zurück.

In den vergangenen Tagen war Fräulein Van Henegouwen auffallend still gewesen. Weil ihr Arbeitgeber mit den Untersuchungen so beschäftigt gewesen war, hatte sie Iones Training übernommen. Sie hatte schnell herausbekommen, wie der Chronometer funktionierte, aber während des ersten Sprints dennoch gerufen, dass eine Stunde und dreiundzwanzig Minuten nun nicht gerade ein Weltrekord sei.

Aber nach und nach bekam sie immer mehr Erfahrung mit den Zeiten und dem Messen und konnte Ione zu besseren Ergebnissen anspornen. Die beiden verstanden sich noch immer ausgezeichnet, und es war eine große Überraschung, als Ione eines Morgens für Fräulein Van Henegouwen ein Sportshirt gekauft hatte. So konnte man sie eine Stunde später zusammen im Vondelpark sehen: Ione am See entlangrennend, und Fräulein Van Henegouwen im Sportshirt und mit Chronometer, die an der Ziellinie stand und etwas rief.

Professor Buytendijk kam ab und zu am Nieuwendijk vorbei, um den Fortschritt des Trainings zu überwachen. Er erkundigte sich auch, wie es denn um den Röntgenapparat stünde, den der Apotheker ihm versprochen hatte.

Van Ledden Hulsebosch sagte nichts, als ihm klar wurde, dass er vor lauter Arbeit vergessen hatte, sich um diese Angelegenheit zu kümmern. Er hängte sich sofort ans Telefon und gab sich erst zufrieden, als man ihm das Versprechen gegeben hatte, dass der Apparat in wenigen Tagen in seinem Laboratorium stehen würde. C.J. schüttelte den Kopf; wie hatte er das bloß vergessen können. Vielleicht überstiegen solche Fälle inzwischen doch seine Kräfte. Das Essen schmeckte ihm in letzter Zeit auch nicht mehr recht. Er wusste, dass sich seine Haushälterin die größte Mühe gab – es schien gerade so, als ob er keine Geschmacksnerven mehr hatte. Doch er dachte nur noch über Iones Mutter nach. Es ärgerte ihn, dass weder Lausanne zugestimmt hatte, ihm mehr Informationen zu geben, noch die Vorgesetzten von Polizeipräsident Marcusse. Eigentlich ärgerte ihn alles, und das störte ihn ebenfalls. Er schätzte es nicht, anderen Leuten auf die Nerven zu gehen, doch scheinbar blieb ihm keine andere Wahl. Ione hatte sich ihm anvertraut. Er wollte diesen Fall lösen, gerade weil sie so davon überzeugt war, dass es ihm gelingen würde.

Doch angesichts der wenigen Hinweise zweifelte er mittlerweile daran, dass er ihre Mutter jemals finden würde. Er wusste nicht einmal, ob sie noch lebte, aber er befürchtete das Schlimmste, besonders angesichts der Erpresserbriefe. Beim Mittagstisch beobachtete er Ione oft heimlich. Sie starrte in eine unerreichbare Ferne, als ob sie dort etwas zu sehen schien. Einmal ertappte sie C.J. «Warum sehen Sie mich so an?», fragte sie.

Er schwieg einen Moment. «Woran haben Sie gerade gedacht?», wollte er wissen. Sie schien seine Frage zu verstehen.

«Ich habe Ihnen alles gesagt», meinte sie, ohne ihn direkt anzusehen. «Mehr weiß ich nicht.»

Dann wurde es still am Tisch.

«Seien Sie unser Gast», hatte Baron Alpherts zu Van Ledden Hulsebosch gesagt, als er ihn zu einem Empfang in der Diamantenbörse am Weesperplein einlud.

C.J. hatte nicht viel Lust auf den Rummel. Es gab Wichtigeres als diese feinen Pinsel, die allesamt damit prahlten, dass sie die Olympischen Spiele auf irgendeine Weise unterstützten. Er war mit seinen Untersuchungen beschäftigt und wollte sich lieber auf Dinge konzentrieren, die wirklich von Bedeutung waren.

Aber es gab kein Entkommen. Anscheinend wollte der Baron den Kriminalisten für sich einnehmen, und deswegen musste er sich beim Empfang sehen lassen, bei dem zweifellos hervorragendes Essen und Trinken serviert wurde.

Amsterdam war seit dem 18. Jahrhundert der Mittelpunkt des Diamanthandels. Es waren vor allem die jüdischen Diamantschleifer wie Josef Asscher und die Gebrüder Boas gewesen, die dafür gesorgt hatten, dass die Hauptstadt als Zentrum des lukrativen Industriezweiges galt. Um 1900 hatten die Diamanthändler ihren Handel noch in unterschiedlichen Cafés rund um den Rembrandtplein betrieben, aber noch vor dem Ersten Weltkrieg war der Architekt Gerrit van Arkel von der Gemeinde beauftragt worden, eine Diamantbörse zu entwerfen. Das Gebäude bestand aus vielen Verhandlungszimmern, und im Parterre war ein Börsensaal, in dem die unterschiedlichen Händler ihre Ware an andere Händler und manchmal auch an Privatpersonen verkaufen konnten.

Baron Alpherts erwartete Van Ledden Hulsebosch am Eingang und führte ihn in den Saal. Alpherts stellte ihn verschiedenen wichtigen Leuten aus der Diamantenbranche vor, und so kam der Kriminalist mit dem alten Josef Asscher in Kontakt.

«Herr Asscher hat einen wichtigen Beitrag zur Anwerbung von Fonds für die Olympischen Spiele geleistet», sagte der Baron stolz. Der Diamantschleifer nickte und fegte das große Lob mit einem Lächeln vom Tisch. Asscher war nicht mehr der Jüngste. Seine Söhne hatten die Nachfolge angetreten und kümmerten sich um den Betrieb; es waren schwierige Zeiten, doch sie schlugen sich wacker.

Van Ledden Hulsebosch unterhielt sich gerne mit älteren Menschen. Ihre Ansichten zeugten oft von langer Lebenserfahrung und der damit verbundenen Weitsicht. Josef Asscher war ein weiser Mann, mit dem Glauben und Wissen eines alten Volkes.

«Ist es nicht Chuzpe, dass ausgerechnet wir Juden ein Spektakel finanzieren, das die Griechen erfunden haben?», fragte Asscher lachend.

«Sie werden wohl Ihre Gründe haben, sich an diesem Spektakel zu beteiligen.»

«O ja, selbstverständlich. Unter uns gesagt, es kommen dadurch allerlei hohe Herren in die Niederlande. Und hohe Herren nehmen für ihre hohen Gattinnen, die sie natürlich nicht mitgenommen haben, teure Sachen mit nach Hause. Und sie kaufen Geschenke für die teuren Frauen, die sie sehr wohl mitgenommen haben. Ein Diamant tut Wunder, in beiden Fällen.»

Van Ledden Hulsebosch lächelte.

«Ach, mein Herr, Sie wissen doch, was es unter der Sonne alles zu kaufen gibt. Lassen wir das Sonnenlicht dann auch auf unsere Sünden fallen. Kennen Sie sich mit Diamanten aus?»

«Kaum», sagte Van Ledden Hulsebosch. «Ich weiß, dass sie aus Kohlenstoff bestehen, der unter sehr hohem Druck und bei hoher Temperatur zusammengepresst wurde. Dass oft Lavaströme sie mit nach oben nehmen, und dass ein paar Steine in Indien gefunden wurden, der große Aufschwung aber erst kam, als man welche in Brasilien fand. Ganz zu schweigen von der Zeit des Kaps … Diamanten aus Südafrika.»

Josef Asscher ging etwas vornübergebeugt; seine Hand ruhte auf einem kleinen Spazierstock, der ihm Halt bot. Er nickte zustimmend, denn was C.J. sagte, stimmte.

«Wir hier in Amsterdam haben uns durch das Spalten des Cullinan Ruhm erworben. Ein riesiger Diamant, der im Besitz des britischen Königshauses war. Edward der VII. hat uns persönlich beauftragt, den Stein zu spalten. Ich bin viele Monate damit beschäftigt gewesen.»

«Spalten?»

«Ja, ein Diamant ist ein durchsichtiger Stein, aber nicht hübsch oder gleichmäßig geformt. Um daraus Brillianten, Ovale, Marquise und Smaragde zu machen, muss man den Stein spalten. Ich habe den Cullinan persönlich gespalten.»

«Und wie?»

«Mit einem Beitel. Man legt den Diamanten in einen Kupferstiel, und dann stößt man zu.» Er zeigte auf eine kleine Nachahmung eines Kupferstiels, die er als Brosche am Kragen trug. «Zuerst habe ich monatelang die Bruchlinien des Steins studiert. Ich fertigte Tausende von Zeichnungen an und ging alle Möglichkeiten durch. Wenn der Stein falsch gespalten worden wäre, wäre nicht nur der Stein zertrümmert worden, sondern auch unser Betrieb. Am Ende habe ich einen Beitel quer über den Stein gelegt und darauf einen Schlag gegeben.» Er lachte schallend. «Und, was glauben Sie? Ich zerbrach den Beitel!»

Van Ledden Hulsebosch lachte mit. Er erkannte in diesem Mann viel von sich selbst wieder: die wissenschaftliche Sicht auf das Problem, die gründliche Untersuchung und die Leidenschaft für sein Fach, sei es nun das Spalten eines besonders großen Diamanten oder das Lösen eines kniffligen Kriminalfalles.

«Entschuldigen Sie bitte, dass ich Sie störe», sagte ein dünner Mann mit einem glänzenden Brillengestell auf der Nase. Pflichtgemäß schenkte er C.J. ein kurzes Lächeln. Er sprach sehr gehetzt.

Asscher stellte ihn vor. «Das ist Cock Preumer, mein persönlicher Assistent. Meine Söhne fanden, dass ich einen persönlichen Assistenten bräuchte. Sie nennen ihn meinen Sekretär. Ich hätte lieber eine Sekretärin gehabt, aber das durfte ich nicht.»

«Sie müssen Ihre Ansprache halten», sagte Preumer und zog ein Papier aus seiner Innentasche. Asscher nahm es entgegen, überflog es flüchtig.

«Aber es gelang uns», erzählte er unbeirrt weiter. «Wir teilten den Diamanten letztendlich in neun große und dreiundzwanzig kleine Diamanten … und sie wurden allesamt in den britischen Kronjuwelen verarbeitet. Preumer hat sie höchstpersönlich nach England gebracht … natürlich unter schwerster Bewachung.»

«Sie müssen Ihre Ansprache halten. Die Leute … sie werden ungeduldig.»

«Ja, ja», murrte Asscher. Er verabschiedete sich mit einem warmen Händedruck von Van Ledden Hulsebosch und ging zum Podium. Das Publikum wurde sofort still. Asschers finanzieller Beitrag war sehr ansehnlich gewesen, und deswegen wollten das Olympische Komitee und alle Ehrengäste gerne einen Moment innehalten, aus Dankbarkeit für die Finanzierung der Spiele. Asscher sprach über die sportliche Pflicht und verband auf originelle Weise immer wieder die Diamantindustrie mit den phantastischen Leistungen, die jeder diesen Sommer erwarten konnte. Dabei teilte er einige ironische Seitenhiebe aus und hatte so schnell die Lacher auf seiner Seite.

«Ich möchte die Gelegenheit beim Schopfe packen und die wunderbare Zusammenarbeit zwischen unserem Betrieb und dem Olympischen Komitee erwähnen. Ich erhoffe mir einen wunderbaren Sommer ... Persönlich würde ich gern ein paar Diamanten loswerden und im Tausch dafür ein bisschen Gold sehen!»

Cock Preumer sah ein paarmal auf seine Armbanduhr. Anscheinend war er der Meinung, Asscher habe lang genug gesprochen. Van Ledden Hulsebosch dachte, ein paar einfache Worte könnten den persönlichen Assistenten vielleicht ein wenig entspannen.

«Er hätte Conferencier werden können», sagte der Kriminalist lächelnd.

Preumer stieß einen tiefen Seufzer aus. Mit Habichtsaugen sah er Van Ledden Hulsebosch an, sagte aber nichts.

«Sie mögen keinen Sport?», fragte der Rechercheur. «Nun, da sind Sie nicht der Einzige. Ich persönlich kann das ganze Getue überhaupt nicht leiden. Es strengt an und bringt überhaupt nichts», sagte C.J. und lächelte erneut.

«Finden Sie?», fragte Preumer spitz.

«Sie doch auch, das sehe ich Ihnen an! Sie können das Gerenne über die Aschenbahn ebenso wenig leiden. Und am Rand stehen überall aufgeregte Wichte, die auf die Uhren sehen, ob alles auch schnell genug ging. Was für ein Unsinn! Vergeudete Energie!»

Endlich ein Glaubensbruder, dachte Van Ledden Hulsebosch und wollte nochmal nachlegen, doch Baron Alpherts kam in ihre Richtung.

«Ach, ich sehe, Sie haben bereits unseren ehemaligen Fünfkämpfer kennen gelernt, Herrn Cock Preumer», sagte Alpherts.

«Fünfkämpfer?», fragte Van Ledden Hulsebosch. Er kannte den Ausdruck nicht, ahnte jedoch, dass er ins Fettnäpfchen getreten war.

«Der Fünfkampf», erklärte Preumer und klemmte sich das Monokel vors Auge, «ist der schwierigste Teil der Olympischen Spiele. Erst Schießen, dann Fechten, gefolgt von Schwimmen. Der vierte Teil ist Reitspringen. Zum Schluss muss man drei Kilometer laufen. Und das alles am selben Tag.»

«Oh», war alles, was Van Ledden Hulsebosch hervorbrachte; ihm war klar, dass er Preumers Stolz verletzt hatte, was absolut nicht seine Absicht gewesen war. Sehr bedauerlich.

«Der moderne Fünfkampf, mein Herr», sagte Preumer scharf und streng, «basiert auf der Geschichte eines französischen Generals aus dem 19. Jahrhundert, der eine Nachricht hinter den feindlichen Linien abgeben musste. Er sprang auf sein Pferd, wurde jedoch angegriffen. Er zog sein Schwert und schlug den Gegner in die Flucht. Doch inzwischen war sein Pferd erschossen worden. Der Offizier rächte sich, indem er den Schützen erschoss. Um seine Mission zu erfüllen, musste er noch ein Stück schwimmen und schließlich laufen. Aber er schaffte es.»

«Und Sie nehmen dieses Mal auch teil?»

Preumer schwieg, und Baron Alpherts seufzte. «Herr Preumer wurde vor vier Jahren verletzt, als ein Gegner aus der Bahn lief und mit ihm kollidierte. Er riss sich dabei eine Sehne. Er hätte sicher gewonnen, aber er musste aufgeben.»

«Ich hätte gewonnen, das weiß ich genau. Gold», sagte Preumer missmutig und sah zu Boden. Sein Monokel wäre dabei beinah heruntergefallen. Er klemmte das Glas wieder fest.

«Aber Sie haben Gold gewonnen. Sie haben persönlich dafür gesorgt, dass Josef Asscher eine große Spende für die Spiele getätigt hat. Und dafür sind wir Ihnen sehr dankbar», versuchte Alpherts den ehemaligen Spitzenathleten aufzumuntern.

Preumer nickte und warf Van Ledden Hulsebosch einen bissigen Blick zu. Dann ging er.

«Ich habe ihn schwer beleidigt», sagte der Apotheker. Baron Alpherts nahm zwei Gläser mit golden prickelndem Champagner von einem Tablett und reichte dem Kriminalisten eines davon. «Ach … sagen Sie ihm beim Gehen, dass Sie von seiner Geschichte sehr beeindruckt sind, und alles ist wieder gut.»

Van Ledden Hulsebosch nickte.

«Wissen Sie, das Schicksal der Olympischen Spiele liegt zu einem großen Teil in Ihren Händen. Wir müssen in den nächsten Monaten Ruhe bewahren. Nichts ist schlimmer als ein unruhiges Publikum oder eine unruhige Bevölkerung. Wenn die Spiele nicht weitergehen können, dann ist das … Nun ja, dann ist das eine Katastrophe … nicht nur für unser Land, sondern auch für unseren Mittelstand, der sich so viel davon verspricht. Begreifen Sie die enormen Interessen, die dahinter stecken? Ich habe Sie hierher mitgenommen, um Ihnen zu zeigen, worum es alles geht. Wenn etwas bei den Olympischen Spielen schief geht, dann ist das nicht nur ein sportliches Debakel, sondern vor allem ein ökonomisches. Ich hoffe, das ist Ihnen klar!»

Van Ledden Hulsebosch nickte. Er hatte verstanden.

Später an diesem Nachmittag ging Van Ledden Hulsebosch zurück in das Hotel des verstorbenen Klugt am Haarlemmerdijk, das man inzwischen in «Hotel Van Daele» umbenannt hatte. Er hatte gehört, dass das Etablissement bereits kurz nach Klugts Tod von Hendrik van Daele übernommen worden war, einem sehr guten Freund des Opfers – jedenfalls behauptete er das.

«Sein Tod ist schrecklich», sagte Van Daele, der gern vornehm tat, aber nicht über den entsprechenden Wortschatz verfügte. «Ich werde hieraus eine vornehmliche Pension machen, für den besseren Hotelgast. Dieser Van Klugt, ts, ts, ts. Gott sei seiner Seele gnädig, er war im Grunde seines Herzens ein guter Mensch. Doch der gute Kerl hatte keine Ahnung von Hotels. Aus dem besten Zimmer hatte er eine Wäschekammer gemacht, und es war noch nicht mal eine Tür darin. Nun, das haben wir behoben.»

Erneut war gehämmert und umgebaut worden. Nun gab es ein Hotelzimmer Nummer 7, das erneut eingerichtet und sogar gestrichen worden war. Wenn es Spuren gegeben hatte, so waren diese nun zum zweiten Mal verwischt worden. Der Kriminalist sah sich um und hatte fast Tränen in den Augen – hier würde er unter keinen Umständen mehr Spuren finden.

«Es gefällt Ihnen nicht», sagte der Besitzer enttäuscht.

«Nein, nein, Sie haben Ihre Sache gut gemacht», sagte Van Ledden Hulsebosch.

«Ich musste noch ganz schön schrubben wegen dem Blut unten. Er hat ein schlimmes Ende gefunden, dieser Klugt. Ich hoffe, dass sie ihn im Himmel wieder instand setzen. Was glauben Sie eigentlich? Wie kommt man im Himmel an? Wird man dort oben komplett renoviert? Ich zum Beispiel habe ein Kunstgebiss. Bekomme ich dann wieder neue Zähne?»

«Bestimmt», sagte Van Ledden Hulsebosch.

«Na, eigentlich will ich das gar nicht. Ist schon praktisch, so'n Gebiss. Man schmeißt es in ein Glas Wasser, und am nächsten Tag ist es wieder sauber, wenn man es wieder einsetzt. Ich hab ein Malheur mit den Zähnen gehabt. Ich hab gesagt: ‹Doktor, zieh sie mir alle raus, sie tun weh.› Danach hab ich eine Flasche alten Klaren genommen, und alles war in Ordnung, bis auf einen Kater am nächsten Morgen. Ich hoffe also nicht, dass Gott mir einen Gefallen tun will und mir die verdammten Dinger wieder einsetzt.»

Van Ledden Hulsebosch hatte kein Interesse an diesem Gespräch. Unter anderen Umständen hätte er sich sicher gern mit dem Mann unterhalten – abends, beim Essen hätte er die ganze Geschichte noch einmal Fräulein Van Henegouwen erzählen können, sie liebte solche Geschichten –, doch im Moment war es ihm egal. Er war niedergeschlagen, weil es nach dem Umbau nun tatsächlich keine Spuren mehr gab. Nichts.

Während er zu seinem Haus zurückging, träumte C.J. von einer Zeitmaschine, einem Apparat, mit dem man in die Vergangenheit gelangen könnte, nur ein paar Tage zurück, oder eine Woche, oder manchmal – wenn nötig – ein ganzes Jahr. Das würde seine Arbeit ungemein erleichtern. Wenn er doch bloß einmal durch

Iones Augen sehen könnte, als sie Abschied von ihrer Mutter nahm … Das würde ihm vielleicht den ach so notwendigen Hinweis liefern, mit dem er weiterkommen konnte.

Er wollte jetzt nicht ins Laboratorium; dort gab es nichts Neues für ihn zu entdecken. Er wollte auch nicht zum Olympischen Komitee oder zur Polizei, eigentlich wollte er nirgendwo hin. Er könnte rennen, aber wohin? Rennen um des Rennens willen, wie die Sportler das machten … es erschien ihm so sinnlos.

Er ging lieber zu seinem guten Freund Antoon Brinkman, der ein Antiquariat am Singel besaß. Er benötigte weiter nichts, außer vielleicht dem Geruch von alten Büchern, einem Geruch, dem so viel Vergangenheit anlastet.

«Eine Zeitmaschine. Nette Vorstellung, aber die gibt es nicht», sagte Antoon Brinkman, der Tee aufgesetzt hatte und mit einer vollen Kanne, wobei er über sechs Bücherstapel stolperte, die nie und nimmer ins Regal passen würden, weil alles schon mit Büchern voll gestopft war, angelaufen kam. Der kleine Laden bestand zu 90 Prozent aus Büchern. Es gab Tische aus Büchern, Sitzgelegenheiten aus Büchern, Treppen aus Büchern. Wohin man auch sah, waren Bücher. Bücherwände sorgten dafür, dass es Gänge gab, und dazwischen lagen auch wieder Bücherstapel. Und Brinkman war der Einzige, der wusste, wo alles stand.

«In Iones Kopf gibt es ein Geheimnis», sagte Van Ledden Hulsebosch, «und dieses Geheimnis will ich herausbekommen.»

«Wieso denn das?», fragte Brinkman. «Du siehst übrigens schlecht aus. Schläfst du denn genug?»

«Meckere nicht rum. Ich will es wissen, weil sie die

Letzte ist, die ihre Mutter gesehen hat. Und auch die Letzte, die das Zimmer gesehen hat, bevor sie alles verändert haben.»

«Dann kann sie's doch einfach sagen», meinte der Buchhändler.

«Kann sie eben nicht. Sie hat es, vermutlich durch den Schock, vergessen.»

«Das Gedächtnis ist etwas Unvollkommenes», sagte Brinkman. «Man kann sich an die verrücktesten Sachen erinnern, wenn man sich anstrengt. Und manchmal muss man dabei ein bisschen nachhelfen.»

Brinkman stand auf, sah sich in seinem Laden um und schien nachzudenken.

«Ich weiß nicht, wie es ihm geht, aber du könntest mit Frederik van Eeden sprechen.»

«Der ist doch Schriftsteller?»

«Ja, aber nicht nur. Er hat auch eine wissenschaftliche Einrichtung gehabt. Genaueres weiß ich nicht, aber er hat sich mit ziemlich merkwürdigen Dingen beschäftigt. Er weiß alles über Träume. Ich glaube, er hat in Wien Sigmund Freud getroffen.»

«Sigmund Freud? Den Mann, der Träume deutet? Sehr unwissenschaftlich. Der spekuliert doch nur.»

«*Es gibt mehr zwischen Himmel und Erde*, Horatio.»

«Es gibt Luft zwischen Himmel und Erde. Mehr nicht», kommentierte der Apotheker.

«Du siehst mal wieder nicht über deine Nasenspitze hinaus. Wozu auch, bleib ruhig in deinen Recherchen stecken. Du kannst doch mal mit ihm reden? Nützt es nicht, so schadet es auch nicht.»

«Und es geht auch nicht!», reimte Van Ledden Hulsebosch.

«Dann eben nicht», sagte Brinkman. Den Apotheker machte das ganz nervös. Was sollte er mit so einem Seelenklempner? Wirre, nebulöse Geschichten, das waren es. Das hatte nichts mit Wissenschaft zu tun. Und Brinkman brauchte ihm nicht zu sagen, dass er in seiner Recherche stecken blieb … er hatte die Briefe bereits oft genug untersucht und nichts gefunden.

Van Ledden Hulsebosch schwieg einen Moment. Seine Hände umklammerten den Knauf des Spazierstocks, und er blickte mürrisch drein. Doch schließlich fragte er: «Wo wohnt er?»

«In Bussum, glaube ich. Willst du es wirklich wissen?», fragte Brinkman ein wenig nörgelnd.

«Nur, um mir dein Gemecker nicht mehr anhören zu müssen.»

Aber Brinkman sah, dass wieder ein Funkeln in Van Ledden Hulseboschs Augen getreten war. Vielleicht könnte er dem Apotheker ja doch helfen. Also suchte Brinkman in all seinen Büchern. Er fand die Adresse heraus.

«Ich weiß nicht, ob er dort noch wohnt, aber du kannst es versuchen. Zu Anfang dieses Jahrhunderts hat er eine Kommune gegründet, irgendwo am Südrand von Bussum. Ich glaube das Ding ist Bankrott gegangen, und er hat die meisten Gebäude vermieten müssen. Aber wenn ich mich nicht irre, wohnt er noch immer in einer der Hütten.»

Saltet holte C.J. an diesem Nachmittag ab, um mit ihm nach Bussum zu fahren. «Was hoffst du dort zu finden?», fragte er. Van Ledden Hulsebosch schüttelte den Kopf.

«Ich weiß es nicht genau. Vielleicht etwas über das Hotel.»

Saltet nickte und sagte weiter nichts. Er war schon froh, dass C.J. überhaupt wieder Kontakt zu ihm aufgenommen hatte. Auch wenn es nur ein paar Tage gewesen waren, vermisste er seinen Freund sofort.

Saltet öffnete die Autotür und ließ den Rechercheur einsteigen. Er startete den Wagen nicht gleich, hielt das Steuer aber bereits fest in den Händen und betrachtete den Nieuwendijk mit all seinen olympischen Fahnen.

«Worauf warten wir?»

«Auf nichts», sagte Jonathan.

«Dann lass uns fahren.»

Der junge Kommissar drehte den Kopf zum Apotheker und sah ihn scharf an.

«Was liegt dir im Magen, Jonathan?», erkundigte sich Van Ledden Hulsebosch, der das Mienenspiel seines Partners genau kannte.

Saltet stellte die Frage, die ihn schon so lange beschäftigte. «Ich begreife nicht, warum du keine Spurensuche am Tatort gemacht hast!»

«Das habe ich getan. Schließlich habe ich die Tür holen lassen!»

«Nein, das meine ich nicht. Nach dem Mord an Johannes Klugt. Du hättest dort alles Mögliche finden können. Er ist an Messerstichen gestorben, aber wir haben die Mordwaffe nicht gefunden; wir wissen noch nicht einmal, wie sie aussieht. Das hättest du uns sagen können. Du hättest nach den Blutspuren suchen können. Du hast mich noch nicht einmal gebeten, dir das Gästebuch zu bringen. Du hast es dir angesehen und bist weggegangen.»

«Weil es vollkommener Betrug war. Pfusch!»

«Sein Tod war andererseits ziemlich realistisch, findest du nicht?»

«Sie haben Türen überstrichen, Schilder verhängt und ein Zimmer neu eingerichtet. Ich beschäftige mich mit dem Unterschied zwischen Kraut und Unkraut, aber dann muss man erst einmal wissen, was Unkraut ist und was nicht. Wir werden betrogen, Jonathan, und zuerst muss ich den Betrug klären.»

«Wir können auch auf Nachrichten aus Lausanne warten.»

«Wir werden überhaupt nichts aus Lausanne hören, wetten? Die denken: Lass den Kerl doch schön suchen, und wenn er was findet, das uns nützlich ist, dann umso besser. Und wenn nicht, dann machen wir ihn nicht schlauer, als er ist. Und jetzt fahr endlich los.»

Saltet gab Gas. Er wunderte sich über Van Ledden Hulsebosch. Der Rechercheur hatte sich in vergangener Zeit sehr verändert.

— 6 —

Frederik van Eeden war inzwischen ein alter Mann, fast 80 Jahre alt. Es war lange her, dass er mit seinem Buch *De Kleine Johannes* Geschichte geschrieben hatte. Van Ledden Hulsebosch ging in seiner Erinnerung zurück, sehr weit zurück, bis er sich als siebenjähriger Knirps sah, dem sein Vater aus der Literaturzeitschrift *De Nieuwe Gids* vorlas. In dieser Zeitschrift wurde die Geschichte von Van Eeden in mehreren Folgen veröffentlicht.

«Ist es ein Märchen?», hatte er damals seinen Vater gefragt, nachdem er den ersten Teil gehört hatte.

«Nein, das ist alles wirklich passiert», hatte sein Vater gesagt und gelächelt, denn so hatte es Van Eeden selbst vor dem Beginn der Geschichte geschrieben. Van Ledden Hulseboschs Vater, der ebenfalls Kriminalist und Apotheker gewesen war, hatte ihm Respekt vor der Literatur beigebracht, vor dem, was man mit einfachen Worten erreichen konnte. «Ziehe vor einem Schriftsteller immer den Hut, denn Schriftsteller sind die Säulen unserer Gesellschaft», hatte sein Vater gesagt. Diese Worte trug C.J. im Kopf, als er Frederik van Eeden besuchte. Er hatte zu diesem Anlass seine Melone aufgesetzt. Er wollte den Hut vor diesem großen Kopf ziehen, wenn er ihm zum ersten Mal begegnete.

Van Eeden war nicht nur in den Niederlanden berühmt, sondern auch weit über die Landesgrenzen hinaus. Unterwegs erzählte der Apotheker Saltet, was ihn erwartete. Van Eeden hatte in Bussum nach den Ideen von Thoreau eine Kommune gegründet. Er hatte sie nach dessen berühmtem Werk getauft, «Walden». Nach ein paar Jahren war das Abenteuer aber gescheitert. Nicht weil die Idee schlecht gewesen war, sondern weil selbst die besten Ideen auf die Menschen angewiesen sind, die sie ausführen. Innerhalb der Gemeinschaft hatte es Streit gegeben, Neid und Eifersucht. Was als eine Idealvorstellung angefangen hatte, schrumpfte letztendlich zu einem Albtraum zusammen. Von diesem Moment an hatte Van Eeden nur noch finanzielle Probleme. «Walden» war bankrott, und sein gesamtes Kapital steckte darin. Van Ledden Hulsebosch war nervös gewesen, als er den großen Schriftsteller wissen ließ, dass er ihn im Zusammenhang mit einer Straftat besuchen wollte. Der Schriftsteller hatte kein Telefon, deswegen musste eine Nachricht per Bote in sein Haus in Walden überbracht werden. Es wurde ein umständlicher Austausch von Fragen und Antworten. Frederik van Eeden wusste nichts über Kriminalistik und wollte eigentlich nichts mit Leuten zu tun haben, die mit dem Tod umgingen.

Van Ledden Hulsebosch hatte während der gesamten Fahrt geschwiegen, oder besser gesagt: Er hatte vor sich hin gemurmelt wie ein Schauspieler, der seinen Text vor einem großen Auftritt übt. Saltet hatte sich vorgenommen, im Hintergrund zu bleiben, wenn C.J. mit dem Schriftsteller sprach, aber nur, weil er seinem Partner dieses Versprechen feierlich gegeben hatte. Sogar als das Auto auf das Grundstück in Bussum fuhr, murmelte der Apotheker noch vor sich hin.

Frederik van Eeden erwartete die Herren am Eingang seines Grundstücks.

«Ich habe ausgerechnet, dass es 10000 Jahre dauern wird, bevor ich erneut leben werde. Das finde ich ziemlich lang», sagte der Schriftsteller zur Begrüßung. «Bitte folgen Sie mir.»

Van Eeden ging gebeugt, als ob sein Kopf zu schwer für seinen Körper geworden wäre. Seine Augen waren klar, blickten aber verschwommen, als ob sie nichts sähen außer dem, was hinter dem Horizont lag. Er stützte sich auf einen Stock und ging mühsam, als ob ihm alles wehtat. Das kleine Haus, in dem er seit Jahren wohnte, war erst vor kurzem in bunten Farben angestrichen worden.

«Meine liebe Freundin Marjon Gray hat das gemacht. Sie ist Tänzerin. Als ich sie zum ersten Mal sah, begriff ich, wieso Johannes der Täufer den Kopf verlor. Tänzerinnen können einen bezaubern, und dann gibt man alles her, was man nicht braucht.»

Das Haus sah wirklich schrecklich aus. Mit der blauen, gelben und roten Farbe glich es eher einem absurden Gemälde als einem Wohnhaus. Und Marjon Gray hatte sich um mehr als nur die Außenseite gekümmert; auch dem Inneren des Hauses hatte sie sich gewidmet.

«Sie sagt, die Farben würden meine Anflüge von Traurigkeit wegwehen. Jetzt ist mein Haus meine Kapelle, in der ich viel beten kann. Nach jeder Mahlzeit nehme ich mir anderthalb Stunden für meine Meditation. Ich sehe das als wohltuenden Genuss an, der meine Konzentration stärkt. Arbeiten Sie auch an Ihrer Konzentration, Herr Van Ledden Hulsebosch?»

«Ich versuche auf jeden Fall, meine Gehirnzellen so gut es geht in die tägliche Arbeit mit einzubeziehen.»

«Wobei einzubeziehen? Bei einer körperlichen Tätigkeit? Glauben Sie etwa, dass Ihr Verstand und Ihr Körper Freunde sind?» Er wartete die Antwort nicht ab. «Nein, mein Herr, ich fürchte, das sind sie nicht. Der Geist will jung bleiben, und der Körper wird – wahrscheinlich um den Geist zu schikanieren – immerfort älter. Möchten Sie ein Mousselientje?»

In einer Schale lagen kleine Kuchen mit rosa Guss, die am Morgen von einer der vielen Freundinnen von Van Eeden gebracht worden waren. Der Schriftsteller war ganz versessen darauf, nach wenigen Minuten war sein Bart voller rosa Krümel. Er schien sein Äußeres zu vernachlässigen; offenbar hatte er die Zivilisation hinter sich gelassen, als er sich auf diesem Landgut niederließ.

«Sie möchten mit mir über den Tod sprechen, richtig?»

«Nein, über den Geist», sagte der Apotheker und lächelte.

«Den Geist eines Toten? Ach, ich spreche viel mit den Toten. Ich habe viele gute Gespräche mit Eduard Douwes Dekker. Er bereut seine Sünden sehr, sagt er. Seine Ehe mit Mimi war eine Tragödie; er hätte bei Tine bleiben sollen. Er sagt mir, dass es mir auch Leid tun solle. Also tut es mir Leid.»

«Was tut Ihnen Leid?»

«Ich habe eine Frau, die gut für mich war, verlassen, weil sie nicht gut für mich war.»

«Aha.»

Saltet sah C.J. kurz an. Er versuchte seine Augenbrauen nicht hochzuziehen, aber es kostete ihn sichtlich Mühe.

Van Eeden seufzte und sprach weiter. «Wir sind 15 Jahre zusammen gewesen. Sie liebt mich noch immer sehr. Ich habe sie verlassen, und jetzt kommt sie noch regelmäßig vorbei, um mich aufzuheitern. Das ist bewundernswert, denn sie ist vollkommen allein und schrecklich einsam. Das kann passieren, wenn einem die Nächte kein Glück bringen. Ich selbst kann die Dunkelheit sehr genießen, vor allem die Singvögel in der Nacht. Sie wecken mich, und das ist eine gute Tat … weil ich mich dann besser an den aktuellen Traum erinnere.»

Saltet hielt es nicht mehr aus. Der Mann redete Unsinn. «Hübsch wohnen Sie hier», versuchte er das Thema zu wechseln. Er hatte noch nie etwas von Frederik van Eeden gelesen und wusste eigentlich nur das, was Van Ledden Hulsebosch ihm unterwegs erzählt hatte.

Van Eeden lächelte. «Ich wohne hier nicht schlecht. Ich habe das Ganze für viel zu viel Geld gekauft. Damals hatte ich einen Patienten, der hieß Top, aber das war er nicht. Und der bot dieses Grundstück zum Verkauf an. Er dachte, dass ich Villen darauf bauen wollte, und forderte deswegen eine hohe Summe. Das hier war das Landgut Cruysbergen. Eigentlich habe ich es in Teilen angeschafft. Und dann habe ich von meinem Freund Marius Bauer eine Reihe kleiner Häuser darauf errichten lassen.»

«Nun, eine Villa wäre in dieser Umgebung natürlich prächtig gewesen», sagte Saltet fröhlich.

«Nein, nur Schlichtheit ist wirklich prächtig, und die findet man im Einfachen. Ich habe meiner damaligen Frau gesagt, dass wir unseren Lebensstandard zurückschrauben würden, fast bis zum Nichts. Sie war nicht damit einverstanden, aber ich habe mich nicht beirren lassen. Marius Bauer war ein miserabler Architekt; vor lauter Syphilis konnte er kaum noch zeichnen. Für mich war er der ideale Planer meines Traums.»

Saltet sah wieder zu C.J.

Jetzt gab es keinen Zweifel mehr.

Van Ledden Hulsebosch hatte einen senilen Verrückten aufgetan. Was sollten sie mit diesem halb dementen Mann, dessen Rücken vom Rheuma gekrümmt war, der in literarischen Rätseln sprach und dabei mit rosa Kuchen krümelte.

«Wenn ich mich recht erinnere, haben Sie Träume untersucht», versuchte Van Ledden Hulsebosch nun das Gespräch in eine interessantere Richtung zu lenken.

«Nein, habe ich nicht.»

«Man hat mir aber davon erzählt.»

«Die Leute reden viel, Herr Van Ledden Hulsebosch. Was ich möchte, und ich hoffe, dass mir das in diesem Leben noch gelingt, ist die komplette Analyse des menschlichen Geistes. Ich bin davon überzeugt, dass ich Gott bin.»

«Sie?»

«Sie etwa nicht?», fragte Van Eeden überrascht.

«Ich bin Atheist.»

«Tja, dann können Sie nicht Gott sein. Das ist schade.»

«Und ich dachte, Sie hätten vorhin erwähnt, Sie würden so viel zu Gott beten», hakte C.J. nach. «Beten Sie dann zu sich selbst?»

«Ich bin ein sehr gläubiger Katholik. Ich beichte sehr viel. Jedes Mal, wenn ich daran denke, wie ich meine Exfrau betrogen habe, gehe ich in die Kirche und beichte. Aber die Sünde ist nicht zu vergeben, und deswegen geht das immer so weiter. Gott wohnt in mir, er hat mein Wesen übernommen. In ihm verbleibe ich, und er in mir. Es kann also gar nicht anders sein, als dass ich Gott bin. Oder jedenfalls ein Teil von Gott.»

«Wenn Sie so wollen.» Van Ledden Hulsebosch machte keine ernsthaften Bestrebungen mehr, den verwundenen Gedankengängen dieses Mannes zu folgen.

«Um Gott kennen zu lernen, oder besser gesagt: um ihm nahe zu kommen, muss man durch seinen eigenen Geist reisen. Ich kann Ihnen sagen, diese Reise ist heilsam. Kennen Sie sich mit Hypnose aus?»

«Zu wenig. Ich weiß nur etwas über das Prinzip.»

«Mit Hypnose ist es möglich, den Menschen im Geiste in seine früheste Jugend zurückreisen zu lassen. Auf diese Weise verschafft uns der Geist Einsichten, die uns sonst verborgen bleiben würden.»

«Wie geht das … Hypnose?»

«Tja.»

Plötzlich war Van Ledden Hulsebosch wieder interessiert. Wenn auch nur etwas von dem, was Van Eeden sagte, stimmte, dann war das für die Kriminalistik phantastisch. «Ich habe da jemanden, in dessen Geist ich blicken möchte, um etwas zu sehen, was ich sonst nicht sehen kann», sagte der Apotheker.

Frederik van Eeden sah auf. Er war über die letzten Sätze des Rechercheurs hoch erfreut. Auf den ersten Blick schienen sie das reinste Wörterchaos zu sein, aber anscheinend steckte in ihnen eine tiefere Wahrheit. «Das muss ich aufschreiben, einen Moment bitte», sagte der Schriftsteller und suchte Bleistift und Papier.

«Der Punkt ist der: Ich habe in meinem Haus eine Dame, die eine Szene erlebt hat, die ich mir eigentlich gerne bildlich betrachten möchte», erklärte der Apotheker.

Van Eeden schrieb mit.

«Das haben Sie wunderbar gesagt. Das müsste übersetzt werden, dann kann es sich mit den großen

Autoren im In- und Ausland messen. Sie sind ein Dichter!»

«Nein, ich bin Kriminalist. Ich suche die Wahrheit.»

«Das ist aber bedauerlich.» Van Eeden schnalzte mit der Zunge und schüttelte den Kopf.

«Ach ja?»

«Ja, denn die Wahrheit gibt es nicht. Schon Einstein hat uns gelehrt, dass wir das Weltall erst kennen werden, wenn wir dessen Symmetrie verstehen. Dann haben wir deutlich gemacht, dass es eine Ordnung in den Dingen gibt, und von diesem Standpunkt aus kann man die Wahrheit betrachten. Bis zu diesem Zeitpunkt werden wir über unsere Perspektiven hinwegschweben. Verstehen Sie?»

Van Ledden Hulsebosch runzelte die Stirn. Er war gewarnt worden. Van Eeden hatte sich in seine eigene Welt zurückgezogen und beschäftigte sich mit der Sprache nur noch als Rätsel. Vor fünf Jahren hatte er seinen letzten Roman geschrieben, und in dieser Geschichte beschrieb er, wie es Menschen ergeht, die den Verstand verlieren. *Van de koele meren des doods* erzählte die Geschichte Hedwigs, einer Frau, die wahnsinnig wird.

«Durch die Liebe und die Entsagung der Liebe. Entsagen Sie sich der Liebe, mein Herr?», fragte der Schriftsteller.

«Ich wohne allein.»

«Mein Gott! Was für ein Elend. Ich habe eine Frau. Und regelmäßig kommen andere Frauen vorbei, was Truida in Ordnung findet. Sogar Martha kommt manchmal noch vorbei. Sie tröstet mich, aber sie anzufassen – undenkbar. Was ich übrigens nicht von allen Frauen behaupten kann. Möchten Sie noch etwas Kuchen?»

«Die Hypnose», drängte Van Ledden Hulsebosch.

«Davon muss ich die Finger lassen», sagte Frederik van Eeden. «Ich schlafe davon fast selbst ein und kann für die Folgen nicht garantieren. Man weiß nie, was passiert, wenn man sich selbst hypnotisiert. Macht über die Macht haben ist vielleicht dasselbe, wie untertänig gegenüber der Untertänigkeit zu sein. Vielleicht verliert man ja sich selbst im unendlichen Nichts. Und ich bau so schon genug ab.»

«Kennen Sie niemand anderen, der ...»

«Ich habe jahrelang eine Klinik für psychische Analyse gehabt. Zusammen mit meinem Kollegen Anton van Renterghem. Er muss jetzt über 80 Jahre alt sein. Aber soviel ich weiß, ist er immer noch bei klarem Verstand. Er war schon immer unverwüstlich, genau wie die Anzüge und Schuhe, die er trug. Es würde mich nicht wundern, wenn er noch praktiziert.»

«Wo kann ich ihn finden?»

«Soviel ich weiß ... als Letztes war er im Institut in der Van Breestraat, beim Concertgebouw. Es wird wohl noch dort sein, ich kann mir nicht vorstellen, dass man das Institut aufgelöst hat. Van Renterghem ist dort nicht wegzukriegen; früher dachte ich immer, er sei aus Basaltstein.»

Van Eeden nahm einen Kuchen, biss hinein und stockte.

«Ich habe Angst vor dem Tod», sagte er plötzlich. Der Schriftsteller legte den rosa Kuchen beiseite und stützte den Kopf in die Hände. Er beugte sich ein wenig vor, und C.J. sah ihn schluchzen. Er wusste nicht, wie er reagieren sollte. Van Eeden schüttelte den Kopf hin und her, und Saltet sah eine Träne fallen. «Der Tod ist ein Mörder. Er schleicht sich in die Wohnung ein und nimmt etwas mit, was nicht ihm gehört. Ich habe immer Angst vor dem Tod gehabt. In *De Kleine Johannes* kommt der Tod vor, als Mensch, eine Art Sensenmann. Der Wind weht kalt, wenn er hereinkommt. Er nimmt rechts und links Leute mit, Johannes kann nichts dagegen tun. Er nimmt sogar den Vater von Johannes mit, und dann schneidet Wistik ihn von oben bis unten auf.»

«Das war doch ein Märchen?», fragte Saltet bestürzt.

«Vielleicht werde ich Ihnen noch das ein oder andere über *De Kleine Johannes* erzählen, aber ein Märchen ist es ganz bestimmt nicht!»

Dann schwieg Van Eeden. Er starrte vor sich hin und sagte nichts mehr. C.J. und Saltet ließen ihn nach einer Weile allein sitzen und machten sich auf den Rückweg.

«Was war denn das?», fragte Saltet, als sie wieder im Auto saßen.

«Ein großer Schriftsteller am Ende seiner Tage. So enden wir alle, fürchte ich.»

«Jetzt sag nicht, du hast irgendetwas von dem wirren Zeug verstanden?»

«Mal sehen, was wir davon für unsere Untersuchung gebrauchen können. Der Punkt ist der», sagte Van Ledden Hulsebosch nachdenklich, «dass wir den Tatort nicht mehr untersuchen können, weil er weg ist. Gestohlen, verschwunden. Und Ione weiß kaum, worauf sie hätte achten müssen. Ich habe hier und da etwas über Hypnose und derlei Dinge gelesen. Die Einzelheiten weiß ich nicht, aber vielleicht ist es eine Tür zur Wahrheit.»

Für den Rest der Fahrt schwiegen sie. Sie sahen durch die Scheiben auf die Weiden entlang des Weges und auf die Kühe, die dort grasten. Sie fuhren am Wasser entlang und sahen hier und da ein kleines Boot mit ein paar Fischern darin. Als sie im Amsterdamer Osten endlich wieder die Stadtgrenze passierten, war es ruhig auf den Straßen. Niemand schien sich mit den allgegenwärtigen Spielen zu beschäftigen. Saltet hatte viele Fragen im Kopf, aber vor allem wollte er wissen, worüber Van Ledden Hulsebosch gerade grübelte. Er schien sich überhaupt nicht mit der Lösung eines Mordes zu beschäftigen, sondern nur mit der rätselhaften Entführung der Mutter, wobei es noch die Frage war, ob es sich überhaupt um eine solche handelte.

«Ich denke über das Verschwinden des Zimmers nach», sagte der Apotheker, als Saltet ihn endlich danach fragte. «Am Haarlemmerdijk ist etwas passiert, das niemals ans Tageslicht kommen soll. Und deswegen ist auch etwas mit Iones Mutter passiert … davon bin ich überzeugt. Außerdem haben wir noch den Mord an dem Hotelbesitzer Klugt und den toten Uruguayer, den wir am Fuß des Turms vom Olympiastadion gefunden haben.»

«Der ist durch das Feuer oder das Gas ums Leben gekommen.»

«Unglück oder Mord. Er ist tot, und ich befürchte, dass das alles miteinander zu tun hat … von den Briefen des Erpressers mal ganz zu schweigen. Es gibt da einen Zusammenhang. Das Olympische Komitee unterstützt uns zwar, aber nicht von Herzen, und ich denke, dass wir diesmal auch wenig Hilfe von Marcusse und derartigen Gestalten erwarten dürfen. Das sieht alles irgendwie nach einem großen Komplott aus.»

«O ja, natürlich. Du immer mit deinen Verschwörungstheorien!», sagte Saltet ziemlich gereizt.

«Du willst mir doch nicht weismachen, dass das alles Zufall ist – das ist es nämlich nicht. Hier ist bösartiger Vorsatz und Verbrechen im Spiel, und den Fall werden wir zusammen lösen.»

Saltet dachte kurz nach und nickte dann. Manchmal konnte Van Ledden Hulsebosch kratzbürstig klingen, und manchmal schien er etwas arrogant zu sein, aber dann zeigte er auf einmal seine Wertschätzung für Saltets Arbeit. Das tat dem jungen Kommissar gut. Er gab Gas und fuhr zur Van Breestraat.

Das Gebäude der Klinik für Psychoanalyse befand sich in einer Straße nahe dem Concertgebouw, direkt hinter der Van Baerlestraat. Der Verkehr hielt sich hier in Grenzen. Die Häuser in dieser Gegend waren massiver und größer als im Rest von Amsterdam. Wer sich eine Wohnung oder ein Anwesen im Süden der Stadt leisten konnte, hatte Geld und verkehrte für gewöhnlich in erlauchten Kreisen. Echten Adel hatte die Hauptstadt zwar nicht, doch die meisten Leute hier stammten aus besserem Hause als die Bewohner im Osten, Westen oder im «Centrum».

Van Renterghem öffnete selbst. Es war ein ruhiger Tag in der Klinik. Der Polizist und der Rechercheur kamen unangemeldet, aber der Arzt empfing sie freundlich und bat sie sofort herein. Er bestellte Tee und Kuchen und führte sie in ein großes Sprechzimmer.

«Wie geht es ihm?», erkundigte er sich, als Van Ledden Hulsebosch von ihrem Treffen mit Frederik van Eeden erzählte.

«Er ist alt, vielleicht sogar ein wenig verwirrt.»

«Er ist schon immer verwirrt gewesen», sagte Van Renterghem lachend. «Aber dass er alt geworden sein soll, wundert mich. Meiner Meinung nach ist er immer ein Junge geblieben. Sein Leben war geprägt von seiner Naivität, die ihn scheitern ließ. Er wurde von Freunden, Freundinnen, Kollegen, Verlegern … ach, wer weiß von wem alles noch übers Ohr gehauen!»

«Auch von Ihnen?»

«Er hat Freud abgelehnt, da wurde unsere Zusammenarbeit unmöglich.» Der grauhaarige Arzt sagte das mit dem Anflug eines Lächelns. Sein Bart war gut geschnitten. Er legte Wert darauf, immer tadellos auszusehen, und verwendete jeden Morgen mindestens eine Stunde für seine Frisur und Kleidung. Arrogant wirkte er deshalb aber noch lange nicht.

«Wenn Gott der Architekt des Menschen ist, dann ist Freud der Archäologe.»

«Entschuldigen Sie, ich bin nur ein einfacher Polizist», sagte Saltet, der es langsam, aber sicher leid war, dass er nichts begriff. Van Renterghem drehte sich zu Saltet und fing an, ihm zu erklären, wie der menschliche Geist arbeitete und was er für Funktionen hatte. Er erklärte alles sorgfältig und nahm sich reichlich Zeit dafür. «Können Sie Noten lesen, Herr Saltet?»

«Meine Frau spielt ein wenig Klavier.»

«Und Sie?», wandte sich der Arzt an Van Ledden Hulsebosch.

«Nein, ich fürchte nicht.»

«Und doch singen Sie Lieder. Wahrscheinlich kennen Sie sogar viele Lieder auswendig. Sagen Sie doch einmal: Wie viele Lieder kennen Sie?»

«Das weiß ich nicht.»

«Zwanzig, hundert?»

«Ich weiß es wirklich nicht.»

«Sie wissen nicht, wie viele, aber Sie kennen natürlich eine Menge Lieder. Wie funktioniert das? Wie sind die Lieder in Ihrem Kopf verankert, wenn Sie keine Noten lesen können? Sie können sich an alles Mögliche erinnern, aber wie Ihr Gedächtnis funktioniert, wissen Sie nicht.»

«Ja, da haben Sie wohl Recht», gab der Apotheker zu.

«Wenn Sie nicht wissen, wie Ihr Gedächtnis arbeitet, es aber trotzdem seinen Dienst tut, dann funktioniert es vielleicht sogar besser, als Sie denken.»

Saltet sah den Arzt mit fragendem Blick an und blinzelte kurz. «Worüber reden wir hier eigentlich? Ich glaube, ich bin zu dumm.»

Van Renterghem lächelte, aber es war ein freundliches Lächeln, ohne jeglichen Spott. «Nein, wir sind allesamt zu dumm dafür. Wir behalten Sachen, von denen wir dachten, wir hätten sie vergessen. Plötzlich kommt aus unserer Vergangenheit ein Bild in uns hoch. Oder wir riechen etwas und erinnern uns an etwas, das tief in unseren Gedanken vergraben lag. Wenn wir den Schlüssel zu unserem Unterbewusstsein finden würden, zu unseren Träumen, zu unseren versteckten Erinnerungen … eine wundersame Welt würde sich vor uns öffnen. Genau danach suche ich hier.»

Saltet war anzusehen, dass er krampfhaft nachdachte.

Van Ledden Hulsebosch beobachtete ihn. Er wusste, dass sein junger Kollege ein Mensch war, der sich immer für Neues interessierte, der vorausschaute und lernbegieriger war als alle anderen bei der Amsterdamer Polizei. Saltet las amerikanische Zeitschriften über

Polizeiarbeit und war ebenfalls – als Einziger seines Korps – an der Lehre der Kriminalistik interessiert.

«Sie sagen also, dass wir mehr wissen, als wir zu wissen glauben?» Langsam ergaben die Worte des Arztes einen Sinn für Saltet.

«Genau! Der Verstand umfasst weitaus mehr als den Teil, den wir beherrschen.»

«Interessant», sagte Van Ledden Hulsebosch. Er rutschte auf die Stuhlkante. Dann erzählte er dem Arzt die Geschichte der ausländischen Läuferin. Van Renterghem hörte gespannt zu und machte sich nebenbei Notizen.

«Ihr Name ist Ione Chatterjee Golaknath. Sie kommt aus einem Land, das die Geheimnisse des Geistes sehr pflegt, und ich glaube, dass sie Ihren Experimenten durchaus offen gegenübersteht», sagte Van Ledden Hulsebosch.

«Experimente?» Der Arzt schüttelte den Kopf. «Von Experimenten kann nicht mehr die Rede sein. Die Methode der hypnotischen Trance ist bewiesen und hat konkrete Ergebnisse geliefert. Ich halte daran fest, dass die Theorie wissenschaftlich bewiesen ist.»

«Daran zweifle ich keineswegs», sagte Van Ledden Hulsebosch, der wie kein anderer wusste, dass eine neue Wissenschaft mit Widerstand und Zynismus rechnen musste. Sie vereinbarten einen Termin für eine Sitzung und schüttelten sich dann die Hände, als wären sie die besten Freunde.

«Wir werden den Durchbruch in Ihrem Fall schaffen!», sagte der Arzt.

Van Ledden Hulsebosch ließ sich zu Hause absetzen und nahm gut gelaunt von Saltet Abschied. Er betrat seine Apotheke und war eigentlich nicht mal überrascht, als er im Laboratorium Marcusse, Van Rossem und Baron Alpherts antraf. Sie sahen auf. Fräulein Van Henegouwen hatte ihnen Tee gebracht, und Vreugdenhil hatte sich unbeirrt weiter mit einem der vielen Apparate, die im Laboratorium aufgestellt waren, beschäftigt. Van Ledden Hulsebosch forschte in der letzten Zeit intensiv zu Schuss- und Kugelwunden. Für diese Untersuchungen hatte er eine «vegetarische Leiche» aus Schweinsblase, Marmor, Schaumgummi und Kuhblut angefertigt. Ab und zu schoss Vreugdenhil eine Kugel auf sie ab, um dann die Masse aufzuschneiden und die Schussbahn zu untersuchen.

Eine blutige und ziemlich laute Untersuchung, die in der Nachbarschaft für etwas Unruhe sorgte. Vreugdenhil hatte sich die drei Herren, die im Laboratorium Platz genommen hatten, flüchtig angesehen. Dann hatte er die «vegetarische Leiche» auf den Untersuchungstisch gelegt und sie mit Messern, Beiteln und Hämmern bearbeitet. Die Dreiergruppe hatte Vreugdenhils Aktivitäten mit Abscheu beobachtet. Ab und zu hatte der Assistent sie mit einem schiefen Lächeln angesehen und dann mit den Schultern gezuckt, als ob er auch nichts daran ändern könne.

«Meine Herren», sagte Van Ledden Hulsebosch.

«Herr Van Ledden Hulsebosch», sagte Baron Alpherts und stand auf, «es ist wieder ein Brief angekommen.»

Er zog einen Umschlag aus der Innentasche, öffnete den Brief und gab ihn dem Rechercheur, der sofort zu lesen begann.

«Jeder der Kreise wird zu einem neuen Tod führen. Keiner der Kreise wird gebrochen werden, warte auf den Tod. Der

Tod wird Verderben säen. Nichts wird mich davon abhalten, den Tod zu bringen, bis dass die Spiele selbst getötet sind.» So ging es in einem fort, 111 Worte lang. Der Verfasser hatte abermals mit «Narkaoo» unterzeichnet.

«In ein paar Tagen ist die festliche Eröffnung der Olympischen Spiele», sagte der Organisator Van Rossem nervös.

«Aber die Veranstaltung hat doch schon begonnen?», wunderte sich Van Ledden Hulsebosch.

«Nur das Fußballturnier und das Hockeyturnier haben schon stattgefunden, aber ohne die anderen Athleten konnten wir natürlich keine große Eröffnungsfeier organisieren. Es wird ein prächtiges Spektakel im Olympiastadion werden.»

«Das glaube ich gern. Aber was ist das Problem?» fragte C. J. und lehnte sich zurück.

Van Rossem sah die anderen beiden an. Er verstand Van Ledden Hulseboschs Haltung nicht. «Wir können doch nicht das Risiko eingehen, dass das Fest zu einer Katastrophe wird! Herr Van Ledden Hulsebosch, wir müssen den Verfasser des Briefes finden! Sie können sich nicht vorstellen …»

C. J. stand auf. Er wählte seine Worte sorgsam. «Sie können sich nicht vorstellen, wie frustrierend meine Untersuchungen wegen Ihnen verlaufen. Sie wissen viel mehr, als Sie sagen. Was ist zum Beispiel mit der Mutter von Ione Chatterjee Golaknath passiert? Und dann sitzen Sie hier und erwarten, dass ich Ihnen helfe?»

Die drei Herren wechselten nervöse Blicke.

«Helfen Sie uns, aber stellen Sie keine Fragen. Bitte», sagte der Baron mit flehendem Blick. Er ging mit ausgestreckter Hand auf den Kriminalisten zu. Er wollte ihm die Hand schütteln, als eine Art Bündnis, das nicht gebrochen werden durfte. Van Ledden Hulsebosch schüttelte seine Hand, aber mit großem Widerwillen. In ihm sträubte sich alles gegen die Art dieser Leute. Aber das Eigenartige war, dass er zugleich fast davon überzeugt war, dass sie wirklich glaubten, es sei besser, wenn C.J. nicht zu viele Details kannte. Es schien fast so, als ob sie nicht etwas zurückhielten, um die Untersuchung zu behindern, sondern um sie zu beschützen. Wissen konnte in diesem Fall anscheinend wahrhaftig tödlich sein. Van Ledden Hulseboschs Wunsch, das Rätsel zu lösen, wurde dadurch nur stärker.

Abends zeichnete er auf ein großes Stück weißes Papier die Kreise der olympischen Flagge. Pierre de Coubertin hatte das Logo entworfen. Fünf Kreise, in fünf verschiedenen Farben, und jeder von ihnen symbolisierte einen Kontinent. Europa war blau, Amerika rot, Gelb stand für Asien, Grün für Australien und Schwarz für Afrika. War es das? Oder war da mehr? Er hoffte, er würde den Täter fassen, bevor er noch mehr Schaden anrichten konnte.

Was wollte der Erpresser eigentlich erreichen? Den Abbruch der Olympischen Spiele? Was war wirklich sein Ziel? Das wurde aus den Briefen nicht richtig deutlich.

«Rache könnte doch ein Motiv sein?», meinte Saltet, der am Abend noch kurz vorbeigekommen war.

«Rache ist sinnlos. Rache hat mit Wut zu tun. Aber das hier ist so durchdacht, dass man fast sicher davon ausgehen kann, dass es auch einen Grund geben muss … einen Vorteil, den der Verfasser aus dem Abbruch der Spiele ziehen würde. Ich glaube, dieser Mann – oder vielleicht ist es ja auch eine Frau – hat einen größeren Plan, als nur Unruhe zu stiften.»

In dieser Nacht schlief Van Ledden Hulsebosch nicht. Er wusste, dass er etwas übersehen hatte, etwas, das so nahe liegend und offensichtlich war, dass er darüber hinweggeschaut hatte. Jemand hatte ihm etwas anvertraut, das wichtig war. Vielleicht stand es sogar in den Briefen … Aber wo? Und wonach suchte er genau? Es war wie ein Name, der einem partout nicht einfallen will, obwohl man ihn auf der Zungenspitze liegen hat.

Er schlief nicht, sondern starrte nur auf die Briefe und dann wieder auf die Kreise. Es war da … aber wo?

— 7 —

Anton van Renterghem zog die schweren blauen Samtvorhänge langsam zu; im Zimmer wurde es dunkel. Die Vorhänge hielten nicht nur Licht ab, sondern dämpften auch die Geräusche, die draußen von der Straße hereinkamen. In jeder der vier Ecken des Zimmers standen auf fast mystische Weise ein paar Kerzen, als sollten sie den Raum vor Eindringlingen beschützen. Der alte Dielenboden – das hatte Van Ledden Hulsebosch gehört, als er hereinkam – knarrte; er war erst kürzlich gründlich geschrubbt worden und dementsprechend glatt. Die Wände und Decke in dem Zimmer waren in ein dunkles Gelb getüncht. An den Wänden standen einfache Holzsessel mit Lederüberzug, der schon etwas eingetrocknet war und ein paar Risse bekommen hatte. In der Zimmermitte befand sich ein weiterer, tiefer Sessel mit breiten Armlehnen, einer Fußbank und einer Kopfstütze. Daneben hatte der Arzt einen einfachen Küchenstuhl gestellt. Mehr Mobiliar war nicht in dem Raum.

Ione hatte sich gern bereit erklärt, bei diesem kleinen Versuch, wie Van Ledden Hulsebosch es genannt hatte, mitzumachen. Er wusste, dass er gegen die Grundregeln der Kriminalistik verstieß, nämlich die der Spurenuntersuchung am Tatort, aber das Problem war nun mal, dass es diesen Ort nicht mehr gab. Er war davon überzeugt, dass seine Untersuchung nicht vorankommen würde, wenn er nicht mehr über das geheimnisvolle Hotelzimmer am Haarlemmerdijk erfuhr.

Ione verstand nicht so gut, was C.J. von ihr erwartete, aber sie hatte ihn in den letzten Wochen als einen guten Menschen kennen gelernt. Jemand, den sie noch immer kaum verstand, dem sie aber vertraute. Manche Menschen brauchten eben keine Worte, um sich zu verstehen. Van Ledden Hulsebosch fand das etwas Besonderes, aber wenn Saltet und Fräulein Van Henegouwen ihn fragten, was er davon hielt, schwieg er. Er, der Praktiker, der Pragmatiker – wer hätte je gedacht, dass er sich auf die Seelenklempnerei Freuds und die anderen vagen Dinge, die diese vermeintliche Wissenschaft mit sich brachte, einließ? Aber auch der Kommissar und die Haushälterin vertrauten auf ihre eigene Art auf den Apotheker. Er hatte sich auf ein Abenteuer eingelassen, in das ihm scheinbar jeder folgte, wenn es darauf ankam.

Ione zitterte, als Van Ledden Hulsebosch sie in das dunkle Zimmer führte. Er geleitete sie zu dem Sessel in der Mitte des Raumes und bat sie, sich zu setzen. Der alte Van Renterghem – er musste mindestens so alt wie Frederik van Eeden sein, war aber bei viel besserer Gesundheit als sein früherer Freund – saß bereits auf dem hohen Küchenstuhl. Er hatte sein Jackett ausgezogen und die Ärmel seines Oberhemds aufgerollt. Über dem Hemd trug er eine Weste, an der eine goldene Kette baumelte und in deren Innentasche sich vermutlich eine Uhr befand. Auf seiner Nasenspitze saß eine kleine Brille, über die er die meiste Zeit hinwegsah. Auch Fräulein Van Henegouwen war mitgekommen, das hatte Ione gefordert, auch wenn der Apotheker seine Angestellte beschworen hatte, nichts – «aber wirklich rein gar nichts» – zu sagen.

Van Ledden Hulsebosch selbst setzte sich auf einen der Stühle an der Wand. Er schlug einen Notizblock auf und schraubte die Kappe seines Füllfederhalters ab. Wenn er jetzt tatsächlich die Chance erhalten sollte, in das Hotelzimmer zurückzublicken, als Ione es mit ihrer Mutter betrat, dann wollte er vorbereitet sein. Auch Saltet war anwesend und setzte sich in einen Stuhl an der Wand, gegenüber von C. J. Van Renterghem sah den Apotheker an, nickte und zog dann die Augenbrauen zusammen. Er holte tief Luft, stand auf, ging einmal um Ione herum und setzte sich dann wieder hin.

C. J. wunderte sich über dieses eigenwillige Verhalten. «Stimmt etwas nicht?»

«Nein, alles in Ordnung.»

Van Renterghem ließ Ruhe einkehren. Dann sagte er: «Ich werde das Fräulein nun in Gedanken in das Zimmer am Tag ihrer Ankunft zurückkehren lassen. Sie wird uns beschreiben, was sie sieht. Dann versetze ich sie in Trance, damit sie sich auch körperlich an diesen Ort zurückversetzt fühlt. Sie werden dann das Geschehen sozusagen durch ihre Augen nacherleben.»

Van Ledden Hulsebosch schüttelte den Kopf.

«Sie zweifeln an meinen Fähigkeiten?», wunderte sich der Arzt.

«Nein, das ist es nicht. Ich spreche nur kein Englisch», seufzte Van Ledden Hulsebosch. «Ich werde also kaum verstehen, was Ione uns berichtet.»

Van Renterghem nickte zustimmend; das konnte allerdings ein Problem sein.

Fräulein Van Henegouwen fühlte ihr Herz bis zum Hals schlagen. Sie fand die tiefe Stille in dem Zimmer unheimlich. Menschen unter Hypnose … das war nicht die reale Welt. Sie fühlte sich wie in einem Albtraum.

Auch Saltet war nicht ganz wohl bei der Sache. Die Einzige, die sich ein wenig entspannte, war Ione. Der Arzt und der Apotheker hatten ihr Gespräch noch nicht beendet; es dauerte also offenbar noch, bis die Behandlung richtig begann.

Van Renterghem wandte sich wieder an C.J.

«Ich werde am besten einfach Wort für Wort übersetzen, was sie sagt. Es sollte keinen großen Unterschied machen», sagte der Hypnotiseur und sah Van Ledden Hulsebosch durchdringend an. «Der Herr Kommissar und Ihre Haushälterin können alles notieren. Allerdings ... Es gibt da noch eine andere Möglichkeit. Falls Ihnen meine Übersetzung nicht genügen sollte – und ich kann leider nicht garantieren, dass sie perfekt sein wird –, dann könnten sie das Fräulein ... nun, wie soll ich sagen ... Sie könnten die junge Frau auf ihrer Traumreise begleiten.»

C.J. sah überrascht auf. Schlug Van Renterghem ernsthaft vor, dass auch er sich in Trance versetzen ließ?

Er blickte zu Saltet hinüber, doch der schaute verlegen weg. Ihm war natürlich bewusst, dass C.J. seinen Rat suchte, doch diese Entscheidung konnte Saltet ihm nicht abnehmen. Für einen kurzen Moment war er sogar gewillt, sich selbst für dieses Experiment anzubieten. Wie gerne hätte er eine solch außergewöhnliche Erfahrung am eigenen Körper gemacht. Doch er traute sich nicht.

Van Ledden Hulsebosch sah seine Haushälterin an. Auf so etwas hatte er sich noch nie eingelassen. In seinem fragenden Blick lagen Zweifel, aber auch brennende Neugierde. Fräulein Van Henegouwen nickte ihm ruhig zu.

Der Apotheker stand auf, gab Saltet seinen Schreibblock, legte sein Jackett ab und krempelte die Ärmel hoch. Er schob einen Sessel neben Ione. «Ich gehe mit», sagte er mit fester Stimme. Saltet wollte übersetzen, doch sie hatte verstanden. Dann schloss sie die Augen.

Van Renterghem wartete einen Moment. Dann begann er leise in einem warmen, ruhigen Tonfall zu sprechen. C.J. hörte dem Arzt zu, der mal auf Englisch, mal auf Niederländisch angenehme Sachen zu ihnen sagte. Er sagte, dass sie bald in einen tiefen Schlaf sinken würden. Sie bräuchten sich nicht davor zu fürchten. In seinen Händen befänden sie sich in Sicherheit. Er bat sie, die Augen wieder zu öffnen; sie sollten sich auf einen bestimmten Punkt im Zimmer konzentrieren. Sie müssten nur dorthin sehen, nur auf diesen Punkt. Danach sollten sie die Augen schließen und an zurückliegende, schöne Dinge denken. Van Ledden Hulsebosch wählte einen Nagel in der Wand aus und sah ihn konzentriert an. Dann schloss er die Augen. Die Stimme von Van Renterghem wurde langsam schwächer. Dann wurde sein Kopf plötzlich schwer, und er ließ ihn müde auf die Brust sinken. Obwohl er die Augen geschlossen hatte, sah er auf einmal ganz deutliche, klare Bilder vor sich.

Ione war schneller in die Trance eingetaucht als C.J. Sie befand sich bereits auf der Haarlemmerstraat und ging mit ihrer Mutter in Richtung Hotel. Das war die Erinnerung, nach der Van Renterghem gefragt hatte.

Van Ledden Hulsebosch folgte ihr. Er sah die Straße, hörte die Geräusche der Umgebung und nahm sogar entfernt Gerüche wahr. Es war verblüffend. Ihm kam es vor, als würde er tatsächlich dort sein und hinter den beiden Damen hergehen. Zum ersten Mal sah er Iones Mutter. Sie war Iones Ebenbild, nur ungefähr 18 Jahre älter. Sie gingen schnell, und ihre Absätze klackerten auf dem Pflaster des Gehwegs. Ione unterhielt sich angeregt mit ihrer Mutter, aber er konnte ihre Sprache nicht verstehen. Vor ihnen ging Johannes Klugt, der Hotelbesitzer. Er trug ihre beiden Koffer, drehte sich ab und zu mit einem sonderbaren Lächeln um. Er versprach, dass es nicht mehr weit sei und dass sie ein sehr schönes Zimmer bekommen würden, das nicht viel Geld kosten würde. Sie gingen über die Brücke mit dem hölzernen Schleusenrad, die über die Prinsengracht führte. Iones Stimme sagte in seinem Kopf, dass ihr das Schleusenrad aufgefallen war. C.J. konnte die Konstruktion nun durch ihre Augen sehen. Er hielt etwas Abstand von den Damen. Obwohl er keine Angst haben musste, entdeckt zu werden – es war ein Traum, wer hätte ihn schon sehen sollen –, versuchte er sich instinktiv so unauffällig wie möglich zu verhalten. Sie gingen an der vordersten Häuserzeile an der Gracht vorbei. An der Türen klebten überall kleine Schilder mit der Aufschrift «nicht bewohnbar». Dennoch lebten in einigen dieser Häuser Menschen. Hinter einigen Fenstern lugten die neugierigen Haarschöpfe von kleinen Kindern hervor.

Als sie das Hotel erreichten, steckte Johannes Klugt einen glänzenden Schlüssel ins Schloss. Er blieb freundlich, sprach ein paar Worte in gebrochenem Englisch und ging den Damen voraus ins Haus. Er schloss die Tür hinter ihnen, und Van Ledden Hulsebosch gelang es noch im letzten Moment durch den engen Spalt zu schlüpfen. Es war wirklich wie in einem Traum.

Saltet und Fräulein Van Henegouwen hielten gespannt die Luft an. Dies war das Merkwürdigste, was sie je miterlebt hatten. C.J. und Ione lehnten entspannt in ihren Sesseln, und Van Renterghem fragte C.J. fortwährend nach Details und Beschreibungen. Ione schien sich an alles zu erinnern. Saltet machte eifrig Notizen, er konnte kaum glauben, was hier geschah. Ione erzählte, dass sie ins Hotel gingen und sich umsahen. Van Renterghem sprach noch immer in einem warmen Flüsterton. «Und als Sie hereinkamen? Was haben Sie rechts von sich gesehen?»

Van Ledden Hulsebosch sah sich um. Diesen Raum kannte er. Es war der Flur im unteren Stockwerk. Zu seiner Rechten war eine behelfsmäßige Rezeption, die man aus einer alten Tür zusammengebaut hatte. Auf ihr stand eine kleine Glocke, mit der man den Hotelier rufen konnte. Dahinter waren die Postfächer mit den Schlüsseln. Eine kleine Lampe sorgte für schummriges Licht. Viel gab es nicht zu sehen. Johannes Klugt fischte einen Schlüssel aus dem Regal und führte die Damen die Treppe hinauf. Die Frauen redeten fröhlich in ihrem melodiösen, indisch gefärbten Englisch weiter. Ione ließ ihrer Mutter den Vortritt. Für ein Haus in dieser Gegend waren es viele Stufen, aber die Damen hatten eine gute Kondition; besser als die von Klugt, der schließlich schnaufend mit den schweren Koffern im Flur stehen blieb. Van Ledden Hulsebosch folgte ihnen. Er fühlte vor Aufregung den Pulsschlag in seinen Ohren pochen. Er betrachtete die Nummern auf den Türen der Zimmer: Nummer 1, 2, 3 … Verdammt! Er hatte einen Moment nicht Acht gegeben; die Damen waren bereits vorausgelaufen. Wo waren sie? Van Ledden Hulsebosch blickte sich um. Ah, da hinten. Klugt hatte ihre Zimmertür bereits aufgeschlossen … es war tatsächlich das Zimmer am Ende des Flurs. Auf dem blassen Lack der Tür schimmerte eine dünne 7.

Der Rechercheur betrat das Zimmer. Die erste Tür links führte zum Badezimmer. Ein Waschbecken, mehr nicht. C.J. erinnerte sich, dass man sogar diese Tür später mit Latten vernagelt hatte: Als er in dem Zimmer gewesen war, hatte er weder eine Tür noch ein Badezimmer bemerkt. Die zweite Tür führte ins Schlafzimmer. Die Tapete hatte grüne Flecken, und zwischen den kleinen Gemälden an der Wand hatten sich lange Wassernasen gebildet. Im Zimmer standen zwei Betten, ein Stück weit auseinander gerückt, auf denen man Tagesdecken ausgebreitet hatte, weiß, mit kleinen Kaffeeflecken darauf. Am Fußende stand eine leere Anrichte, auf der lediglich ein kleines Deckchen lag. Van Ledden Hulsebosch versuchte, sich den Raum genau einzuprägen. Nichts durfte er übersehen. Er sah zu den Fenstern, dem so genannten französischen Balkon – oder besser gesagt, dem Gitter vor den offen stehenden Balkontüren, zur Straße hin. Darüber befanden sich Bleiglasfenster, die man vielleicht aufschieben konnte. Klugt legte die Koffer aufs Bett und zeigte, wo sich die Lichtschalter befanden.

Auf einem der Nachtschränkchen lag ein Zettel, aber Van Ledden Hulsebosch konnte nicht erkennen, was darauf stand. Er konnte in diesem Traum leider nicht seiner eigenen Wege gehen; er war von dem abhängig, was Ione unter der Hypnose erlebte. Ihre Stimme drang sehr leise zu ihm durch, und auch die Worte Van Renterghems hörte er, aber mit einem Echo, als ob sie aus weiter Ferne kämen. Er durfte nichts sagen, aber am liebsten hätte er darum gebeten, zum Nachtschränkchen gehen und sich den Zettel ansehen zu dürfen.

Die Damen ließen ihre Koffer ungeöffnet. Klugt sagte ihnen, dass er jederzeit zur Verfügung stünde. Die Mutter dankte ihm und sagte, sie würden sich nun gerne ausruhen wollen. Er verbeugte sich zweimal und gab dann Ione den Schlüssel in die Hand. Er ging in den Vorraum und schloss die Tür hinter sich. Van Ledden Hulsebosch erschrak. In dem Geräusch der Tür hatte etwas gelegen, das ihm nicht gefiel – es klang künstlich, beinahe so, als würde es von einem Menschen imitiert. Er musste sich später unbedingt daran erinnern und es zur Sprache bringen.

Jetzt öffneten die beiden Damen ihre Koffer. Sie waren es gewohnt zu reisen, denn trotz des langen Aufenthaltes hatten sie nur wenig bei sich. Natürlich hätten sie für einige Monate Kleidung mitnehmen können, aber sie hatten beschlossen, regelmäßig zu waschen und mit einem Minimum an Gepäck die Reise anzutreten.

Ione ging ins Badezimmer. Obwohl Van Ledden Hulsebosch lieber im Zimmer, bei der Mutter geblieben wäre, musste er ihr folgen. Ione sah in den Spiegel, doch es war zu dunkel, um wirklich etwas sehen zu können. Sie streckte ihre Hand nach dem Lichtschalter aus. Kurz bevor sie das Licht einschaltete, sah C.J. etwas, was ihm den Atem stocken ließ. Für den Bruchteil einer Sekunde, bevor Ione das Licht einschaltete, sah er im Badezimmerspiegel einen dunklen Schatten, der in dem Moment verschwand, als das Licht anging. Er bekam eine Gänsehaut. Er wollte sich nach dem Schatten umdrehen. Es war mit Gewissheit nicht Iones Schatten gewesen. Ione sah aber in eine andere Richtung; C.J. musste ihrem Blick folgen. Sie ließ heißes Wasser über ihre Handgelenke laufen und befeuchtete ihr Gesicht. Der warme Wasserdampf kondensierte auf dem Spiegel – und für einen kurzen Moment tauchte in diesem Nebel der Schatten wieder hinter Ione auf. Es ging zu schnell, um das Gesicht erkennen zu können. Aber Van Ledden Hulsebosch war sich sicher.

Es war jemand im Zimmer.

Er konnte denjenigen hören.

Er konnte ihn riechen.

Van Ledden Hulsebosch fluchte innerlich. Wäre er bloß Ione, könnte er doch bloß durchs Zimmer gehen und nachsehen – er wusste genau, dass dort jemand war.

Und jetzt wusste er es plötzlich. Das Geräusch der Tür! Das Klicken der zuschlagenden Tür war zu spät gewesen. Klugt hatte jemanden hereingelassen, erst dann hatte er die Tür hinter sich geschlossen. Das war das Geräusch gewesen. So hatte Ione es beschrieben, und so hatte er es inzwischen in seinem Kopf zu einem geschlossenen Bild verarbeitet, zu einer eigenen Realität.

Klugt hatte einen Mann hereingelassen.

Der Mann war ins Badezimmer gegangen. Nun wusch Ione ihre Hände, und der Mann war hinter ihr aus dem Badezimmer ins Schlafzimmer gegangen.

Ione verließ das Badezimmer. Ihre Mutter lag auf dem Bett und schlief. Ione legte die Hand auf ihre Stirn.

Die Frau Mutter sah entspannt aus; sie war nach der viel zu langen Reise erschöpft in Schlaf gefallen. Ione hatte keine Ahnung von dem Eindringling, und ihre Mutter hatte ihn auch nicht gesehen. Wo war er? Wo konnte er sich verstecken? Van Ledden Hulsebosch machte die Hypnose wahnsinnig. Er steckte in den Erinnerungen eines anderen Menschen fest und konnte sich nicht frei bewegen. Das war logisch – wie er später feststellen würde – aber im Moment irritierte es ihn furchtbar. Er versuchte sich vorzustellen, wo sich der Mann verstecken konnte. Er hatte eine Schranktür gesehen. Der Mann musste sich im Schrank befinden. Oder unter dem Bett. Sieh unter dem Bett nach, wollte er Ione sagen …

Iones Mutter wachte auf und lächelte ihre Tochter freundlich an. Ione sagte, dass sie noch kurz spazieren gehen wolle. Sie fragte, ob ihre Mutter mitkommen wolle, aber diese verneinte mit einem liebevollen Lächeln. Sie würde noch ein wenig schlafen.

Der Zettel auf dem Nachtschränkchen. Der Zettel auf dem Nachtschränkchen! Ione wollte gehen, sah dann, dass ein Zettel auf dem Nachtschränkchen lag. Sie ging zum Bett und nahm ihn in die Hand.

Es war eine kurze Notiz, auf Englisch, handgeschrieben.

Dort stand: *«Willkommen in unserer schönen Stadt, in der wir Sie – die Sportlerin aus dem schönen Indien – begrüßen dürfen. Mögen Sie Ihrem Vaterland, Ihrem Mutterland und Ihrem Gastland Ruhm bringen.»*

Oben in der Ecke des Papiers sah Ione die fünf Kreise der Olympischen Flagge. Blau, schwarz, rot, gelb, grün … sie sahen bedrohlich aus. Sie legte den Zettel wieder hin, und Van Ledden Hulsebosch merkte, wie eine lähmende Angst in ihm aufstieg. Er hatte gerade wieder auf die Handschrift des Teufels geblickt. Und dieser Teufel befand sich hier in diesem Zimmer. Er wollte die Schranktür aufreißen oder unters Bett gucken, aber ihm waren die Hände gebunden.

Ione nahm ihre Tasche und den Türschlüssel. Sie sah sich noch kurz im Zimmer um, und Van Ledden Hulsebosch flehte sie ohne Worte an, sich dabei alle Zeit der Welt zu nehmen. Irgendetwas an diesem Zimmer war höchst eigenartig. Was war es? Ione musste es sehen! Er musste es sehen. Es war da, zum Greifen nah, es musste da sein!

Iones Blick glitt über ein ledernes Etui, das auf dem Fensterbrett lag, braunes Leder, mit einem Reißverschluss über die gesamte Länge. Ein ungefähr drei Zentimeter dickes Etui, keines, in dem man Stifte aufbewahrte. Dieses Etui kannte sie nicht, aber sie dachte nicht weiter darüber nach. Van Ledden Hulsebosch wünschte, sie würde es in die Hand nehmen und es sich anschauen. Hier war er, ein erfahrener Kriminalist, am Ort einer Straftat und konnte sich noch nicht einmal das ansehen, was wirklich wichtig war.

Ione ging aus dem Zimmer.

Sie sah den Schatten nicht, der bereits darauf lauerte, dass sie den Raum verlassen würde.

Die junge Frau schloss die Tür und ging die Treppe hinunter. Dort saß Klugt hinter der Rezeption. Er las nicht, sondern wartete. Er sah auf und runzelte die Stirn.

«Wo gehen Sie hin?», fragte er.

«Ich gehe noch etwas spazieren», sagte sie und lächelte … Sie machte sich keine Sorgen, überhaupt nicht. Van Ledden Hulsebosch lauschte. Klugt blickte zur Decke hinauf. Das Zimmer der beiden Damen war direkt über der Rezeption. Van Ledden Hulsebosch spitzte die Ohren. Er hörte den Boden über ihnen knarren. Der Täter war aus seinem Versteck gekommen und schlich auf sein Opfer zu. C.J. wusste nicht, ob dieser

Teil noch zu Iones Erinnerung gehörte, oder ob er die leisen Schritte gerade selbst erfand. Ione lächelte nur und wollte gehen. An der Tür drehte sie sich noch kurz um und sah gerade noch, wie Klugt hinter der Rezeption hervorkam und die Treppe hinaufstieg.

Der Traum verblasste. Langsam wachte C.J. aus seiner Hypnose auf. Er fühlte sich schwer und erschöpft. Auf seiner Stirn standen große Schweißtropfen, und seine Augen tränten.

Er blickte zu Fräulein Van Henegouwen hinüber. Sie sah aus, als hätte sie einen Geist gesehen. Saltet schrieb noch. Um ihn herum lagen mindestens 30 Blätter, die er in aller Eile abgerissen hatte, während er wie ein Besessener Notizen gemacht hatte. C.J. drehte sich um und sah Ione an. Sie war noch nicht aufgewacht. «Zum Glück weiß sie nicht, was dort oben passiert ist …»

Van Renterghem nickte. «Soll ich sie noch kurz schlafen lassen? Sie ist sehr erschöpft.»

Van Ledden Hulsebosch sah den Arzt an und nickte.

«Haben Sie etwas gesehen, was Ihnen nützen kann?», fragte der Arzt hoffnungsvoll.

«Ja … Ich habe etwas gesehen. Den Schatten des Teufels.» Van Ledden Hulsebosch atmete flach. Er hatte so etwas Unheimliches noch nie erlebt.

Fräulein Van Henegouwen nickte unruhig. Aus den Worten des Apothekers war ihr während der Sitzung auch klar geworden, was sich dort abgespielt hatte.

Saltet sah von seinen Zetteln auf.

«Geht es wieder?», fragte er seinen Freund mit besorgter Miene.

C.J. schüttelte den Kopf.

«Das muss ich erst einmal verdauen», sagte er.

Ein paar Stunden später saßen der Kriminalist, der Kommissar und die Haushälterin um den gemütlichen Wohnzimmertisch von Van Ledden Hulsebosch herum. Ione hatte das Ganze sehr erschöpft. Sie schlief noch. Der Kriminalist sah die vielen Blätter, die Saltet voll geschrieben hatte, durch, und auch die Haushälterin warf einen Blick darauf.

«Es gibt einen konkreten Hinweis», sagte der Apotheker. «Im Zimmer lag eine Nachricht mit 111 Worten. Und aus dieser Nachricht wird deutlich, dass sie nicht zufällig, sondern bewusst vom Centraal Station ins Hotel gelockt wurden.»

«Und mit welcher Absicht?», wollte Saltet wissen.

«Der Täter hat hier zum ersten Mal zugeschlagen.» Van Ledden Hulsebosch hielt die Antwort knapp, um seinen Worten mehr Wirkung zu verleihen.

Saltet schüttelte den Kopf.

Er war ziemlich misstrauisch gewesen, als er an diesem Nachmittag in die Klinik gekommen war, aber dieses Gefühl war vollkommen verschwunden, als er gesehen hatte, was in dem dunkelgelben Zimmer passierte. Van Renterghem war nicht irgendein Magier mit einer Kristallkugel, Zaubersalz und einem Stab, aus dem Sternchen sprühten. Alles war sehr solide, geradezu professionell gewesen. Und eines hatte Saltet bei diesem Experiment gelernt: Das menschliche Gehirn speicherte tatsächlich viel mehr Informationen, als man für möglich hielt. Keinen einzigen Moment waren die Beschreibungen von Ione und C.J. nebulös oder vage gewesen. Alles hatte sehr real gewirkt. Ab und zu hatte sich Saltet vor Aufregung auf die Lippe gebissen. Und er hatte wie ein Wahnsinniger geschrieben.

«Sie sind so still», sagte Van Ledden Hulsebosch zu Fräulein Van Henegouwen und legte ihr aufmunternd die Hand auf die Schulter.

«Ich bin noch völlig beeindruckt», sagte sie. «Ich bin mir so dumm vorgekommen. Zwischen Himmel und Erde gibt es so viele Dinge, von denen man nichts weiß. Ich sehe Ihr Laboratorium jetzt mit anderen Augen. Es gibt noch so vieles zu entdecken. Ach, was rede ich da nur für dummes Zeugs.»

«Sie sagen das sehr schön», sagte C.J., denn er war froh, dass sie dabei gewesen war, und ihr ermutigendes Kopfnicken hatte ihm geholfen, an diesem Nachmittag eine wichtige Entscheidung zu treffen. Sie freute sich über sein Kompliment. Sie legte ihre Hand freundschaftlich auf die seine.

«So, das hätten wir also», sagte Van Ledden Hulsebosch und räusperte sich. Es war ihm unangenehm, wenn plötzlich zu viel Vertrautheit entstand. «Was gibt es sonst noch?»

«Was haben wir denn überhaupt?», machte Saltet seinen Zweifeln am Erfolg der ganzen Aktion laut Luft.

«Den Beweis, dass es sich um ein Verbrechen handelt», sagte der Rechercheur und streckte die Arme, als sei dies eine Tatsache.

«Es tut mir Leid, C.J., aber kein Richter wird eine Hypnosesitzung als Beweis akzeptieren. Wenn er überhaupt weiß, was das ist. Wir brauchen mehr.»

«Das weiß ich auch. Aber für mich war das sehr wichtig!»

Saltet spürte ihn wieder, den Fanatismus, der von Van Ledden Hulsebosch Besitz ergriff, gerade bei diesem Fall. Sonst war er immer rational, erlaubte sich hier und da einen kleinen, abfälligen Witz, aber jetzt hatte er wieder diesen irren Blick in den Augen. Er wollte nicht fragen, was es war. Er wusste es schon. Bei anderen Fällen hatte man einen Mord und einen Ort, an dem der Mord stattgefunden hatte, und das führte dann zu einer Untersuchung, etwas, wobei man mit beiden Beinen auf dem Boden bleiben konnte. Hier aber handelte es sich um ein mysteriöses Verschwinden. Und dann waren da noch der seltsame Mord und ein völlig rätselhafter Unfall. Saltet wusste, dass sein Freund solche Herausforderungen nur allzu gerne annahm.

«Das Etui, über das sie sprach …», sagte Saltet.

«Das Etui habe ich schon mal gesehen, an einem anderen Ort …» Er dachte nach. «Ja, ich kenne dieses Etui wirklich!» Er stand auf. «Wir müssen sofort gehen, Saltet.»

«Wohin?»

«Ins Krankenhaus natürlich.»

Kurz darauf zeigte der Stationsarzt Cornelis Klunder dem Apotheker das Etui, dessen Reißverschluss er zugezogen hatte, nachdem er Ione ein Beruhigungsmittel verabreicht hatte. Er öffnete es und zeigte die Injektionsnadeln, die er darin verwahrte.

«Es gibt unzählige von diesen Etuis hier im Krankenhaus», sagte der Arzt. «Ich weiß nicht, was Sie herausfinden wollen … aber wenn das die Mordwaffe ist, dann gibt es sehr viele potenzielle Mörder.»

«Was haben Sie ihr gegeben?», fragte Van Ledden Hulsebosch.

«Eine kleine Dosis Morphium. Nicht viel. Genug, um sie ruhig zu stellen.»

Van Ledden Hulsebosch betrachtete das Etui und

dachte, dass es dasselbe oder ein anderes sein könnte. Er hatte es nicht selbst gesehen, sondern musste auf Iones Beschreibung während der Hypnosesitzung vertrauen. Er hatte eine deutliche Vorstellung davon, aber das war nicht genug.

Der Arzt irritierte ihn erneut durch sein rechthaberisches Lächeln und seine eigenwillige Ausdrucksweise.

«Ich habe Ihre Fragen beantwortet. Sie haben sich beim letzten Mal hoffentlich gemerkt, wo der Ausgang ist?», komplimentierte er die beiden Ermittler nach draußen.

Van Ledden Hulsebosch drehte sich um, aber Saltet blieb stehen. Der junge Beamte konnte den Arzt ebenfalls nicht leiden, und auch er wusste nicht, warum.

«Was stört Sie an unseren Fragen?»

«Verzeihung?» Der Arzt hob eine Augenbraue.

«Hören Sie schlecht? Warum Ihnen unsere Fragen nicht gefallen, will ich wissen. Was hältst du davon, C.J.?»

Der Apotheker blieb am Ende des Gangs stehen und drehte sich um. Sein Instinkt verriet ihm, dass Saltet ins Schwarze getroffen hatte. Er sah den Arzt lang und eindringlich an. «Wir stellen nicht die richtigen Fragen, das ist es, nicht wahr? Und Sie fühlen sich unglaublich schlau, weil wir nicht die richtige Frage stellen. Sie verheimlichen uns etwas, und Sie glauben damit davonzukommen – weil wir zu dumm sind.»

«Sie kennen den Ausgang», sagte der Arzt plötzlich sehr kurz angebunden und wollte gehen. Van Ledden Hulsebosch blieb hinter Saltet stehen. Die Gehirnzellen des jungen Polizisten arbeiteten auf Hochtouren.

«Mein Freund hat gefragt, was Sie der jungen Dame verabreicht haben», sagte er und dachte weiter nach.

«Das habe ich Ihnen erzählt. Ich habe gesagt: ‹Eine kleine Dosis Morphin›!»

«Aber es war nicht die richtige Frage.»

«Was wollen Sie denn eigentlich von mir?», schrie der Stationsarzt und explodierte förmlich.

«Sie haben ihr auch Blut abgenommen», stellte Saltet fest. «Das ist es, was wir falsch gemacht haben. Wir fragen die ganze Zeit nach dem Stoff, den Sie ihr verabreicht haben. Aber Sie haben ihr auch etwas abgenommen. Und das wird demnach Blut gewesen sein.»

«Ich brauche nicht weiter zu antworten. Ich berufe mich auf mein Berufsgeheimnis.»

«Was haben Sie gefunden?»

Das Gesicht des Arztes erhellte sich plötzlich. «Nichts.» Dann ging er auf Saltet zu. «Ja, ich habe ihr Blut abgenommen. Ja, ich habe ihr Blut untersucht. Ich habe ihr Blut nach allen möglichen Stoffen untersucht, die darin enthalten sein könnten. Und ich habe nichts anderes gefunden als Blut. Das ist die Wahrheit. Ich habe einen Bericht, darin können Sie alles nachlesen. Und damit ist die Sache erledigt.»

«Wer hat Sie gebeten, die Analyse vorzunehmen?»

«Ich muss darauf nicht antworten.»

«O nein? Dann kommen Sie mit uns mit. Ganz einfach.»

«Sie können nicht einfach so einen Stationsarzt verhaften. Ich bin im Dienst.»

«Da werden Sie aber staunen, was ich alles kann. Ich bin auch im Dienst. Ich nehme Sie fest.»

«Na hören Sie mal!»

«Wer veranlasst Blutabnahmen?»

Der Arzt sah Saltet an. Dann stieß er einen tiefen Seufzer aus. «Ich habe keine Ahnung. Ich wurde beauftragt, sie zu untersuchen. Ich habe ihr Blut ins Laboratorium gebracht. Es ist dort unter dem Mikroskop untersucht worden. Und wir haben nichts Ungewöhnliches entdeckt.»

«Wonach haben Sie gesucht?»

«Nach allem, was irgendwie auffällig gewesen wäre.»

«Wer hat Sie mit der Untersuchung beauftragt?», drängte Van Ledden Hulsebosch.

«Herr Apotheker, Sie können ruhig davon ausgehen, dass das Olympische Komitee mit der Untersuchung einverstanden war», rechtfertigte sich der Arzt.

«Haben Sie die Blutprobe aufbewahrt?»

«Ich werde Ihnen das Dossier und die Blutprobe mitgeben. Falls Sie Ihres Faches kundig sind, können Sie selbst feststellen, dass ich Recht habe.»

«Daran zweifle ich nicht», sagte Van Ledden Hulsebosch.

Gemeinsam mit Professor Buytendijk machte sich Van Ledden Hulsebosch noch am gleichen Abend an die Analyse der Blutprobe. Der Professor kam zum gleichen Ergebnis wie der Arzt: Mit dem Blut war alles in Ordnung.

«Was hätte nicht stimmen können?», fragte Van Ledden Hulsebosch.

«Ich werde aus dem Bericht nicht viel schlauer. Es scheint, als hätten sie vor allem nach Virusinfektionen gesucht.»

«Wieso das?», wunderte sich C.J.

«Das Fräulein kommt aus einem asiatischen Land und könnte natürlich eine fremdartige Krankheit mitgebracht haben.»

«Sie ist kerngesund.»

«Ja, das ist offensichtlich», bestätigte Buytendijk.

Van Ledden Hulsebosch sah sich den Bericht an. Dann holte er plötzlich die Aufzeichnungen aus der Innentasche seines Jacketts hervor, die Saltet während der Hypnose gemacht hatte. Er blätterte aufgeregt die Seiten durch.

«Eine Krankheit, sagten Sie, Herr Professor?», versicherte sich C. J. noch einmal.

«Ja.»

«Natürlich ... das ist es! Dass ich nicht gleich darauf gekommen bin.»

Van Ledden Hulsebosch warf den Bericht auf den Tisch, griff nach seiner Jacke und eilte die Treppe hinauf.

«Lieber C. J., mein Guter! Ist es nicht ein bisschen zu spät, noch hinauszugehen?»

«Nein, für eine Straftat und deren Bekämpfung ist es nie zu spät!», frohlockte der Rechercheur im Gehen.

Keine Viertelstunde später stand Van Ledden Hulsebosch vor dem Gebäude des Olympischen Komitees an der Weesperzijde. Er zog an der Klingel, und kurz darauf öffnete ihm ein Sekretär. Herr Van Rossem war noch anwesend. In diesen schweren Tagen, so kurz vor der Eröffnungsveranstaltung, schlief der Organisator fast immer in einem der Räume des großen Gebäudes. In seinem Büro brannte Licht; er war zweifellos noch bei der Arbeit.

Van Ledden Hulsebosch sprang die Treppe hoch und klopfte nicht einmal an, als er die Tür zum Arbeitszimmer öffnete und hineinstürmte. Van Rossem saß hinter seinem prächtigen Schreibtisch und schien über

Van Ledden Hulseboschs abruptes Eintreten nicht weiter überrascht zu sein.

«Wo ist sie?», fragte der Apotheker.

«Das darf ich Ihnen nicht sagen», antwortete der Organisator schnell.

Van Ledden Hulsebosch wusste, dass er ins Schwarze getroffen hatte, und zeigte drohend mit dem Finger auf Van Rossem.

«Dann werde ich Ihnen sagen, was passiert ist. Unser Narkaoo, der große Erpresser, hat ein erstes Opfer dargebracht, um zu zeigen, was er kann.»

«Ja», sagte Van Rossem und setzte sich steif in seinem Sessel auf.

«Er hat über dieses Büro von der Ankunft der beiden Damen erfahren. Wahrscheinlich hatte er vor, der Athletin selbst etwas anzutun, aber das gelang ihm nicht, weil sie spazieren gegangen war.»

«Richtig.»

«Er wusste, wer Ione war und wann sie kommen würde. Er hat ihr auf der Centraal Station auflauern lassen. Für Klugt war es nicht schwer herauszufinden, wen er ansprechen musste. Zwischen all den weißen Leuten fielen sie und ihre Mutter unweigerlich auf. Er sprach sie an und sagte, er habe ein sehr billiges Hotelzimmer für sie. Im Zimmer selbst lag ein Willkommensbrief.»

Van Rossem runzelte die Stirn. Das war etwas, was Van Ledden Hulsebosch nicht wissen konnte.

«111 Wörter. Von Narkaoo, wer immer das sein mag. Die Sportlerin machte noch einen Spaziergang, und in der Zeit gab unser Straftäter der Mutter im Schlaf eine Spritze und ermordete sie. Stimmt das?»

Nun wurde Van Rossem nervös. «Niemand weiß mit Sicherheit, dass es sich so zugetragen hat.»

«Oh, Sie können davon ausgehen, dass ich jeden Teil meiner These letztendlich beweisen können werde. Sie und Ihre beiden Kollegen wussten, dass es geschehen würde. So ist es doch? Er hat es Ihnen wortwörtlich mitgeteilt.»

«Herr Van Ledden Hulsebosch, bitte, wir müssen herausfinden, wer dieser Mann ist. Der Rest der Affäre würde einen Skandal verursachen, der …»

«… der unglaublichen Schaden anrichten würde, ja. Ich weiß! Aber ich bin nur auf der Suche nach der Wahrheit. Sie wussten, dass er zuschlagen würde, nur nicht wann und wo. Also mussten Sie warten.»

«Sie wissen nicht, wovon Sie sprechen», wiegelte Van Rossem ab.

«Sie wollten einfach warten, bis der Täter aus seinem Versteck kommt. Dann wollten Sie das Opfer in Ihren Gewahrsam nehmen, es nach Möglichkeit retten und so auf jeden Fall das ganze Drama vertuschen.»

«Das ist Unsinn.»

«Nein, das ist es nicht. Sie mussten dafür sorgen, dass die Leiche verschwindet. Wenn die internationalen Sportorganisatoren dahinter kämen, dass man sich bei dieser Veranstaltung seines Lebens nicht mehr sicher sein kann … Wie viele Länder würden dann überhaupt noch kommen?»

«Verstehen Sie denn nicht, was auf dem Spiel steht!»

«Das stimmt doch, oder?», knurrte C.J. van Ledden Hulsebosch. «So ist es doch? Iones Mutter war das erste Opfer, und Sie wissen, dass noch weitere folgen werden. Sie wissen nur nicht, wie viele. Vielleicht ja 111. Und Sie wissen nicht, wie lange Sie die ganze Angelegenheit verbergen können. Ist es nicht ganz genau so?»

«Bitte …», flehte der Veranstalter. Er legte den Kopf

zur Seite und sah den Rechercheur mit bettelndem Blick an, endlich mit der Folter aufzuhören.

C.J. erteilte ihm den Gnadenstoß. «Niemand durfte erfahren, dass Narkaoo bereits einmal zugeschlagen hat. Niemand … Und deshalb haben Sie Iones Mutter verschwinden lassen: Sie ist nie in dem Hotel angekommen; ein Zimmer Nummer 7 hat es nie gegeben. Das haben Sie sich clever ausgedacht. Sie wollten Ione einfach als eine verrückte Lügnerin hinstellen. Doch Sie haben nicht mit mir gerechnet.»

Geert van Rossem nickte. Er stand auf und sah auf die Nieuwe Amstelbrug, auf die Lichter, die sich im Wasser spiegelten, auf das lebhafte Treiben in seiner Stadt. Noch ein paar Tage, und die Feierlichkeiten würden beginnen. Auf seinen Schultern ruhte so viel Verantwortung. Er hatte getan, was er für richtig gehalten hatte. Er sah auf die Stadt, die nichts von der Bedrohung ahnte. Nichts von Erpresserbriefen, nichts von Straftaten, nichts von der Vertuschung eines schrecklichen Ereignisses. Sie wusste nicht, dass Narkaoo bereits nach seinem nächsten Opfer Ausschau hielt. Van Rossem stieß einen tiefen Seufzer aus und drehte sich um.

«Darf ich Sie bitten, mich zu begleiten?»

«Wohin?», fragte der Apotheker.

«Stellen Sie keine Fragen, wenn Sie Antworten bekommen wollen», sagte der Veranstalter und verließ das Zimmer. Van Ledden Hulsebosch folgte ihm.

— 8 —

Die Fahrt durch die Innenstadt von Amsterdam verlief in Dunkelheit und Stille. C.J. saß mit Van Rossem allein auf dem Rücksitz, Saltet hatte er von diesem Teil der Untersuchung nichts erzählt. Der Wagen wurde von einem jungen Militär gefahren. Geert van Rossem hatte den Spazierstock zwischen die Knie geklemmt. Er hatte die beeindruckende Ausstrahlung eines Offiziers, seine Augenbrauen waren buschig und schwangen sich in der Mitte etwas in die Höhe. Den Kopf hielt er stolz hochgereckt, und den Hut hatte er ein bisschen nach hinten geschoben, damit er gut sehen konnte, wohin ihn der Chauffeur brachte. Er war immer noch ein Militär, aber die Organisation der Olympischen Spiele durfte nicht allzu sehr mit dem Heer in Verbindung gebracht werden, das würde nur zu allerlei unangenehmen Fragen führen. Es gab immer noch genügend Gegner der Spiele, die nicht wollten, dass die Sonntagsruhe gestört wurde. Also trug Van Rossem keine Uniform, sondern maßgeschneiderte Anzüge, die so exakt saßen wie eine Uniform. Er trug auch keinen Degen bei sich, sondern einen Spazierstock, mit dem er zweifellos einen Angreifer mit einem einzigen Schlag ausschalten konnte. C.J. sah ihn von der Seite an. Er schätzte sein Alter auf Ende 30, doch seinem abgeklärten Verhalten nach zu urteilen war er wesentlich älter. Van Rossem sah stur geradeaus. Van Ledden Hulsebosch hatte das bei Militärs schon öfter gesehen: Sie blieben lange jung, alterten dann aber ab einem bestimmten Zeitpunkt umso schneller.

Die Fahrt führte über den Munt, am Rokin entlang, dann über den Dam zum Oudezijds Achterburgwal. Langsam, aber sicher näherte sich der Wagen der Gegend um den Zeedijk herum, einem völlig verrufenen Viertel. Sie hielten schließlich vor einem baufälligen Gebäude an. Van Ledden Hulseboschs Apotheke befand sich nur ein paar Straßen von hier entfernt, und doch war dies eine ganz andere Welt. Er kannte diese Gegend, aber er hatte hier nichts zu suchen – außer, wenn eine Straftat begangen wurde, in deren Erforschung er sich nach Leibeskräften stürzen konnte. Das Bier war hier billig, die Frauen auch. Hier krochen Ratten herum, manchmal die menschliche Variante davon. Der Tod schlug leicht zu, und von den meisten Leichen kannte niemand den Namen … geschweige denn, dass der Mörder gefasst wurde.

Der Chauffeur reichte Geert van Rossem eine Laterne, die nur sehr wenig Licht abgab. Ein Stück weiter die Straße hinauf, in der Bethanienstraat, war ein kleines Geschäft. «Smaling Zimmerei & Verleih von Lastenfahrrädern» stand in grauen Buchstaben auf einem Schild über der Eingangstür. Van Rossem kannte den Weg und ging entschlossen weiter.

An der Eingangstür wartete er kurz, bis der Rechercheur zu ihm aufgeschlossen hatte. Dann betraten sie gemeinsam die Zimmerei. Es roch nach den Holzspänen, die den Boden wie dichtes Moos bedeckten. Überall stand Holz herum, wovon das meiste allerdings schon moderte oder bereits morsch war. Van Ledden Hulsebosch fragte sich, ob die Hobelbänke und Sägeblöcke wohl noch oft zum Einsatz kamen. Zu Smalings Zimmerei gingen die Leute nur in letzter Not. Meist brauchten sie Dielen, um ein Loch im Boden abzudichten, oder ein paar Balken, mit denen man das Dach winterfest machen konnte. Manche zogen auch eine zusätzliche Wand in ihre Wohnung, damit ein neuer Hausbewohner einziehen konnte und man etwas Kostgeld bekam, um die Mietlast zu mindern. Smaling hatte noch nie einen Tisch oder einen schönen Schrank mit Furnierarbeit getischlert. So etwas wurde in dieser Gegend nicht verlangt.

Van Rossem ging durch die Halle und kam zu einer Tür, die sich ebenfalls ohne Probleme öffnen ließ. Sie führte auf einen Hof hinaus, der schon bessere Zeiten gesehen hatte.

«Das hier war einmal ein Kloster», stellte Van Ledden Hulsebosch fest.

«Das ehemalige Bethanienkloster. Kennen Sie seine Geschichte?»

Van Ledden Hulsebosch wusste viel über die Geschichte Amsterdams, aber nicht alles. Er schüttelte den Kopf.

«1425 wurde die Festung Amsterdam erweitert. Hier und da wurden Klöster gebaut … In dem Gebiet, das wir heute die Innenstadt nennen, gab es an die zwanzig Stück. Dieses hier war das Kloster Maria Magdalena in Bethanien.»

Sie gingen über den Hof zu einem der Nebengebäude, in dem Licht brannte. Van Rossem schien den Ort gut zu kennen, er steuerte geradewegs auf sein Ziel zu.

«Vor allem gefallene Mädchen kamen hierher. Man konnte hier ein schönes Stück Fleisch bekommen, denn die Klosterbrüder mästeten Ochsen für die Mahlzeiten der Schutters-Zunft, die für die Sicherheit der Stadt verantwortlich war. Und dabei fiel meistens etwas ab. Die Reformation machte dem Klosterleben in Amsterdam ein Ende», sagte Van Rossem bedauernd.

C.J. konnte seine Gefühle nachvollziehen. Das Leben eines Militärs glich auf vielfältige Weise dem eines Klosterbewohners: Eingeschlossen in einer Welt, die alles andere ausschließt, außer dem Krieg. Aber den gab es zurzeit nicht und würde es wahrscheinlich auch nie mehr geben, denn im In- und Ausland wollte man nichts anderes als Frieden.

Van Rossem blieb einen Moment stehen und drehte sich um. «Das Kloster stand an dieser Stelle des Weges, es war lang und schmal. Und deswegen haben sie quer durch das Gebäude hindurch einen Weg angelegt ... den man heute die Koestraat nennt, weil man die Kühe da durchgetrieben hat. Die Kapelle steht noch und ein paar Häuser des Klosters ebenfalls. Der Stadtorganist hat hier gewohnt, und Jan van der Heyden, der Maler. Und irgendwann einmal war hier sogar eine Herberge. Jetzt gibt es nur noch die Zimmerei und ein paar versteckte Häuser, die nur wenigen Menschen bekannt sind.» Van Rossem drehte sich herum und bedeutete Van Ledden Hulsebosch, eine Treppe hinaufzusteigen. Sie kamen an eine Tür, die in eine kleine Halle führte. Die beiden Männer traten ein. C.J. kniff die Augen zusammen und sah sich in dem dunklen Raum um. Dann entdeckte er eine Nonne, die auf einem Stuhl saß und im Kerzenschein in einer Bibel las.

«Schwester Hannah», stellte Van Rossem sie vor. Sie sah kurz auf und nickte. Dann widmete sie sich wieder dem Buch und ließ die beiden Männer vorbeigehen.

Van Rossem stieg eine weitere Treppe hinauf. Die Stufen knarrten unter seinen Schritten. C.J. folgte dem Militär und ließ die Hand über das glatte Geländer aus Birkenholz gleiten. Dieses Haus befand sich offenbar in gutem Zustand, obwohl es sich hinter so verfallenen Fassaden versteckte. Van Rossem ging schneller. In der ersten Etage blieb er vor einer Tür stehen. Neben der Tür stand ein kleiner Sockel mit einem Körbchen darauf. Darin lagen Tücher; er nahm zwei heraus und reichte eins davon dem Apotheker.

«Halten Sie es sich vor den Mund. Zur Sicherheit.»

Van Ledden Hulsebosch tat, wie ihm geheißen. Das Tuch roch nach Lavendel und anderen Kräutern, die er nicht sofort erkannte. Dann öffnete Van Rossem die Tür. Zwei Nonnen, die im Zimmer waren, sahen auf.

«Schwester Beth und Schwester Clara.»

Sie standen vor einem stoffbespannten Wandschirm. Der Organisator der Olympischen Spiele nickte, und die beiden Schwestern rollten den Wandschirm weg. Dahinter stand ein Bett, in dem eine Frau lag.

Van Ledden Hulsebosch erkannte sie sofort wieder.

Iones Mutter. Sie atmete ruhig.

«Sie lebt», sagte Van Ledden Hulsebosch.

Van Rossem sah den Rechercheur mit sorgenvoller Miene an. «Ich glaube nicht, dass man ihren Zustand noch ‹Leben› nennen kann.»

Der Kriminalist ging ans Bett und betrachtete die Patientin. Ihr Körper war mit weißen Tüchern bedeckt, sogar ihre Hände waren mit weißem Stoff umwickelt. Er sah die beiden Nonnen an, die genau wie er einen Mundschutz trugen.

«Was ist mit ihr?»

«Wir haben herausgefunden, dass sie sich mit einer Krankheit infiziert hat, die Enzephalitis heißt. Vermutlich hat man ihr den Erreger injiziert. Es ist die japanische Form des Flavivirus. Sie können beruhigt sein, es kann nur über die Blutbahn übertragen werden. Über Moskitostiche oder Affenbisse, oder, wie in diesem Fall, eine Injektion. Wir haben zwar entsprechende Vorsichtsmaßnahmen getroffen, doch soweit wir wissen, kann sich das Virus nicht über die Luft ausbreiten.»

«Sie sieht gesund aus.»

«Das Virus hat ihr Gehirn angegriffen. Was Sie dort liegen sehen, ist ein Körper, der vor sich hin vegetiert. Sie ist nichts anderes als eine Pflanze in einem Treibhaus: Sie lebt, sie atmet, ihr Herz schlägt, aber sie sieht, hört und fühlt nichts. Sie vermag auf keine Weise zu denken, geschweige denn zu kommunizieren.»

«Woher wussten Sie so schnell, dass es diese Krankheit ist?»

«Das wussten wir nicht», sagte Van Rossem. «Das wurde uns von dem Mann gesagt, der ... sollen wir ihn den ‹Erpresser› nennen? Er hat uns sogar einen Brief mit allen Einzelheiten über die Krankheit geschickt. Und er hat uns mitgeteilt, was wir tun müssen, um zu verhindern, dass sich andere Menschen in ihrer Umgebung infizieren.»

«Das ist ja furchtbar.» Van Ledden Hulsebosch betrachtete Iones Mutter. Ein grausames Verbrechen. In ihren Körper war ein Stoff injiziert worden, der sie nicht tötete, sondern ihres Verstandes beraubte. Zweifellos war sie von dem Einstich aufgewacht, als der Erpresser ihr im Hotel das Virus injiziert hatte. Sie musste direkt in das Gesicht ihres Mörders geblickt haben. Doch Van

Ledden Hulsebosch begriff, dass ihm diese Frau niemals eine Personenbeschreibung geben würde.

«Was für ein grausamer Mensch, der so etwas auf dem Gewissen hat», sagte Van Ledden Hulsebosch.

«Dieser Verrückte ist wirklich gefährlich», stellte Van Rossem mit leiser Stimme fest. «Er ist eine tödliche Bedrohung für uns alle.»

«Und was nun?»

«Ich weiß es nicht», sagte Van Rossem. «Was hätten wir denn tun sollen? Wir hatten ein Opfer. Und wir hatten einen flüchtigen Täter, der sich nicht so einfach stoppen ließ. Sie lebte, und es war unsere Pflicht, für sie zu sorgen. Aber wir konnten doch nicht bekannt geben, dass es ein Opfer gegeben hatte ... noch nicht einmal der Tochter. Sie müssen sich vorstellen, dass die Olympischen Spiele ...»

«Fahren Sie doch zur Hölle mit Ihren Spielen!», schrie Van Ledden Hulsebosch wütend.

«Dort befinde ich mich bereits!», blaffte Van Rossem zurück. C.J. wusste auch, dass sie in einem Teufelskreis feststeckten. Wenn sie dem Erpresser nachgaben, würde das nur Nachahmer auf den Geschmack bringen.

«Kann sie geheilt werden?» Der Apotheker wollte die Hoffnung so schnell nicht aufgeben.

«Nein. Ihr Gehirn hat irreparable Schäden davongetragen. Sie wird sich nie mehr erholen. Wir versorgen sie bis zum Ende der Spiele. Dann weihen wir Ione ein und fragen sie, was sie möchte. Wir können ihrer Mutter einen Platz in einem Sanatorium besorgen. Ione wird von uns eine jährliche Vergütung bekommen, genug, um davon zu leben und für ihre Mutter zu sorgen.»

«Schweigegeld», bemerkte Van Ledden Hulsebosch bissig.

«Ja, das wäre in unserem Interesse», gab Van Rossem zögerlich zu. «Und Sie? Jetzt, da Sie es wissen? Hilft Ihnen dieses Wissen nun weiter?»

C. J. schwieg. Van Rossem sah ihn an und fuhr fort: «Jetzt kennen Sie unser Geheimnis und unser Komplott. Haben wir den Erpresser gefunden? Haben wir den furchtbaren Narkaoo gefasst? Was will er? Wo ist er? Wie kommt er an das Virus?»

Van Ledden Hulsebosch dachte kurz nach und antwortete dann. «Die Kriminalistik ist eine neue Wissenschaft. Wir gehen nicht von einer Behauptung aus und suchen dann nach entsprechenden Hinweisen. Nein, wir sammeln alle Spuren, die mit der Straftat zu tun haben. Erst dann, wenn wir alle verfügbaren Hinweise beieinander haben, suchen wir nach dem Zusammenhang. Deshalb ist es wichtig, dass ich von diesem Virus weiß. Außerdem habe ich nun Sicherheit, was mit Iones Mutter geschehen ist. Das sind zwei weitere, wichtige Teile des Puzzles.»

«Dennoch möchte ich Sie bitten, hierüber zu schweigen. Erst recht Ione gegenüber.»

Darüber musste C. J. nicht lange nachdenken.

Er schüttelte Van Rossem die Hand und nickte einwilligend.

Etwas später kehrte Van Ledden Hulsebosch zur Apotheke zurück. Fräulein Van Henegouwen war aufgeblieben und wartete auf ihn; Saltet war nach Hause gegangen.

«Haben Sie die Frau gesehen?», empfing ihn die Haushälterin.

«Ich darf nicht darüber sprechen», sagte er.

«Sie haben sie gesehen», sagte sie und wusste, dass

das nichts Gutes zu bedeuten hatte. Sie fragte nicht weiter, sondern legte ihre Hand auf die Schulter ihres Chefs. Er nickte und lächelte bitter.

«Ich habe diese Beamten nicht!», schrie Marcusse Saltet an, der angefragt hatte, ob man eine beachtliche Anzahl Polizisten über den Haarlemmerdijk patrouillieren lassen könne, um die dort versammelten Kriminellen ein bisschen nervös zu machen. Er habe in den Kneipen am Dijk gedroht, dass das passieren würde, wenn sie nichts über den Mord von Johannes Klugt sagten. Die Anfrage lag schon seit ein paar Wochen vor, und es war nichts, aber auch wirklich gar nichts passiert. «Ich muss mich um die Olympischen Spiele kümmern. Und damit habe ich wohl genug zu tun», versicherte der Polizeipräsident seinem Untergebenen.

«Ich kann mich da nicht mehr blicken lassen», sagte Saltet. «Die lachen mich aus. ‹Wo sind denn deine Polizisten, du Trottel?›, hör ich sie schon rufen.»

«Es tut mir Leid. Aber wir haben andere Prioritäten. Und ab jetzt dulde ich keine Widerrede.»

«Sie dulden so einiges nicht», sagte Saltet und ging zur Tür.

«Was sagen Sie da?»

Saltet hielt inne. Er war gerade im Begriff, sich mit einem Vorgesetzten anzulegen. Bis jetzt hatte er gezittert wie Espenlaub, wenn Marcusse ihn anschrie. Aber seine Geduld war am Ende. Es lief ein Straftäter herum, und die Amsterdamer Polizei unternahm nichts, um den Kriminellen zu fassen.

«Sie glauben doch, dass die Polizei nur dazu da ist, den Verkehr zu regeln. Sie unterschätzen Ihre eigenen Leute.»

Diesen Tonfall kannte Marcusse nicht von seinem jungen Mitarbeiter. Bisher hatte es ausgereicht, ihn kurz zur Disziplin zu ermahnen. Doch anscheinend übte dieser lästige Apotheker einen schlechten Einfluss auf ihn aus.

«Junger Mann …», setzte der Chef an, aber Saltet ließ ihn nicht aussprechen.

«Ich weiß nicht genau, was da passiert, Herr Marcusse. Aber ich weiß, dass es gefährlich ist. Und dass Ihre Olympischen Spiele ins Wasser fallen werden, wenn wir nicht herausfinden, wer diese Briefe schreibt. Da können Sie noch so schön die Autos anhalten und die Fußgänger über die Straße gehen lassen … Aber vielleicht ist das alles nicht so wichtig.»

«Die Ordnung in der Stadt, die ist wichtig.»

«Und um diese Ordnung aufrechtzuerhalten, benötige ich ein paar Tage lang eine Anzahl Beamte.»

«Ich kann sie nicht entbehren!»

«Dann mache ich Sie für die Folgen verantwortlich», drohte Saltet.

Das verschlug Marcusse die Sprache. Saltet drehte sich um und schlug die Tür hinter sich zu.

Lize war an diesem Abend stolz auf ihn. Sie hatte ein Rinderkotelett für ihn gebraten, mit wunderbaren Kartoffeln und Möhren, die er so gerne mochte. Und sie hatte den Tisch festlich gedeckt. «Endlich hast du dich einmal behauptet. Ich bin stolz auf dich!», sagte sie zu Saltet.

Aber Saltet war sich seines Erfolges nicht so sicher.

«Ich glaube, dass es mich meine Stelle kosten kann», sagte er.

«Na und?», sagte die Liebe seines Lebens mit einem

Lächeln, das so viel Vertrauen in die Zukunft ausstrahlte, dass er für einen Moment glaubte, es mit der ganzen Welt aufnehmen zu können. «Du hast ihm auf jeden Fall gehörig die Meinung gesagt!»

«Trotzdem. So redet man nicht mit seinem Vorgesetzten», gab Saltet zu bedenken.

«Dann musst du ihn eben nicht mehr als deinen Vorgesetzten betrachten.»

«Und was dann?»

«Mach ein Laboratorium auf, genau wie C. J. Als Rechercheur bist du mindestens so gut wie er.»

«Das bin ich nicht», sagte Saltet.

«Das bist du doch.»

«Nein, das stimmt nicht.» Und er war deswegen noch nicht einmal enttäuscht. «Ich habe Van Ledden Hulsebosch jetzt in einer Reihe Fälle erlebt. Er hat eine solche Intuition – dem kann ich nicht das Wasser reichen. Er sieht Sachen, die ich nicht sehe – selbst wenn ich viele Stunden länger hinschauen durfte als er. Er hat einfach den richtigen Riecher für solche Dinge … dagegen bin ich blind und taub.»

«Du tust dir selbst Unrecht.»

«Aber nein. Ich kenne mich bloß», sagte Saltet.

Es klingelte an der Haustür. Wer konnte das noch sein, zu dieser Stunde? Lize ging in den Flur. Als sie wieder ins Zimmer kam, sagte sie: «Du hast Besuch.»

Saltet saß mit hochgekrempelten Ärmeln und herunterbaumelnden Hosenträgern da und hatte seine Schuhe ausgezogen, als Marcusse eintrat. Der Polizeipräsident hielt den Hut in den Händen und drehte ihn im Kreis.

«Herr Marcusse!» Saltet schrak auf und versuchte sein Jackett zu packen. Wo waren nur seine Schuhe?

«Bleiben Sie sitzen, junger Mann. Ich komm nur kurz vorbei und erwarte bestimmt nicht, dass Sie um – wie spät ist es? – halb zehn geschniegelt und gestriegelt aussehen.»

«Ich … vielleicht sollte ich mich für heute Nachmittag entschuldigen.»

Er sah den wütenden Blick seiner Lize. «Aber das tu ich nicht!», sagte er beinah hysterisch, weil er wusste, dass er gerade dabei war, seine Stelle zu verlieren.

«Und zu Recht», sagte Marcusse.

«Möchten Sie vielleicht einen Tee? Wir trinken um diese Zeit immer Tee», sagte Lize.

«Das kann mir sicher nicht schaden», sagte der Polizeipräsident. Er setzte sich an den Tisch, legte den Hut auf das Tischtuch und strich mit den Händen darüber, als wolle er es noch glatter streichen. Lize ging in die Küche, um den Wasserkessel aufzusetzen. Saltet war ein wenig sprachlos und sah nur seinen Vorgesetzten an.

«Von allen Männern meiner Mannschaft habe ich die größte Hoffnung in Sie gesetzt», sagte Marcusse offenherzig. «Bisher dachte ich, es würde Ihnen an der nötigen Härte mangeln. Das hat mir nicht gefallen. Aber zum Glück ändert sich das gerade. Lassen Sie mich erst aussprechen», sagte er und hob die Hand, weil Saltet alles Mögliche sagen wollte. «In die Hauptstadt kommen Menschen aus der ganzen Welt. Wir sind auf einen Schlag ein Auffangbecken für Menschen aus aller Herren Länder geworden. Ihr Van Ledden Hulsebosch hat Recht, wenn er sagt, dass unser Trupp überhaupt nicht in der Lage ist, mit diesen Menschenmassen fertig zu werden. Wir leben noch in den Vorstellungen des vorigen Jahrhunderts. Wir müssen uns erneuern und verjüngen. Ich weiß noch nicht wie, aber ich weiß, dass ich dabei Hilfe brauche.»

«Die meisten meiner Kollegen sind guten Willens.»

«O ja, natürlich. Aber sie sind nicht ausgebildet. Oder nicht intelligent genug. Wir müssen unsere Leute besser auf die Anforderungen unseres Berufes vorbereiten. Ich möchte, dass junge Leute wie Sie die Führung übernehmen, die Polizei verjüngen und die Arbeit unserer Abteilungen reformieren. Kenntnis der neuesten Untersuchungsmethoden, neue Organisationsstrukturen ... Wir gehen einer neuen Zeit entgegen. Ich trage mich schon seit längerem mit dieser Art von Ideen, aber allein beim Gedanken, damit anfangen zu müssen, beim Gedanken an den Widerstand, der mir begegnen wird, werde ich müde. Kurz gesagt, Jonathan, ich werde Sie zum Hauptkommissar befördern, und Ihre erste Aufgabe – nein, Ihre zweite, denn ich will erst, dass wir diese verdammten Spiele heil über die Bühne bringen und diesen Verbrecher fassen –, Ihre erste Aufgabe nach den Spielen wird das Zusammenstellen von Kursmaterial sein. Meinetwegen ziehen Sie den Pillendreher hinzu, der weiß immerhin einiges. Sie werden dafür sorgen, dass die Amsterdamer Polizei fortschrittlicher wird. Trauen Sie sich das zu?»

Saltet zögerte. Er sah den Polizeipräsidenten an und holte tief Luft.

«Erzählen Sie mir nicht», unterbrach ihn Marcusse, «dass Sie an Ihren Fähigkeiten zweifeln.»

«Das tu ich aber, Herr Marcusse.»

«Und warum?»

«Van Ledden Hulsebosch weiß viel mehr als ich.»

«Wer hat Van Ledden Hulsebosch zur Amsterdamer Polizei gebracht?»

«Er hat seine Dienste selbst angeboten.»

«Und wir haben ihn ein ums andere Mal abgewiesen, bis Sie beim Fall des ermoderten Revuestars dachten: ‹Versuchen wir es mit ihm.›»

«Das kann man wohl kaum ein Verdienst nennen.»

«Sie werden lernen müssen, was es heißt, eine Führungsposition auszufüllen. Andere zu führen heißt, erkennen, ob jemand ein großes Talent hat … größer als das eigene. Und ihm dann den Freiraum geben, dieses Talent zu entwickeln. Van Ledden Hulsebosch ist ein ausgezeichneter Spurensucher – verraten Sie ihm bitte nie, dass ich das gesagt habe –, aber das ist er wirklich. Wenn er eines Tages zu alt ist oder in Rente geht, dann werden seine Fachkenntnisse für die Polizei verloren sein. Aber die Morde und Straftaten gehen weiter. Es geht nicht um einen Einzelnen. Wir werden jederzeit einen Kerl in einem Büro finden, der sich über eine Leiche beugt, nachdenkt und den Mord aufklärt … Sie, Saltet, können mehr; Sie können solche Leute anführen!»

«Herr Marcusse, ich bin noch nicht mal 30. Ich weiß nichts …», Saltet brachte den Satz nicht zu Ende.

«Ich nehme Sie nicht wegen Ihres Wissens. Ich nehme Sie wegen Ihres Könnens. Was Sie können, ist Menschen um sich herum zu scharen, die die nötige Kenntnis haben. Sie haben eine seltene Gabe, mein Junge: Sie gestehen sich selber ein, wenn Sie etwas nicht wissen. Und dann organisieren Sie die richtigen Leute, die Ihnen weiterhelfen können.»

Saltet schluckte. Er wusste nicht, was er sagen sollte. Er hatte beinah Tränen in den Augen, wollte es aber nicht zeigen. Lize war mit dem Tee fertig.

«Sie nehmen mir die Worte aus dem Mund», sagte

sie und stellte die Teekanne hin. «Er nimmt die Herausforderung an.»

Saltet sah Marcusse an und nickte zustimmend. Lize schenkte eine Tasse Tee ein.

«Gut. Und dann haben wir noch das folgende Problem. Ich brauche in den kommenden Tagen tausend Polizisten bei den Olympischen Spielen. Und ich habe nur tausend Polizisten. Und Sie brauchen hundert für den Haarlemmerdijk. Wie lösen wir das?»

«Ich weiß es nicht.»

«Denken Sie nach, Junge. Was müssen sie tun?»

«Auf dem Haarlemmerdijk herumlaufen. Sich zeigen. Es denen schwer machen. Dafür sorgen, dass sie sich in ihrem eigenen Revier nicht zu Hause fühlen. Und zwar so lange, bis einer von ihnen mit der Sprache herausrückt.»

«Braucht man dafür Polizisten?»

«Ja.»

«Denken Sie nach.»

«Ich brauche hundert Mann, die sich auf dem Haarlemmerdijk zeigen.»

«Hundert Polizisten?»

Marcusse sah ihn weiterhin fragend an. Schließlich wurde Saltet klar, worauf Marcusse hinauswollte.

«Es geht nicht um die Antworten, sondern um die richtigen Fragen», sagte Marcusse.

Justus van Maurik war Zigarrenhersteller gewesen. Er hatte seine kleine Fabrik 1794 am Amsterdamer Damrak gegründet. Zu jener Zeit war der Damrak noch mit Wasser gefüllt gewesen; man schüttete ihn erst am Ende des 19. Jahrhunderts zu. Die Fabrik machte die Van Mauriks zu einer recht wohlhabenden Familie.

Über Amsterdam hinaus war der Hersteller jedoch wenig bekannt. Erst als der Urenkel des alten Justus das Geschäft übernahm, wurden die Zigarren weltweit berühmt. Der Urenkel hatte drei Leidenschaften: Zigarren, die Stadt Amsterdam und seinen Füllfederhalter. Er verfasste kleine Geschichten über das tägliche Leben in der großen Stadt, die von jedermann verschlungen wurden. Er beschrieb die Amsterdamer mit viel Humor, aber auch mit dem nötigen Griesgram, der den Hauptstädtern zu Eigen ist. Er verstarb Ende des 20. Jahrhunderts, doch seine Fabrik und seine Geschichten blieben. Man schrieb die Stücke für das Theater um und führte sie regelmäßig im größten Theaterverein der Stadt auf. Und manchmal gab es sogar im Rozentheater oder im Gebouw de Liede eine Vorstellung mit sicherlich rund hundert Amateuren. Vor allem die Freilichtvorstellungen hatten sich damals sehr großer Beliebtheit erfreut.

Der Vorsitzende vom Theaterverein Justus van Maurik Junior, Jan Mikkelsen, war ein guter Freund von Polizeipräsident Marcusse. Tagsüber verkaufte er in seinem Laden am Damrak Tabakwaren von Van Maurik. Abends probte der Theaterverein auf dem großen Dachboden des Gebäudes, der elektrisches Licht hatte und beheizt war. Mikkelsen hatte schnell eine große Gruppe Laienschauspieler für den «besonderen und einmaligen Auftritt» zusammengetrommelt.

«Ich kenne Polizeipräsident Marcusse sehr gut», sagte Mikkelsen, als Saltet den Plan mit ihm besprach und ihm die hundert Polizeiuniformen, die die Männer anziehen sollten, brachte. «Er ist vor allem in der Rolle eines Geizkragens gut. Ich würde ihn gerne den Shylock im *Kaufmann von Venedig* spielen lassen, jedenfalls wenn er seine Texte besser behalten würde. Wir spielen nicht oft Shakespeare, weil wir viele Stücke von Justus van Maurik im Repertoire haben. Aber die Rolle wäre ihm auf den Leib geschrieben.» Saltet musste grinsen.

Mikkelsen war ein gedrungener Mann mit großem, rundem Bauch, der bei Auftritten in ein viel zu enges Korsett gesteckt wurde. Jedes Wort, das er sprach, wurde von einer, wie es in der Theatersprache heißt, ‹Gentle Gesture›, einer ausdrucksstarken Geste, unterstrichen, ganz so, wie er es bei einem britischen Schauspieler in der Amsterdamer Stadsschouwburg gesehen hatte. Er war sonderbar pedantisch, aber bei den Mitgliedern sehr beliebt. Er inszenierte jede Vorstellung, denn er war der Einzige, der wusste, wie man so etwas macht.

«Was ich will …», setzte Saltet an.

«Mir ist klar, was Sie wollen. Sie wollen, dass wir am Haarlemmerdijk ein schönes Schauspiel abliefern. Wir sollen dort lebensechte Polizeileute darstellen, die die Gegend im Auge behalten und für Unruhe unter den Ganoven sorgen. Meine Leute sollen mit Argusaugen beobachten, und bei allem, was nach Unrat riecht, die Augenbrauen zusammenziehen.»

Er machte es vor. Es sah unmöglich aus. Eher wie die Karikatur eines Polizisten, und Saltet befürchtete, dass niemand vom Haarlemmerdijk glauben würde, dass das wirklich Polizisten waren. Mikkelsen ließ noch einmal den Blick schweifen und zog die Augenbrauen zusammen. Saltet fing an, sich zu fragen, ob es wirklich so eine gute Idee gewesen war.

Am nächsten Tag parkte Saltet seinen Dienstwagen am Kopf des Haarlemmerdijks. Er beobachtete, wie sich die verkleideten Schauspieler langsam unter den

Leuten verteilten. Sie waren wirklich Amateure, als Schauspieler und als Polizisten. Ihre Bewegungen waren übertrieben, überall witterten sie Unrat. Sie gingen jeder Bewegung auf der Straße nach. Es war lächerlich. Doch die Bewohner des Haarlemmerdijks schienen nach dem Köder zu schnappen.

Die hätten nie gedacht, dass die Polizei in dieser geschäftigen Zeit an die hundert Beamte auf die Beine stellen konnte, um ihnen einen Schrecken einzujagen. Und das hier waren sehr unangenehme Beamte. Jene, die hier normalerweise Streife gingen, machten nie die Augen auf. Die schnappten sich einen Apfel vom Gemüsehändler, streichelten einem Jungen über den Kopf, hielten mit einer Frau hinter dem Kinderwagen ein Schwätzchen und sorgten vor allem dafür, dass sie so schnell wie möglich wieder auf der Wache waren. Diese Kontrolleinheit dagegen war fanatisch. Das waren Elitetruppen, das stand fest. Sie blickten sich allesamt drohend um, einer war schlimmer als der andere.

Sie gingen in den Kneipen ein und aus und behielten alle im Auge. Nichts entging ihnen. Manchmal hielt ein Polizist jemanden an, sah ihm lange in die Augen und sagte dann nach einem unheimlichen Schweigen: «Aha» – mit Betonung auf dem zweiten a.

Das Lumpenpack vom Haarlemmerdijk wurde nervös. Niemand konnte Diebesgut von einem Lastenfahrrad in ein Lagerhaus tragen, ohne dass einer von der Polente in der Nähe war und die Sache im Auge behielt. Und immer zogen sie so sonderbar die Augenbrauen in die Höhe, wenn sie Unrat witterten. Der kriminelle Handel begann ernsthaft darunter zu leiden. Als ordentlicher Krimineller konnte man seinen Hintern keinen Zentimeter von der Stelle bewegen, ohne dass man Auge in Auge mit einem Polizisten stand, der dann auch noch «Aha» sagte und sich etwas aufschrieb.

Noch am selben Abend kam eine Delegation aus dem Haarlemmerdijk auf die Wache Rembrandtplein und bat darum, Kommissar Jonathan Saltet zu sprechen. Es handelte sich um drei ungehobelte Männer, die kaum verbergen konnten, aus welchem Milieu sie stammten. Ein Polizist führte sie zu Saltet.

«Könne Sie damet ufforen?», fragte der eine.

Saltet wusste, dass ihm der Amateur-Theaterverein nur noch ein Tag lang zur Verfügung stand. Übermorgen würde der Spuk also zwangsläufig ein Ende haben. Dennoch sagte er: «Ihr kennt den Preis.»

«Ja, dat wisse wia, verdomme, aber dat wird ihm nich passen.»

«Wem wird das nicht passen?», hakte Saltet nach.

«Na, dem … dem Blonde Arnoud. Mia wisse, wo de steck. Du kanns de einkassiere, aber du weest dat nich von uns. Der Blonde Arnoud haut uns sons gleich dat Messa in die Rippe … da kennt de nix.»

«Bringt mich zu ihm. Ich nehme ihn fest, und morgen Abend ist alles vorbei.»

«Noch en gansen Tach woll ihr rumschnüffeln?»

«Noch einen Tag, ja.» Saltet durfte gar nicht daran denken, seine Hilfstruppe früher abrücken zu lassen. Das würde auf heftigen Protest stoßen. Die Schauspieler hatten viel Freude an dieser Vorstellung und wollten dem Volk gerne noch eine Zugabe geben. «Ein Tag noch, ich muss sicher wissen, dass der Blonde Arnoud der Täter ist. Dann ziehe ich meine Leute ab.»

An diesem Abend wurde Arnoud de Geldere aus seiner Wohnung in der Vinkenstraat geholt. Er fluchte und wetterte, beschimpfte die vier echten Polizisten, die ihn in den Dienstwagen trugen, und schwor denen, die ihn verraten hatten, ewige Rache. Wenig später saß er in einer Zelle im Gefängnis am Kleine Gartmanplantsoen. Saltet suchte ihn dort auf.

«Wirst du reden?»

«Wirst du sterben?», keuchte Arnoud.

«Habe ich nicht vor.»

«Ich auch nicht.»

«Ich lass dich so lange sitzen, bis du redest.»

«Dann sitze ich so lange, bis du tot bist.»

De Geldere hatte keine Angst. Er sah Saltet mit selbstsicherem Blick an. Es gab nichts, was ihn unterkriegen würde. Saltet nickte und verließ das Gefängnis. In dieser Nacht starb De Geldere in seiner Zelle.

— 9 —

Man hatte Arnoud de Geldere tot auf dem Boden von Zelle 27 im ersten Stock des Zellenkomplexes am Kleine Gartmanplantsoen gefunden. Van Ledden Hulsebosch wurde sofort verständigt. Saltet sprang im Karree, als er von der Sache erfuhr. Es war ein ungeheuerlicher Aufwand gewesen, De Geldere zu fassen, und jetzt, da sie ihn endlich hatten, hatte er ihn noch nicht einmal ordentlich verhören können. Er schlug mit der Hand gegen die Wand. All die Misserfolge – es war zum Verrücktwerden! Ihnen lief die Zeit davon. Die offizielle Eröffnung der Spiele sollte Ende der Woche stattfinden. Zweifellos würde der Erpresser dann zuschlagen – und dann würden sie es nicht mehr vor der Öffentlichkeit verbergen können.

Saltet stand vor dem Zellenkomplex und beobachtete, wie Van Ledden Hulsebosch ruhig aus der Straßenbahn stieg, die ihn zum Leidseplein gebracht hatte. Ungeduldig wippte Saltet auf und ab.

«Ganz ruhig», sagte Van Ledden Hulsebosch, als er Saltet ins Gebäude folgte. Der Eingangsbereich, wo der Pförtner saß, war schlicht gehalten. Ihre Schritte hallten hohl durch den langen Flur, der mindestens drei Stockwerke hoch war. Aus den Zellen rundherum drang Lärm; ungeachtet der Einzelhaft wussten die Gefangenen mit ihren Löffeln und Klapppritschen genügend Lärm zu veranstalten.

Die Zelle Nummer 27 befand sich am hinteren Ende

des Flurs. Ein Wachmann mit Schnurrbart schloss die Stahltür auf. Van Ledden Hulsebosch blieb in der Türöffnung stehen und sah sich um. Arnoud de Geldere lag in einer sonderbaren Stellung an seine Pritsche gelehnt, als wäre er bewusstlos geworden und hingefallen. Sein Genick schien gebrochen zu sein. Nachdem C.J. sich alle Details genau gemerkt hatte, ging er zu De Geldere hinüber. Er zog ein paar Handschuhe aus der Tasche. Bevor er sie anzog, befühlte er De Gelderes Haut, um die Körpertemperatur einzuschätzen. Dann nahm er De Gelderes Kopf vorsichtig in die Hände, fühlte, ob es etwas Ungewöhnliches gab, doch das Genick schien nicht gebrochen zu sein. Offenbar war er gegen das Bett oder die Wand gefallen und dabei bewusstlos geworden. C.J. betrachtete die Hände der Leiche. Jemand, der hinfällt, streckt instinktiv die Arme aus, um den Fall abzufangen. Wenn das etwas schnell und kraftvoll geschieht, hinterlässt es Spuren, wie Schürfwunden oder blaue Flecken. Aber De Gelderes Hände waren sauber und unversehrt. Der Tod, beziehungsweise die Bewusstlosigkeit, waren schnell eingetreten. Vorsichtig legte C.J. den Leichnam zurück und sah sich noch einmal sorgfältig in der Zelle um.

«Wer hat ihn zuletzt lebend gesehen?»

«Ein Wärter, heute Morgen um sechs Uhr», sagte der Mann auf dem Flur. «Jacques Vroons war das. Der hatte die Runde vorm Frühstück.»

«Wo frühstücken die Gefangenen?»

«In ihrer Zelle.»

Van Ledden Hulsebosch betrachtete noch einmal den Leichnam. Die Augen standen offen, ebenso wie der Mund. Er schloss respektvoll die Augen des Toten. Auch den Mund klappte er zu, doch das war schwieriger ... der Kiefer war nicht steif, sondern zu schlaff. Dann zog er die Handschuhe aus.

«Der städtische Amtsarzt ist unterwegs», sagte Saltet.

Der Apotheker sah auf die Uhr. Es war acht Uhr morgens. Länger als zwei Stunden war dieser Mann nicht tot. Seine Körpertemperatur war gesunken, aber kalt war er nicht. Die Leichenstarre war bereits eingetreten, außer im Kiefer. Er befühlte Van Gelderes Arme. Sie waren nicht leicht zu bewegen.

«War seine Zellentür die ganze Zeit über verschlossen?»

«Die Wache geht an allen Zellen vorbei. Wir öffnen jede Luke und sehen hinein, dann gehen wir zur nächsten Zelle. Vroons sagt, De Geldere sei einfach herumgelaufen. Und er habe überall dagegengetreten.»

Der Kriminalist betrachtete das Gesicht des Straftäters. Er hatte üppiges schwarzes Haar, das schlampig geschnitten war. Es fühlte sich fettig an und war sicher seit Tagen nicht mehr gewaschen worden. Er trug Gefängniskleidung, eine Hose mit einem Seil als Gürtel, Schuhe zum Reinschlüpfen, graue Socken, ein Hemd mit Kragen zum Schnüren, ein Unterhemd, wahrscheinlich eine Unterhose. Das Leinen war verwaschen und hart vom Kalk, aber nicht verschlissen. Der Apotheker befühlte, jetzt mit bloßen Händen, das Gesicht und den Hals des Toten. Er studierte vor allem die Linie des Kiefers. Er versuchte das Gesicht so zu drehen, dass es sich im Licht des Deckenfensters befand. Der Kriminalist sah kurz nach oben: Vor dem Glas war ein Gitter. Man konnte das Fenster sogar gute fünf Zentimeter öffnen. Dort passte aber unter keinen Umständen ein Mensch hindurch.

«Gibt es hier Rasierzeug?», wandte sich C.J. an Saltet.

«Was hast du vor?»

«Ihn rasieren», sagte Van Ledden Hulsebosch. Saltet wirkte überrascht, sagte jedoch nichts. Kurz darauf kam der Wärter mit einem Rasiermesser, das scharf geschliffen war. Der Bart war so dicht, dass C.J. zunächst eine Schere zu Hilfe nehmen musste. Er erledigte damit die Vorarbeit. Danach befeuchtete er den Bart, gab Rasiercreme auf seine Hände und rieb sie so gut es ging in die Barthaare. Dann benutzte er das Messer und hatte schließlich die glatte Gesichtshaut vor sich. Es war das erste Mal in seinem Leben, dass er einen toten Mann rasierte, und das fühlte sich ausgesprochen unangenehm an. Van Ledden Hulsebosch studierte die saubere Haut von Arnouds Kieferlinie minutiös, sogar mit einem Vergrößerungsglas, und entdeckte zwischen Hals und Kinn schließlich einen Einstich von kaum einem Millimeter Durchmesser.

«Ich möchte, dass diesem Mann Blut abgenommen wird, und ich möchte, dass dieses Blut untersucht wird.»

«Warum?»

C.J. sagte einen Moment lang nichts, er schien in Gedanken versunken zu sein. Saltet wollte eine Antwort, aber Van Ledden Hulsebosch konnte ihm keine geben. Als der Kriminalist sich umsah, wunderte er sich, dass der Mord in einer abgeschlossenen Zelle passiert war, in die scheinbar niemand hineingekommen war. Er dachte nach. Saltet wurde ungeduldig.

«Ich glaube, ihm wurde irgendein Gift oder vielleicht ein schnell wirkendes Virus gespritzt. Aber das weiß ich nicht, das muss untersucht werden.»

«Man kann in diese Zelle weder herein noch hinaus.»

«Ja, das ist mir klar.»

Van Ledden Hulsebosch sah zum Flur, verließ die Zelle und spazierte scheinbar ziellos durch das Gebäude. Er betrachtete die großen Fenster an der Rückseite des Hauses, vor die man Gaze gespannt hatte.

«Kann jemand in dieses Gebäude eindringen?», fragte er den Wächter, der sie herumführte.

«Wie soll das denn gehen? Haben Sie die Türen gesehen? Die sind mehr als 15 Zentimeter dick.»

«Ja, genau, das dachte ich mir.»

«Was dachten Sie sich?»

«Ein Gefühl der Sicherheit führt leicht zu Arroganz, und Arroganz führt zu Fehlern.»

«Wie bitte?»

Van Ledden Hulsebosch ließ den verdatterten Mann stehen und stieg die Treppe hinauf. Er hörte dem Lärm der Gefangenen zu, die der Tod ihres Mithäftlings anscheinend sehr beunruhigte. C.J. wusste vom «Flurfunk» in einem Gefängnis. Die Neuigkeit verbreitete sich wie ein Lauffeuer, sogar die Häftlinge, die sich in Isolierhaft befanden, erfuhren eher früher als später davon. Nachrichten wurden über Klopfsignale weitergegeben, auf einem kleinen Stück Papier oder durch einen bestechlichen Wächter. So war das schon im Rasphuis gegangen, dem ehemaligen Gefängnis von Amsterdam, und daran würde sich wohl nie etwas ändern. Die Häftlinge waren ängstlich und wütend. Im Gefängnis war jemand ermordet worden. Sie waren eingesperrt und konnten sich schlecht zur Wehr setzen. Jeder von ihnen konnte vielleicht der Nächste sein. Diese Mischung aus Zorn und Furcht war explosiv. Das hatte Saltet sofort erkannt und zusätzliche Polizisten kommen lassen, die die Situation im Auge behalten sollten. Und diesmal waren es keine Männer von einem Amateurtheaterverein, sondern eine Gruppe kräftiger Beamter.

C.J. ging weiter. Die Metalltreppe – das gesamte Innere des Gebäudes war aus Stahl – lief direkt an einem Fenster mit dünn geflochtenem Gitterwerk entlang. Es kostete wenig Mühe, die Stelle zu finden, an der der Mörder hereingeklettert war. Das Fenster war nicht verschlossen, und man konnte es mit Leichtigkeit weit öffnen. Die Gaze war an mehreren Stellen durchtrennt worden. Auf diese Weise war ein Loch entstanden, durch das man einfach herein- und wieder hinausklettern konnte. Dann war die Gaze wieder zurechtgebogen und provisorisch befestigt worden. Aus einigem Abstand betrachtet sah alles wie gewöhnlich aus.

Der Wächter war Van Ledden Hulsebosch gefolgt. Nun stand er mit blankem Entsetzen auf dem Gesicht hinter dem Rechercheur. «Verdammt», fluchte er, «das ist uns nicht aufgefallen!»

«Ihr habt auch nicht danach gesucht», bemerkte C.J. «Ihr verlasst euch zu sehr auf die dicken Zellentüren. Aus den Zellen kann keiner so leicht ausbrechen. Allerdings ist es zugegebenermaßen auch recht ungewöhnlich, dass jemand versucht, in ein Gefängnis einzubrechen.»

«Was glaubst du?», fragte Saltet, der ein wenig außer Atem die Treppe hochkam.

«Was glaubst *du*?», beantwortete Van Ledden Hulsebosch die Frage mit einer Gegenfrage.

«Der Mörder ist hier hereingeklettert. Das ist wohl offensichtlich. Dann ist es ihm gelungen, von den Wachen unbemerkt zur Zelle zu gelangen. Der Rest ist mir schleierhaft. Hatte er einen Schlüssel, oder wie ist er in die Zelle hineingekommen?»

«Einen Schlüssel? Nein, das glaube ich nicht», meinte C.J.

«Aber er kann die Spritze doch nicht von draußen in Van Gelderes Kinn gejagt haben?»

Das war eine Frage, auf die selbst Van Ledden Hulsebosch keine Antwort wusste.

Im Laboratorium ließ C.J. Vreugdenhil eine Gefängnistür aus Holzplatten nachbauen. Er selbst stellte eine vegetarische Leiche zusammen, die er ungefähr so hinter der Türattrappe postierte, wie Arnoud van Geldere gestanden haben musste.

Van Ledden Hulsebosch legte eine Reihe Injektionsspritzen in ein Kästchen. Er füllte sie mit Flüssigkeit und versuchte dann den Tathergang zu rekonstruieren.

Das Problem beim Werfen einer Spritze war, dass man dafür Platz brauchte. Man musste einen bestimmten Abstand zur Tür haben und sehr gut zielen können. Die Spritze musste nicht nur durch die kleine Luke passen – die nicht größer als 20 × 15 Zentimeter war –, sondern auch noch das Opfer treffen. Das waren zu viele Probleme auf einmal. Wenn man das Opfer überhaupt traf, blieb die Nadel nicht tief genug in der Haut stecken, oder in jedem Fall nicht so tief, wie es bei Arnoud der Fall gewesen war.

Was er auch versuchte, wie er auch warf, wie sehr er auch übte … er war sich so gut wie sicher, dass dies nicht die Methode gewesen war. Sie war viel zu umständlich. Und dass Van Geldere sich zur Luke hatte locken lassen, um sich eine Spritze geben zu lassen, konnte er sich auch nicht vorstellen.

Arnouds Tod blieb ihm ein Rätsel.

C.J. ging auf die Straße hinaus, um frische Luft zu schnappen und dabei vielleicht auf neue Ideen zu kommen. Er spazierte zum Haarlemmerpoort. Es war ihm bewusst, dass er auch am Hotel vorbeikommen würde, aber darauf kam es ihm diesmal nicht an. Es ging ihm mehr um die Luft, um das Licht, darum, den Kopf frei zu bekommen. Bei einer Ermittlung war das lebenswichtig. Manchmal war sein Kopf ganz wirr von all den Rätseln. Fast hatte er das Gefühl, dass Narkaoo ein hinterhältiges Spiel mit ihm trieb. Vielleicht auch nicht mit ihm, sondern mit dem Olympischen Komitee. Er kam am fünften Tor von Amsterdam vorbei, durch das König Willem II. voller Stolz in die Stadt gezogen war. Ein Stück weiter befand sich der Westerpark, eine weite Grünfläche. An schönen Tagen versammelten sich hier gern die Menschen, obwohl es nicht gerade still war; in unmittelbarer Nähe ratterte der Zug nach Haarlem vorbei und zog schnaufend eine lange Dampfwolke hinter sich her. Deswegen wurde der Park hauptsächlich von den Kindern aus der Nachbarschaft genutzt. Van Ledden Hulsebosch setzte sich auf eine der Bänke. Er stopfte etwas Tabak in die Pfeife, zündete sie an und genoss den Duft. Die Kinder vertrieben sich die Zeit und hatten ihren Spaß. Aus den verfallenen Häusern am Haarlemmerdijk schleppten sie alte Bretter, Stangen oder Möbel herbei und bauten sich daraus Häuser und Burgen. Manchmal demontierten sie ganze Treppenhäuser und benutzten sie als Spielmaterial. Es war schon öfter passiert, dass Bewohner, die morgens aus dem Haus zur Arbeit gegangen waren, abends nicht mehr in ihre Wohnung hineinkamen. In dieser Gegend herrschte soziales Chaos, und niemand fühlte sich berufen, für die Zukunft der Kinder zu sorgen. Amsterdam befand sich – von einigen wenigen schönen Vierteln abgesehen – am Rande des Elends. In den Ostteil der Stadt ging man besser nicht, obwohl es um den Oosterpark herum schöne Häuser gab. Im Norden ließ man sich höchstens auf einem der zahlreichen Friedhöfe begraben, und der Westen war völlig verarmt. Nur das Zentrum hatte noch etwas von der Grandeur des Goldenen Zeitalters, wie man das 16. Jahrhundert nannte. Und wer viel Geld hatte, konnte im Süden immer noch eine der prachtvollen Villen erstehen.

Die Kinder rannten fröhlich in verlumpten Kleidern herum. Sie wuschen sich höchst selten; die meisten von ihnen hatten noch nicht einmal ein eigenes Bett; und ihre Eltern kümmerten sich nur um das Nötigste. Für ihr Essen mussten die Kinder meist selber sorgen. Wenn sie Hunger hatten, stahlen sie meist einfach etwas beim Bäcker oder beim Gemüsehändler. Zur Schule gingen sie nur, wenn es wirklich sein musste oder wenn es zu kalt war für die Straße. Viel Kleidung hatten sie nicht, und das, was sie trugen, waren meist die abgelegten Sachen ihrer älteren Geschwister.

C. J. sann über eine Liedstrophe nach: «*Jantje, dein Po ist durchgescheuert. / Da zog sie ihren Rock aus. / Den einzigen, den sie hatte. / Und Fetzen für Fetzen machte sie / eine neue Hose für ihren Schatz.*» Den Rest des Textes hatte er vergessen, aber er erinnerte sich daran, dass die gute Frau an Unterkühlung gestorben war, weil sie ihren Rock in eine Hose für den Jungen verwandelt hatte.

Die Kinder bauten ihre Burgen und Häuser, und

dann bekriegten sie sich. Dabei schlugen sie gezielt aufeinander ein; ab und zu lief einer mit einem blauen Auge oder einem aufgeschlagenen Knie weg. In Arbeitervierteln ließ man sich nichts gefallen. Die Eroberung der Burg durchlief meist immer die gleichen Phasen. So viele Kinder wie möglich stürmten gleichzeitig auf die Festung los. Doch die Burgbewohner wehrten den Ansturm mit Stöcken und Dreckklumpen ab.

Im zweiten Ansturm bewarfen die Angreifer die Burg nur mit Steinen und anderen Dingen, doch dann entstand ein neues Spiel. Aus dem Abfall wurden Bleirohre gezogen, alte nutzlose Gasleitungen. In den meisten Häusern gab es inzwischen elektrisches Licht, und darum waren viele der Leitungen überflüssig geworden. Hier und da konnte man einen Cent für ein Kilo Rohre bekommen, und deswegen hatten die Racker nicht vor, ihre wertvolle Ware zu verschwenden. Aber das hieß natürlich nicht, dass man sich damit nicht erst noch ein bisschen amüsieren konnte. So ein Bleirohr war leicht zu zerbrechen. Man hielt das Rohr fest, stellte den Fuß auf die Stelle, wo es brechen sollte, und bewegte es dann auf und ab. Nach einigen Malen gab das Blei nach. Wenn man noch kurz weitermachte, hatte man eine Röhre von mindestens fünf Zentimeter Länge.

Van Ledden Hulsebosch beobachtete interessiert das Treiben der Kinder. Im Park erreichte der Sturm auf die Burg gerade einen neuen Höhepunkt. Einer der Jungen hatte alte Zeitungen dabei, die in ungefähr zwanzig Zentimeter lange und sechs bis acht Zentimeter breite Streifen gerissen wurden. Die Papierstreifen wurden in den Hosenbund gesteckt und von den Rabauken rasend schnell zu Pfeilen zusammengedreht.

Sie hatten dabei eine ganz eigene Technik entwickelt. C.J. beobachtete, dass sie sich einen der Papierstreifen, die im Hosenbund steckten, herauszogen, ihn um den Finger wickelten, in der passenden Länge abrissen, daran leckten und festklebten. Auf diese Weise erhielten sie eine Art Munition, die sie in das Rohr steckten und zur Festung pusteten. Schon kurz darauf war die angreifende Partei im Vorteil. Ein einzelner Pfeil war zwar schnell abgewehrt, aber zehn zugleich bedeuteten, dass man das Gesicht wegdrehen musste, und das hatte dann sofort einen neuen Ansturm zur Folge.

«He, ihr da», rief Van Ledden Hulsebosch. Die Kinder unterbrachen ihr Spiel.

«Das ist einer von der Polente», sagte einer der Jungen und wollte sich aus dem Staub machen.

«Ich bin nicht von der Polente. Ich wollte euch einen guten Vorschlag machen.» Er wühlte in seiner hinteren Hosentasche und zog ein silbernes Guldenstück heraus. «Ich will so ein Pusterohr kaufen, für einen Gulden.»

«Beim Klempner kriegen wir zwei Gulden dafür», rief der Schlaueste, der ganz genau wusste, dass das nicht stimmte, es aber auf einen Versuch ankommen ließ.

«Zwei Gulden? Meinetwegen. Einverstanden.» Van Ledden Hulsebosch nahm einen zweiten Gulden und ging zu dem Jungen. «Wird ehrlich geteilt?»

«Das ist mein Rohr», sagte der Frechste.

«Dann will ich ein anderes», sagte Van Ledden Hulsebosch und suchte sich den heraus, der ihm am schüchternsten erschien. «Du da!»

«Wir teilen alles ehrlich», sagte der Frechste. Das wollte C.J. hören. Er zahlte, übergab dem Schüchternsten die gesamte Summe und machte sich dann mit dem kleinen Bleirohr in der Hand auf dem schnellsten Weg nach Hause.

Im Laboratorium bog der Apotheker das Rohr gerade. Dann nahm er eine dünne Injektionsspritze und versuchte sie in das Rohr hineinzuschieben; sie war aber zu dick. C. J. erhitzte das Rohr über dem Feuer, nahm eine gusseiserne Kugel, die genauso breit war wie die Spritze, und drückte sie durch das Rohr. Das Blei war so weich, dass das Rohr breiter und breiter wurde. Nachdem es abgekühlt war, passte die Spritze hindurch. Er rieb die Spritze mit Öl ein und steckte sie ins Rohr. Dann ging er zur Gefängnistür hinüber und zielte mit dem Blasrohr auf die vegetarische Leiche. Van Ledden Hulsebosch brauchte nur vier Versuche, bevor er fehlerfrei zielen konnte und die Spritze genau ihr Ziel traf. Das Problem war lediglich, dass die Spritze nicht automatisch die Flüssigkeit in den Körper injizierte. Das zweite Problem war, dass die Spritze in der Haut stecken blieb, und bei Arnouds Leiche war keine Spritze gefunden worden.

Doch die Lösung lag nahe. Er machte sich erneut mit der Injektionsnadel an die Arbeit. Vreugdenhil half ihm eine Weile, beschäftigte sich dann aber plötzlich mit der Tür, als sei ihm ein Geistesblitz gekommen. Van Ledden Hulsebosch verstand nicht immer, was seinen Assistenten antrieb, und auch jetzt hatte er keine Zeit, darüber nachzudenken.

Er schraubte die Spritze in eine Drehbank und studierte ihre Mechanik. Er entfernte den Drückmechanismus und stellte fest, dass er aus sehr leichtem Material bestand. Der Rest der Spritze war viel schwerer. Er nahm die gusseiserne Kugel und versuchte ein

Loch hineinzubohren, was ihm misslang. Immer wieder zersprang die Kugel. Daraufhin nahm er ein Stück Blei, schmolz es über einem Bunsenbrenner und goss das Blei auf das Ende des Drückmechanismus. Dieser war nun mindestens so schwer wie der Glaskörper der Spritze. Alles zusammen wog immer noch wenig, denn das Glas war dünn, und er hatte nur ein paar Gramm Blei benutzt.

Es funktionierte.

Die Spritze traf den Körper, aber durch die Bleimasse schob sich der Druckmechanismus ein Stück vor und sorgte dafür, dass etwas Flüssigkeit tatsächlich in die vegetarische Leiche gelangte.

Vreugdenhil tippte Van Ledden Hulsebosch auf die Schulter und nahm ihm dann das Blasrohr und die Spritze ab. Dann befestigte er einen dünnen Faden am Ende des Drückmechanismus. Der Faden war aus Seide und damit federleicht. Zuerst rollte Vreugdenhil den Faden durch die Türluke, sodass er sich nicht verheddern würde. Und dann blies er die Spritze in den Körper der vegetarischen Leiche.

Nun brauchte er den Faden nur noch aufzurollen. Die Seide war nicht nur leicht, sondern auch stark. Vreugdenhil musste kaum Kraft anwenden, um die Spritze aus dem Körper zu ziehen.

Das war die Lösung. So musste sich der Mord abgespielt haben.

Auf dem OP-Tisch der Autopsieabteilung des Wilhelmina-Krankenhauses lag der leblose Körper von Arnoud de Geldere. Zu Lebzeiten immer ein Straftäter, jetzt selbst das Opfer eines solchen. Ein wertloser Zeuge. Professor Mooy vom Pathologischen Institut hatte den nackten Körper studiert, vor allem die kleine Wunde, auf die ihn Van Ledden Hulsebosch hingewiesen hatte. Saltet war während der ganzen Untersuchung dabei gewesen; er wollte unbedingt der Erste sein, der erfuhr, woran Van Geldere gestorben war. Dann würde er auch endlich etwas zu der Ermittlung beitragen können.

Der Raum war kahl und dunkel; es gab keine Fenster. Lediglich über dem OP-Tisch hingen ein paar blaue, kreisförmig angeordnete Lampen. Dadurch wirkte der Raum wie eine Art Kapelle. Neben dem OP-Tisch standen Rollschränkchen mit den notwendigen Instrumenten für die pathologische Untersuchung. Saltet saß auf einem Stuhl, bleich und unbeweglich. Der Apotheker setzte sich neben ihn, denn er wusste, dass er Mooy nicht bei der Untersuchung stören durfte. Der kleine, glatzköpfige Mann mit der dicken Brille drückte ein Auge auf das Okular des Mikroskops und schüttelte dann mehrmals den Kopf. Er stand auf, ging zu einem kleinen Tisch, auf dem ein Destillierapparat stand, in welchem wiederum ein paar Blutstropfen Van Gelderes von anderen Substanzen getrennt wurden. Er studierte einige Reagenzgläser und schüttelte erneut den Kopf. Dann ging er zu Van Ledden Hulsebosch und Saltet.

«In seinem Blut ist nichts», sagte er.

«Unsinn», sagte Van Ledden Hulsebosch.

«Der Meinung bin ich auch», sagte Mooy. «Sie wollten, dass ich nach möglichen Krankheitskeimen, nach Viren suche, aber die gibt es nicht. Ich glaube, er hat ein schnell wirkendes Gift injiziert bekommen. Ein Gift, das nicht einfach nachzuweisen ist.»

«Es muss zu finden sein», beharrte C.J.

«Wie viel Zeit habe ich?», fragte Mooy.

«Nicht viel. Ich brauchte das Ergebnis so schnell wie möglich.»

Van Ledden Hulsebosch stand auf und ging zum OP-Tisch hinüber. Er betrachtete den Mörder von Johannes Klugt und betastete kurz dessen Kiefer. Er war noch immer schlaff. «Die Muskeln, die sich in direkter Nähe des Einstichs befinden, sind nicht steif geworden», bemerkte Van Ledden Hulsebosch.

Albert Mooy runzelte die Stirn und gesellte sich zu seinem Kollegen ... nun ja, Kollege war übertrieben, er war und blieb natürlich bloß ein Apotheker. Auch er befühlte den Kiefer. Dieser war tatsächlich schlaff, während beim restlichen Körper die Rigor Mortis eingesetzt hatte.

«Hat er etwas gesagt, als Sie ihn verhört haben?», fragte Mooy Saltet über die Schulter.

«Nur, dass er nichts sagen würde.»

«Aber das waren Worte? Kein Gestammel? Deutliche Vokale, Konsonanten?»

«Ja.»

Mooy bewegte den Kiefer nochmals. Er dachte nach.

«Was denken Sie?», wollte C.J. wissen.

«Ich habe letztens einen Artikel über Fischer in unserer indonesischen Kolonie gelesen. Sie werfen ein Gift ins Wasser, das die Fische für längere Zeit lähmt. Auf diese Weise treiben die Fische von allein an die Wasseroberfläche, und die Fischer brauchen sie nur noch aus dem Wasser zu holen. Das Gift verschwindet nach einer halben Stunde, man kann den Fisch also ohne weiteres essen.»

«Wie lautet der Name dieses Gifts?»

«Wenn ich es richtig behalten habe: Racun Tengorah,

aber das muss ich erst nachschlagen. Es hat einen Spitznamen.»

«Und der wäre …»

«Es heißt ‹Der Tod des Schwimmers›. Logischerweise ist so etwas nämlich schon mal passiert. Wenn die Fischer ein Fass mit diesem Gift ins Wasser schmeißen, stirbt jemand, der in dem Wasser schwimmt, auf der Stelle.»

Van Ledden Hulsebosch senkte den Blick. Er nahm sich einen Augenblick Zeit, um seine Gedanken zu ordnen.

«Wann haben Sie diesen Artikel gelesen?», fragte er dann.

«Das ist noch nicht so lange her.»

«In welcher Zeitschrift?»

«Ich habe sie zugeschickt bekommen. Ich bekomme öfter Zeitschriften und Artikel zugeschickt. Wahrscheinlich habe ich sie noch irgendwo hier liegen.» Mooy sah sich um.

«Haben Sie auch noch den Umschlag, in dem die Zeitschrift steckte?», drängte C.J.

«Mensch, was ist bloß in Sie gefahren? Was wollen Sie mit dem Zeug?», wunderte sich Mooy.

«Bewahren Sie die Umschläge auf? Bitte, Mooy, das ist sehr wichtig.»

Der Pathologe bewahrte alles auf. Er war ein wahrer Spurenuntersucher und Sammler. Mooy ging in eine Ecke des Raumes, hockte sich vor einem Papierstapel hin und durchsuchte ihn. Schließlich hielt er den Artikel mitsamt Umschlag in der Hand. Der Rechercheur nahm beides entgegen. Doch den Artikel las er nicht, und auf den Umschlag warf er nur einen flüchtigen Blick.

Van Ledden Hulsebosch nahm seinen Hut. «Sehr

schön, vielen Dank», murmelte er im Gehen. Saltet folgte ihm auf der Stelle.

«Es sind noch zwei Tage bis zur Eröffnung. Ich kann … es ist vollkommen unmöglich, die Schwimmmeisterschaften abzusagen! Was denken Sie sich!» Van Rossem war kreidebleich, ihm wuchs die ganze Sache über den Kopf.

«Wir müssen das Wasser im ganzen Schwimmbad kontrollieren. Und die Säuberungsanlage. Das Schwimmbad muss bis zu den Wettkämpfen und währenddessen 24 Stunden pro Tag kontrolliert werden», forderte der Apotheker stur.

«Aber das ist unmöglich», sagte Van Rossem. «Wie wollen Sie das denn geheim halten? Das geht nicht.»

«Wenn Sie keine Vorkehrungen treffen, werden wir die Sportler wie tote Fische aus dem Wasser fischen müssen … ist das vielleicht die sensationelle Nachricht, die Sie in der ganzen Welt verbreiten wollen?»

Van Rossem sah ihn drohend an.

«Sie sind noch nicht einmal sicher, ob er wirklich dieses Gift benutzt hat. Und wenn ja, dann wissen wir nicht, ob er es wirklich gegen die Schwimmer einsetzen wird. Es ist eine reine Annahme. Er könnte genauso gut mit einem Blasrohr die Leichtathleten aus der Menge heraus angreifen. Muss ich jeden Knirps mit einem Bleirohr aus dem Stadion verweisen? Wo soll das nur hinführen?»

Van Ledden Hulsebosch sah Van Rossem schweigend an. Er versuchte wie ein Schachspieler zu denken, der den nächsten Zug planen musste und sich alle möglichen Kombinationen von Bauern, Läufern, Türmen und Pferden durch den Kopf gehen ließ.

«Es gibt keine Zufälle», sagte er und zog den Umschlag aus seiner Innentasche. «Es ist ein Artikel über das Gift erschienen, und dieser Artikel ist dem Pathologen geschickt worden. Sehen Sie sich den Umschlag an. Sehen Sie sich die Handschrift an.»

Van Rossem sah sie sich an. Es war dieselbe Handschrift wie auf den Drohbriefen.

«Er spielt ein Spiel mit uns. Vielleicht spielt er es sogar mit mir», sagte der Apotheker und zwirbelte nervös an seinem Schnurrbart.

«Vielleicht will er Sie ablenken? Auf eine falsche Spur locken?», mutmaßte Van Rossem.

«Er will wissen, ob wir aufpassen. Und er schlägt zu, wenn wir es nicht tun. Und das bedeutet, dass wir jede Gelegenheit nutzen müssen, ihm zu zeigen, dass wir auf der Hut sind.»

«Negative Werbung ist für die Olympischen Spiele tödlich!»

«Nicht aufzupassen ist für die Sportler tödlich. Sie haben die Wahl.» C.J. schlug die Faust krachend auf den Tisch.

Das Becken, in dem der Schwimmwettkampf stattfinden sollte, würde am Ende des Sommers wieder abgerissen werden. Es war ein 50 Meter langes und 18 Meter breites Freibad, auf dessen Tribünen 5000 bis 6000 Zuschauer passten. Um den Bau hatte es viel Aufregung gegeben. «Geld ins Wasser geworfen» titelte *De Telegraaf*, denn das vorübergehende Bad hatte nicht weniger als 100000 Gulden gekostet. «Und dabei gibt es beim Schinkel bereits eine Schwimmanlage», ereiferte sich die Zeitung angesichts solcher Geldverschwendung.

Neben dem Schwimmbad gab es ein kleines Gebäude, in dem die Heizanlage untergebracht war. Sie sorgte dafür, dass das Wasser auf 19 Grad erwärmt wurde. Van Ledden Hulsebosch ließ sich vom Verwalter erklären, wie die Anlage aus Pumpen und Heizkesseln funktionierte. Sie konnte während der Wettkämpfe ausgestellt werden, denn dann durfte es im Wasser keine Strömung geben, die die Schwimmer behindern würde.

Van Ledden Hulsebosch studierte die Anlage gründlich. In der Zwischenzeit ließ er Vreugdenhil Wasserproben für eine Untersuchung nehmen. Sie fanden nichts. Dennoch war der Rechercheur besorgt. Die Heizkessel waren noch neu und blitzsauber, und nur das Personal des Schwimmbads hatte Zugang. Am Wasser war ebenfalls nichts auszusetzen. Dennoch beschlich C.J. ein seltsames Gefühl. Saltet postierte Polizisten vor dem Gebäude und sorgte dafür, dass die Anlage konstant bewacht wurde. Er stellte sogar einige Männer ab, die das gesamte Gelände im Blick halten sollten – das Schwimmbad lag nördlich vom Olympiastadion, und man konnte es leicht über eine Pontonbrücke erreichen.

«Was ist?», wunderte sich Saltet über die Unruhe seines Freundes.

«Ich weiß es nicht. Vielleicht nur so ein Gefühl», sagte Van Ledden Hulsebosch.

«Komm, ich bring dich zurück ins Laboratorium.»

Vreugdenhil analysierte das Wasser erneut; dieses Mal mit mehr als zehn unterschiedlichen Methoden. Jede Probe wurde ausgekocht, eingedampft, erhitzt, abgekühlt, unter dem Mikroskop betrachtet, mit verschiedenen Katalysatoren und Lackmus versetzt – aber er fand nicht die geringsten Spuren von Gift oder anderen gefährlichen Substanzen. Van Ledden Hulsebosch behagte das nicht. Er hätte lieber Gift gefunden, dann hätten sie zumindest vor eindeutigen Tatsachen gestanden. Und dem Feind zuvorzukommen, ihm endlich einen Gegenschlag zu versetzen, das würde ihm gut tun. Aber so einfach war es nicht.

An diesem Abend besuchte er Dr. Van Renterghem. Der alte Hypnosearzt hatte gerade einen guten Wein entkorkt, nach einem erfolgreichen Arbeitstag, an dem er eine hysterische Frau von ihren Unruheanfällen befreit hatte.

«Ich wünschte, Sie hätten solch ein Heilmittel für mich», sagte Van Ledden Hulsebosch.

«Warum?» Van Renterghem sah den Apotheker verwundert an.

«Ach, diese ständige Anspannung. Ich weiß nicht, wie es in diesem Fall weitergehen wird. Ich weiß noch nicht einmal, warum ich Ihnen diesen Besuch abstatte. Ich dachte mir: Vielleicht wollen Sie ja wissen, wie die Ermittlungen laufen?»

«Wie laufen sie denn?», fragte der Doktor mit einem Lächeln.

«Schlecht.»

Der Arzt schenkte Van Ledden Hulsebosch ein ordentliches Glas Wein ein und bot ihm eine ausgezeichnete Zigarre an. Eine echte Justus van Maurik.

«Es gibt keinen Zufall», wiederholte der Fahnder seine Worte vom Nachmittag.

«Haben Sie denn eine Vermutung?»

«Ja, die habe ich tatsächlich. Ich spüre, dass mich der Straftäter im Auge behält, aber ich sehe ihn nicht.»

«Möchten Sie, dass ich Sie hypnotisiere?»

Van Ledden Hulsebosch kniff die Augen zusammen. «Was könnte ich dann sehen, was ich jetzt nicht sehe?»

«Vielleicht das, was Sie zurzeit übersehen.»

Der Apotheker stieß einen tiefen Seufzer aus. Er schüttelte den Kopf.

«Narkaoo war heute Nachmittag auch dort am Schwimmbad. Und er hat mich beobachtet, das konnte ich spüren. Ich habe mich die ganze Zeit umgesehen, ob ich ihn entdecke, aber er war nirgends zu sehen. Und dennoch hat er mich gesehen.»

«Vielleicht hält Ihr Unterbewusstsein ein Bild fest?»

«Wir können es versuchen, aber ich bin sicher, dass ich nichts übersehen habe. Er spielt ein Spiel mit mir, Dr. Van Renterghem, und er ist mir immer einen Schritt voraus. Er lässt Zeugen umbringen und ermordet deren Mörder, damit diese wiederum nichts bezeugen können. Es ist ein geniales Rätsel.»

Van Ledden Hulsebosch zeigte dem Arzt die Briefe und Umschläge.

«Was halten Sie davon?»

Der Arzt las zweimal und sah dann den Apotheker an.

«Sie glauben nicht an die ungenauen Wissenschaften, nicht wahr? Sie möchten Ihre Beweise doch aus Reagenzgläsern holen? Wenn Sie hartnäckig dabei bleiben, kann ich Ihnen nicht helfen.»

«Nein», sagte Van Ledden Hulsebosch, «ich bin davon überzeugt, dass ich die Grenzen meines Wissens noch nicht erreicht habe. Allem, was mir auch nur ein bisschen helfen kann, stehe ich offen gegenüber. Wenn Sie mir also einen Schubs in die richtige Richtung geben könnten, gern …»

«Ich veranstalte regelmäßig Séancen, bei denen wir

versuchen, mit den Toten zu kommunizieren. Das gelingt mit einiger Regelmäßigkeit, und sie haben sehr interessante Dinge aus dem Totenreich zu berichten. Mein Freund Frederik van Eeden ist sogar nach England gereist, um mit einem ausgezeichneten Medium zu sprechen.»

«Ja, äh, nein, ich bin für vieles offen, aber daran glaube ich nicht. Ich glaube, dass tot auch wirklich vollkommen tot ist.»

«Sie sind Atheist.»

«Überzeugt von der Tatsache, dass es keinen Gott, keinen Himmel und kein Leben nach dem Tod gibt.»

«Und Sie glauben auch nicht an Hellseherei?», fragte der Doktor.

«Das hängt davon ab, was Sie darunter verstehen.»

«Was verstehen Sie darunter?»

«Dass einige Leute besser sehen können als andere», meinte C.J.

«Genau», sagte der Hypnosearzt lächelnd. Ihre Welten konnten unterschiedlicher nicht sein, und doch entdeckten sie ab und zu Berührungspunkte, an denen sie sich begegnen konnten. «So kenne ich – durch eine meiner Séancen – eine Frau, die Handschriften untersucht und ziemlich genau sagen kann, was für einen Charakter der Schreiber hat. Wirklich verblüffend. Und ich bedaure es, aber auch daran ist etwas Vages und Nebulöses. Der Charakter eines Menschen formt seine Handschrift.»

Van Ledden Hulsebosch nickte. Schon früher hatte er vermutet, dass es einen Zusammenhang zwischen dem, was auf dem Papier stand, und demjenigen, der es geschrieben hatte, geben musste. Er würde diese Frau gern treffen, und am liebsten so schnell wie möglich.

Van Renterghem trank noch einen Schluck von dem köstlichen Wein und zog dann seinen Mantel an. Für jemanden, der mindestens 80 Jahre alt war, war er erstaunlich fit und energisch.

Madame de Souza, eine Graphologin, las gegen Bezahlung aus der Hand und konnte in ihrer Kristallkugel die Zukunft sehen. Ihr Arbeitszimmer war schwarz mit weißen Pünktchen gestrichen, sodass es aussah wie ein Sternenhimmel. Sie kleidete sich in osteuropäischem Stil, als ob sie von Zigeunern abstammte, aber das diente lediglich der Wirkung, die sie bei anderen damit erzielen wollte. Eigentlich hieß sie Jacqueline de Rooy, und ihre Haare waren nur schwarz, weil sie sie gefärbt hatte. Van Renterghem wusste von dem Betrug, kannte aber auch die Qualitäten der Dame. Sie empfing die beiden Herren am späten Abend und nahm sie mit unter den Sternenhimmel ihres Arbeitszimmers, wo sie sich an den Tisch mit der Kristallkugel setzte. Ihre Stimme hatte etwas Ätherisches, und ihre Hände flatterten unaufhörlich um die Kugel herum. Van Renterghem hatte ihr deutlich zu verstehen gegeben, das er von ihrem Betrug und ihrer wahren Herkunft wusste, und seitdem war sie nicht mehr darauf aus, ihn hinters Licht zu führen. Sie wusste, dass er sie wegen ihres Könnens schätzte.

Van Ledden Hulsebosch überreichte ihr die Briefe. Sie studierte sie und ließ dabei auf eigentümliche Weise die Hand über dem Papier schweben.

«Was wollen Sie über den Schreiber dieser Briefe wissen?», fragte sie den Apotheker.

«Ich möchte wissen, was für ein Mensch er ist», sagte C.J.

«Er ist gefährlich. Weil er genau weiß, was er tut. Er

ist überdurchschnittlich intelligent, äußerst intelligent sogar. Er besitzt viel Wissen, nicht nur in den Naturwissenschaften, sondern auch in den Geisteswissenschaften. Er ist in Sprachen und in Mathematik bewandert, in Geschichte und in Rechnen. Aber verrückt ist er ganz bestimmt nicht.»

«Warum begeht er Morde?»

«Das ist schwer zu sagen. Er tut es zumindest nicht aus Wut. Er ist kaltblütig. Wenn Mord der Preis ist, den er zahlen muss, dann zahlt er ihn. Er ist völlig skrupellos, weil er sein Ziel erreichen will», sagte Madame de Souza.

«Wie sieht er aus?»

«Ich kann nur sein inneres Ich sehen, wie aus diesen Briefen hervorgeht. Aber im wirklichen Leben kann er sein Gesicht hinter einer Maske verbergen. Sie dürfen niemandem trauen, mein Herr. Dieser Teufel kann sich in allen Menschen verstecken: Er kann der Dümmste sein, der Hässlichste, der Langsamste, der Vertrauenswürdigste, der Friedliebendste ... Sie können niemandem trauen, denn dieser Mann kann wirklich jeder sein.»

Die Sitzung hatte eine Stunde gedauert. Van Ledden Hulsebosch sah, wie Van Renterghem die Frau bezahlte. Als er anbot, die Kosten zu übernehmen, lehnte der Hypnosearzt das Angebot ab.

«Ihre Bereitschaft mitzukommen ist meine Belohnung. Von Menschen Ihres Schlages – Menschen der regulären Wissenschaften – ernte ich meistens nur Skepsis und Zynismus. Kommen Sie bitte öfter.»

C.J. schüttelte ihm freundschaftlich die Hand.

Zu nachtschlafender Zeit ging Van Ledden Hulsebosch durch die Dunkelheit zur Apotheke zurück. Als er den Schlüssel ins Schloss stecken wollte, hörte er plötzlich ein Geräusch. Es klang wie Schritte in der Straße hinter ihm. Er drehte sich herum, konnte aber niemanden entdecken. Narkaoo lauerte dort draußen. Das wusste er; das fühlte er. Doch der Mann war unsichtbar. Und das ließ Van Ledden Hulsebosch einen Schauer über den Rücken laufen. Zum ersten Mal in seinem Leben hatte er Angst.

— 10 —

Kobus de Quay, Journalist des *Courant Nieuws van de Dag*, war sportsüchtig. Er war es gewesen, der den Chefredakteur davon überzeugt hatte, während der Spiele mehrere Ausgaben pro Tag erscheinen zu lassen. «Wenn ein Wettkampf um halb neun zu Ende ist, dann können wir um Viertel nach neun bereits eine Zeitung herausbringen», hatte er beteuert. «Mit einem vollständigen Bericht des Wettkampfs!» Der Chefredakteur hatte den Kopf geschüttelt, Kobus de Quay aber dennoch den Auftrag erteilt, eine Proberunde dieses außergewöhnlichen Experiments durchzuführen. Und tatsächlich gelang es De Quay. Er hatte für eine telefonische Verbindung mit der Setzerei gesorgt, diktierte seine Artikel dem schnellsten Setzer im Keller des Oudezijds Voorburgwal, wo die Zeitung gedruckt wurde, und dieser befestigte unmittelbar nach dem Gespräch die Matrize auf der Druckpresse. Die Zeitungsjungen konnten dann kurz darauf ihre Pakete mitnehmen und die Zeitungen auf der Straße verkaufen.

Bei der Eröffnung der Spiele würde sich herausstellen, ob Kobus de Quay Recht behalten sollte. Er hatte eine Telefonleitung auf die Marathonbühne legen lassen, sodass er in ständigem Kontakt mit der Druckerei stand. Ein bisschen hatte er allerdings geschummelt, denn das Aufmacherfoto hatte er am Tag zuvor, bei der Generalprobe des Spektakels, aufnehmen lassen. Und drei Viertel des Textes der äußerst dünnen Zeitung – lediglich vier Seiten – waren bereits gesetzt. Er musste nur noch die allerneuesten Nachrichten der Eröffnung hinzufügen.

Königin Wilhelmina war nicht anwesend, doch das hatte sie bereits Monate im Voraus angekündigt. Es war ihr ein Dorn im Auge, dass das Organisationskomitee die Sache so eigensinnig in die Hände genommen hatte. Ihre Majestät war nicht gefragt worden, wann es ihr am besten passen würde, und deswegen blieb sie eisern und weigerte sich, den Spielen einen Besuch abzustatten. Sie schickte ihren Mann Prinz Hendrik, um ihnen die Ehre zu erweisen. Der Prinz war von Van Rossem und seinen Leuten schnell geködert worden. Sie hatten eine besondere Suite im Victoria Hotel, gegenüber der Centraal Station, für ihn reserviert und wollten die Kosten während seines gesamten Aufenthalts bei den Spielen übernehmen. Auch anderen Einladungen stand der Prinz offen gegenüber, solange sie diskret in seinem Hotel abgeliefert würden. Van Rossem tat alles, um den Prinzen günstig zu stimmen, und dieser war dann auch bereit, jedem Spiel beizuwohnen, selbst wenn es Schlagball war …

Vor acht Jahren hatte man in Antwerpen während der Eröffnung Tauben fliegen lassen, und das hatte so wunderschön ausgesehen, dass auch jetzt Hunderte von Käfigen im Mittelfeld des Stadions bereitstanden. Van Ledden Hulsebosch hatte Karten für die Ehrentribüne, nicht einmal so weit von Prinz Hendrik entfernt. Er hatte Fräulein Van Henegouwen mitgenommen, denn diese hatte noch nie eine Königliche Hoheit aus der Nähe gesehen und fand ihr Leben jetzt, wo dieses Ereignis stattfinden sollte, erst richtig bedeutungsvoll.

Van Ledden Hulsebosch betrachtete die Parade der Sportler, das Geflatter der Tauben und lauschte einem braven Fahnenlied von Johannes Verhulst. Alle blieben dabei stocksteif stehen. Der Apotheker fragte sich laut, ob die «steifen Anzüge wohl zu einer sportlichen Leistung im Stande sind», was seine Umgebung mit einem «Pssst» kommentierte. Seinem Empfinden nach war es eine zu brave Veranstaltung.

Im Stadion waren Hunderte von Polizisten, die alle unter Leitung von Kommissar Jonathan Saltet standen, der, wie inzwischen alle wussten, demnächst befördert werden sollte. Die Beamten mussten mit Argusaugen aufpassen und jeden Vorfall melden, auch wenn er auf den ersten Blick nichts zu bedeuten schien.

Da ertönte immer lauter werdendes Gebrumm, und am Himmel erschienen fünf kleine Flugzeuge, die auffallend tief über das Olympiastadion flogen.

C.J. sah sich um und beobachtete, wie Van Rossem die Flugzeuge mit offenem Mund anstarrte und sich dann nach seinen Mitarbeitern umdrehte. Der Organisator schien über das, was hier geschah, erbost zu sein. Anscheinend kam dies hier für ihn unerwartet und stand nicht auf dem Programm. C.J. runzelte die Stirn. Er hatte sich gefragt, ob Narkaoo – oder wie der Mann auch heißen mochte – in diesem feiernden, überfüllten Stadion zuschlagen würde. Wenn dem so war, war es nicht zu verhindern. Als die Flugzeuge vorbeigeflogen waren und er Van Rossems Reaktion sah, erkannte er mit einem Schlag, dass sie mit Leichtigkeit explosive Stoffe an Bord hätten haben können. Und niemand hätte dagegen etwas unternehmen können. Dennoch war er davon überzeugt, dass so etwas nicht passieren würde. Das Spiel, das Narkaoo trieb, war anders, subtiler: Er war nicht auf Tod und Verderben, Schmerz und Blut aus. Er verfolgte ein anderes Ziel, auch wenn Van Ledden Hulsebosch im Moment nicht sagen konnte, was genau dieses Ziel war.

Der Fußballer Harry Denis – Van Ledden Hulsebosch kannte ihn vom Spiel gegen Uruguay – legte den olympischen Eid ab. Die Trompeten und Hörner erschallten, und dann kamen alle Athleten ins Stadion, um Prinz Hendrik zu begrüßen. Als Ehrerbietung an das Land, in dem der olympische Gedanke entstanden war, liefen die griechischen Teilnehmer an der Spitze. Als die deutsche Delegation hereinkam, erklangen hier und da auf der Tribüne leise Buhrufe, denn nach dem Weltkrieg war dies das erste Mal, dass deutsche Athleten wieder teilnehmen durften – doch man beherrschte sich. Schließlich standen alle Sportler – es waren bestimmt 3000 – zusammen auf dem Mittelfeld und stimmten die Chöre das Lied «Hollands Glorie» von Richard Hol an. Und dies alles wurde von einer Lautsprecheranlage verstärkt, auf die Philips ziemlich stolz war.

«Wärt ihr doch bei euren Glühlampen geblieben», sagte der Apotheker etwas barsch, wobei er das gesamte Feld absuchte, um einen Blick auf Ione zu erhaschen. Doch er konnte sie zwischen den Tausenden von Sportlern nicht entdecken.

Bevor die Teilnehmer wieder weggingen, liefen sie eine Runde mit ihrer Landesflagge um den Platz.

Nachdem die Zeremonie vorbei war, leerte sich das Stadion. Prinz Hendrik ließ sich in sein Hotel bringen, um sich für eine Festivität, zu der er sich hatte einladen lassen, umzuziehen. Die Polizisten beobachteten, ob alles ordnungsgemäß verlief. C.J. blieb sitzen, bis alle weg waren. Es war nicht das Geringste passiert.

«Hätte denn etwas passieren müssen?», fragte Fräulein Van Henegouwen ihren Arbeitgeber.

C.J. schüttelte den Kopf. Er sah sich um, ob er irgendwo eine verdächtige Person oder eine ungewöhnliche Situation entdeckte. Er sah nichts, außer Van Rossem, der stolz angelaufen kam.

«Wie fanden Sie mein Spektakel?», fragte er mit vor Stolz geschwellter Brust den Rechercheur.

«Ja, schön», antwortete Van Ledden Hulsebosch, denn er machte sich noch immer Sorgen.

«Schön? Sie fanden es nur schön?»

«Ich fand es schön, war aber mit meinen Gedanken woanders. Ich konnte es also nicht so genießen, wie ich es gern getan hätte.»

«Vielleicht regen wir uns ja umsonst auf», sagte Van Rossem, der sich das gern einreden wollte. Darauf reagierte Van Ledden Hulsebosch nicht. Er war nie umsonst besorgt, und in diesem Moment bestimmt nicht.

«Es gibt übrigens gleich einen Empfang der Amerikaner auf der SS President Roosevelt. Ich hoffe, Sie werden meiner Einladung folgen und ebenfalls auf diesem Schiff erscheinen. Prinz Hendrik wird bestimmt dort sein!»

Van Ledden Hulsebosch mochte keine Empfänge, aber hinter Van Rossem sah er Fräulein Van Henegouwen so heftig nicken, dass er unmöglich ablehnen konnte.

«Schön», sagte Van Rossem. «Ich rechne mit Ihnen.»

«Das ist nett», sagte Van Ledden Hulsebosch.

Draußen sah er Saltet, der wie ein General dastand und die Menschenmenge beobachtete, die sich nach der Eröffnungszeremonie auf die Straßen ergoss und nach Hause ging.

«Wie fandest du es?», fragte er C.J.

«Willst du eine ehrliche Antwort? Ich fand es ein bisschen enttäuschend. Ein paar Tauben. Ein Lied. Ein Eid. Ist das alles, was uns in den Niederlanden einfällt? Wir sind derart nüchtern, dass es ein göttliches Wunder ist, dass wir die holländischen Meister hervorgebracht haben. Und Bols Jonge Jenever! Wir sind keine Menschen für große Spektakel. Wie unsere Redensart sagt: Bleib, wie du bist, das ist schon verrückt genug!»

«Du bist ja fast ungenießbar. Es war doch schön.»

«Mag sein», entgegnete der Apotheker, der beobachtete, wie seine Haushälterin an einem Stand eine warme Gelderse Rookworst kaufte. Sie hielt sie hoch, um zu fragen, ob er auch eine wolle. Der Apotheker schüttelte den Kopf. «Die Flugzeuge ...», sagte er plötzlich.

«Deswegen habe ich schon telefoniert. Sie scheinen Luftaufnahmen gemacht zu haben. Die Filmrechte an den Olympischen Spielen sind an irgendeine faschistische italienische Filmgesellschaft verkauft worden. Darüber sind die Niederländer wütend, und deswegen haben sie – als mehr oder weniger provozierende Geste – die Flugzeuge, die mit Fotoapparaten voll gestopft waren, über das Stadion fliegen lassen. Van Rossem weiß noch nichts davon, aber die Italiener sind vor Wut geplatzt.»

«Wirst du dem noch weiter nachgehen?»

«Wieso?»

«Weil wir jemanden haben, der bereit ist zu töten, und ich nicht weiß, auf welche Weise er das nächste Mal zuschlagen wird.»

Fräulein Van Henegouwen kam mit der warmen Wurst in Pergamentpapier zum Ermittler und dem Kommissar.

«Wir dürfen heute Nachmittag zu den Amerikanern aufs Schiff. Was sagen Sie dazu?», fragte sie stolz.

«Wir werden uns sicher sehen. Wir halten dort ebenfalls die Augen offen.»

Van Ledden Hulsebosch nickte. Er war noch immer beunruhigt. Seine Haushälterin hakte sich bei ihm ein, und sie gingen zusammen über das Gelände, das eingezäunt war. Saltet sah ihnen nach. Eigentlich waren die beiden ein schönes Paar.

Am Zaun verkaufte Kobus de Quay mittlerweile seine Zeitung. Es war das erste Mal, dass die Zeitung bereits so schnell nach einem Ereignis verkauft werden konnte, und der junge Journalist wollte unbedingt dabei sein. Es war ein großer Erfolg. «Bei so viel Sport», sagte De Quay stolz, «hat das Verbrechen keine Chance.»

«Seien Sie sich dessen mal nicht so sicher», antwortete Van Ledden Hulsebosch und ging weiter. Kobus de Quay sah ihm nach. Wusste der Ermittler mehr als er? War da etwas im Busch? Vielleicht sollte er ihm demnächst mal einen Besuch abstatten.

Die SS President Roosevelt war ein prächtiges Dampfschiff, das im Amsterdamer Westerdokshaven viel Aufsehen erregte. Das Schiff lag am Stenen Hoofd vertäut. Es hatte an jeder Seite vier Rettungsboote und bot mehr als 1000 Passagieren Platz, nicht nur Sportlern, sondern auch ihren Anhängern. Das Schiff hatte für die Überfahrt aus New York neun Tage gebraucht. Die Amerikaner brauchten in Amsterdam keine Unterkunft – ihr Schiff war luxuriöser als das, was ihnen die Hotels in der Stadt bieten konnten. An Bord gab es Restaurants, und ein Teil des Oberdecks war als Übungsplatz für die Sportler eingerichtet. Andere Nationen waren ihrem Vorbild gefolgt. Die Italiener lagen mit der Solunta im Coenhaven, die Dänen hatten die Polonia an der Javakade liegen, die Finnen die Oihonna im Oosterdok. Es wurden verdammt wenig Hotelzimmer in Amsterdam benötigt ...

Auf der schwarzen Seitenwand der Roosevelt stand in haushohen Buchstaben «American Olympic Team» und der rot-weiß-schwarze Schornstein blies mehr Rauch in die Luft als der Turm vom Olympischen Stadion.

Van Ledden Hulsebosch traf Geert van Rossem – der für diesen Anlass seine Militäruniform angezogen hatte – bei der Landungsbrücke. Der Organisator der Olympischen Spiele strahlte mindestens so sehr wie seine blank polierten Orden. Der Rechercheur und Fräulein Van Henegouwen bekamen ein Kärtchen angesteckt, dass sie auf jeden Fall tragen mussten, denn die Amerikaner duldeten keine ungeladenen Gäste auf ihrem Schiff. Sie gingen Arm in Arm an Deck und kamen zu dem großen Schwimmbad, das sich dort befand. Eine Menge Gäste stand drum herum, und jeder wartete darauf, den berühmten Schwimmer Johnny Weissmuller ins Wasser springen zu sehen. Der schüchterne junge Athlet tat dies nicht etwa, weil er sein Training so gern im Beisein von Hunderten Fans absolvierte, sondern weil der Leiter des amerikanischen Teams, General Douglas MacArthur, es liebte, allen Anwesenden so schnell wie möglich die Überlegenheit seiner Nation zu demonstrieren. Er hatte diesen Empfang für Hunderte von ausländischen Gästen ausgerichtet, und er wusste genau, was er ihnen zeigen wollte. Kein Land würde so viele Medaillen mit nach Hause nehmen wie seines. Die Vorherrschaft musste direkt deutlich gemacht werden, und erst danach würden die Amerikaner sehr freundlich sein, egal zu wem.

«Wir sind die Anführer der Welt», sagte MacArthur in einer Ansprache, die über das Deck hallte, nachdem Weissmuller vier Bahnen geschwommen war und etwas verlegen den Applaus der Anwesenden entgegengenommen hatte. Der Schwimmer bekam einen Bademantel um die Schultern gelegt und wurde von seinen Trainern nach drinnen geführt.

«Wir sind für den herzlichen Empfang der Niederlande, die damals der Vater unserer jungen Nation waren, dankbar. Die Neue Welt hat jedoch das Heft selbst in die Hand genommen, denn armselig ist der Sohn, der seinen Vater nicht übertrifft. Wir werden bei diesen Olympischen Spielen glänzen, als Vorbild für das, was eine Führernatur in der bestehenden Welt zu verrichten mag.»

Der Applaus war mäßig, denn viele der niederländischen Gäste waren des Englischen nicht mächtig, und diejenigen, die ihn verstanden, hatten wenig Lust, diesem widerborstigen General, der das olympische Team, übrigens zwischen zwei Kampfgeschehen hindurch, leitete, zu applaudieren und sich vor ihm zu verneigen. Nach den Spielen würde er in die Philippinen fahren, um seine Soldaten eisern zu führen, denn er liebte Ordnung und Disziplin. Er biss auf die weiße Pfeife und sorgte dafür, dass jeder seine Zähne sehen konnte. Seine Augen verbarg er meistens hinter einer Sonnenbrille.

«Wenn sie das Weiße deiner Augen sehen, können sie dich ebenso gut erschießen», war sein Credo.

Man hatte ein riesengroßes Buffet angerichtet, an dem sich die Leute selbst bedienen konnten. Fräulein Van Henegouwen und ihr Arbeitgeber nahmen sich nur das, was sie kannten. Viele der Zutaten waren in kleine Stücke geschnitten und mit Öl oder Mayonnaise vermischt. Das mussten Salate sein, aber C.J. van Ledden Hulsebosch konnte darin kein Salatblatt entdecken. Er nahm ein Glas Bowle mit Früchten und wollte gerade zurückgehen, als er – unangenehmerweise – mit einem jungen Offizier in schneeweißer Uniform zusammenstieß. Die gesamte Bowle ergoss sich über den Herrn, doch der Amerikaner blieb äußerst zuvorkommend und sehr freundlich.

«Es ist nicht Ihre Schuld», sagte er in fast akzentfreiem Niederländisch.

«Sie sprechen unsere Sprache», sagte Van Ledden Hulsebosch überrascht.

«Meine Eltern kommen aus Lisse. Ich selbst bin in Washington geboren, spreche aber trotzdem Niederländisch. Diese Reise ist eine schöne Gelegenheit, das Vaterland meiner Eltern kennen zu lernen.»

Er stellte sich als Robert «Bob» Vanderbilt vor und war in den Dreißigern. Er musste sich jedoch sogleich entschuldigen. «Wenn der Eisenbeißer sieht, dass einer aus seiner Truppe mit einem großen Fleck auf der Uniform herumläuft, werden sie mich wahrscheinlich kielholen.»

Van Ledden Hulsebosch nickte freundlich und ging dann zusammen mit Fräulein Van Henegouwen über die verschiedenen Decks und ließ sich von der sportlichen Machtdemonstration an Bord des Schiffs beeindrucken. Wohin sie auch schauten, überall waren Athleten damit beschäftigt, zu zeigen, was sie konnten. Es gab Gewichtheber, Hochspringer, Weitspringer, Läufer. An ausreichend Platz und Trainingsgelegenheiten mangelte es keineswegs. Auf einem ausgeklügelten Laufband fuhren Radrennfahrer ein Rennen gegen eine Uhr, die an das Band gekoppelt war. Van Ledden Hulsebosch betrachtete die komplizierte Konstruktion, um die verschiedenen Mechanismen zu verstehen. Die Fahrer konnten ihr Rad an den Apparat ankoppeln und auf diese Weise äußerst hohe Geschwindigkeiten erreichen, ohne sich von der Stelle zu bewegen.

«Kommen Sie mit?», fragte Fräulein Van Henegouwen, die sich überhaupt nicht für Technik interessierte, aber Van Ledden Hulsebosch konnte sich nicht losreißen. Schließlich zog sie ihn einfach fort. Sie gingen weiter und sahen die Diskuswerfer und Kugelstoßer auf einem anderen Deck üben.

Hinter den Sportlern erblickte Van Ledden Hulsebosch Bob Vanderbilt, wie er sich mit Johnny Weissmuller unterhielt. Der Schwimmer hatte sich inzwischen in feinen Zwirn geworfen und war in dem Anzug für die Gäste nicht gleich zu erkennen. Ab und zu kam jemand mit einem Autogrammheft vorbei, doch der Andrang hielt sich in Grenzen. Ihr Gespräch war ernster Natur, es schien sogar, als ob sie stritten. Weissmuller blickte nervös in alle Richtungen; scheinbar fürchtete er, dass jemand sie beobachtete. Dann machte er eine höhnische Bemerkung, woraufhin Bob Vanderbilt weiterging. Er hatte seinen Anzug noch immer nicht gewechselt. Niemand hatte den kleinen Streit gesehen, außer Van Ledden Hulsebosch, der nach jedem ungewöhnlichen

Vorfall Ausschau hielt. Er war noch immer auf der Jagd, denn er wusste nicht, wer seine Beute war.

Der Tag schien ansonsten ohne weitere Probleme zu verstreichen. Van Ledden Hulsebosch hatte sogar zwei freie Liegestühle an Deck gefunden und es sich in einem davon bequem gemacht. Er hatte einen freien Blick auf die Sportler und war gerade noch in Hörweite eines kleinen Orchesters, das amerikanische Weisen spielte. Er musste daran denken, dass er bereits seit Stunden in seinem Laboratorium sein und an den Rätseln, die um diese Affäre schwebten, knobeln könnte. In diesem Fall fühlte er sich mehr denn je verloren. Tatsächlich wäre ihm ein ordinärer Mord mit deutlichen Messerstichen, Fußspuren und Fingerabdrücken des Täters lieber gewesen. Er wusste, dass die Wissenschaft der Kriminalistik auch negative Folgen nach sich zog: Die Täter wurden ausgekochter. Wenn jemand wusste, dass ihn seine Fingerabdrücke verraten konnten, wischte er sie mit einem Taschentuch weg. Die stillen Zeugen wurden immer stiller, und die Wissenschaft musste sie wohl oder übel zum Sprechen bringen. Jede neue Erkenntnis erzeugte auf diese Weise auch neue Hindernisse. Die Unterwelt hatte nicht vor, sich so einfach geschlagen zu geben.

So grübelte C.J. vor sich hin, in der einen Hand ein Getränk, das Fräulein Van Henegouwen von einem Tablett genommen hatte und von dem sie selbst ebenfalls einige Gläser genossen hatte. Sie hatte auffallend rosige Wangen und lächelte jeden an, der vorbeiging. In Gedanken versunken hatte Van Ledden Hulsebosch Saltet nicht bemerkt, der auf einmal hinter ihm stand.

«Lächle bitte, C.J. Steh langsam auf, sprich ein bisschen mit mir und komm dann mit.»

Er runzelte kurz die Stirn, versuchte hochzukommen – was mühsam war – und ließ sich von Saltet helfen.

«Gehen Sie weg?», fragte seine Haushälterin.

«Ich möchte ihm gerne etwas Wissenschaftliches an Bord dieses Schiffes zeigen, Fräulein Van Henegouwen. Etwas, was ihn interessieren wird.»

«Haben Sie etwas dagegen, wenn ich noch ein wenig dem Orchester zuhöre?»

«Nein, natürlich nicht», sagte Van Ledden Hulsebosch.

Er ging mit Saltet an der Reling entlang. Saltet hielt schließlich an einer geöffneten Metalltür, die in einen Gang hineinführte. Der Kommissar bedeutete Van Ledden Hulsebosch vorauszugehen und schloss dann die Tür hinter ihnen. Sie gingen durch eine weitere Metalltür und stiegen dann eine Eisentreppe hinab. Saltet lief schnell, und Van Ledden Hulsebosch musste sich anstrengen, um mit ihm Schritt zu halten. Es wurde immer dunkler. Eine spärliche Flurlampe sorgte dafür, dass sie zumindest die Stufen erkennen konnten; die Geräusche ihrer Sohlen und Absätze auf dem Metall hallten durch das Schiffsinnere. Schließlich kamen sie in einen der Frachträume. Es war dunkel hier und roch nach Mist und Stroh. In dem schummrigen Licht erkannte Van Ledden Hulsebosch eine Reihe Uniformierter, die bei einem Holzverschlag, der wie ein Stall aussah, standen. Saltet ging geradewegs auf sie zu, Van Ledden Hulsebosch hielt etwas mehr Abstand.

«Ist das der Kriminalist?», fragte die schneidende Stimme Douglas MacArthurs in unverkennbarem Yankee-Amerikanisch. Van Ledden Hulsebosch war der englischen Sprache nicht mächtig, aber so viel verstand er noch. Er nickte. Saltet nahm den Ermittler beim Arm und führte ihn zum Stall. Dort lag auf dem Boden der Körper eines toten Pferdes. Drum herum standen fünf Offiziere, MacArthur in der Mitte. Van Ledden Hulsebosch sah, dass auch Geert van Rossem daneben stand, vollkommen niedergeschlagen.

«Was ist passiert?», fragte der Apotheker.

Saltet entschuldigte sich bei dem Amerikaner dafür, dass er jetzt Niederländisch sprechen würde. «Das hier ist Vintage B., das Reitpferd des Generals. Heute Morgen ist er noch darauf geritten. Vor ein paar Stunden ging das Tier dann plötzlich in die Knie. Es ist gerade eben gestorben.»

Der General polterte wütend los, er würde sofort seine Sachen packen und abreisen. Sein Besuch in den Niederlanden sei ihm durch dieses fürchterliche Ereignis gründlich verdorben worden. Van Rossem versuchte, ihn zu beschwichtigen, aber der General ließ sich nicht beruhigen. Er schrie den Organisator an, dass dieser von niedrigerem Rang sei und er das Geschwafel eines holländischen Tölpels nicht akzeptieren müsse. Innerhalb der nächsten Stunde würden die Heizkessel seines Schiffs glühen, und man würde ablegen.

«Ein Königreich für ein Pferd», sagte Van Ledden Hulsebosch plötzlich. «Wenn ich mich recht erinnere, heißt das auf Englisch ‹A kingdom for a horse›. *Richard III* von William Shakespeare.»

Es wurde still. Douglas MacArthur starrte den Ermittler an, ging zu ihm hinüber und sah ihm in die Augen.

«Sie sprechen kein Englisch», sagte er.

«Sie sprechen kein Niederländisch», entgegnete Van Ledden Hulsebosch.

Dennoch verstanden sie einander. Der Kriminalist zog Saltet zur Seite und ließ ihn Satz für Satz übersetzen, was er sagte.

«Sie sollten unser Land nicht einfach verlassen, weil Ihr Pferd gestorben ist. Ich vermute, Sie haben Briefe von einem Kriminellen, der sich Narkaoo nennt, empfangen, und dieser hat Ihnen mit dem Tod Ihres Pferdes gedroht.»

MacArthur zog nach der Übersetzung die Stirn in Falten. Van Ledden Hulsebosch fuhr fort. «Und Sie werfen uns vor, dass wir Sie nicht gegen diesen Anschlag geschützt haben. Darf ich Sie darauf hinweisen, dass Sie es gewesen sind, der uns über diese Drohung nicht informiert hat, und dass wir Ihnen deswegen auch nicht helfen konnten?»

«Ich habe um verstärkte Bewachung durch die Polizei gebeten», brüstete sich MacArthur.

«Aber Sie haben uns nicht eingeweiht. Und das ist es, woran die gesamte Kriminalistik zugrunde geht. An der Tatsache, dass uns dringend notwendige Informationen vorenthalten werden, sodass wir die Straftäter nicht fassen können.»

Van Rossem blickte auf seine Schuhe. MacArthur schnaubte wie ein Pferd, vielleicht genauso, wie es sein geliebter Vintage B. getan hatte. Er schritt seine Offiziere ab. Van Ledden Hulsebosch erkannte Bob Vanderbilt, der nun tatsächlich eine blütenweiße Uniform trug. Die anderen Uniformierten kannte er nicht.

«Was geht hier vor?» MacArthur stellte die Frage gefährlich ruhig.

«Ich kann darüber keine Auskünfte geben», sagte Van Rossem.

«Wenn Sie mir keine Informationen vorenthalten,

werde ich Ihnen auch erzählen, was ich weiß», versicherte C.J. dem General.

Bei diesem Versprechen wurde Van Rossem fuchsteufelswild und wollte sich auf Van Ledden Hulsebosch stürzen, um ihn zum Schweigen zu bringen, aber MacArthur hielt ihn zurück.

«Ich habe schon einmal gesagt, dass Sie mir nicht im Weg stehen sollen», sagte der General, und Van Rossem schwieg. «Sind meine Männer in Gefahr?»

«Ja.»

«Wie groß ist die Gefahr?»

«Groß», antwortete Van Ledden Hulsebosch ehrlich.

«Unsinn!», rief Van Rossem. «Wir haben die Sache vollkommen unter Kontrolle.»

«Das haben Sie nicht», sagte der Apotheker.

«Meine Leute laufen also Gefahr, getötet zu werden, obwohl sie lediglich hier sind, um Frieden zu bringen und ihre sportliche Pflicht zu tun?»

Van Ledden Hulsebosch nickte.

«Das ist Unsinn!», behauptete Van Rossem erneut. «Wir haben unser gesamtes Polizeikorps auf die Angelegenheit angesetzt. Jeder Besucher der Olympischen Spiele wird kontrolliert. Jedes Stadion wird untersucht. Es wird niemandem etwas geschehen!»

«Können Sie mir das versichern?», verlangte der General zu wissen.

«Ja, ich schwöre es Ihnen sogar!», sagte Van Rossem mit leichter Panik in der Stimme. Eine vorzeitige Abreise der Amerikaner würde weltweites Aufsehen erregen. Zweifellos würden dann auch andere Sportler ihre Sachen packen. Die neunte Olympiade würde mit einer Katastrophe enden, obwohl sie noch nicht einmal richtig angefangen hatte.

«Ich will es von ihm wissen», sagte MacArthur und deutete mit einem Kopfnicken auf den Apotheker. «Können Sie mir garantieren, dass niemandem etwas geschieht?»

«Nein, das kann ich nicht», sagte Van Ledden Hulsebosch.

«Schweigen Sie!», schrie Van Rossem.

«Wenn Sie noch einmal den Mund aufmachen, während ich mich mit jemandem unterhalte, lasse ich Sie von meinem Schiff werfen.» Der General richtete seinen Zeigefinger wie einen Degen drohend auf Van Rossems Brust. «Ich schicke meine Männer nicht in den Tod.»

«Sie haben vollkommen Recht», sagte Van Ledden Hulsebosch gefasst. «Ich vermute, Sie wollen heute Nachmittag noch abreisen?»

Saltet übersetzte Wort für Wort und versuchte sogar Van Ledden Hulseboschs Art zu sprechen wiederzugeben, doch das gelang ihm nicht. Der Apotheker war ruhig und besonnen, als ob ihn das anstehende Ereignis nicht berührte.

«Genau. Männer, sorgt dafür, dass die Kessel angeheizt werden», befahl er.

«Ich nehme an, dass Sie auch Ihren Ehrgeiz, die Welt zu beherrschen, fallen lassen», sagte Van Ledden Hulsebosch und sah den General scharf an. MacArthur hob die Hand, zum Zeichen, dass seine Männer mit der Ausführung seines Befehls noch warten sollten.

«Ich fand Ihre Rede sehr schön. Dass die Neue Welt jetzt der Führer ist und so weiter. Ich frage mich allerdings, wen Sie denn im Einzelnen anführen wollen. Ich nehme an, dass Sie Ihr eigenes Land führen, aber mit dem Rest der Welt nichts zu tun haben wollen. Sie haben Recht. Und dies hier ist im Übrigen ein niederländisches Problem.»

«Ich laufe nicht weg, falls Sie das denken. Ich entscheide mich für die Sicherheit meiner Männer», rechtfertigte sich der General.

«Oh, ich bin sicher, dass das Ihre Absicht ist. Aber ich bin mir auch sicher, dass andere Nationen dies vollkommen anders interpretieren würden. Ein Pferd stirbt, und die Amerikaner treten die Flucht an. Wenn das Ihre Moral ist, erwarte ich von Ihrer Armee nicht viel Gutes.»

«Sie können sich über meine Moral nicht beklagen!»

«Die einzige Moral, über die ich nicht zu klagen habe, ist meine eigene. Sie können vielleicht andere Militärs herunterputzen – ich bin ein Bürger und nicht Ihr Untertan.»

«Wir Militärs …»

C. J. wies auf seine Brust, an die er für diesen offiziellen Anlass den Ritterorden gesteckt hatte, den ihm die Königin verliehen hatte.

«Dies ist ein Ritterorden, Herr MacArthur. Wissen Sie, was das ist?» Er zeigte auf die Uniform von MacArthur. «Das sind viele Auszeichnungen da an Ihrer Brust. Aber dürfen Sie sich Ritter nennen? Wahrscheinlich nicht. Wenn Sie jetzt abreisen wollen: meinetwegen. Ich werde mit diesem unsichtbaren Feind kämpfen. Ich werde ihn besiegen. Und dafür brauche ich Ihre Armee, Ihr Schiff, Ihre Soldaten und Ihre weiße Uniform ganz bestimmt nicht.»

Es wurde still. Saltet übersetzte, aber die Worte kamen nur sehr zaghaft über seine Lippen. Er brauchte den Ton nicht wiederzugeben – Van Ledden Hulsebosch hatte den Blick auf den General gerichtet und ihm die Worte ins Gesicht geschleudert.

«Dann verschwinden Sie doch», fuhr er ungebremst fort. «Fliehen Sie von meiner holländischen Küste und lassen Sie mich allein meinen Feind schlagen. Ich brauche Ihre amerikanische Rhetorik, Ihre Prahlerei wirklich nicht.»

«Prahlerei?»

«Prahlerei, ja.» Van Ledden Hulsebosch stellte sich vor den General – so nah, dass seine Augen hin und her flitzen mussten, um ihm in die Augen sehen zu können. «Aber vielleicht steckt ja doch ein Held in Ihnen. Fliehen Sie tatsächlich vor diesem Mörder? Lassen Sie sich von einer Drohung vertreiben? Halten Sie das für das richtige Signal? Der Feuerwehrmann rennt zum Feuer, der Polizist zum Straftäter, der Soldat zum Krieg. Ich glaube nicht, dass der Feuerwehrmann das Feuer liebt oder der Polizist den Straftäter, und ich glaube sogar, dass der Soldat den Krieg hasst. Aber ich glaube, davon bin ich sogar fest überzeugt, dass es einigen gegeben ist, ein Held zu sein. Nein, ich kann Ihren Männern und Frauen nicht versprechen, dass sie sicher sind. Aber ich verspreche Ihnen: Ich werde den Straftäter fassen, mit oder ohne Ihre Hilfe.»

Van Rossem wollte sich umgehend für die harten Worte des Apothekers entschuldigen, bekam aber nur ein «Schweigen Sie!» an den Kopf geworfen. Die Offiziere hielten sich bereit, Van Ledden Hulsebosch abzuführen.

«Sie bekommen jede Hilfe, die Sie brauchen», sagte MacArthur plötzlich mit ruhiger Stimme. «Bob Vanderbilt ist einer meinen besten Offiziere und spricht ein bisschen Niederländisch. Ich hoffe, er darf Ihnen ein wenig assistieren. Ich werde Ihnen die Briefe geben, die ich erhalten habe. Was wollen Sie mit meinem Pferd machen?»

«Beenden wir erst den Empfang», sagte C.J. «Danach würde ich es gern zu unserem Pathologen bringen lassen.»

MacArthur streckte die Hand aus, und Van Ledden Hulsebosch schlug ein. Bevor er den Raum verließ, schlug der General die Hacken zusammen und brachte Van Ledden Hulsebosch einen militärischen Gruß entgegen, als handele es sich bei ihm um einen Vorgesetzten. Van Rossem, Saltet und Van Ledden Hulsebosch blieben zurück. Der junge Kommissar musste den Apotheker stützen, sonst wäre er in die Knie gegangen.

«Es geht schon», sagte C.J. und schluckte.

«Es ist Portius, ein Virus», sagte Dr. Mooy, der noch nie ein Pferd auf seinem Obduktionstisch gehabt hatte. «Es zerstört die Muskelfasern und letztendlich das Herz.»

«Ist es mit der Enzephalitis verwandt, an der Iones Mutter erkrankt ist?», fragte Van Ledden Hulsebosch.

«Nein, auf keinen Fall.»

Der Apotheker schüttelte den Kopf. «Ich verstehe das nicht. Es steckt keine Logik dahinter!»

«Muss es denn logisch sein?»

«Ja!»

«Warum?», fragte Mooy.

«Weil Narkaoo ein Mann der Logik ist. Jemand, der Briefe mit exakt 111 Worten schreibt, plant seine Taten sehr vorsichtig. Er weiß, was er will. Er weiß, was er tut. Er macht nichts zufällig.»

«Ich glaube, Sie sehen Gespenster. Vielleicht ist Ihnen die Hypnose nicht gut bekommen», stellte Mooy fest und hob fragend eine Augenbraue.

«Ach, ja? Und was geht dann hier vor? Erklären Sie es mir!», forderte Van Ledden Hulsebosch.

«Kommen Sie wieder auf den Boden, Mensch.»

«Nein, ich komme nicht auf den Boden. Ich bin auf der Suche nach jemandem, der die Organisatoren der Olympischen Spiele im Würgegriff hält, indem er ihnen Angst einjagt. Wenn auch nur das Geringste passiert, reisen alle Sportler ab. Und ich teile Van Rossems Meinung: Sollte das geschehen, wäre es eine Katastrophe für unser Land. Ich befürchte, es folgen noch weitere Morde. Die Frage ist nur: Wo wird er zuschlagen und wann, und wie lange können wir es vor der Presse geheim halten? Darum geht es hier.»

Mooy nickte. Er war von Van Ledden Hulseboschs Tirade nicht besonders beeindruckt. Bis jetzt hatte es eine Messerstecherei gegeben, einen Giftmord, eine Viruserkrankung, eine Gasvergiftung und ein Pferd, das an einem Virus gestorben war. Das alles entbehrte jeglicher Logik, also hatte es auch nichts miteinander zu tun.

Van Ledden Hulsebosch war da anderer Meinung.

Noch am Nachmittag studierte er die Briefe, die der General empfangen hatte. Sie hatten denselben mystischen und mysteriösen Ton wie die anderen Briefe. Jeder einzelne – es waren drei – bestand aus 111 Worten. Es würde ein einziges oder 111 Opfer geben, drohte Narkaoo. Das eine würde MacArthur lieb und teuer sein, die anderen würde er nicht retten können. Das Papier war dasselbe, die Tinte auch. Der Poststempel stammte aus Amsterdam, aber die Briefe wurden stets in unterschiedliche Briefkästen eingeworfen. Keine Spur von Fingerabdrücken.

Van Ledden Hulsebosch breitete die Briefe vor sich aus. Auch aus den neuen Briefen sprach die Faszination für Zahlen. So schrieb Narkaoo fortwährend vom Tod der «49». Mit Hilfe von Zahlen wurden Opfer angedeutet, und all diese Zahlen gaben lediglich neue Rätsel auf. Van Ledden Hulsebosch schrieb sie allesamt auf. Von der 11 bis zur ansteigenden Ziffernfolge 1, 2, 4, 8 und der 1, die durch die 7 getötet wird, die 4, die sterben, aber 1, die den Tod findet, die 5 Kreise des Todes, und jetzt die 49. Er probierte mit Hilfe einer Rechenmaschine aus, ob es einen Zusammenhang zwischen den Zahlen gab und ob die Zahl 111 irgendwie damit in Zusammenhang stand. Es schien eine Art Spinnennetz aus lauter Fäden zu sein, und sogar Professor Buytendijk – der auf dem Gebiet der Mathematik einigermaßen bewandert war – konnte kein System in dem mathematischen Irrgarten, den Narkaoo entworfen hatte, entdecken.

In dieser Nacht träumte Van Ledden Hulsebosch, er säße in einem Spinnennetz fest.

Van Renterghem analysierte den Traum und fragte ihn, ob er sich aus dem Netz habe befreien können. Der Apotheker konnte sich nicht mehr daran erinnern. Das war ihm aber auch egal. Er spürte, dass der Traum lediglich unterstrich, was er fühlte: Er steckte in Zahlen und Rätseln fest.

An diesem Abend ging er wieder zum Westerpark und sah die Kinder mit ihren Blasrohren spielen. An der Bank, auf der er saß, entdeckte er ein Spinnennetz. Van Ledden Hulsebosch betrachtete es interessiert. Er sah, wie sich eine Fliege darin verfing, am Gift der Spinne starb, dann von ihr eingewickelt und für später verwahrt wurde. Die Spinne lauerte ruhig am Rand des Netzes und setzte sich nur in Bewegung, wenn sich etwas in den Fäden verfing. C.J. rückte etwas näher an das Netz heran. Die Fäden waren alle gerade und symmetrisch zueinander, fast als wäre das Netz mit mathematischer Präzision gemacht worden.

In diesem Augenblick wurde ihm klar, dass die Zahlen gleichgültig waren. Er konnte rechnen, so viel er wollte, er würde sterben. Selbst wenn die Fliege gewusst hätte, mit welcher mathematischen Genauigkeit das Netz, in dem sie saß, gesponnen worden war, würde sie ihrem Henker doch nicht entrinnen. Es spielte keine Rolle, was die Zahlen bedeuteten, es war das Netz, das er erkennen musste. Und er musste die Spinne finden, die ihren Opfern auflauerte.

Wer ist diese Spinne?, überlegte Van Ledden Hulsebosch. Wie ein schwarzer Mantel senkte sich die grausame Gewissheit auf ihn herab, dass er womöglich die Fliege war, die sich im Netz von Narkaoo verfangen hatte.

— 11 —

Die Sonne glänzte am stahlblauen Himmel, einem Himmel, wie man ihn nur selten in Amsterdam sah. Ione Chatterjee Golaknath war früh aufgestanden, um ihre Trainingsrunde zu drehen, vom Nieuwendijk bis zum Munt. Es lief selten eine Läuferin durch die Stadt, erst recht keine Frau, und schon gar nicht durch die Einkaufsstraßen um den Dam herum. Aber sie scherte sich nicht um die Blicke und Bemerkungen der Passanten. Der Puppenspieler vor dem Paleis machte einen Witz über sie.

«Seht mal, ein brauner Wind!», sagte er, als Ione vorbeirannte. Die Kinder lachten arglos.

Heute fanden die Qualifikationsläufe für das 800-Meter-Rennen der Damen statt. Eine Distanz, die von Pfarrer Beyerman von der Remonstrantse Broederschap als «unsittlich» bezeichnet wurde. In seiner letzten Predigt hatte er es folgendermaßen formuliert: «Da, wo die Frau von Gott als Rehkitz geschaffen wurde, das zierlich in der Steppe der männlichen Aufmerksamkeit und der Bescheidenheit ihres eigenen Ansehens zu schreiten hat, da schwitzt sie nun, keucht, schnauft, läuft mit offenem Mund, nach Sauerstoff lechzend, die Haare vom Schweiß ganz strähnig, der Körper in unedler Haltung. Fort ist das Sinnbild des vom Herrn Geschaffenen. Die Frau ist zum Tier geworden, geringer als ein Pferd, geringer als ein Esel. Schande über diese Eva, denn erneut nahm sie die verbotene Frucht zu sich, um ihr Paradies zu verlieren! Schämt euch, ihr, die ihr zuschaut, denn auch euch wird der Zugang zum Edelsten untersagt bleiben. Schämt euch, die ihr Aufregung dabei empfindet, geringer als das Verwerflichste aller Tiere seid ihr, wie eine Schlange, die über die Erde kriechen muss, ohne Beine! Schämt euch, ihr, die ihr ihr zujubelt, denn euer Atem – von Gott dem Herrn eingehaucht – ist vergeudet und sollte euer letzter sein. Ihr alle sollt das Kunstwerk des Herrn in all seiner Herrlichkeit nicht schauen!» Von der Kanzel herab wurde mit viel Hölle und Verdammnis gedroht. Den Mitgliedern der reformierten Kirche missfiel es sehr, dass die Sonntagsruhe gestört wurde und dass ganz offensichtlich niemand auf Bibeltexte aus war, die dem Einhalt gebieten konnten. Dennoch beschwerten sich die Gläubigen weiterhin und widersetzten sich den Spielen.

Ione wusste nichts von all dem. Bevor sie startete, machte sie ihren Kopf frei und ließ in ihren Gedanken ein Uhrwerk laufen. So hatte es ihr ihre Mutter beigebracht: tiefe Konzentration. Sie hörte nur noch ein Tick, tick, tick, tick und wusste, dass ihre Beine diesem Rhythmus folgen mussten. Jeder Schritt konnte mehr als einen Meter lang sein, und so war es möglich, die Entfernung in weniger als 800 Schritten zurückzulegen. Sie wusste auch genau, wann der Schmerz kam, denn der kam immer. Bei der ersten Kurve dachte sie daran aufzugeben, denn das tat sie immer. «Wenn du jetzt aufhörst, wirst du keine Schmerzen haben», flüsterte ihr innerer Schweinehund lachend. Doch sie durfte nicht nachgeben; sie musste den Schmerz ertragen. Nur dann konnte man gewinnen.

Van Ledden Hulsebosch und Fräulein Van Henegouwen hatten sie bis zum heutigen Tag begleitet. Ab jetzt lag es an ihr. Sie hatte den Apotheker heute Morgen – vor ihrem letzten Training – gebeten, sie allein zu lassen. Er und seine Haushälterin hatten Karten für den Wettkampf, genau wie Professor Buytendijk, der Ione in den letzten Wochen viel über ihre Körperhaltung und Atmung erzählt hatte. Das hatte ihr sehr geholfen.

Das Stadion war bis zum letzten Platz, ja sogar bis zum letzten Stehplatz gefüllt. So war es jeden Tag. Nicht etwa, weil Leichtathletik und der Wettlauf in den Niederlanden so beliebt waren. Sondern wegen der Wurst mit Senf aus Zaandam und dem Anfeuern und Singen, wegen der bunten Fahnen, wegen des anhaltenden Lärms, wegen des Rasens, der hier grüner schien als der zu Hause, wegen der unterschiedlichen Hautfarben der Athleten, wegen der Amerikaner in ihren glänzenden Anzügen, kurz und gut: wegen der Geselligkeit.

Der Apotheker und Fräulein Van Henegouwen hatten Plätze auf der Ehrentribüne, die ihnen Van Rossem ausnahmsweise besorgt hatte. Der Organisator wurde von Tag zu Tag unfreundlicher zum Ermittler. Er tat sich schwer mit ihm, doch C.J. fasste das nicht persönlich auf. Er nickte höflich und dachte, dass sich die Laune des Militärs sicher bessern würde, wenn er Narkaoo festnehmen konnte. Und das würde geschehen, daran zweifelte er nicht.

Die Sonne brannte heiß, und Fräulein Van Henegouwen war damit einverstanden, dass ihr Arbeitgeber sein Jackett auszog. Er legte es auf die Holzbank und lud seine Haushälterin ein, sich darauf zu setzen. Das nächste Mal würden sie Kissen mitnehmen, entschied er.

Er beobachtete, wie Ione ins Stadion kam und schweigend zum Mittelfeld ging, um sich warm zu machen. Sie schien in sich gekehrt zu sein, vollkommen konzentriert. Ab und zu brach Jubel aus, wenn ein Läufer mit erhobenen Händen durch das gespannte Band rannte oder wenn ein Stabhochspringer wohlbehalten über die Latte schwebte.

Polen, Griechen, Finnen, Italiener, Franzosen, Deutsche, Schweden ... Sport verbrüderte tatsächlich. Der englische Graf ging neben dem deutschen Schafhirten, in ihren Sportanzügen gehörten sie derselben Schicht an. Für Van Ledden Hulsebosch war sowieso alles ein und dasselbe. Er hatte doch nur Augen für die junge Frau auf dem Mittelfeld, als ob er bei ihr sein und ihr helfen wollte, den Wettkampf zu einem guten Ende zu bringen. Er vergaß immer wieder, für die anderen großartigen Leistungen im Stadion zu klatschen.

Ione zog Trainingsjacke und Trainingshose aus – beides war aus engmaschiger Wolle, denn so hielt der Anzug die Körperwärme am besten. Ein Offizieller mit Strohhut und blauem Blazer steckte ihr eine Nummer an. Es war die Nummer 111.

Wenn sich jemand zu Tode erschreckt, jagt das Adrenalin durch seine Adern, und sein Körper verkrampft sich. Ein elektrischer Impuls schneidet quer durch die Nervenbahnen, lässt die Augen feucht werden und sorgt für eine momentane, aber vollkommene Lähmung aller Muskeln und Gedanken. Das Herz steht eine Sekunde lang still und schlägt dann wieder weiter, aber der Körper muss sich erst einmal erholen.

Und so dauerte es auch einen Moment, bis Van Ledden Hulsebosch sich von seinem Platz erhob. Fräulein Van Henegouwen wollte ihm noch sagen, dass Ione jetzt bald starten würde, doch der Apotheker drängte sich bereits durch die Menge. Dort, auf dem Mittelfeld, befand sich sein verhasster Gegner, der ihm erneut ein herausforderndes Zeichen gegeben hatte.

Ione ging zur Laufbahn hinüber, eine kleine Schaufel in der Hand. Sie ging zu der Stelle, von der sie starten würde, und grub eine Mulde für ihren Fuß. Danach legte sie die Schaufel ordentlich auf die Linie, sodass niemand darüber stolpern konnte. Sie lockerte noch kurz die Muskeln.

Van Ledden Hulsebosch war inzwischen bis zum Mittelgang vorgedrungen. Von hier waren es vielleicht noch 30 Meter bis zum Mittelfeld, aber die Zäune versperrten ihm den Weg. Er musste durch die Katakomben gehen und würde dort bestimmt allerlei Sicherheitskräften begegnen. Er begann zu laufen.

Ione sah, wie der Offizielle sich hinter sie stellte, denn jeder Teilnehmer hatte einen eigenen Mann mit Strohhut auf seiner Bahn. Sie lächelte dem Mann kurz zu, der lächelte zurück, und dann konzentrierte sie sich. Ihre innere Uhr zählte die Sekunden bis zum Start herunter. Tick, tick, tick, tick.

Van Ledden Hulsebosch rannte in einen Wachmann hinein, der ihm sagte, dass es nicht möglich war, die Katakomben zu betreten. Der Apotheker drehte sich kurz um, sah den Wachmann nochmals an, suchte nach einem guten Argument, fand keins und holte dann aus. Mit der ganzen Faust traf er den Kiefer des Mannes, der körperliche Gewalt von Zuschauern nicht gewohnt war und sofort zu Boden ging. Er würde erst in ein paar Minuten wieder zu Bewusstsein kommen.

«Herr Van Ledden Hulsebosch», sagte Bob Vanderbilt, der hinter ihm hergerannt war, als er gesehen hatte, dass der Apotheker seinen Platz verließ.

«Keine Zeit!», rief der Ermittler.

Vanderbilt warf einen kurzen Blick auf den Mann am Boden und begriff, dass sich der Apotheker von nichts aufhalten lassen würde. Also lief er hinter ihm her. Van Ledden Hulsebosch hielt mit einer Hand seine schmerzende Faust fest. Kein Wunder, dass Boxer Handschuhe trugen.

Ione war bereit. Ihr Körper spannte sich für den Startschuss. Ihr rechter Fuß suchte die Mulde, die sie gegraben hatte. Dann legte sie die Hände auf die Startlinie. Links und rechts waren ihre Rivalinnen inzwischen auch bereit. Einige standen aufrecht da, andere hatten, genau wie sie, den «Katzenstart» als Starthaltung eingenommen. Es hatte viele Diskussionen darüber gegeben, welche Haltung die beste war beziehungsweise den schnellsten Start ermöglichte. Buytendijk hatte ihr diese Haltung empfohlen. Sie dachte nicht weiter darüber nach. Tick, tick, tick, tick. Sie löschte alle Gedanken aus ihrem Kopf.

C.J. rannte aus den Katakomben ins Stadion. Er suchte die Strohhüte und sah den lächelnden Mann auf Bahn 4, hinter Ione.

«Sie dürfen nicht weitergehen», sagte ein Mann.

«Das brauche ich auch nicht», sagte der Apotheker und ließ den Mann auf Bahn 4 nicht aus den Augen.

«Sie müssen hier weg», drängte ihn der Mann.

«Kennen Sie sich mit Bewusstlosigkeit aus? Draußen liegt ein freiwilliger Helfer; er hat das Bewusstsein verloren.»

«Das was?»

«Das Bewusstsein», wiederholte Van Ledden Hulsebosch. Einen Moment lang war der Mitarbeiter konsterniert. Dann rannte er zu seinem Kollegen, um ihn wachzurütteln.

Der Mann am Start hielt die Pistole in die Luft. Ein Schuss. Die Läufer sprinteten los.

Ione wusste, wie im Wettkampf gelaufen werden musste. Die ersten 100 Meter waren in ungefähr 12 Sekunden bewältigt. Diese Einheit konnte man – so hatte Professor Buytendijk erklärt – mühelos durchstehen. «Der Körper weiß dann nämlich noch nicht, dass etwas von ihm gefordert wird.» Dann folgten die nächsten 100 Meter, und der Protest des Körpers begann. Milchsäure drängte sich als Erstes in die Adern der Unterschenkel. Sie wurden schwer, weigerten sich, ihren Dienst zu tun. Wer sein Gehirn abgeschaltet hatte, fühlte zunächst keinen Schmerz. Doch wenn man weiterlief, stach der Schmerz wie heiße Nadeln in den Beinen, und bei jedem Atemzug brannten die Lungen. Aber Ione blieb hartnäckig, auch diese 12 Sekunden waren schnell vorüber. Die dritten 100 Meter fühlten sich fast gut an; der Schmerz hörte auf zu existieren, jeder Widerstand gegen den Willen des Sportlers war zwecklos. Jetzt musste die Geschwindigkeit erhöht werden, eine revolutionäre Tat gegenüber dem nicht mehr protestierenden Körper. Mehr Schritte pro Sekunde, eine größere Entfernung pro Schritt. Dann kehrte der Schmerz wieder zurück, jetzt wie ein messerscharfes Beil, das den Körper in zwei spaltete. Rationales Abwägen war nicht mehr möglich. Körper und Geist waren in einen totalen Krieg verwickelt, und es gab nur einen, der gewinnen konnte: Entweder starb der Geist oder der Körper. Die letzten 500 Meter. Mit einem dritten Platz war man wahrscheinlich im Finale, mit dem zweiten hatte man seinen Startplatz sicher. Die Engländerin Elizabeth Pearce neben ihr war schneller. Die Deutsche Helga Rüber auch. Die Amerikanerin Cate Robinson lag zurück, hatte aber das Zeug für einen guten Endspurt. Es geht nicht ums Gewinnen, sondern ums Mitmachen, meldete sich wieder Iones Schweinehund. «Nein», dachte sie entschieden und kämpfte, um an Pearce vorbeizukommen. Das gelang, aber die Robinson griff an und kam neben sie. Rüber blieb hinter der Amerikanerin hängen und zog auch vorbei. Ione wusste, dass sie einfach im Rhythmus weiterlaufen musste, aber ihr Verstand zwang sie nachzudenken. Dritte hinter Robinson und Rüber war zu wenig: dann war sie von den Zeiten der anderen Wettkämpfe abhängig, und dann bestand das Risiko, ausgestochen zu werden.

Sie dachte viel zu viel nach, aber sie bemerkte, dass durch die Denkerei mindestens 200 Meter vorbeigegangen waren ohne stechende Schmerzen, ohne einen einzigen Gedanken daran aufzugeben. Pearce war geschlagen, sie kämpfte nur noch darum, ihr Gesicht zu wahren, und auch die anderen Frauen gaben ihr Bestes, konnten aber nicht mehr aufschließen. Es ging um den zweiten Platz. Robinson gab alles, das war klar … und Ione bemerkte, dass sie noch etwas in sich hatte, über Reserven verfügte. Robinson zu schlagen war dumm, weil unnötig. Und Rüber musste zu schaffen sein … die folgte kopflos. Ione versuchte, mehr Luft in die Lungen fließen zu lassen, das Tempo nochmals zu steigern. «Sauerstoff», hatte Buytendijk gesagt. «Sorge für genügend Sauerstoff! So viel Luft wie möglich!»

Van Ledden Hulsebosch sah, wie der Mann mit dem Strohhut nach der kleinen Schaufel griff und, noch immer lächelnd, zum Mittelfeld ging. Er ließ den Mann nicht aus den Augen. Er konnte sein Gesicht nicht erkennen, der Schatten des Strohhuts lag darüber. Sollte er ihn aufhalten? Verhaften? Sollte er ihn festhalten?

Zusammenschlagen? Konnte er überhaupt etwas unternehmen?

Ione bog in die letzte Kurve. Danach – auf dem geraden Stück – gelang es ihr, neben Rüber zu kommen. Sie dachte: Sieh mich an! Sieh mich! Wenn du mich siehst, bist du verloren. Aber Rüber war absolut konzentriert. Ione machte einen kleinen Schritt nach links, sodass sie Rüber näher kam. Nicht berühren, denn dann drohte Disqualifikation! Rüber warf einen Blick zur Seite, ganz kurz. Als ob sie befürchtete, Ione würde sie an der Schulter streifen. Es hatte keine Berührung stattgefunden, aber sie kam durch den kurzen Konzentrationsverlust aus dem Rhythmus, den Robinson vor ihr angab. Die Amerikanerin vergrößerte ihren Vorsprung um einen Meter, und Rüber überschlug einen ganzen Schritt. Ione rannte, so schnell sie konnte. Die Amerikanerin rannte durch das Band, Ione wurde Zweite. Sie war im Finale! Auf der Tribüne jubelte Fräulein Van Henegouwen, aber sie war nicht die Einzige … sie wurde von allen anwesenden Amerikanern überstimmt.

Der Mann mit dem Strohhut brachte Ione, wie es sich gehört, die Schaufel und gratulierte ihr gerade, als jemand ihm auf die Schulter tippte.

«Sie sind verhaftet», sagte Van Ledden Hulsebosch.

Der Apotheker spürte ein Klopfen auf seiner Schulter.

«Sie auch», sagte ein Polizist zu C. J.; hinter ihm stand der Wachmann, den der Apotheker niedergeschlagen hatte.

Der Architekt Jan Wils hatte sein Olympiastadion auf Zwischenfälle vorbereitet. Bei den Fans konnte man nämlich nie wissen. Im intensivsten Moment eines

Sportereignisses konnte es schon mal unter dem Einfluss von Alkohol und Fanatismus zu Schlägereien kommen. Deswegen hatte er kleine Räumlichkeiten für die Polizei eingeplant, in denen sich sogar vier Zellen befanden. In einer davon saß Van Ledden Hulsebosch, in einer anderen der Mann mit dem Strohhut. Saltet kam, um den Apotheker zu befreien.

«Er kann eine Klage gegen dich einreichen, dann kommt die Sache vor den Richter und du musst wegen Körperverletzung ins Gefängnis», erklärte der Kommissar.

«Kann ich mit ihm sprechen?»

Der ehrenamtliche Wachmann saß auf einem Stuhl im Dienstraum und hielt ein feuchtes Tuch gegen seinen Kiefer. Er wollte gerade aufstehen, als der Apotheker auf ihn zukam. Diesmal würde er den ersten Schlag austeilen, hatte sich der Wachmann inzwischen vorgenommen.

«Ich möchte mich bei Ihnen entschuldigen. Sie müssen verstehen, ich bin Kriminalist und arbeite für die Amsterdamer Polizei. Wir sind auf der Jagd nach einem Mörder. Diesen Kinnhaken könnten Sie als Ihren Beitrag zur Lösung des Falls und sicher auch zur Verminderung der Kriminalität in Amsterdam betrachten. So gesehen sind Sie ein Held.»

Der Mann glaubte ihm kein Wort.

«Ich darf Ihnen sogar einen Orden verleihen», sagte Van Ledden Hulsebosch und nahm seinen Oranje-Orden vom Revers. Er steckte ihn dem verdutzten Wachmann an. «Im Namen Ihrer Majestät.»

Dem Mann fiel nichts anderes ein, als zu salutieren, dann sah er stolz auf die Auszeichnung an seiner Brust und fand, dass dies ein schöner Tag war, einer, der sich sehen lassen konnte! Da hatte er seiner Frau wenigstens was zu erzählen, er hatte bei der Ergreifung eines Gauners mitgeholfen und war dabei auch noch verwundet worden. Seine Familie würde stolz auf ihn sein. Er tippte mit dem Finger an die Hutkrempe, nickte und zog ab.

«Das war dein Orden», sagte Saltet.

«Man bekommt eine ganze Schachtel voll davon. Sie sind nicht dazu da, verteilt zu werden, das weiß ich auch; man bekommt sie, um einen an jeden Anzug zu stecken. Ich habe aber nur zwei Anzüge. Was soll ich also mit den ganzen Dingern? Und jetzt will ich mit dem ‹Strohhut› sprechen.»

Der «Strohhut» hieß Jan Hendrik Paauwe und wusste von nichts.

«Die Nummern werden nicht von mir ausgewählt, mein Herr. Ich bekomme eine Liste vom Komitee und muss die Nummern lediglich an die Sportler geben», sagte er in nörgelndem Ton. Van Ledden Hulsebosch betrachtete die Liste aufmerksam. Tatsächlich hatte Ione die Nummer 111, was merkwürdig war, denn es gab nur 32 Teilnehmer. Irgendjemand hatte die Liste manipuliert.

«Wo haben Sie die Liste abgeholt? Von wem haben Sie sie bekommen?», verlangte C.J. in inquisitorischem Tonfall zu wissen.

«Wir bekommen morgens im Büro unsere Instruktionen», sagte Paauwe.

Es klopfte an der Tür. Bob Vanderbilt hatte inzwischen Leute von der Organisation gesprochen, die Paauwes Aussage bestätigten. Der Mann war ein ehrenamtlicher Helfer, wie tausend andere auch. Er hatte sich vor Monaten angemeldet und über Losverfahren die Aufgabe zugewiesen bekommen, im Stadion Nummern anzuheften, Schäufelchen wegzuräumen, Diskusse aufzuheben, Speere aus dem Boden zu ziehen und ähnliche Arbeiten auszuführen, die nicht weiter auffielen. Er wohnte in Bussum, einen Steinwurf vom Stadion entfernt, und fuhr morgens mit dem Zug und der Straßenbahn dorthin. Abends nahm er wieder die Straßenbahn und den Zug zurück nach Hause. Im alltäglichen Leben war er Buchhalter bei einem Wohltätigkeitsverein in der reichen Wohngegend Gooi und schien einer der vielen zu sein, die ihren diesjährigen Urlaub in der Nähe der Sportler verbringen wollten und sich deswegen als ehrenamtliche Helfer gemeldet hatten. Seine Reisekosten wurden erstattet, und zweimal pro Tag bekam er eine Mahlzeit umsonst. Man konnte an dem Mann nichts Verdächtiges entdecken, außer dass er ungewöhnlich heftig schwitzte.

«Sind Sie krank?», fragte Van Ledden Hulsebosch, der die Schweißperlen auf Paauwes Stirn bemerkt hatte.

«Ich? Nein, mir ist warm. Es ist Juli.»

Es war warm, in der Tat. Der Apotheker ging im Kreis um den Mann herum.

«Können Sie sich nicht setzen?», fragte Paauwe. Das seltsame Gehabe des Rechercheurs machte ihn nervös.

C.J. betrachtete den Strohhut von allen Seiten und sah einen nervösen «Ehrenamtlichen» vor sich, der sich hier drinnen nicht wohl fühlte. Ein ängstlicher Mann, bestimmt war er auch unsicher. Wer immer er war, Narkaoo war er sicher nicht. Im Kopf von Van Ledden Hulsebosch war inzwischen ein Bild des Straftäters entstanden, und dem entsprach dieser Mann nicht. Wenn er dem Täter begegnete, würde er keine Angst haben.

Dieser Mann hier war ein kleinbürgerlicher Geist, der sich auf einen Tag bei den Olympischen Spielen gefreut hatte und plötzlich in Berührung mit der Polizei gekommen war.

Van Ledden Hulsebosch ließ ihn laufen, fragte aber bei Saltet an, ob er einen Mann für «Strohhut», wie er den Mann weiterhin nannte, entbehren könne, um ihn zu beobachten. Saltet wollte dafür seine Kollegen im Gooi einschalten.

Vanderbilt und Saltet beobachteten C.J., der mit gebeugtem Kopf vor sich hin starrte. Er stand auf, ging durch den kleinen Dienstraum und schien tief in Gedanken versunken zu sein. Er bat Vanderbilt, zur Weesperzijde zu gehen und herauszufinden, wie Ione an die Nummer 111 gekommen war. Irgendjemand hatte auf die eine oder andere Weise dafür gesorgt. Es war ein Zeichen, davon war der Ermittler überzeugt. Vanderbilt zögerte.

«Ist etwas?», fragte C.J. den jungen Offizier.

«Nein, nichts ... aber heute Nachmittag sind die Schwimmmeisterschaften. Mein Landsmann Johnny Weissmuller hat seinen Qualifikationswettkampf. Ich wäre gerne dabei.»

Der Kriminalist sah den Amerikaner an. Er spürte, dass der Mann ihm etwas verheimlichte, und darüber war er nicht erfreut. Er zögerte kurz und wollte gerade ankündigen, von seinen Diensten keinen Gebrauch mehr zu machen, als Saltet meinte, er könne einen Mann zum Weesperplein schicken. Vanderbilt schien erleichtert zu sein.

«Ich spreche Sie später noch», sagte Van Ledden Hulsebosch, und Vanderbilt durfte gehen.

«Was ist los, C.J.?», fragte Saltet, als Bob die Tür hinter sich zugezogen hatte.

«Ich traue ihm nicht.»

«Wem traust du zurzeit denn überhaupt noch?»

«Niemandem, außer mir selbst.»

Er dachte einen Moment nach. Da schoss ihm ein Gedanke durch den Kopf.

«Schwimmmeisterschaften!»

Er griff seine Jacke und ging mit verbissenem Gesichtsausdruck zur Tür hinaus.

Die Tribünen des kleinen Schwimmbads hatten sich bereits mit Menschen gefüllt. Es gab genügend Wachpersonal, und in den letzten Tagen war das Wasser stündlich auf Fremdstoffe kontrolliert worden. Niemand konnte das Wasser manipulieren, das hatte Saltet Van Rossem und Marcusse schwören müssen. Die Anlage war hermetisch abgeschlossen, niemand würde hereinkommen können.

Es gelang Van Ledden Hulsebosch, im Trubel des Olympiastadions seine Haushälterin wiederzufinden, und er berichtete ihr in aller Kürze, was passiert war, wobei er jedoch einige Details aussparte. Fräulein Van Henegouwen hatte inzwischen Ione getroffen, die über ihren zweiten Platz überglücklich war. Die Festnahme hatte sie jedoch beunruhigt. Die junge Frau war nach Hause gegangen, um sich auszuruhen; in zwei Tagen musste sie im Finale laufen. Van Ledden Hulsebosch nahm seine Haushälterin mit in die olympische Schwimmhalle.

Am Morgen waren die Wettkämpfe der Damen gewesen, und mit großer Überlegenheit hatte die Niederländerin Zus Braun einen Weltrekord im Rückenschwimmen erzielt. Eine Minute, 22 Sekunden und sechs Zehntel! Sie platzierte sich direkt fürs Finale. Ihre gute Freundin Marie Baron wurde Zweite im Kunstspringen vom Zehnmeterbrett. Ein übermütiger Fan bohrte Van Ledden Hulsebosch seinen Ellenbogen in den Bauch, schrie: «Hie, hah, hit, Holland mischt gewaltig mit!», und lachte über seinen selbst erfundenen Schlachtruf.

Der Fahnder spähte wie ein Habicht im Nebengebäude des Stadions umher. Es gab genügend Möglichkeiten für Narkaoo, den Athleten etwas anzutun, aber ungestraft würde er nicht davonkommen. Sein Freund Saltet hatte dafür gesorgt, dass jeder Winkel des Gebäudes bewacht wurde.

Die Schwimmer machten sich für den Viermal-zweihundert-Meter-Freistil fertig. Das amerikanische Team zählte vor allem auf Johnny Weissmuller, der am Rand des Beckens stand und seine Arme lockerte. Bob Vanderbilt stand ganz in seiner Nähe. Van Ledden Hulsebosch bemerkte einen Blickwechsel zwischen den beiden, der nahezu heimlich stattfand. Weissmuller ging sogar an die Seite, wo Vanderbilt stand, und sorgte dafür, dass er sich in einer Entfernung von nur einem halben Meter von dem Amerikaner aufhielt.

«Sie haben doch so ein Fernglas», sagte der Apotheker.

Fräulein Van Henegouwen öffnete die Handtasche und nahm ein kleines Opernglas heraus, das sie oft bei Vorstellungen in der Schouwburg benutzte oder wenn sie sich ab und zu von einer guten Freundin in eine schöne Revue mitnehmen ließ. Van Ledden Hulsebosch ging selten mit ins Theater – er hatte viel zu viel Angst, wieder Zeuge eines Mordfalls zu werden!

Er sah durch das Fernglas, stellte es scharf. Da beobachtete er, wie Weissmuller redete, ohne in die Richtung von Vanderbilt zu sehen. Es schien, als dürfe niemand sehen oder hören, dass sie miteinander sprachen. Vanderbilt ging schließlich fort, und Weissmuller kehrte zu seinem Team zurück.

Er war als Vierter an der Reihe. Sein Team war noch im Rückstand, aber als Weissmuller im Wasser war, schien es, als würden seine Hände wie riesige Schaufeln seinen Körper nach vorne tragen. Er war nicht aufzuhalten und schwamm so schnell wie kein anderer. Am Rand standen die Italiener mit ihren Filmkameras und hielten fest, wie Weissmullers muskulöser Körper das Wasser durchschnitt. Er war unbesiegbar, und die Amerikaner wurden Meister.

Weissmuller jubelte vom Wasser aus und kam erst heraus, als das Publikum ruhiger wurde. Einer der Trainer legte ihm einen Bademantel um. Er blickte ins Publikum, lächelte jemandem zu. Van Ledden Hulsebosch wusste, wem das Lächeln galt. Im Publikum wandte sich Vanderbilt ab.

«Schlechte Nachrichten, C.J.», keuchte Saltet, der sich mit einiger Mühe durch die Menge schob.

Van Ledden Hulsebosch runzelte die Stirn.

Der Polizeiwagen stand auf dem Gelände bereit. Der Apotheker stieg ein, und Saltet setzte sich neben ihn, sie hatten einen Chauffeur. Die Fahrt nach Sloten dauerte knapp 10 Minuten.

Hier würden morgen die Rudermeisterschaften stattfinden, im Moment war noch nichts los. Polizisten standen am Ufer. Sie hatten ein Boot aus dem Wasser gezogen, in dem ein toter Mann saß; eigentlich war er fast noch ein Junge. In dem Boot konnten vier Ruderer und ein Steuermann sitzen. Der junge Mann saß auf dem Platz des Steuermanns. Von der Leiche wurden Fotos gemacht. Als Van Ledden Hulsebosch erfuhr, dass man noch keine Wasserproben genommen hatte, holte er dies mit größter Sorgfalt nach. Dann betrachtete er das Opfer, das die Startnummer 111 trug.

«Wer ist es?», erkundigte sich C.J.

«Ein Finne», sagte Saltet. «Der Reservemann eines Vierers mit Steuermann. Er wollte noch kurz trainieren. Die anderen Sportler seiner Mannschaft sind in die Stadt gefahren, um auszugehen.»

«Ich möchte, dass der Leichnam ebenfalls von Mooy untersucht wird», sagte Van Ledden Hulsebosch und strich sich ratlos durchs Haar. Iones Mutter war nicht tot, sondern vegetierte nur noch vor sich hin. Um Klugt und De Geldere würde er nicht trauern, die waren kein Verlust. Das Pferd von MacArthur konnte ihm gestohlen bleiben … aber das hier war der erste echte Mord. Und er hatte ihn nicht verhindern können.

«Wir haben hier alles im Auge gehabt, aber heute … es gab Leichtathletik- und Schwimmwettkämpfe … ich habe schlichtweg zu wenig Männer!», entschuldigte sich Saltet.

Die Nachricht löste am Oosterdok, wo die Finnen auf der Oihonna vor Anker lagen, Bestürzung aus. Der Mannschaftskapitän Sami Vanhatalo verbarg den Kopf in den Händen. «Er hat das Team gestern wütend verlassen», sagte er schließlich. «Wir hatten einen gewaltigen Streit. Kärtsky Hatakka bestand darauf, erster Ruderer zu sein, denn er fand sich viel besser als Petri Järvilehto, der die Position derzeit besetzt.»

«Das Opfer heißt … Kärtsky Hatakka?», vergewisserte sich Saltet.

«Ja», sagte Sami, der ausgezeichnet Englisch sprach. «Aber Järvilehto hat nun mal zusammen mit Samuli Viikinen, Jaako Lehtinen und Jussi Räsänen die Mannschaft so weit gebracht. *Never change a winning team!* Das muss doch das Motto sein.»

«Wie verlief der Streit genau?», fragte Saltet.

«Hatakka kam zu mir. Er sagte: ‹Ich bin der Erste.› Sehr entschieden. Er war davon überzeugt, viel besser in Form zu sein als Järvilehto. Ich sagte: ‹Du bist Reserve, und selbst wenn du eingewechselt wirst, dann bist du nur auf der Vier; auf der Eins sitzt nun mal Järvilehto.›»

All diese Namen … Sie verwirrten Saltet ziemlich. Er konnte sie nur schwer auseinander halten.

«Das Opfer heißt Hatakka. Und Hatakka wollte mitmachen, durfte aber nicht.»

«Warum sollte ich ihn mitmachen lassen?»

«Gab es einen Grund, weshalb er ein Extratraining einlegte?»

«Ich nehme an, er wollte beweisen, dass er gut war.»

«Wem?»

«Nun … also, ich hatte mit ihm vereinbart, morgen früh noch einen Test zu machen. Das Team stand fest! Wirklich, ich würde es nicht ändern … aber gut, man muss so jemandem eine Chance geben. Ein letztes Training. Hatakka sagte, dass er mich überzeugen würde.»

«Gab es irgendeinen Grund, weshalb er davon so überzeugt war?»

«Nein. Aber er war verdammt wütend! Er drohte damit, alles kurz und klein zu schlagen.»

«Warum das? Er wusste doch, dass er Reserve ist.»

«Was weiß denn ich!»

«War er immer so aggressiv?», fragte Saltet.

«Nein, er war immer die Ruhe selbst. Ich verstehe das nicht.»

Der Kapitän schüttelte den Kopf. Saltet dachte nach und machte sich Notizen.

«Ich möchte auch die anderen Mitglieder Ihres Teams sprechen.»

«Die sind ausgegangen, in die Stadt.»

«Sie sollen sich so schnell wie möglich auf meiner Wache melden.»

Sie kamen zu fünft, inklusive Steuermann Ansi Hyytiäinen, auf die Wache am Rembrandtplein. Sie gingen zu zweit in das Zimmer, in dem sie Saltet verhörte. Sie trauerten um ihren toten Kollegen. Sie waren schweigsam. Auch ihr Englisch war ausgezeichnet, selbst wenn nicht viel über ihre Lippen kam. Sie bestätigten die Aussage des Kapitäns, dass Hatakka ein ruhiger Mensch, gestern aber vollkommen außer sich war, auf eine Weise, die sie von ihm nicht kannten, und seinen Platz im Boot einforderte.

Als sie ihm keine weiteren Informationen mehr geben konnten außer denen, die Saltet bereits hatte, standen sie auf, doch bei der Tür drehte sich Jaako Lehtinen noch einmal um.

«Da ist … na ja, vielleicht ist es nicht wichtig.»

«Was?»

«Da ist ein Mann zu uns gekommen. Ein Amerikaner. Der sagte, dass er etwas hätte, das uns den Sieg bringen könne. Wir sind nicht darauf eingegangen.»

«Wie sah der Amerikaner aus?»

«Er sprach uns in einem Café an. Ein Mann so um die 35, 40 vielleicht.»

«Woher wussten Sie, dass er Amerikaner ist?»

«Er kaute. So wie Amerikaner das tun. Er sagte, er habe etwas, dass einen unbesiegbar mache. Es gibt einige Sportler, die etwas einnehmen. Wir nicht.»

«Und Hatakka? War der auch dabei?»

«Wir sagten zu dem Amerikaner: ‹Verschwinde!› Hatakka auch. Wir haben das Café verlassen und sind in eine andere Kneipe gegangen. Mit dieser Art von Leuten wollen wir nichts zu schaffen haben.»

Sie durften gehen.

Saltet ging mit den neuen Informationen zu Van Ledden Hulsebosch und Professor Buytendijk.

«Stimulantia», sagte der Fachmann. «Einige Sportler nehmen Mittel ein, die bewirken, dass sie nicht so schnell müde werden, mehr Sauerstoff bekommen, Mittel, die den Muskelaufbau fördern, das ist alles möglich.»

«Wird das denn nicht kontrolliert?», fragte der Apotheker.

«Das ist fast unmöglich», sagte der Professor. «Die Mittel können jedoch gefährliche Nebenwirkungen haben. Tod durch Stimulantia – ich kenne solche Fälle. Die Einnahme dieses Zeugs birgt große Gefahren.»

«Können wir den Leichnam Hatakkas nach solchen Stoffen untersuchen?»

Mooy hatte Hatakka Blut abgenommen und es untersucht. In dem Körper fand er erneut ein Virus, dieses Mal handelte es sich um Kachexie.

«Und was ist das?», fragte Van Ledden Hulsebosch.

«Kachexie zerstört die Muskelfasern. Das Virus vernichtet das Glykogen. Auch das Herz ist ein Muskel. Hatakka ist an einem Herzstillstand gestorben.»

«Gibt es Spuren einer Injektion?»

Mooy zeigte ihm einen kleinen Einstich an der Innenseite des linken Arms.

«War Hatakka Rechtshänder?»

«Ja», sagte Saltet, der solche Sachen notiert hatte.

«Dann hat er es sich selbst gespritzt», stellte Van Ledden Hulsebosch fest. «Er hat sich in dem Café das Zeug gekauft, in dem Glauben, es würde ihn unbesiegbar machen. Und dann hat er sich eine Krankheit gespritzt, die ihn getötet hat.»

«Der Schuldige ist ein Amerikaner», sagte Saltet.

«Dann weiß ich, wen wir uns vorknöpfen müssen», sagte Van Ledden Hulsebosch.

— 12 —

Der Westerdokshaven war dunkel, aber der Mond legte einen dichten, bläulichen Schleier über die SS President Roosevelt. Von Deck erklang der Gesang von Seeleuten. Die Sportler schliefen. Van Ledden Hulsebosch hatte sich von Saltet zum Schiff bringen lassen, unangemeldet. Er wollte sich gerne einmal ungestört dort umsehen.

«Aber was gibt es da zu sehen?», fragte der junge Kommissar.

«Ich suche einen bestimmten Amerikaner», erklärte C.J.

Er stieg aus dem Wagen. Saltet folgte ihm. Zusammen gingen sie zum Kai, bis zu dem Tau, mit dem das Schiff am Ende des Kais festgemacht war. An der Landungsbrücke standen mit Gewehren bewaffnete Männer und kontrollierten jeden, der kam und ging. Van Ledden Hulsebosch näherte sich erst langsam, ging dann aber, gefolgt von Saltet, mit sicherem Schritt die Landungsbrücke hinauf. Die Wachleute fragten ihn auf Englisch, was er hier wolle und ob er sich ausweisen könne. Saltet antwortete ihnen und zeigte seine Polizeimarke. Die Männer traten zur Seite und ließen sie durch.

Saltet folgte Van Ledden Hulsebosch, der scheinbar genau wusste, wohin er wollte. Sie streiften zunächst über das Deck und betrachteten alles sorgfältig. Er hatte ihn an diesem Abend bereits einen Plan des Schiffs studieren sehen. Plötzlich hatte er auf eine Stelle gewiesen, als hätte er danach gesucht.

Der Apotheker ging die Metalltreppe hinunter und kam auf das erste Deck, wo sich die Kabinen der meisten Einzelsportler befanden. Wegen der Ruhe und Konzentration hatten Läufer, Schwimmer und Athleten jeweils eine Kabine für sich. Auf dem zweiten Deck befanden sich die Teamsportler, die sich meistens zu zweit eine Kabine teilten. Als Van Ledden Hulsebosch schließlich den Gang gefunden hatte, den er suchte, blieb er stehen.

«Und jetzt?», fragte Saltet.

«Warten wir», sagte der Rechercheur.

Sie warteten eine halbe Stunde lang, sogar noch länger. Van Ledden Hulsebosch biss sich auf die Lippe.

«Gut, wecke General MacArthur und lass ihn eine unangekündigte Kontrolle in allen Kabinen anordnen, nicht nur in denen des Schiffspersonals, sondern auch in denen der Sportler.»

«Darüber wird er nicht erfreut sein.»

«Ich bin über diesen Amerikaner auch nicht erfreut.»

Saltet stieß einen tiefen Seufzer aus und ging nach oben.

Die Suite von General MacArthur befand sich auf dem Zwischendeck und bestand aus drei großen Räumen. MacArthur war das Wunderkind der amerikanischen Truppe und von Präsident John Calcin Coolidge höchstpersönlich gebeten worden, das olympische Team zu glanzvollen Höhen zu führen. MacArthur hatte einige Forderungen gestellt: Unter anderem wollte er ein Schiff, ausgestattet mit jeglichem Komfort, denn er kannte den Lebensstandard in der Alten Welt. Dort war das Wasser kalt, die Betten waren feucht, die Häuser staubig. Die modernen Errungenschaften des Komforts hatten ihren Einzug noch nicht gehalten. Europa war – in den Augen MacArthurs – ein zurückgebliebener Kontinent, der sich zum größten Teil noch im Mittelalter befand.

Deswegen hatte MacArthur die SS President Roosevelt einer gründlichen Renovierung unterworfen, und vor allem seine Kabine sah wie ein luxuriöses Hotelzimmer aus. Es gab eine Badewanne mit Heißwasser, Radio, komfortable Sessel, einen Telefonanschluss. In Kriegszeiten kam er mit weniger zurecht, aber in Friedenszeiten musste das Land die höchsten Militärs in Watte legen. «Wir sind es, die im Kampf sterben müssen, und bis zu diesem Zeitpunkt müssen wir mit den besten Ölen gesalbt werden», hatte er seinen Einheiten vorgehalten.

Er las gerade in einem Buch über die Geschichte der römischen Streitkräfte und ihre Strategie, um den Bosporus einzunehmen, als es an seiner Tür klopfte. Er mochte es nicht, wenn man ihn nach 10 Uhr abends noch störte. Er öffnete die Tür und war überrascht, als er den jungen Kommissar sah.

«Herr Van Ledden Hulsebosch hat eine besondere Bitte», sagte der Polizist, und der General reagierte mürrisch. «Er möchte, dass Sie sofort eine Inspektion des Schiffs anordnen.»

«Unangekündigt?»

«Es gibt doch eine Sprechanlage auf dem Schiff? Er möchte, dass Sie es ausrufen lassen. Und danach soll die Kontrolle erfolgen.»

MacArthur schüttelte den Kopf. Auf diese Art von Späßen hatte er absolut keine Lust. Aber die Tatsache, dass man ihn freundlich bat und es ihm nicht befahl, schmeichelte ihm dann doch. Zuerst hatte er sich nämlich über den kleinen Mann mit dem Schnurrbart und der Melone geärgert, der ihn auf die Verantwortung des Weltführers hingewiesen hatte. Gut, der Fahnder hatte Recht gehabt, aber den Ton, den er dabei anschlug, konnte er nicht gut verschmerzen.

«Ist es wichtig?», fragte MacArthur.

«Sehr, sehr wichtig», antwortete Saltet, woraufhin der General mit den Schultern zuckte und zu einer Wechselsprechanlage ging. Er drückte auf den Bakelitknopf eines goldenen Lautsprechers und schrie einen seiner Untergebenen an, so schnell wie möglich in seine Kabine zu kommen. Innerhalb von 15 Sekunden stand ein äußerst strammer Militär im Zimmer. MacArthur erteilte kurz und bündig seine Befehle. Der Mann solle die Durchsuchung ankündigen, und innerhalb der nächsten Viertelstunde müsse mit der Operation begonnen werden. Alle Männer und Frauen – Sportler, Seeleute und Militärs – mussten sich vor ihrer Kabine aufstellen, die Türen mussten geöffnet sein. Der Adjutant rannte zur Sprechanlage.

«Wenn Sie mich jetzt entschuldigen würden», sagte MacArthur. «Ich möchte tadellos aussehen, wenn ich die Männer kontrolliere.»

«Die Männer und Frauen», korrigierte ihn Saltet.

«Männer, Frauen ... auf meinem Schiff gehören alle zur Mannschaft», sagte MacArthur, der keine Lust hatte, das näher zu erklären.

Van Ledden Hulsebosch stand noch immer im Flur, als die Ankündigung durch die Lautsprecher kam. Sie wurde nüchtern und prägnant wiedergegeben, in einer Art Telegrammstil. «Kontrolle in 15 Minuten. Alle

Mannschaften, Sportler, Seeleute, also jeder auf dem Schiff, treten in voller Montur vor ihre Kabinen, Türen für die Kontrolle offen.»

C.J. fixierte den Blick auf eine bestimmte Tür. Er starrte sie ununterbrochen an und zählte die Sekunden nach dem Aufruf. Da kam aus einiger Entfernung ein Mann angerannt. Er kam von einem anderen Deck und lief zur Kabine, die Van Ledden Hulsebosch die ganze Zeit beobachtet hatte. Es war unverkennbar Bob Vanderbilt, der die Kabinentür öffnete und hineinlief.

Dann dauerte es mindestens 10 Minuten, bevor MacArthur in dem Flur erschien, in dem sich Van Ledden Hulsebosch befand. Zusammen mit dem Fahnder kontrollierten sie Kabine für Kabine. Schließlich kamen sie zu Vanderbilts Zimmer. Van Ledden Hulsebosch ging hinein. Das Zimmer war tadellos aufgeräumt. Er öffnete Schränke, betrachtete das Bett und holte einen Gulden aus der Hosentasche. MacArthur runzelte die Stirn, Saltet erklärte es ihm.

«In Holland haben wir eine bestimmte Methode, um festzustellen, ob ein Bett richtig gemacht wurde.»

Der Apotheker ließ den Gulden auf den Bettüberwurf fallen, wo er deutlich sichtbar abfederte. Van Ledden Hulsebosch lächelte … Perfekt!

«Daran sollte man sich ein Beispiel nehmen», sagte MacArthur, der sonst nirgends ein gemachtes Bett vorgefunden hatte. Van Ledden Hulsebosch nahm die Münze vom Bett und ließ die Hand für einen Moment auf der Decke ruhen. Dann gingen sie wieder in den Gang hinaus.

Alle Kabinen wurden untersucht, nirgends fand man etwas. Auch in der Kabine von Johnny Weissmuller nicht, der anscheinend sehr durcheinander war. Seine Haare waren zerzaust, und er sah MacArthur und seinen Begleitern nicht in die Augen, als seine Kabine kontrolliert wurde. Die Aktion ärgerte ihn allzu deutlich.

«Ist irgendetwas, Herr Weissmuller?», fragte der General.

«Es ist nicht angenehm, im Schlaf gestört zu werden, Herr General», sagte der Schwimmkönig höflich.

Als die Inspektion beendet war, baute sich MacArthur draußen auf dem Oberdeck vor Van Ledden Hulsebosch auf.

«Darf ich fragen, was dieses ganze Theater zu bedeuten hat?», fragte er und richtete den Zeigefinger drohend auf C.J.

«Ich fange an, der Wahrheit Stück für Stück näher zu kommen», sagte der Apotheker.

«Können Sie mir dann etwas über diese Wahrheit sagen?», fragte der General.

Van Ledden Hulsebosch schüttelte den Kopf. Er wollte noch nichts preisgeben, denn es gab noch zu viele Unsicherheiten. Saltet drängte den Apotheker zum gehen. Doch C.J. hatte seine Ermittlungen noch nicht beendet. Er sagte Saltet, dass er ruhig schon gehen könne. Der Kommissar nickte etwas zerknirscht, denn er erkannte, dass er im Moment nicht viel beitragen konnte, und verließ das Schiff.

Das Zimmer von Bob Vanderbilt fand Van Ledden Hulsebosch schnell wieder. Er klopfte an. Nach einigen Sekunden öffnete der Amerikaner; er hatte offenbar schon geschlafen.

«Störe ich?»

«Das kann man wohl sagen», meinte Vanderbilt.

«Wo haben Sie die Nacht verbracht?»

Bob Vanderbilt sah ihn bestürzt an. «Was meinen Sie?»

«Ich werde Ihnen erzählen, was ich weiß», sagte C.J. ruhig und legte den Hut auf den kleinen Tisch in der Kabine. Er setzte sich auf den einzigen Stuhl, und Vanderbilt – in Unterhose und T-Shirt – setzte sich aufs Bett. «Der finnische Ruderer Hatakka ist an einer tödlichen Injektion gestorben. Er dachte, er spritze sich ein Stimulantium, aber es stellte sich als ein bösartiges Virus heraus. Das Mittel hatte ihm ein Amerikaner angeboten.»

«Nein, das war kein Amerikaner», protestierte Vanderbilt.

«Die anderen Finnen waren dabei, als der Amerikaner einen Versuch startete, das Mittel zu verkaufen.»

«Ich sage es Ihnen noch einmal: Es war kein Amerikaner.»

«Woher wissen Sie das so genau?», wunderte sich C.J.

«Weil ich ihn auch getroffen habe.»

«So! Und davon machen Sie mir keine Meldung?»

«Nein.» Vanderbilt stieß einen tiefen Seufzer aus. Er biss sich auf die Lippe. «Johnny wurde es auch angeboten.»

«Johnny?»

«Johnny Weissmuller, der Schwimmer. Wir sind gute Freunde.»

«Ja, ja», sagte der Apotheker und erinnerte sich an den Streit an Deck, der auf das Gegenteil hinwies.

«Johnny ging auf Erkundungstour in die Stadt; dort wurde er von einem Mann angesprochen. Dieser sagte, er könne ihm helfen, seine sportlichen Leistungen zu steigern. Johnny wollte nichts davon wissen, bekam aber kurz darauf einen Brief.»

Vanderbilt nahm den Brief aus einer Schublade und gab ihn dem Ermittler, der ihn studierte. Es war dieselbe Handschrift wie bei den Erpresserbriefen Narkaoos. Darin wurde angedeutet, dass der Mann Weissmuller zu einem sicheren Sieg verhelfen könne. Außerdem wurde ein Treffen vorgeschlagen.

«Johnny hat den Brief an dem Tag bekommen, als ich Sie auf dem Schiff kennen gelernt habe. Er wollte selbst zu dem angegebenen Treffpunkt gehen, um dem Mann die Meinung zu sagen. Ich hab ihn gewarnt. Mit solchen Typen darf man sich nicht einlassen. Johnny sagte, dass er das gar nicht vorhabe, sondern dem Kerl ordentlich die Meinung sagen wolle. Ich habe dann vorgeschlagen, an seiner Stelle hinzugehen. Davon wollte er nichts wissen, aber ich ließ nicht locker. Johnny … Johnny kann manchmal naiv sein. Naiv, goldehrlich, aber kein harter Militär.»

«Wussten Sie da schon, dass diese Handschrift dieselbe ist, die …»

«Nein, natürlich nicht. Das habe ich erst herausbekommen, als wir bei dem toten Pferd standen. An diesem Abend ist Johnny an Land gegangen. Er war … nicht zu stoppen. Er wollte es unbedingt selbst machen. Ich bin ihm dann gefolgt. Er traf sich mit jemandem in einer Hafenkneipe.»

«Und da haben Sie ihn gesehen?»

«Es war dort dunkel. Ich musste auf Abstand bleiben.»

«Herr Weissmuller hat ihn gesehen?»

«Johnny muss da rausgehalten werden», sagte Vanderbilt nervös. Er sah Van Ledden Hulsebosch mit flehenden Augen an.

«Johnny Weissmuller», sagte der Ermittler ruhig, «ist zurzeit die einzige Verbindung zu demjenigen, der die Olympischen Spiele bedroht. Ich kann ihn nicht heraushalten.»

«Wenn das Olympische Komitee hört, dass Johnny Weissmuller mit jemandem gesehen wurde, der anregende Mittel verkauft, dann wird ihm die Zulassung für die Wettkämpfe entzogen. Dann ist seine Karriere zu Ende. Er muss die Medaille gewinnen!»

«Das tut mir Leid, aber ich habe einen Fall zu lösen.»

«Und ich muss ein Menschenleben retten.»

«Sie übertreiben: Ein Menschenleben! Es gibt mehr auf der Welt als eine Goldmedaille bei den Olympischen Spielen.»

«Nein. Da irren Sie sich. Es gibt sonst nichts. Nicht für uns. Hierfür haben wir all die Jahre gelebt.»

«Wir?»

Van Ledden Hulsebosch betrachtete Bob Vanderbilt, der sich nach hinten aufs Bett hatte fallen lassen. Er schien zu weinen, jedenfalls kam sein Atem schluchzend aus dem Mund. Er richtete sich wieder auf, sah den Ermittler an und schüttelte den Kopf. «Sie haben eine Münze auf mein Bett geworfen ... warum?»

«Weil Sie es so ordentlich gemacht hatten.»

«Ach was, so ein Quatsch!»

«Niemand hatte sein Bett gemacht, denn es war mitten in der Nacht, und fast alle lagen in ihren Betten. Sie nicht. Als ich die Münze wieder an mich nahm, konnte ich kurz an der Decke fühlen. Ihr Bett war kalt. Sie hatten nicht darin gelegen.»

«Ich habe bei Johnny geschlafen. Ja, wir sind Geliebte. Das ist verboten, auch in Ihrem Land. Das stimmt doch?»

Der Apotheker nickte.

«Was soll man in einer Welt, die einen nicht haben will? Und das eigene Verhalten? Die … sexuelle Neigung? Was soll man in so einer Welt? Man muss jemand werden! Man muss eine Goldmedaille gewinnen … oder vier, oder acht … so viel, wie man nur kriegen kann. Wenn Johnny nach Amerika zurückkommt, kann er einen Vertrag in Hollywood unterschreiben. Sie wollen ihn als Tarzan in einer ganzen Reihe von Filmen. Er wird berühmt. Er wird jemand. Er wird ein Star. Und um einen Star kommt man nicht herum.»

Van Ledden Hulsebosch betrachtete den traurigen Militär auf dem Bett. Sein gesamtes Leben war auf die Hoffnung auf eine Goldmedaille gebaut. Dann würde alles gut werden.

Der Apotheker war anderer Meinung. Das Leben würde für die beiden weiterhin eine Hetzjagd bleiben, denn Respekt für Andersdenkende und Andersfühlende gab es in dieser Gesellschaft nicht. Für Johnny Weissmuller und seinen Geliebten Bob Vanderbilt konnte Van Ledden Hulsebosch nichts tun.

«Eine Zeugenaussage von Weissmuller brauche ich nicht, aber eine Beschreibung des Straftäters.»

«Bitte …»

«Das ist keine Bitte, Herr Vanderbilt. Das ist eine Forderung. Sie können meine Forderung ignorieren, aber dann werde ich Herrn Weissmuller auf offiziellem Wege in diese Sache einbeziehen.»

«Das ist Erpressung!»

«Überhaupt nicht. Das ist das, was passieren wird.»

«Sie sind keinen Deut besser als all die anderen.»

Da wurde Van Ledden Hulsebosch plötzlich unleidlich. Er war Kriminalist und versuchte seine Arbeit – die ihm eine Ehrensache war – so gut wie möglich zu erledigen. Er lebte für die Bekämpfung der Kriminalität. Unter seinesgleichen war er ein Don Quichotte, für die meisten ein Narr, für einige ein Idealist. Es war ihm egal, wie zwei Menschen lebten, solange sie auf dem rechten Pfad blieben.

«Aber darum geht es doch, Herr Van Ledden Hulsebosch. Ihr Gesetz verbietet Menschen wie mir zu existieren», beklagte sich Vanderbilt.

«Ich spreche nicht von dem Gesetz. Ich spreche von Gerechtigkeit. Ich rede über Schurken, die eine Stadt in Angst versetzen, die eine unschuldige Frau zu einem dahinvegetierenden Etwas gemacht haben. Dieses Gesindel will ich schnappen. Ihr Verhalten, Ihre Entscheidungen, Ihre Lebensweise … das ist Ihre Sache, damit will ich mich überhaupt nicht beschäftigen.»

«Aber wenn es herauskommt, dann zerstören Sie uns.»

«Ach was. Ihr Lebensgefährte hat einen Straftäter gesehen, hinter dem ich her bin. Und ich kenne dieses Gesicht nicht, er schon. Ich will wissen, wie derjenige aussieht. Es tut mir Leid, aber eine Erklärung von Herrn Weissmuller ist notwendig.»

«Es ist gut, Bobby», hörten sie plötzlich eine Stimme. Es war der Schwimmer höchstpersönlich, der die Treppe hinaufgekommen war, um seinen Freund noch kurz zu sehen. Er trug einen Morgenmantel aus glänzender dunkler Seide. Sein schwarzes, lockiges Haar hatte er jetzt glatt nach hinten gekämmt. Seine Augen blickten freundlich und sanft. «Wenn ihr noch lauter redet, weiß es gleich das ganze Schiff.» Er stand im Flur, in der geöffneten Tür. «Nein, nein, keine Angst … alle schlafen. Herr Van Ledden Hulsebosch … ich stehe zu Ihrer Verfügung.»

Douglas MacArthur fand das Anliegen des Apothekers merkwürdig. Anscheinend hatte sich der Verein der Kaufleute von Nieuwendijk und Kalverstraat in den schamlosen Kopf gesetzt, ein Kunstwerk von Johnny Weissmuller anfertigen zu lassen, und lud deswegen den Sportler ins Atelier des Künstlers Jozef Verheijen ein, um dort zu posieren.

MacArthur hätte selbst gern ein solches Porträt, denn er hatte viel Gutes über die niederländischen Meister und ihre prächtigen Schützenstücke gehört. Er selbst als Frans Banning Cocq, inmitten des gesamten olympischen Teams … das schien ihm ein schönes Souvenir für zu Hause zu sein. Er unterbreitete diese Idee Van Ledden Hulsebosch, aber der war nicht gerade begeistert.

«Viel zu viel Farbe, Herr MacArthur. Das wird vor Ihrer Abfahrt nicht trocknen.»

Das war natürlich eine Ausrede. MacArthur gab sich nicht so schnell geschlagen. Er mochte den Krieg und steckte nicht einfach widerstandslos eine Niederlage ein.

«Ich werde trotzdem zu dem Kunstmaler mitgehen», sagte der Anführer des amerikanischen Teams.

«Man muss viel herumsitzen», startete der Apotheker einen weiteren Versuch, aber wenn dieser Militär einmal in Gang gekommen war, ließ er sich von nichts und niemandem aufhalten.

Jozef Verheijen hatte sein Atelier in einem kleinen Lagerhaus auf dem Prinseneiland. Er nannte es seine «Kunstkirche», weil sich jeden Sonntag im Erdgeschoss die Apostolische Gemeinde versammelte. Die hatte zwar in der Nummer 103 eine eigene Kirche, aber dort passten die Gläubigen nicht mehr hinein. Deswegen hatten sie Zuflucht in dem Lagerhaus gesucht, in dem provisorisch eine Kanzel errichtet worden war und auf einem Podium eine Orgel stand. Verheijen hatte für wenig Geld die zweite Etage mieten können, um sich dort ein Atelier einzurichten. Er zeichnete vorwiegend Akte. In seinem Studio liefen ständig nackte Damen herum, und deswegen empfing er, während er arbeitete, lieber keinen Besuch.

Van Ledden Hulsebosch kannte Jozef Verheijen gut, denn der Maler stellte seine Farben selbst her und kaufte die Bestandteile bei dem Apotheker. In seinem Atelier hing konstant der Geruch von Leinöl, das er mit Wasser zu einer Temperafarbe verrührte, der er dann natürliche Farbstoffe wie Eigelb oder Ziegelsteinpulver zufügte. Einmal hatte Van Ledden Hulsebosch den Kunstmaler aus dem Schornstein ziehen müssen, in dem er versucht hatte, mit einem Spachtel Ruß herunterzukratzen, um damit einen tiefen Schwarzton herzustellen. Er hatte dort mehrere Stunden festgesessen, bis der Fahnder mit einer zwei Meter langen Latte einen Löffel grüne Seife zwischen die Schornsteinwand und die Arme des hilflosen Malers schmieren musste, bis dieser loskam und donnernd in sein Atelier fiel … wodurch alle Gemälde, auch die noch nicht gefirnissten, mit einer Schicht schwarzen Rußes bedeckt wurden.

«Was für eine unsinnige Idee», sagte der Maler, als Van Ledden Hulsebosch ihn bat, das Porträt eines Mannes rein nach einer mündlichen Beschreibung zu zeichnen, ohne dass ihm dieser Mann als Modell posieren würde.

«Wie soll ich um Himmels willen jemanden zeichnen, den ich nicht sehe?», fragte Verheijen ratlos.

«Ich habe mich einmal hypnotisieren lassen», sagte Van Ledden Hulsebosch, «und während dieser Hypnose wurden mir allerlei Dinge beschrieben, die ich dann vor mir sah, als wären sie echt.»

«Du willst mich doch nicht etwa deiner lächerlichen schwarzen Magie unterziehen, oder doch?»

«Es muss möglich sein, eine Zeichnung von jemandem zu machen, den man nicht sieht.»

«Ich muss etwas sehen, denn sonst kann ich es mir nicht vorstellen und dann kann ich es auch nicht zeichnen», sagte Verheijen gereizt.

«Es wird funktionieren, da bin ich mir sicher.»

Der Kunstmaler sah C.J. durchdringend an. Früher schon hatte der sonderbare Apotheker ihn mit seinen Erfindungen, Maschinen und Pseudoleichen in Erstaunen versetzt. Er musste zugeben, dass er ihn mit seinen merkwürdigen Erfindungen auf dem Gebiet der Kriminalistik jedes Mal aufs Neue überraschte. «Wenn ich ein Mörder wäre, würde ich erst bei dir in die Lehre gehen … und dann jemanden erwürgen.»

«Ein Würger hinterlässt immer Spuren», bemerkte C.J. süffisant.

«Dann Messerstiche.»

«Messerstiche kann ich inzwischen sehr gut identifizieren.»

«Gift.»

«Chancenlos.»

«Gut, Van Ledden Hulsebosch, sag mir dann, bei welcher Methode du mich nie schnappen würdest.»

«Ganz einfach.»
«Ganz einfach?»
«Ermorde niemanden.»

MacArthur betrat zusammen mit Vanderbilt und Weissmuller das Atelier von Jozef Verheijen und sah dort ein paar prachtvolle Damen in reizender Pose auf einem großen Bett in der hellsten Ecke des Raumes liegen. In den Händen hielten sie Früchte, und die schamvollsten Stellen ihres Körpers bedeckten sie mit einem hübsch drapierten weißen Tuch. MacArthur betrachtete diese Werke von nahem und gab gefällige Kommentare über die Komposition, den Lichteinfall, die Zusammenstellung und warf danach auch noch einen Blick auf das Gemälde, das Verheijen von dem Szenario anfertigte.

Van Ledden Hulsebosch wusste nun mit Bestimmtheit, dass er MacArthur nie mehr loswerden würde.

«Ich würde gerne ein Porträt bei Ihnen in Auftrag geben», sagte der General.

«Ich will Sie von Kopf bis Fuß malen», sagte Verheijen verärgert. «Ich mach nicht nur Köpfe. Ich male nur den ganzen Körper.»

MacArthur ließ sich den Vorschlag durch den Kopf gehen. Für einen Moment kam ihm wieder die Nachtwache in den Sinn. Als olympischer Leiter auf einem großen Bild … das wäre doch hübsch.

«Und dann stellen wir ein paar vestalische Jungfrauen dazu, als Sinnbild der Olympiade.»

«Aha», sagte MacArthur, «vestalische Jungfrauen?»

«Ja», sagte Verheijen. «Darüber weiß unser Apotheker alles. Wie war das doch gleich, C.J.? Sie sorgten dafür, dass das Feuer nicht ausging, und dann, dass sie keine Jungfrauen blieben und der Sünder in der Hölle schmorte.»

Van Ledden Hulsebosch lächelte. Verheijen paraphrasierte gern das Wissen des Apothekers.

«Amsterdam ist voll vestalischer Jungfrauen. Ich kann Sie an Orte führen, an denen sie Sie als Sirenen in ihr Pytaneion hineinsingen, um Sie dort zu entweihen. Auf Ihrem Bild dürfen diese Damen nicht fehlen, sonst sieht niemand, dass Sie in Amsterdam waren. Ich würde gerne um Sie herum an die zehn nackte Mädchen malen. Sie müssen von weiblicher Schönheit umgeben sein. Ein Acker voller fruchtbarer Brüste!»

«Ich weiß nicht, ob meine Frau ...», sagte MacArthur zögernd, denn er wusste, wie schnell sich Gerüchte verbreiteten. Noch vor seiner Abreise würde sich die Sache zu Hause herumgesprochen haben.

«Ziehen Sie sich schon mal aus», sagte der Kunstmaler.

«Pardon?», sagte der General.

«Oh, brauchen Sie einen Wandschirm? Ich kann Prüderie nicht leiden, Herr Militär. Wir sind alle Männer, wir wissen allesamt, wie ein Körper aussieht. Um Ihr Gebamsel male ich die amerikanische Flagge, falls sie die nicht groß im Hintergrund haben wollen.»

«Aber ich kann nur in Uniform ...»

«Nackt. Ich male nur nackt. Ich habe noch nie in meinem Leben etwas anderes als Nackte gemalt, also male ich Sie auch nackt.»

«Aber Sie müssen wissen, ich bin ein Militär ...»

«Das war Achilles auch, als er bei Troja kämpfte, aber der hatte nur einen Lendenschurz um. Sonst hätten sie ihn nie in die Fersensehne treffen können.»

MacArthur errötete. Er zog an seiner Krawatte, und

daraufhin beschloss Verheijen ihm ein wenig zu helfen. Es hatte nämlich den Anschein, als ob er es nicht schaffte, die militärische Krawatte zu lösen.

«Finger weg! Das ist außerdem ein großes Missverständnis. Ich … wir sind wegen eines Porträts von Herrn Weissmuller hier, und ich glaube nicht, dass der nackt auf einem Ihrer Bilder abgebildet werden möchte.»

«Nicht nackt? Dann wird hier nicht gemalt», sagte Verheijen streng.

«Wenn Herr Weissmuller demnächst in einem Film Tarzan spielen muss, wird er auch wenig Kleidung anhaben», äußerte sich Van Ledden Hulsebosch. MacArthur drehte sich um.

«Tarzan? Der Typ mit den Affen?», fragte MacArthur schockiert.

«Der, ja», antwortete Van Ledden Hulsebosch.

«Du wirst Tarzan spielen?» Douglas MacArthur konnte es noch immer nicht glauben. Und jetzt wollten sie ihn auch noch nackt auf einem Gemälde haben. Das kam überhaupt nicht infrage.

«Gut. Ich muss dringend gehen, meine Männer warten auf mich. Sehr interessante Arbeit. Viel Erfolg, aber ich muss mich leider empfehlen», sagte MacArthur, der noch schnell einen Blick auf die Damen und die Früchte warf.

«Setzen Sie sich», sagte Verheijen zu Weissmuller in einwandfreiem Englisch. «Versuchen Sie, so genau wie möglich zu beschreiben, wie der Mann aussah. Sehen Sie mir über die Schulter und korrigieren Sie mich sofort, wenn ich etwas male, was nicht richtig ist. Zuerst brauche ich einen allgemeinen Eindruck.»

Verheijen hatte aus einer Reihe Zeitschriften Bilder mit Gesichtern ausgeschnitten. Sie unterschieden sich alle voneinander: Einige waren rund, andere eckig, wieder andere oval. Der Künstler zeigte sie Weissmuller und ließ ihn die allgemeinen Merkmale der Gesichtszüge benennen.

Van Ledden Hulsebosch zog sich etwas zurück und stellte sich vor die Küche, aus der ab und an ein Mädchen mit offenem Morgenrock an ihm vorbeischwebte. Bob Vanderbilt leistete ihm Gesellschaft. Weissmuller saß neben Verheijen, der jetzt auf seinem Skizzenblock versuchte, mit Kohle ein Porträt des Mannes zusammenzustellen, der dem Sportler Stimulantia angeboten hatte.

«Ich muss mich noch bei Ihnen entschuldigen», sagte Bob Vanderbilt vertrauensvoll. «Ich wollte Ihnen keine Intoleranz vorwerfen. Es ist bloß schwierig, in einem Land den Kopf über Wasser zu halten, das sich die Neue Welt nennt, aber an alten Prinzipien festhält.»

«Ha! Diese Welt denkt, dass sie sich selbst erneuert, aber sie macht nichts anderes, als alten Wein in neue Flaschen zu füllen», sagte der Ermittler bedächtig. «Ich verstehe bloß nicht, warum Sie sich eine solche Mühe machen, beim Militär zu bleiben. Wenn es einen Bereich gibt, der Ihnen feindlich gesinnt ist, dann ist es wohl dieser.»

«Ich habe einen Vater», sagte Vanderbilt. «Einen Vater, der sagt, dass sein neues Zuhause auch Verpflichtungen mit sich bringt. Er findet es ehrenhaft, dass sein Sohn in der amerikanischen Armee dient.»

Van Ledden Hulsebosch ging nicht weiter darauf ein. Im Stillen erinnerte er sich an eine einfache Weisheit: Die Freiheit des einen hört da auf, wo die des anderen anfängt. Sobald die Freiheit des einen die des anderen bedroht, ist es eine schlechte Freiheit und muss eingeschränkt werden. Mord war dafür ein Beispiel. Niemand hatte die Freiheit zu morden. Obwohl darin ein Dilemma steckte, worauf ihn Saltet vor einiger Zeit hingewiesen hatte. Was ist, wenn ein Mord nur durch einen anderen Mord verhindert werden konnte? Was ist, wenn man Auge in Auge mit einem Mörder steht und man, um weiteres Morden zu verhindern, bloß abdrücken kann? Auf diese Fragen blieb Van Ledden Hulsebosch die Antwort schuldig. Er war nicht Moralist, sondern Kriminalist.

Nach und nach wurden die Gesichtszüge des Täters deutlich. Auf einmal erkannte Van Ledden Hulsebosch den Mann problemlos. Es war der Mann mit dem Strohhut, der Mann, der Ione die Nummer 111 angesteckt hatte, ein ehrenamtlicher Helfer wie so viele andere, Jan Hendrik Paauwe, im alltäglichen Leben Buchhalter eines Wohltätigkeitsvereins. Der Apotheker schlug seine Melone auf den Tisch und musste sich zusammenreißen. Er hatte den Mann zu schnell laufen lassen. Er hätte seiner Intuition trauen sollen. Der Mann war ihm und Vanderbilt derartig unschuldig erschienen – ein Mann, der mit dem Zug und der Straßenbahn ins Stadion fuhr, dort seine Tage mit dem Harken von Sandgruben zubrachte, mit dem Ausreißen der Speere aus dem Boden und dem Fegen der Aschenbahn.

Er rief sofort Jonathan Saltet an und bat ihn herauszufinden, wo sich Jan Hendrik Paauwe zurzeit aufhielt. Die Polizei im Gooi hatte ja den Auftrag, ihn im Auge zu behalten. Der Kommissar schlug vor, in aller Eile einen Wagen zum Prinseneiland kommen zu lassen, um Van Ledden Hulsebosch ins Gooi zu fahren. Schließlich arbeitete und wohnte Paauwe dort, also musste er auch jetzt dort sein.

Als Van Ledden Hulsebosch den Hörer wieder auflegte, fühlte er sich plötzlich beobachtet. Er sah sich um, entdeckte aber lediglich Bob Vanderbilt, den Schwimmer Weissmuller und den Maler Verheijen. C.J. blickte auf die Dächer der Stadt hinaus, auf die man vom Atelier aus einen wunderbaren Blick hatte, und auf die hübsche Ziehbrücke, die das Prinseneiland mit dem Rest der Stadt verband. Es war niemand auf der Straße. Seine Einbildung hatte ihm einen Streich gespielt. Dieser Fall zehrt mehr an seinen Kräften, als er sich bisher eingestanden hatte.

Kurz darauf bremste der Polizeidienstwagen mit quietschenden Reifen vor der Tür der Kunstkirche. Saltet saß auf der Rückbank, er ließ sich fahren. Er hatte einen Notizblock mit Aufzeichnungen bei sich und ließ Van Ledden Hulsebosch einsteigen.

«Jan Hendrik Paauwe hat für die Dauer der Olympischen Spiele eine Freistellung. Er arbeitet bei Zonnestraal, das ist eine Klinik für Tbc-Patienten im Gooi. Sie wurde vor nicht allzu langer Zeit eröffnet», berichtete Saltet.

«Tbc?»

«Ich weiß, was du denkst. Eine Viruskrankheit. Irgendwie hängt alles zusammen, oder?»

«Wo ist Paauwe im Moment?», fragte C.J.

«In Bussum. Er war bei der Arbeit im olympischen Stadion. Von dort wurde er vor einer halben Stunde fortgerufen, sagte man im Stadion. Es sei etwas mit seiner Frau.»

«Also ist er zu Hause.»

«Vielleicht ... nur dass Jan Hendrik Paauwe ... überhaupt keine Frau hat.»

Sie fanden Paauwes Leichnam in seiner schlichten Wohnung im ersten Stock eines Hauses in Bussum. Diesmal hatte der Mörder wenig Skrupel gehabt. Er hatte Paauwe den Kopf mit dem Schürhaken des Ofens eingeschlagen. Vom Täter fehlte jede Spur. Das Haus war von der Gooier Reichspolizei beschattet worden, aber offenbar nicht sorgfältig genug. Man fuhr ab und zu Streife, um zu sehen, ob es ungewöhnliche Vorkommnisse gab. Der Mörder hatte sich unsichtbar gemacht, war vermutlich zwischen zwei Streifen ins Haus eingedrungen und hatte dann den Schürhaken gepackt und sein Verbrechen begangen. Mord konnte manchmal so einfach sein. Der Fahnder riss sich wegen der Nachlässigkeit des Polizeiapparats zusammen, da er inzwischen wusste, dass er in der Kriminalistik vollkommen auf sich allein gestellt war. Er konnte niemandem vertrauen, außer einer Hand voll Freunden und guten Bekannten.

C.J. hob die Mordwaffe mit Handschuhen auf und steckte sie in ein spezielles Futteral. Er würde sie nach Fingerabdrücken untersuchen, hatte aber wenig Hoffnung, welche zu finden.

Paauwes Wohnung war einfach eingerichtet, typisch für einen Junggesellen. Im Wohnzimmer stand nur das Notwendigste, es gab eine einfache Küche und ein schlichtes, ganz in Weiß gehaltenes Schlafzimmer. Paauwe war ein ordentlicher Mann gewesen: Seine Schuhe standen geputzt und akkurat aufgereiht neben dem Bett – er hatte insgesamt vier Paar, für jemanden mit einer Büroanstellung waren das reichlich viele.

Paauwe hatte Hefte, in die er Bilder vom Sport klebte und in denen er alle Ergebnisse mit einem Füllfederhalter aufschrieb. Er notierte Spielstände und Zeiten,

Zuschauerzahlen, Daten. Die Aufzeichnungen waren peinlich genau.

«Ist das der Mann, den wir suchen?», fragte Saltet.

Van Ledden Hulsebosch schüttelte den Kopf. «Nicht dieselbe Handschrift wie Narkaoo. Der hier ist sein Helfer, mehr oder weniger freiwillig vermutlich.»

Van Ledden Hulsebosch betrachtete die Leiche. Der Mann lag mit dem Gesicht auf dem Teppich, die Arme nach vorn gestreckt.

«Er hat nicht gewusst, dass Narkaoo ihn ermorden würde. Der Schlag kam unerwartet», sagte der Ermittler, während er die Ärmel des Buchhalters hochschob. Auch diesmal fand er einige Einstiche. «Ich will, dass die Leiche untersucht wird.»

«Aber das ist doch einfach ein Mord, begangen mit einem Schürhaken», meinte Saltet.

«Es geht nicht um den Mord», sagte C. J.

Er sah sich im Zimmer um. Paauwe war nicht mehr als ein Helfershelfer gewesen und hatte für Narkaoo Hand- und Spanndienste geleistet. Narkaoo musste diesen Mann in der Hand gehabt haben. Zweifellos hatte er ihn gezwungen, mit Weissmuller und Hatakka Kontakt aufzunehmen.

«Konnte er amerikanisches Englisch?», dachte C.J. laut nach.

«Warum willst du das wissen?»

«Ich möchte, dass den Finnen das Porträt von Paauwe gezeigt wird. Ich nehme an, er ist derjenige, der sie angesprochen hat.»

«Also weißt du, dass er amerikanisches Englisch sprach?»

«Nun recherchier es schon. Ich möchte es mit Sicherheit wissen.»

Saltet nickte und machte eine Notiz. Er bemerkte, dass sich Van Ledden Hulsebosch Sorgen machte.

«Was ist los?»

«Er ist nicht zu fassen. Er benutzt einen Handlanger, und wir wissen deswegen nicht, wer er ist. Er benutzt vielleicht noch mehr Leute. Und wenn er genug von ihnen hat, ermordet er sie. Er hat Macht über sie ... und mir ist es schleierhaft, wie er das anstellt.»

«Macht?», fragte Saltet.

«Warum macht ein Buchhalter bei einer solchen Sache mit? Welche Macht hat Narkaoo über ihn? Und worauf will er hinaus?»

«Ich glaube nicht, dass dies die erste und wichtigste Frage ist», sagte Saltet.

«Was ist denn dann die wichtigste Frage?»

Van Ledden Hulsebosch runzelte die Stirn. Er konnte die Frage selbst beantworten, und deswegen sagten sie es gleichzeitig.

«Wer ist Narkaoo?»

— 13 —

Das Einzige, was ich in seinem Blut finden kann, sind Spuren von Rubella», sagte der Pathologe Albert Mooy, der persönlich in die Apotheke kam, um die Neuigkeit zu berichten. Er ließ sich vom Apotheker einen Erlenmeyer mit einer weißlichen Flüssigkeit voll schenken, die besser schmeckte als der Jonge Jenever von Bols.

«Ich brenne ihn selbst», bekannte Van Ledden Hulsebosch, der sich ebenfalls einen Schluck genehmigte. «Rubella ... das sind die Röteln, nicht wahr?»

«Bei erwachsenen Männern eine harmlose Krankheit. Kinder bekommen davon kleine rote Flecken auf der Haut. Bei schwangeren Frauen kann sie manchmal gefährlich sein, weniger für die Frau als für die Frucht. Im Übrigen ist die Krankheit harmlos.»

C. J. seufzte und starrte vor sich hin. «Je mehr wir lernen, desto weniger wissen wir, und deswegen müssen wir immer mehr lernen», sagte er philosophisch.

«Und was wollen Sie damit sagen?»

«Dass es einen Zusammenhang zwischen Täter und Straftat gibt. Der Straftäter und die Straftat müssen etwas miteinander zu tun haben. Ergo: Aus der Tat kann man den Täter ableiten. Nicht so sehr seinen Namen, aber seinen Charakter, was für ein Mensch er ist. Es wäre gut, diese Verbindung zu untersuchen, um auf diese Weise ein Profil des Täters zu erstellen.»

«Verlorene Liebesmüh», sagte Mooy. «Jede Straftat ist wieder vollkommen anders, die denken sich immer etwas Neues aus. Jedes Mal, wenn man denkt, dass man alles weiß, taucht eine neue Waffe auf, oder ein neues Motiv, oder eine neue Art Opfer.»

Van Ledden Hulsebosch schüttelte den Kopf.

«Das glaube ich nicht. Ich denke nicht, dass Intuition in diesem Fall eine Rolle spielt, sondern Sachkenntnis. Ich wusste, dass Jan Hendrik Paauwe nicht der Mann ist, den ich suche. Und warum wusste ich das? Auf Grund welcher Tatsachen? Er interessiert sich für Sport. Er steckt Ione die Nummer 111 ans Trikot. Er hat Zutritt zu einem Institut, das sich mit Virusinfektionen beschäftigt. Er ist Buchhalter, beschäftigt sich also mit Zahlen. Kurz gesagt, es gibt nicht gerade wenige Übereinstimmungen zwischen ihm und diesem Narkaoo. Es wäre möglich gewesen. Und dennoch wurde er ermordet und hat demnach nichts damit zu tun.»

Albert Mooy setzte seinen Hut auf.

«Ich kam nur, um Ihnen die Nachricht zu überbringen», sagte der Pathologe, «und danke für den Schluck. Aber was Ihre Philosophie betrifft … da stimme ich Ihnen nicht zu.»

Das war schade, fand Van Ledden Hulsebosch. Er hätte gern mit jemandem gesprochen, der seinen neuen Ideen gegenüber offen war. Die kriminalistische Untersuchung sollte sich nicht darauf beschränken, ein paar Haare oder Fäden, Staub oder Blut zu finden; sie ging noch viel weiter, davon war er inzwischen überzeugt.

An diesem Tag aß er bei Lize und Jonathan zu Abend. Saltet war tagsüber in Hilversum gewesen und hatte mit Eduard Emtinck gesprochen, dem Direktor des Vereins Zonnestraal. Zonnestraal war ein großes Gebäude in Hilversum, in dem Tuberkulosepatienten gepflegt wurden. Der Direktor hatte ihm versichert, dass der Buchhalter Jan Hendrik Paauwe ein ordentlicher Mann gewesen war, äußerst korrekt im Umgang mit seinen Kollegen und den Patienten. Der Sport war seine große Liebe gewesen. Es gab wirklich nichts an seiner Arbeitsweise auszusetzen. Auch seine früheren Arbeitsstellen berichteten nichts Schlechtes.

C.J. hörte sich Saltets Ausführungen an und nickte zustimmend. Die Ergebnisse stimmten mit seinen Einschätzungen überein. Während des Essens fing er ein paarmal an, über die grenzenlosen Möglichkeiten der Kriminalistik zu sprechen. Über die Beziehung zwischen Mord und Mörder, den unsichtbaren Faden dazwischen. Jonathan ging in die Küche, um Kaffee zu kochen und abzuspülen. Er hatte sich in der vergangenen Zeit öfter über Van Ledden Hulseboschs Hypnoseexperimente und dergleichen lustig gemacht. Und nun fing sein Freund auch noch an, von Intuition und Täterprofilen zu reden.

Lize sah C.J. an und lächelte. Ein fröhliches, unbesorgtes Lächeln.

«Was ist mit dir?», fragte sie schließlich. «Du bist anders.»

«Das kommt durch die Hypnose», bekannte Van Ledden Hulsebosch. «Das war etwas … Ich hatte davon gehört, aber wenn man es selbst erlebt, ist es ganz anders. Eine Welt, die ich nicht kannte. In der Kriminalistik ist wirklich noch sehr viel mehr möglich. Wir stehen am Anfang, und ich sehe die Grenzen nicht. Das ist eine Herausforderung, eine spannende und auch etwas beängstigende. Eine Reise nach Amerika ist ein Abenteuer für sich, aber einen Kontinent entdecken, von dem man nicht weiß, ob es ihn gibt oder nicht … Das muss wirklich Traum und Albtraum in einem sein.

Wenn wir in den Geist des Mörders oder des Opfers eindringen könnten, dann könnten wir Sachen sehen und hören …»

Er stockte, denn er dachte, er hätte Lizes Aufmerksamkeit verloren. Aber sie sah ihn mit offenem Mund staunend an. Aus der Küche drang das Klappern von Töpfen und Tellern zu ihnen herüber. Saltet bereitete gerade den Seifenschaum für den Abwasch vor. Van Ledden Hulsebosch hatte dem jungen Ehepaar ein Gerät aus zwei zusammengeschweißten Teesieben gebaut, in das man ein Stück Seife legen konnte. Und wenn man das Ganze dann ins Wasser schlug, hatte man Abwaschwasser mit Schaum.

«Du glaubst nicht an mich», sagte Van Ledden Hulsebosch und lächelte bescheiden.

«Doch, ich glaube schon an dich. Und Jonathan auch. Doch bei deinen Ermittlungen bist du … du bist eigentlich wie ein Wettläufer. Zu Beginn des Rennens konnten wir dir noch folgen, denn wir waren zur selben Zeit losgelaufen. Aber jetzt bist du in Gang gekommen und rennst immer schneller. Ich sehe es bei Jonathan. Er kommt nicht mehr mit. Er verliert den Anschluss.»

«Ich möchte ihn gar nicht abhängen. Im Gegenteil», sagte Van Ledden Hulsebosch mit einer beschwichtigenden Handbewegung.

«Hör zu, C. J., Jonathan ist dir treu ergeben, er ist dein Freund. Und Freundschaft ist ihm von seinem ganzen Wesen her eine wichtige Sache. Alles in seinem Leben steht oder fällt damit. Er weiß selbst zu gut, dass die Zeit nicht stehen bleibt und dass man sich entwickelt, dass man Sachen lernt, dass man besser wird. Aber du musst dich eines fragen.»

«Und das wäre?»

«Was ist dein Ziel?» Lize sah ihn fragend an.

«Ich will diesen Mörder fassen.»

«Gut. Aber warum rennst du?»

«Weil er mir bisher immer einen Schritt voraus war und ich ihn einholen muss.»

«Du legst dabei ein forsches Tempo vor. Es ist zwar schwer für uns, da mitzuhalten, aber wenn es nicht anders geht, dann werden wir uns deinem Tempo anpassen. Glaub ja nicht, dass du uns so leicht abhängen kannst», sagte Lize mit einem Lächeln.

«Ich will nicht allein über die Ziellinie gehen», sagte Van Ledden Hulsebosch und fasste Lize bei den Händen. Jonathan kam mit dem Kaffee ins Zimmer.

«Du hast eine weise Frau, Kommissar Saltet», sagte der Fahnder.

«Und obendrein ist sie die Schönste», meinte der Kommissar.

Sie sprachen an diesem Abend noch weiter über Narkaoo. Van Ledden Hulsebosch berichtete ihnen noch einmal über die Ergebnisse seiner Recherchen und die Schlüsse, die er daraus gezogen hatte. Und Lize beobachtete beruhigt, wie Jonathan langsam wieder begriff, worauf C.J. hinauswollte. Sie nahmen Papier und machten sich Notizen.

Sie versuchten zu verstehen, wie die Morde und Straftaten zusammenhingen. Wer war es, der sich im Hotelzimmer versteckt hatte, um Iones Mutter die erste Spritze zu verabreichen? Wer hatte danach die Spuren verwischt, den Hotelbesitzer Klugt und dann den Straftäter De Geldere ermordet? Wer hatte den Plan geschmiedet, die finnischen Ruderer dazu zu verführen, sich eine Spritze zu setzen, und wer hatte das Gespräch mit Weissmuller eingefädelt? Wer hatte das Pferd von

MacArthur ermordet? Und schließlich: Wer hatte all die Briefe geschrieben?

«Wir wissen nichts von diesem Mann. Wir kennen seine Handschrift, und ich weiß, dass er zielbewusst ist, ein intelligenter Mann. Er hat Jan Hendrik Paauwe vor seinen Karren gespannt», stellte Van Ledden Hulsebosch schließlich fest.

«Aber wie?» Saltet hob ratlos die Hände.

«Ich vermute, er hat eine Rötelinjektion bekommen. Aber Paauwe hat nicht gewusst, dass es Röteln sind. Vielleicht hat er gesehen, was mit Iones Mutter nach ihrer Injektion passiert ist. Man konnte mehrere Einstiche sehen. Ich könnte mir vorstellen, dass Narkaoo diesen Jan Hendrik Paauwe erpresst hat.»

«Erpresst? Wie? Womit?»

«Zum Beispiel, indem er ihm ein Gegenmittel vorhielt, das sein Leben retten könnte. Das war natürlich eine Täuschung. Narkaoo hatte ihn nur mit den Röteln infiziert; er konnte ihm also einfach Wasser spritzen. Es war ja kein Gegenmittel nötig.»

«Wieso Jan Hendrik?»

«Weil er alleinstehend war. Weil er Zutritt zum Verein Zonnestraal hatte und Zonnestraal ein Institut für Tuberkulosepatienten ist, also haben die zweifellos auch ein Labor für Virenforschung. Weil er sich für Zahlen und für Sport interessierte. Er war der ideale Helfer.»

«Den muss man erst mal finden», sagte Saltet.

«Wie bitte?»

«Den muss man erst mal finden. Ich meine, wenn man jemanden sucht, der sowohl Zutritt zu Viren hat und sich für Zahlen ebenso interessiert wie für Sport. Wie findet man so jemanden?»

«So jemanden findet man nicht.»

«Nein, das glaube ich auch.»

«Also hat er ihn zufällig kennen gelernt und erst danach den Plan gefasst», Van Ledden Hulsebosch massierte sich nachdenklich die Schläfen. «So muss es gewesen sein. Er fand Jan Hendrik Paauwe und dachte sich, dass er das ideale Mittel ist, um seinen Plan auszuführen.»

«Welchen Plan denn?»

«Den Plan, die Olympischen Spiele im Würgegriff zu halten.»

«Aber wozu? Ich meine, es handelt sich nicht um eine klassische Erpressung», gab Jonathan zu bedenken. «Es wird kein Geld gefordert … er fordert, dass die Spiele aufhören, und wenn nicht, wird es immer mehr Opfer geben.»

«Und die gibt es auch.»

«Aber sie stehen kaum miteinander in Verbindung, und bisher hatten sie höchstens am Rande mit den Olympischen Spielen zu tun. Also schreibt keine Zeitung darüber. Und deswegen jagt Narkaoo höchstens dem Komitee eine Heidenangst ein; eine Massenpanik hat er aber bisher nicht ausgelöst. Oder?»

«Was willst du damit sagen, Saltet?»

«Dass das Ganze für mich irgendwo keinen Sinn ergibt. Wieso hat er Iones Mutter angegriffen? Was hat er damit bezweckt? Die Spiele sind in vollem Gang. War es das, was er verhindern wollte? Das ist ihm nicht gelungen. Er hat ein Pferd getötet. Darüber spricht niemand. Ja, ein finnischer Reserveruderer und ein ehrenamtlicher Helfer sind tot. Das fällt alles nicht wirklich auf.»

«Also?» C.J. verstand nicht, worauf Saltet hinauswollte.

«Also macht er seine Sache nicht wirklich gut.»

«Oder er will gar nicht, dass seine Taten publik werden. Vielleicht ... vielleicht verfolgt er ein ganz anderes Ziel.»

Van Ledden Hulsebosch und Saltet sahen einander an, ohne etwas zu sagen.

Lize sah ob der plötzlichen Stille auf und hielt beim Stricken inne. Sie hatte sich etwas weiter weg gesetzt, näher zum Ofen hin, und genoss es, den aufgeregten Stimmen der beiden Männer zu lauschen. Manchmal schien es, als würden sie streiten, aber das Einzige, was sie taten, war, darüber zu diskutieren, wer hinter diesen Straftaten stecken konnte. Zunächst hatte es so ausgesehen, als kämen sie keinen Schritt weiter. Doch jetzt waren sie scheinbar an einem Punkt angelangt, der sie auf neue Ideen brachte.

«Der Mörder hat ein Profil», nahm Saltet das Gespräch wieder auf. «Verrückt ist er nicht. Er ist fest entschlossen, sein Ziel zu erreichen. Er verlangt den Abbruch der Spiele. Aber das ist womöglich nicht sein eigentliches Ziel. Seine Opfer standen bisher nicht im Rampenlicht der Öffentlichkeit: die Mutter einer Sportlerin, das Pferd eines Delegationsleiters, ein Reserveruderer, ein ehrenamtlicher Helfer, ein Hotelbesitzer und ein vermeintlicher Verbrecher.»

«Er hat versucht, Johnny Weissmuller zu infizieren», gab C.J. zu bedenken.

«Das hat nicht geklappt. Aber wenn er es wirklich gewollt hätte, wäre es ihm gelungen. Und wenn er die Spiele wirklich sabotieren wollte, dann würde er vor einem Prominenten wie Weissmuller doch nicht Halt machen, oder? Und warum informiert er nicht die Zeitungen über die bisherigen Geschehnisse? Er hätte die Morde doch anonym melden können?»

Van Ledden Hulsebosch stand auf. Er ging um den Tisch herum und versuchte, seine Gedanken zu ordnen. Doch die einzelnen Teile des Puzzles wollten sich in seinem Kopf einfach nicht zusammenfügen. Jonathan stand ebenfalls auf und durchmaß die Küche.

«Wir haben es mit einem Verrückten zu tun», stellte Saltet fest.

«Nein», sagte Van Ledden Hulsebosch mit Bedacht. «Nein, dieser Mann ist nicht verrückt – auch wenn er uns das sicherlich glauben machen will. Wenn wir seinen Plan kennen würden, würden wir ihn auch verstehen.»

«Was strickst du denn da eigentlich, Lize?», fragte der junge Kommissar völlig unerwartet seine Frau.

Sie hielt die Stricknadeln in die Höhe. Es war ein süßes kleines Babyjäckchen.

«Für wen ist das denn nun wieder?», fragte er etwas mürrisch.

«Für uns», sagte sie.

Saltet wollte sich schon wieder zu C.J. wenden, um das Gespräch fortzusetzen, sah dann aber verdutzt auf. Er blickte den Apotheker an, dann wieder Lize.

«Was? Was? Willst du damit etwa sagen …», stammelte er verdattert.

«Wenn ihr bei euren Ermittlungen genauso langsam seid, fasst ihr den Schurken nie», sagte Lize lächelnd und strickte weiter. Aber Jonathan nahm ihr das Strickzeug aus den Händen und schloss sie in seine Arme. Er legte seine Hand auf ihren Bauch und sah sie lächelnd an. Dann fiel er Van Ledden Hulsebosch um den Hals, dem bei dieser freudigen Nachricht gleich die Tränen gekommen waren.

Ione konnte vor Aufregung nicht schlafen. Noch ein Tag, und dann würde der Wettkampf stattfinden, auf den sie die ganze Zeit hintrainiert hatte. Sie hörte, wie Van Ledden Hulsebosch gut gelaunt nach Hause kam, stieg aus dem Bett und nahm die Lampe neben dem Tisch mit, um ihn noch kurz aufzusuchen. Der Ermittler sang leise vor sich hin, denn er war noch immer sehr glücklich. Als er bemerkte, dass Ione zugegen war, bekam er gleich ein schlechtes Gewissen – es war vielleicht nicht angebracht, seiner Freude in ihrer Nähe freien Lauf zu lassen.

«Haben Sie meine Mutter gesehen?», fragte sie ihn mit einem leicht vorwurfsvollen Ton in der Stimme. C.J. wollte wegsehen, aber er konnte ihrem Blick nicht ausweichen. Er musste ihr die Wahrheit gestehen.

«Lebt sie noch?», wollte Ione hoffnungsvoll wissen.

Sein Englisch war schlecht, aber er verstand sie. Er nickte und sagte auf Niederländisch, dass sie sich nicht zu viel erhoffen sollte. Ihrer Mutter ginge es sehr schlecht.

«Ich will sie sehen, jetzt!»

«Das geht nicht», sagte Van Ledden Hulsebosch, aber diese Antwort akzeptierte Ione nicht. Sie klammerte sich an ihn, und er konnte in ihren Augen so viel Verzweiflung sehen, dass er ihre Bitte nicht länger ausschlagen konnte. Aber er wollte nicht allein gehen. Saltet konnte er an einem Abend wie diesem, an dem er mit seiner Frau einfach glücklich beisammen sein sollte, nicht stören. Er beschloss, Professor Buytendijk mitzunehmen, der in das Victoria Hotel gezogen war, um von dort aus die erforderlichen Experimente mit den Athleten durchzuführen, die sich für seine Untersuchung zur Verfügung gestellt hatten. Irgendwo in diesem Hotel schlief auch Prinz Hendrik, aber seine Zimmer waren viel größer als das einfache Zimmer des Professors. Das war auch nötig, denn der Prinz war selten allein …

Gemeinsam gingen sie zu dem ehemaligen Kloster. Es kostete Van Ledden Hulsebosch keine Mühe hineinzukommen. Er hatte Van Rossem aus dem Bett geklingelt, und der hatte dafür gesorgt, dass jemand geschickt wurde, der C. J. begleitete. Nicht einmal die Nonnen wunderten sich über seinen Besuch.

Ione sah ihre Mutter in dem dunklen Bett liegen, umgeben von Kerzen und in guter Obhut. Sie wollte wissen, was ihrer Mutter fehlte. Van Ledden Hulsebosch ließ von Buytendijk übersetzen, dass ihre Mutter mit einer Krankheit infiziert worden war, die Enzephalitis hieß und die für eine erhebliche Schädigung des Gehirns gesorgt hatte. Van Ledden Hulsebosch erzählte in verhaltenen Worten, dass Iones Mutter nur noch vor sich hin vegetierte wie eine Treibhauspflanze, worauf Buytendijk die Stirn runzelte.

«Übersetzen Sie das, bitte», drängte ihn der Apotheker.

«Sie wissen nicht, wie stark die Gehirnaktivität noch ist», sagte der Professor.

«Gleich null. Das können Sie doch sehen, oder?»

«Es wäre möglich, dass die Signale ihres Gehirns nicht bis zum Körper durchdringen können.»

«Das kann man nicht messen.»

«Das kann man sehr wohl messen, nur ist man zu niederträchtig, um meine Methode anzuwenden.»

«Und wenn Gehirnaktivität vorhanden ist?»

Buytendijk schwieg, denn er wollte sich am Bett des Opfers nicht mit Van Ledden Hulsebosch streiten. Also schwieg er und betrachtete das Opfer. Er fragte C. J., ob er sie untersuchen dürfe.

Ione war nicht einmal verwundert, ihre Mutter zu sehen. Aus irgendeinem Grund war sie immer davon ausgegangen, dass sie nicht gestorben war.

Sie hatte sich gefragt, ob es daran lag, dass sie nie von ihr Abschied genommen hatte, oder daran, dass es einfach mehr zwischen Menschen gab als nur den physischen Kontakt. Sie nahm ihre Mutter in die Arme und spürte so gut wie keine Reaktion. Erst da kamen die Gefühle hoch, und sie fing zu weinen an. Ione blieb über eine Stunde am Bett ihrer Mutter sitzen. Der Rückweg zur Apotheke am Nieuwendijk war still und düster. Ione versuchte Trauer und Verzweiflung aus ihren Gedanken zu bannen, doch es gelang ihr nicht.

In der Apotheke erzählte Buytendijk, er habe in Groningen einen Apparat entwickelt, der minimale elektrische Wellen im Gehirn anzeigen konnte. Mehr noch: Er konnte die elektrischen Wellen auch wieder zum Gehirn zurückschicken. Aber er kannte die Wirkung nicht. Er beharrte darauf, dass Elektrizität von großer Wichtigkeit bei der Behandlung bestimmter Erkrankungen, wie etwa Epilepsie, sein könnte. Er fand es geradezu lächerlich, dass man ihm nicht die Chance gab weiterzuforschen. C. J. konnte sich das gut vorstellen: Man legte der Wissenschaft überall Steine in den Weg; diese Erfahrung machte auch er unentwegt. Schließlich konnte der Arzt Van Ledden Hulsebosch dazu bewegen, mit Van Rossem und Marcusse Kontakt aufzunehmen, um sie zu bitten, den experimentellen Apparat zur Untersuchung und Behandlung von Frau Chatterjee Golaknath einzusetzen. In dieser Nacht wurde die Zustimmung noch nicht erteilt, aber es wurde sehr viel hin und her telefoniert und argumentiert. Mit der Genesung von Iones Mutter könnte viel von dem entstandenen Schaden wieder gutgemacht werden. Außerdem war sie derzeit die einzige lebende Person, die den vermeintlichen Täter gesehen haben könnte. Ein Zeuge also. Demgegenüber stand, dass Menschen ohne deren Einwilligung keinen Experimenten unterzogen werden durften. Eine Komapatientin elektrischen Stromstößen auszusetzen, das überschritt eindeutig die moralischen und ethischen Grenzen.

«Ich glaube, dass die stimulierenden Mittel noch weiteren Sportlern angeboten wurden», mutmaßte Saltet am folgenden Morgen. «Warum wissen wir es bis jetzt nur von Weissmuller?»

«Weissmuller ist der Einzige, von dem wir es sicher wissen», räumte der Apotheker ein, der Saltet über die nächtlichen Ereignisse informiert hatte.

Fräulein Van Henegouwen hatte inzwischen von C.J. erfahren, dass Jonathan bald Vater werden würde. Sie unterbrach das Gespräch der beiden Männer kurz und schenkte ihm eine Babyrassel, die sich schon seit Jahr und Tag im Besitz ihrer Familie befand. «Ich denke nicht, dass ich sie an eine kommende Generation weitervererben werde. Und sollte dies doch der Fall sein, dann bekomme ich sie von Ihnen zurück!», sagte sie.

«Wie sollen wir weiter vorgehen?», kam Van Ledden Hulsebosch auf das eigentliche Thema ihrer Unterhaltung zurück.

«Wir werden mit anderen Sportlern reden», sagte Saltet entschieden. «Ich habe eine Liste der potenziellen Medaillengewinner zusammengestellt. Heute Abend boxt Bep van Klaveren im Halbfinale. Ich glaube, dass er mit uns sprechen wird. Und ich habe noch ein paar weitere Namen notiert.»

«Gehen Sie zum Boxen?», fragte die Haushälterin.

«Äh ... nur wegen der Ermittlung natürlich», sagte der Apotheker entschuldigend. Sie überraschte ihn mit der Bitte, ob sie ihn zum Boxkampf begleiten dürfe. C.J. stellte verwundert fest, dass ihm der Gedanke an einen weiteren gemeinsamen Ausflug mit seiner Haushälterin durchaus angenehm erschien.

Gleich neben dem Olympiastadion hatte man zwei Gebäude speziell für den Hallensport errichtet. Eines davon beherbergte die Kraftsportarten, Boxen, Ringen und Gewichtheben, das andere die Fechter. Die Gebäude wurden von einem schnöden Gerüst aus Eisensäulen und Balken gestützt und waren nicht dafür gedacht, den Lauf der Zeit zu überdauern; sie würden im kommenden Jahr wieder abgerissen werden.

Nach dem ersten Boxwettkampf hatten sich die Besucher über die Gegend, in der der Saal stand, beschwert. Es hatte nichts vom Zonnehuis in Amsterdam-Noord, in dem jeden Sonntag munter geboxt wurde.

«Man kann im Concertgebouw nicht boxen», hatte der Boxknirps Bennie Bril zu einem Journalisten gesagt. Er war erst fünfzehn Jahre alt, durfte aber schon in den Ring. Manchmal wurden im Musiktempel am Museumplein Wettkämpfe veranstaltet, aber nach Ablauf wurden dann immer von aggressiven Anhängern Stühle zerschlagen. Doch um die Kasse zu füllen, blieb dem Concertgebouw nichts anderes übrig, als den Saal zu vermieten – sehr zum Grauen der Bach- und Beethovenliebhaber und vor allem des guten Mahlerfreundes Willem Mengelberg, der an den anderen Abenden das Concertgebouworchester dirigierte.

Aber Bennie, stark und klug für sein Alter, fand das wunderbar. «Was ein Boxer ab und an braucht, ist das Gefühl von Glamour. Um den Ring herum muss es dunkel sein; dort müssen schöne rote Samtvorhänge hängen, und vor dem Eingang muss ein hübscher Teppich liegen. Und dann: viel Licht über dem Ring, so viel, dass es in den Augen beißt. Und die Leute müssen rauchen können, denn ohne Rauch um einen herum kann man niemandem die Fresse polieren», sagte Bennie.

Man hörte auf den Jungen, und mit Hilfe wundersamer Mächte wurde das provisorische Gebäude in einen Boxpalast verzaubert. Für Bennie Bril würde hier einer seiner wenigen Siege stattfinden: Er gewann gegen den Iren MacDonagh, der aufgeben musste. In der anschließenden Runde verlor er jedoch nach Punkten gegen den Südafrikaner Lebanon.

«Ehrlich gesagt», gestand Geert van Rossem Van Ledden Hulsebosch vor dem Eingang des Gebäudes, «finde ich Boxen keine richtige Sportart. Ich finde es nicht wirklich ehrenvoll. Dass wir die Kämpfer zu unserer Veranstaltung zulassen müssen … unanständig ist das.»

Fräulein Van Henegouwen hatte ein Programmheft gekauft und drängte sich durch die Menge zu den beiden Herren.

«Ich denke, der Vegetarier wird Hackfleisch aus dem Amerikaner machen», sagte sie begeistert und lachte über ihren eigenen Witz.

«Vegetarier?», fragte Van Ledden Hulsebosch und zog die Augenbrauen hoch. Vom Boxen verstand er nun wirklich nichts.

«Er isst kein Fleisch. Haben Sie das nicht in der *Sportrevue* gelesen? Für einen Boxer ist das ungewöhnlich. Aber Blut kann er sehen, vor allem wenn es bei seinem Gegner fließt. Ich glaube, dass er dem Amerikaner heute Abend eine ordentliche Tracht Prügel verpassen wird. Und was glauben Sie?»

Van Rossem rümpfte die Nase. Wegen seiner verantwortlichen Stellung musste er diesen Kampf heute Abend besuchen, aber lieber würde er den Fechtern in der anderen Halle zusehen. Die Galavorstellung war ihm sowieso in den falschen Hals geraten: Man hatte die Halle so herausgeputzt, dass alles glänzte und sie beinahe wie das Boudoir einer Dame aussah. Und das Publikum war ordinär, stank und blökte herum wie eine Herde wilder Büffel. Fräulein Van Henegouwen zog den Apotheker zu den Klappstühlen in der zweiten Reihe, Saltet saß bereits dort.

«Wir können nach dem Kampf mit Bep sprechen», meinte Jonathan.

«Wenn er dann noch bei Bewusstsein ist», gab C.J. zu bedenken, denn beim Boxen konnte man ja nie wissen.

«Bep van Klaveren aus Rotterdam», kündigte der Ansager an. Die «holländische Windmühle» schritt mit erhobenen Armen über den roten Teppich auf den Ring zu, als hätte er den Sieg bereits davongetragen. Sein Gegner, Harold Devine, stand schon im Ring. Sein Trainer knetete ihm die Rückenmuskeln weich, und er hopste auf seinen fest geschnürten schwarzen Schuhen auf und ab, bis Van Klaveren seine Ehrenrunde gelaufen war. Devine schwitzte wie ein Ochse und war am ganzen Körper und im Gesicht eingeölt.

«Hau ihm aufs Maul!», schrie Fräulein Van Henegouwen. Van Ledden Hulsebosch zog überrascht die

Augenbrauen hoch und fragte sich, ob er sie zurechtweisen müsse, aber da sagte sie: «Gute Stimmung hier, nicht wahr!» Sie bot ihm Lakritze an. C.J. nahm sich ein paar, wechselte einen Blick mit Saltet, der am liebsten losgeprustet hätte, und sah dann zum Ring.

Es war ein Kampf im Leichtgewicht, und Beb van Klaveren bewegte sich in der Tat wie eine Feder durch den Ring. Devine bekam ihn nicht zu fassen, versuchte mit seinen tückischen, linken Haken durchzukommen, kam aber eine Armlänge zu kurz. Van Klaveren hatte nicht etwa eine solide Verteidigung, aber seine Schläge waren immer derart bösartig, dass Devine kaum zum Angriff kam.

«Er blutet», sagte Van Ledden Hulsebosch erschrocken, denn der Amerikaner hatte eine böse Wunde über der rechten Augenbraue abbekommen.

«Auf sein linkes Auge!», schrie Fräulein Van Henegouwen sofort.

«Da ist er schon verletzt, Fräulein Van Henegouwen. Das ist unfair.»

«Aber ja! Gerade deshalb! Wenn man ihm ein paar Schläge verpasst, ist das ganze Auge dicht, dann sieht er nichts mehr, und man kann ihn im Handumdrehen platt hauen.»

Van Ledden Hulsebosch runzelte die Stirn; er würde sich wohl bald einmal mit seiner Haushälterin unterhalten müssen. Sie sollte ihm dann erzählen, wie sie an all ihr Wissen über Boxwettkämpfe und Taktiken gekommen war. Er wusste natürlich nicht, dass sie ab und an ins Zonnehuis ging und sich eine Prügelei ansah. Sie hatte ihm das aber auch nie erzählt. Sie gönnte es sich selten, abends auszugehen, aber für einen Boxwettkampf war sie immer zu haben!

Bep van Klaveren war ein kleiner, beweglicher Boxer. Er sprang um Harold Devine herum. Manchmal tauchte er unter einem hinterhältigen Schlag weg, manchmal sprang er schnell zurück, wodurch Devine jedes Mal danebenschlug. Das kostete ihn viel Kraft, und in der vierten Runde war deutlich zu sehen, dass der Amerikaner am Ende war. Bep van Klaveren lächelte fröhlich weiter, drehte sich mit erhobenen Fäusten zum Publikum und schien vollkommen ungeschoren aus dem Kampf hervorzugehen.

Dennoch erwies sich Harold Devine als zäher Kerl. Schlag auf Schlag drohte Van Klaveren den Gegner mit seinen kantigen Hieben zu Boden zu schlagen, aber auf unerfindliche Weise konnte sich dieser auf den Beinen halten. Er verschlang sich oft in Van Klaverens Armen – Fräulein Van Henegouwen zufolge nannte man dies einen Clinch – oder ließ sich in die Seile fallen. Einmal machte er sogar eine Art Kniefall vor dem Niederländer. Aber er brauchte nicht mehr als zwei bis drei Sekunden, um sich wieder aufzurichten.

Nach der achten Runde war es vollbracht. Die Boxer gingen jeder in seine Ecke und wurden versorgt, und die Kampfrichter studierten die Punktlisten.

«Haben Sie eine Ahnung, was die da machen, Fräulein Van Henegouwen?», erkundigte sich Van Ledden Hulsebosch interessiert.

«Sie zählen gerade, wie viele Schläge beide auf die Rübe gekriegt haben. Wer die meiste Prügel einstecken musste, hat verloren. Mein Gott, gucken Sie mal, wie der Amerikaner aussieht. So ein Hackfleischklößchen kann direkt in die Gemüsesuppe!»

C.J. wich nochmals ein wenig zurück, denn er erkannte seine treue Haushälterin nicht mehr wieder.

Von der ganzen Tadellosigkeit, die sie sonst immer ausstrahlte, war nichts mehr übrig. Stattdessen war sie durch und durch eine Boxfanatikerin, denn selbst jetzt, nach Ablauf des Wettkampfes, konnte sie es nicht lassen, ab und zu aufzuspringen und Van Klaveren etwas zuzurufen. «Du hast ihn windelweich geprügelt, Windmühle! Er kann noch nicht mal mehr was sehen! Gut gemacht!» C. J. wusste nicht recht, was er da hörte.

Die Kampfrichter waren zu einem Ergebnis gekommen. Die Boxer mussten in die Mitte des Rings kommen, und dort fasste der Hauptschiedsrichter beide Männer am Handgelenk. Das war die friedlichste Szene des ganzen Abends. Der lange Schiedsrichter stand in der Mitte, als hätte er zwei böse Buben vom Schulhof geholt und wollte sie jetzt nach drinnen schleifen, um sie zu bestrafen. Der Schiedsrichter sah stoisch nach vorn. Van Klaveren hopste wieder auf und ab, und Devine versuchte, die andere Faust in die Luft zu strecken, als eine Art verfrühte Siegerpose. Nur hatte er kaum noch die Kraft dazu.

«Der Gewinner des Kampfes ist … Lambertus van Klaveren aus den Niederlanden!»

Der Jubel war ohrenbetäubend. Fräulein Van Henegouwen stellte sich auf den Klappstuhl, musste dabei allerdings von ihren beiden Begleitern links und rechts von ihr festgehalten werden. Sie schrie aus vollem Halse. Und Van Klaveren lief strahlend im Ring herum. Der Amerikaner trollte sich, bekam von seinem Trainer ermutigende Worte zugesprochen, gratulierte seinem Gegner sportlich und verschwand in der Dunkelheit der Halle.

«Wir müssen kurz mit dem Boxer sprechen», erklärte C. J.

«Aber es gibt noch vier Kämpfe», sagte die Haushälterin.

«Bleiben Sie ruhig hier sitzen.» Saltet und der Rechercheur standen auf und machten sich auf den Weg in die Umkleiden.

Im Nebengebäude hatte man kleine Räume eingerichtet, in die sich die Sportler zurückziehen konnten. Und dort feierte Van Klaveren seinen Einzug ins Finale mit einem Schluck Champagner. Im Zimmer standen vier Männer, so groß wie Kleiderschränke, in viel zu teuren Anzügen und mit Schlägermützen. Van Klaveren, ein quirliger junger Mann aus einem Arbeiterviertel in Rotterdam, war gut gelaunt und bot Saltet und Van Ledden Hulsebosch sofort etwas zu trinken an.

«Sie haben nichts dagegen, dass meine Begleiter dabei sind? Ich mache keinen Schritt ohne sie.»

«Überhaupt nicht», sagte Van Ledden Hulsebosch.

«Sie sind von der Polizei, nicht wahr?», fragte Van Klaveren.

Die vier Leibwächter sahen die beiden durchdringend an. Dieses Begleitkomitee war in keiner Weise von irgendetwas angetan, was mit der Gesetzgebung zu hatte. So wie sie aussahen, hätten sie auf direktem Wege aus einem der amerikanischen Verbrecherfilme, die im Kino Hollandia am Haarlemmerdijk liefen, kommen können. Unter ihren Jacketts hatten sie möglicherweise diese Tommyguns versteckt, mit denen sie einen Ford in ein Sieb verwandeln konnten. Van Ledden Hulsebosch ertappte sich dabei, voreingenommen zu sein, doch er war seinerseits nicht sehr angetan vom Boxsport. Nur einer der Vier sagte etwas, die anderen waren ihm scheinbar untergeordnet.

«Das hier ist mein Manager Theo Huizenaar», erklärte Van Klaveren. «Er wird mich auch nach Amerika bringen, wenn das möglich ist. Dazu muss ich aber erst mal das Finale gewinnen, gegen den Argentinier Peralta. Wird schon schief gehen.»

«Ich muss Ihnen eine Frage stellen, die Ihnen vielleicht sehr unangenehm ist. Wir haben uns gefragt, ob jemand an Sie herangetreten ist, der Ihnen … anregende Mittel angeboten hat», formulierte Saltet vorsichtig.

Van Klaveren wurde still, er sah Huizenaar an, der die Ermittler mit einem stechenden Blick fixierte. Der Manager kam einen Schritt auf den Apotheker zu.

«Für wen halten Sie sich eigentlich? Der Junge ist blitzsauber!», polterte Huizenaar los.

«Nein, nein, missverstehen Sie uns bitte nicht. Es gibt keinen einzigen Grund anzunehmen, dass dem nicht so wäre. Ich sage nicht, dass Ihr Boxer etwas eingenommen hat … Ich frage mich nur, ob er von jemandem darauf angesprochen wurde. Verstehen Sie? Nicht mehr als das.» C.J. wollte so deutlich wie möglich sein. Die Statur der Männer ließ keinen Platz für dumme Missverständnisse.

Van Klaveren stand von der Holzbank auf und ging zu seinem Manager. Er streckte seine Hände aus und ließ sich die ledernen Boxhandschuhe ausziehen. Die Hände selbst waren mit weißen Leinenbändern umwickelt.

«Eigentlich heiße ich gar nicht Van Klaveren», sagte er unerwartet. «Ich heiße eigentlich Seenhorst. Das weiß keiner. Meine Mutter war nicht verheiratet, sie ist die Tochter eines Wirts und hat sich von einem Kerl schwängern lassen, den sie noch nicht mal kannte. Als ich acht war, hat sie meinen Vater kennen gelernt …

Nun, also nicht meinen Vater … sondern einen Kerl, der sich um sie kümmerte … er hat mit Autos zu tun. Er heißt Van Klaveren, also will ich auch so heißen.»

«Ich wollte nur wissen …»

«Was wollen Sie wissen?», fragte Van Klaveren scharf. «Ob ich ein Verbrecher bin? Ob das hier Verbrecher sind? Wollen Sie das wissen? Wollen Sie wissen, wessen Blut an meinen Händen klebt? Dann gucken Sie sich meine Hände an! Gucken Sie sie an!»

Van Ledden Hulsebosch betrachtete die Fäuste des Mannes; sie waren voller Wunden, Narben und mit einer dicken Hornhaut überzogen. Der Boxer war erst 21 Jahre alt, aber seine Fäuste glichen eher denen eines alten Mannes.

«Ich habe bei einem Metzger gearbeitet. Wenn's irgend ging, war ich im Kühlraum und habe auf die Kuhhälften eingeschlagen. Fleisch kann mir seitdem gestohlen bleiben. Ich habe zu viel darauf eingeprügelt. Das kann nicht gesund sein. Sie nennen mich den ‹Vegetarier›. Das ist mir egal. Ich mache das, von dem ich spüre, dass es gut ist. Wenn man in Crooswijk aufwächst, dann weiß man, wie das Leben ist … Wenn ich meine Fäuste nicht gehabt hätte, wäre ich ein Verbrecher geworden. Freunde von früher sitzen jetzt hinter Gittern. Dafür schäme ich mich nicht.»

«Herr Van Klaveren …», versuchte es Van Ledden Hulsebosch noch einmal.

«Er sagte: ‹Ich kann dir den Sieg bringen. Ich habe ein Mittel, und dann bist du unverwundbar. Du spürst nichts mehr von den Schmerzen und kannst einfach weitermachen.› Ich sprach mit Herrn Huizenaar und fragte ihn: ‹Was ist das für Zeug?› Und Herr Huizenaar sagte: ‹Es ist Scheißdreck.›»

C. J. sah den Manager kurz an – er hatte also von diesem Vorfall gewusst. Huizenaar wich seinem Blick aus.

«Wir haben ein Bild von jemandem … Vielleicht können Sie ihn identifizieren?» Van Ledden Hulsebosch nickte Saltet zu, der aus seiner Innentasche eine Fotografie des Bildes von Verheijen zog. Van Klaveren nickte.

«Wenn deine Mutter in einer Kneipe arbeitet, siehst du das Elend, das Alkohol und anderes Zeug anrichten. Ich hab ein paar Mädchen und Jungs zum Teufel gehen sehen, bloß weil sie ihre Finger nicht vom ‹Glück› lassen konnten, wie sie es nannten. Aber das ist kein richtiges Glück. Glück ist etwas, das man mit Hilfe der eigenen Hände erreicht hat. Ich habe heute Abend den Amerikaner geschlagen, weil ich stärker war als der Kerl. Ich wusste, wo ich den Burschen treffen konnte, und ich habe ihm eine derartige Tracht Prügel verpasst, dass er das nie vergessen wird. Nicht etwa, weil ich ihn nicht leiden kann, sondern weil es rechtschaffen war. Ich habe rechtschaffen geboxt.»

Van Ledden Hulsebosch nickte.

«Aber Sie mögen Boxen nicht.»

«Ich mag Boxen nicht», bekannte Van Ledden Hulsebosch. «Aber ich weiß, wann ich einen ehrlichen Menschen treffe. Es ist mir eine Ehre, Ihnen die Hand geben zu dürfen, Herr Van Klaveren.»

Van Ledden Hulsebosch machte Anstalten zu gehen, aber an der Tür drehte er sich noch einmal um. «Machen Sie Hackfleisch aus dem Argentinier. Meine Haushälterin würde sich sehr darüber freuen.»

Der Boxer grinste und zeigte dabei seine schiefen Zähne.

Geert van Rossem saß in seinem kleinen Büro im Olympiastadion und erschrak, als an seine Tür geklopft wurde. Van Ledden Hulsebosch und Saltet besuchten ihn unerwartet. Draußen hörte man Gejohle, obwohl es schon später Abend war. Im Stadion fanden Radrennen statt. Van Rossem war allein im Zimmer, und C.J. baute sich vor ihm auf. «Eine Frage beschäftigt mich schon die ganze Zeit: Sie bekommen von Narkaoo einen Drohbrief. Und dann wird tatsächlich Iones Mutter mit diesem furchtbaren Virus infiziert. Sie wirbeln wie ein Besessener herum, um diesen Vorfall zu vertuschen. Doch dann passiert noch mehr. Ein toter Hotelbesitzer, ein toter Mörder, ein totes Pferd und so weiter. Im Grunde ist dies alles noch viel schlimmer als das, was man dieser armen Frau angetan hat. Aber was tun Sie? Nichts. Rein gar nichts. Warum also die ganze Mühe im Hotel?»

Geert van Rossem sah den Ermittler durchdringend an.

«Was wollen Sie damit andeuten?», fragte er.

«Nichts, es fällt mir nur auf.»

«Nun, was die Sache mit Iones Mutter betrifft ... wir waren vorgewarnt», sagte Van Rossem. «Wir wussten, was Narkaoo tun würde, wir wussten nur nicht wo und wann. Wir waren vorbereitet. Wir bekamen sogar einen Anruf, als er zugeschlagen hatte ... Also konnten wir eingreifen. Danach hat er es nie wieder so gemacht.»

«Und? Überrascht Sie das nicht?», meinte C.J. verwundert.

«Ja, doch.»

«Und was halten Sie davon?»

«Ich? Bisher fühle ich mich gesegnet mit jedem Tag

der Olympischen Spiele, der ohne Ärger vorübergeht. Der Ruderer ist beim Training an einem Herzstillstand gestorben, und die Finnen sind erleichtert, dass ihr vermeintlicher Gebrauch von stimulierenden Mitteln nicht publik gemacht wird. Ein tragischer Unfall, bedauerlich. Genau wie der Sportfan aus Argentinien. Die Presse hat es als Unfall aufgefasst. Von dem ehrenamtlichen Helfer aus Bussum haben sie keinen Wind bekommen, genauso wenig wie vom Pferd des Generals MacArthur. Bis jetzt weiß niemand etwas von den Erpressungen dieses Verrückten.»

«Und Sie glauben, dass das so bleiben wird?»

«Ich habe keine Ahnung.» Van Rossem zuckte mit den Schultern.

«Aber ...»

«Wieso ... ‹aber›? Es gibt kein ‹aber›. Ich lebe von Tag zu Tag. Ich sehe, wie das Publikum jeden Tag die Spiele genießt, und die Sonne, die auf die Medaillen scheint. Ich finde es wirklich schrecklich, dass es Opfer gegeben hat, aber ...»

«Aha, es hat also doch ‹Opfer› gegeben. Nun sagen Sie es selbst. Das waren keine Unfälle», bemerkte Van Ledden Hulsebosch bissig.

«Nur mit Frau Chatterjee Golaknath habe ich Mitleid, mit den anderen nicht», gab Van Rossem kühl zurück.

Van Ledden Hulsebosch runzelte die Stirn, aber Van Rossem redete weiter.

«Ich kann keine Träne um einen Sportler vergießen, der sich etwas spritzt, von dem er glaubt, dass es ihn erfolgreicher macht. Und um einen ehrenamtlichen Helfer, der sich mit dem Teufel einlässt, auch nicht. Ein Sportfan, der sich nicht auf den Platz setzt, den wir für ihn reserviert haben, nimmt ein Risiko, und auch bei ihm sage ich: selber schuld. Bis jetzt läuft alles gut.»

C. J. sah Jonathan Saltet bestürzt an.

«Aber sehen Sie denn nicht, dass dies alles nur Warnungen sind und dass dieser Narkaoo zu viel mehr und viel Schlimmerem im Stande ist?», schaltete sich der Kommissar in die Unterhaltung ein.

Van Rossem wurde jetzt ernsthaft wütend. «Ich habe Ihnen Briefe gegeben, in der Hoffnung, dass Sie die Tinte untersuchen, das Papier oder die Fingerabdrücke. Aber Sie stehen mir nur im Weg. Sie sorgen dafür, dass ich beleidigt werde, und Sie stellen meine Geduld auf die Probe. Aber das Schlimmste von allem ist, dass Sie Ihren Auftrag nicht erfüllen. Und der ist doch ganz einfach: Fassen Sie den Mörder, bevor es zu spät ist.»

«Damit bin ich beschäftigt, aber ich bin nicht der Einzige, der im Weg steht. Sie verschweigen mir Dinge. Inzwischen wissen wir, dass viel mehr Sportler angesprochen wurden, um Stimulantia einzunehmen. Das wissen Sie?»

«Nein.»

«Sie lügen!» C. J. schlug mit der flachen Hand auf den Tisch.

«Ich lüge, ja. Ich lüge im Interesse der Olympischen Spiele und des Gedankens, der dahinter steht. All diese Sportler sind guten Glaubens. Die nehmen diese Mittel nicht, sie sorgen dafür, dass sie verschont bleiben.»

«Das wissen Sie nicht mit Sicherheit!», ermahnte ihn Saltet.

«Für die Sportler lege ich meine Hand ins Feuer.»

«Sie können sich wer weiß was gespritzt haben!»

«Das können Sie nicht beweisen!», sagte der Organisator nervös. Auf seiner Stirn hatten sich Schweißperlen gebildet.

«Ich brauche es nicht zu beweisen, denn wenn es so wäre …»

«Ich bete zu Gott, dass dem nicht so ist!»

«Und, hilft das?»

«Was weiß ich nicht, Herr Van Rossem?», versuchte es Van Ledden Hulsebosch erneut. «Was verschweigen Sie mir?»

Van Rossem setzte sich hin. Er sah den Apotheker einen Moment lang an; er musste sich geschlagen geben. Dann öffnete er seine Schreibtischschublade.

«Ich habe einen neuen Brief bekommen.»

Er schob den Brief Van Ledden Hulsebosch über den Schreibtisch zu.

«Der letzte Tod wird alle treffen!»

Mehr stand nicht da.

«Die Spiele sind das Schönste, was uns passieren konnte, aber hinter den Kulissen sind sie ein Albtraum. Was kann ich anderes tun als beten und hoffen?», fragte Geert van Rossem. Er fühlte sich machtlos.

Van Ledden Hulsebosch und Fräulein Van Henegouwen fuhren mit dem Taxi nach Hause. Es war spät geworden. Sie hatte noch vier prächtige Kämpfe gesehen und schließlich den Ellenbogen eines Burschen, der vor ihr saß, ins Auge bekommen, sodass sie ein schönes, blaues Andenken auf ihrem linken Auge nach Hause brachte. Sie war dennoch bester Laune.

Sie bogen in den Nieuwendijk und sahen eine sonderbare Szenerie vor sich. Das Taxi wurde von einem Band aufgehalten, das vom Eingang der Apotheke quer über die Straße gespannt war. Es war ein Band, wie es im Olympiastadion benutzt wurde – ein Band, das der Sieger zerriss, wenn er über die Ziellinie rannte. Van Ledden Hulsebosch ging darauf zu.

An dem Band hing ein Zettel.

«Lieber Apotheker. Ihr Sieg ist Ihre Niederlage. Sie werden als Erster enden …»

— 14 —

Van Ledden Hulsebosch nahm die Straßenbahn Nummer 24, die vom Centraal Station zum Olympiastadion fuhr. Es war noch früh am Morgen. Die Straßenfeger schwatzten mit den Ladenbesitzern, die gerade dabei waren, ihre Waren nach draußen zu stellen, die Pferdefuhrwerke holten Gemüseabfälle von Hausmütterchen ab, und ein einsamer Betrunkener suchte in der Frühe den Weg nach Hause. Der Rechercheur setzte sich auf eine der Holzbänke in der Nähe des Fahrers, mit dem man nicht sprechen durfte – das stand auf einem Schild –, der aber selbst jeden in ein Gespräch verwickelte. Auf einer Anzeige wurden Mädchen aufgefordert, in einer Kuchenfabrik zu arbeiten und auf jeden Fall ihre Mütter mitzunehmen. Eine andere Reklame zwang jeden dazu, sich einen Schokoladenriegel anzusehen.

Van Ledden Hulsebosch betrachtete im Vorbeifahren die Straßen und dachte über Narkaoo nach. Er hielt die Spiele fest in seinem Würgegriff – doch davon ahnte in der Stadt niemand etwas. Die Kinder, die ihre Reifen mit einem Stock durch die Straßen rollten, wussten nichts von tödlichen Viren, die Unschuldigen gespritzt worden waren. Die Stadt erfreute sich an den Spielen, die nun schon seit dem späten Frühjahr abgehalten wurden – zwar mit einer Unterbrechung von anderthalb Monaten, doch der Sommer stand im Zeichen der Olympiade. Die ganzen Niederlande standen Kopf, und vor allem ganz Amsterdam. Die Spiele waren ein enormer Erfolg, und niemand wusste, was für ein Leid sich hinter den Kulissen abspielte.

C.J. fand es sonderbar, sich die sorglosen Menschen in der Stadt anzusehen, die nichts ahnten. Sein Gegner war ein Pokerspieler, der sich nicht in die Karten schauen ließ. Der Apotheker wusste so gut wie nichts über Narkaoo. Manchmal versuchte er sich ein Gesicht zu dem Mann vorzustellen, der zu so vielen Grausamkeiten im Stande war, aber er kam nicht weiter als bis zu den Horrorgesichtern aus den Hollywoodgruselfilmen von Lon Chaney. Er sah sich auf der Straße Leute an, vor allem Männer, und versuchte sich vorzustellen, dass einer von ihnen der Täter sei. Aber er konnte Narkaoo nirgends entdecken. Die Straßenbahn fuhr über den Dam zum Munt und gelangte über die stattlichen Viertel im Süden schließlich zum Olympiastadion.

«Müssen Sie hier nicht aussteigen?», fragte der Fahrer.

«Ich bleibe gern noch etwas sitzen. Ich fahre einfach nur so herum», sagte der Apotheker.

Der Fahrer zuckte mit den Schultern. «Ich finde sie schön, die Olympischen Spiele. Die Stadt sieht jetzt viel bunter aus. Ich will gar nicht dran denken, dass wir nächstes Jahr wieder so einen grauen Sommer haben – ich habe mich wirklich an all die bunten Fahnen gewöhnt.»

«Die Fahnen können mir gestohlen bleiben», sagte Van Ledden Hulsebosch murrend.

«Die Fahnen haben was Schönes», redete der Fahrer unbeirrt weiter. «Fünf Kreise, die alle für einen Kontinent stehen. Und die fünf Kontinente sind über die Kreise miteinander verbunden. So was find ich schön. Sie ist auch modern, die Fahne, mit dem vielen Weiß.»

Dem Ermittler blieb nichts anderes übrig, als die olympische Fahne zu betrachten, denn wo er auch hinsah, überall wehte der dünne Stoff mit den Kreisen darauf.

Er sah in das Heft, dass er seit Beginn des neuen Abenteuers geführt hatte. Er blätterte die Zahlenrätsel und die kryptischen Texte durch und fand eine Passage über die olympische Fahne: *«Jeder Kreis führt zu einem neuen Tod. Keiner der Kreise wird gebrochen werden. Jeder von ihnen wird vollbracht. Warte auf den Tod. Der Tod wird Verderben säen. Nichts wird mich davon abhalten, den Tod zu bringen, bis die Spiele gestorben sind.»*

«Sie stehen alle für einen anderen Kontinent», sagte Van Ledden Hulsebosch zögernd.

«Die Kreise? Ja … Europa ist blau, Amerika rot, Asien ist die gelbe Gefahr, Australien ist grün, und aus Afrika kommen die Schwarzen», scherzte der Fahrer. Seine Stimme erstarb, denn Van Ledden Hulsebosch tauchte in seine Gedankenwelt ab. Das Pferd war ein Opfer aus Amerika, der Ruderer kam aus Europa, Iones Mutter aus Asien, aber der tote Sportfan kam ebenfalls aus Amerika. Außerdem durfte man in diesem Fall den Hotelbesitzer und seinen Mörder De Geldere nicht mitrechnen. Den Sportfan vielleicht auch nicht … aber warum nicht? Angesichts der Tatsache, dass Narkaoo seine Taten sorgfältig plante und in kryptischen Rätseln kommunizierte, schien das alles sehr unlogisch zu sein.

«Was mich betrifft, können sie sie hängen lassen», sagte der Fahrer.

«Ich bin gegen die Todesstrafe», sagte Van Ledden Hulsebosch.

«Todesstrafe? Nein, ich rede von den Fahnen.»

«Oh, Entschuldigung», sagte der Kriminalist.

«Amsterdam ist sauertöpfisch, mein Herr. Nur im Sommer ist man glücklich. Im Winter ist alles grau. Manchmal halt ich es hier nicht aus. Dann sitze ich auf dem Bock und sehe Leute, die kein freundliches Wort füreinander übrig haben. Und sehen Sie mal jetzt: überall Drehorgeln und Sommerkleider. Es wird getanzt, und jeden Abend ist irgendwo ein Fest. Überall wird Musik gemacht.»

Van Ledden Hulsebosch hörte kaum zu, er sah nur die Fahnen. Er war wie besessen von den sich überlappenden Kreisen. Er erinnerte sich an andere Fragmente, die der Erpresser Narkaoo geschrieben hatte:

«Sie, die aus dem Osten kommt, wird Verderben über die Stadt bringen. Sie ist die Nummer eins, danach zwei, dann vier, dann acht, bis alle Fächer des Schachbretts gefüllt sind, und Sie mit den Leichen Ihren Grundbesitz bedecken können.»

Iones Mutter hatte ein Virus gespritzt bekommen, genau wie der Ruderer Hatakka und der Ehrenamtliche Jan Hendrik Paauwe. Rubella … Röteln. In den Niederlanden sagte man auch «Roter Hund» dazu. Roter Hund!

«Ich muss sofort zurück in mein Laboratorium», rief Van Ledden Hulsebosch.

«Wir müssen hier noch sechs Minuten stehen bleiben.»

«Sie fahren jetzt zum Centraal Station zurück, mein Herr. Im Name des Gesetzes.»

«Für wen halten Sie sich eigentlich?»

«Mein Name ist Van Ledden Hulsebosch, ich bin Kriminalist. Bitte!»

Der Fahrer zog die Augenbrauen hoch. «Dann kenne ich Sie. Im *Courant Nieuws van de Dag* wird über Sie geschrieben. Sie schnappen manchmal mit Hilfe eines Haars einen Mörder.»

«Und ich bin gerade dabei, einen grausamen Verbrecher zu fangen.»

«Was tun Sie dann hier in meiner Straßenbahn?»

«Nachdenken, Herr Schaffner. Und Sie haben mir ein großes Stück weitergeholfen.»

Diese Art von Komplimenten kam bei dem Fahrer gut an, sodass er an einem Hebel zog, die Türen schloss und damit seinen Kontrolleur aussperrte. «Wenn ich eine andere Route nehme, über die Leidsestraat und am Haarlemmermeerstation vorbei, dann sind Sie in Windeseile da.»

Er drehte an dem Rad neben sich, und die Bahn kam mit einem Ruck in Bewegung. Passagiere, die einsteigen wollten, waren überrascht, weil die Straßenbahn schon abfuhr. Der Kontrolleur schrie, so laut er konnte: «Willem!», aber der Fahrer war unerschrocken und ließ seine Bahn kreischend über die Schienen rasen.

Van Ledden Hulsebosch versuchte noch ein paar Anmerkungen aufzuschreiben, aber das war vergebliche Liebesmüh. Die Straßenbahn schwankte durch die Stadt, und einige Fußgänger mussten halsbrecherische Kunststücke vollführen, um nicht unter die Räder zu kommen. Ein Polizist, der mit seinem grün-roten Stoppschild den Verkehr auf der völlig überfüllten Kreuzung von Constantijn Huygensstraat und Overtoom zu regeln versuchte, blies in seine Trillerpfeife – vergeblich, die Straßenbahn raste weiter. Schließlich hielt sie auf der Martelaarsgracht an.

«Mein Name ist Jansen. Willem Jansen. Wenn Sie meinen Namen dem Zeitungsreporter nennen würden, wäre ich Ihnen ewig dankbar», sagte der Fahrer.

Van Ledden Hulsebosch nickte.

Er rannte ins Laboratorium und trug Vreugdenhil auf, einige Bücher aus seiner persönlichen Bibliothek zu holen. Dann setzte er sich an einen der mittleren Tische. Er schob alle Instrumente beiseite und zeichnete mit bunten Wachsmalstiften fünf Kreise auf ein weißes Blatt Papier: rot, grün, gelb, schwarz und blau. Genau in der Reihenfolge, wie sie auch auf der olympischen Fahne zu sehen waren. Ächzend kam Vreugdenhil die Treppe hinunter. Er hatte alle Bücher bei sich, um die Van Ledden Hulsebosch gebeten hatte – und das war ein riesiger Stapel.

«Die Fahne ist der Schlüssel», sagte Van Ledden Hulsebosch. Vreugdenhil sah ihm über die Schulter. «Rubella sind Röteln, also ‹Roter Hund›. Der ehrenamtliche Helfer Jan Hendrik Paauwe ist nicht daran erkrankt, aber er hatte die Krankheit gespritzt bekommen. Narkaoo hat ihn bedroht, ihm gesagt, er habe ihm ein gefährliches Virus gespritzt ... aber das stimmte nicht.»

Er schrieb «Roter Hund» neben den roten Kreis. Er wusste, dass Iones Mutter Enzephalitis hatte. Er suchte so lange in seinen medizinischen Nachschlagewerken, bis er herausfand, dass es das Virus auch in einer mutierten Form gab und man unter dem Mikroskop keinen Unterschied zwischen diesem Flavivirus und dem anderen sehen konnte. Diese Krankheit hieß Jaundicium und war in den Tropen als Gelbfieber bekannt. Er schrieb «Gelbfieber» neben den gelben Kreis.

Fräulein Van Henegouwen kam nach unten, um zu fragen, wie sie später an diesem Nachmittag zum Stadion kommen würden. Van Ledden Hulsebosch habe doch wohl nicht vergessen, dass Ione heute ihr Finale laufen würde? C.J. hatte es nicht vergessen, aber der Kopf stand ihm zurzeit nicht danach. Die Haushälterin war über sein Desinteresse enttäuscht, doch sie sah die Zeichnung mit den Kreisen vor ihm.

«Rufen Sie Saltet an. Soll so schnell wie möglich kommen», befahl der Apotheker seiner Haushälterin; er machte sich gar nicht erst die Mühe, in ganzen Sätzen zu sprechen.

Vreugdenhil setzte sich auf einen Hocker, ganz in die Nähe des Rechercheurs, und sah schweigend zu, wie dieser weiter in den Büchern blätterte.

Das Pferd von MacArthur war an Portius gestorben, die eng verwandt war mit dem Circovirus. Das wichtigste Circovirus war das Abortusblauvirus, das vor allem bei Schweinen vorkam und ab und zu in landwirtschaftlichen Gegenden als Epidemie ausbrach. Drei Kreise, drei Farben.

Der finnische Ruderer Hatakka war an einer injizierten Kachexie gestorben. Es kostete kaum Mühe herauszufinden, dass diese Krankheit in einigen Ländern unter dem Namen «Grüne Krankheit» bekannt war.

C.J. schlug das Buch zu und sah Vreugdenhil mit entsetztem Blick an.

Saltet beeilte sich. Die Fahrt zur Apotheke kostete ihn keine vier Minuten. Er schlug die Tür hinter sich zu und rannte ins Haus. Die Stimme von Fräulein Van Henegouwen am Telefon hatte ihm verraten, dass Van Ledden Hulsebosch der Lösung des Rätsels dicht auf den Fersen war. Er wusste nicht, was ihn erwartete, aber er ahnte, dass Van Ledden Hulsebosch ihn nicht wegen irgendeiner Lappalie kommen ließ.

Jonathan fand C.J. im Laboratorium über ein Mikroskop gebeugt. Er hatte einen Ärmel hochgekrempelt, und auf seinem Unterarm klebte ein Pflaster. Anscheinend hatte er sich gerade etwas mit einer Nadel gespritzt.

«Ich habe mir Blut abgenommen», erklärte der Ermittler nüchtern. «Ich habe es untersucht, aber ich bin noch nicht infiziert.»

«Gibt es denn einen Grund anzunehmen, dass du …»

«Ich soll als Erster sterben, hat unser Freund Narkaoo vorausgesagt», sagte der Apotheker trocken.

Saltet verschlug es vor Entsetzen die Sprache. Er sah seinen Freund ungläubig an; den schien diese Drohung nur wenig zu beeindrucken.

«Was für eine Infizierung?»

«Wir haben eine grüne, eine blaue, eine rote und eine gelbe Krankheit gehabt. Deswegen ist anzunehmen, dass die nächste Krankheit der Schwarze Tod sein wird. Du kennst den Schwarzen Tod?»

«Die Pest?» Saltets Augen weiteten sich.

«Die Pest.»

«Die Pest gibt es doch nicht mehr.»

«Nimm's mir nicht übel, Saltet, aber diese Behauptung ist eindeutig falsch. Wir haben die Pest in den Griff bekommen, indem wir die Hygiene verbessert, Abwässerkanäle abgedeckt, Ratten bekämpft haben. Die Krankheit ist allerdings nicht völlig ausgerottet worden; wir haben sie sozusagen nur unterdrückt. Sie wartete nur auf eine neue Chance.»

«Dann lass dich impfen!»

«Es gibt keine Impfung gegen den Schwarzen Tod. Es ist ein sehr ansteckendes Virus. Die Pest schnappt sich alles, was sie kriegen kann.»

«Aber du hast die Krankheit nicht», vergewisserte sich Saltet.

«Nein.»

«Dann bleibst du im Haus.»

«Ich muss zum Finale von Ione.»

«Du gehst nicht.»

«Doch, ich gehe!», sagte C.J. beharrlich.

«Dann sorge ich für einen Befehl, der dir verbietet, nach draußen zu gehen.» Saltets Stimme überschlug sich fast.

Van Ledden Hulsebosch ging auf ihn zu und sah ihm eindringlich in die Augen.

«Begreifst du denn nicht, dass er diese Möglichkeit in Erwägung gezogen hat? Er hat draußen ein ‹Finish-Band› gespannt. Er bedroht mich öffentlich. Ich habe zwei Möglichkeiten: Entweder gehe ich ins Stadion und bin dann vielleicht seine Zielscheibe. Oder ich gehe nicht. Und dann? Dann nimmt er vielleicht einen anderen.» C.J. sprach leise.

«Es geht um dich!» Saltets Stimme klang beinahe flehentlich.

«Das wissen wir nicht. Er hat sich auch nicht auf einen einzelnen Sportler konzentriert. Er hat Weissmuller angesprochen, er hat Van Klaveren angesprochen. Vielleicht noch andere. Ich bin nicht seine einzige Möglichkeit. So funktioniert er nicht.»

«Wir sagen den Wettkampf ab!»

«Und dann?»

«Dann …» Saltet schwieg.

«Dann schicken wir alle Sportler nach Hause», beantwortete C.J. selbst die Frage. «Wir kapitulieren vor einem Mörder. Er wird seinen größten Sieg davontragen – dann hat er gewonnen. Jetzt beginnen erst die wirklichen Glanztage der Spiele, wenn alle Entscheidungen ausgetragen werden, heute, morgen und übermorgen … und genau dann willst du einen Wettkampf absagen?»

Feine Schweißperlen liefen Jonathan Saltet an den Schläfen herunter. Demnächst würde er Hauptkommissar werden, und schon jetzt war er für die Sicherheit der Spiele zuständig. Er fühlte sich in die Enge getrieben. Zum ersten Mal griff Narkaoo sie direkt an.

«Wir können nicht aufgeben!», folgerte C.J.

«Und dann? Dann gehst du ins Stadion, und es gelingt ihm, dich zu infizieren. Was dann?»

«Dann ist das Spiel aus. Ist erst jemand infiziert, steckt der einen zweien an, der zweite steckt vier weitere Menschen an und so weiter. Innerhalb von ein paar Tagen ist die ganze Amsterdamer Bevölkerung ausgerottet.»

Saltet ließ sich auf einen Stuhl sinken. «Das darf nicht passieren.»

«Aber so wird es sein.»

«Wenn ich es richtig verstehe, haben wir zwei Möglichkeiten. Erstens: Du bleibst drinnen, und er infiziert jemand anderen. Zweitens: Du gehst hin, und er infiziert dich. In beiden Fällen wird Amsterdam … ausgerottet.» Er stand wieder auf. «Und du sagst mir, die Spiele dürften nicht abgebrochen werden?»

«Sie abzubrechen wäre ein Sieg für ihn, und dann finden wir ihn nie. Dann sucht er sich etwas anderes und schlägt wieder zu. Wir müssen ihn jetzt fassen.» Van Ledden Hulseboschs Entscheidung schien unumstößlich.

«Ich lass dich bewachen. Ich setze 20 Männer auf dich an. Ich sorge dafür, dass dir nichts passiert.»

«Das ist gut. Ein guter Plan!»

«Verdammt nochmal. Ein einziger unbewachter Augenblick … Weiß Van Rossem Bescheid? Und Baron Alpherts?»

«Nein!»

«Wir müssen sie anrufen.»

«Wir rufen sie nicht an.» C.J. schüttelte den Kopf.

«Sie müssen wissen, was für eine Gefahr hier droht.»

«Ich will nicht, dass sie angerufen werden.»

«C.J.!»

«Sie sind verdächtig, Saltet!»

Jonathan sah seinen Freund sprachlos an.

«Geert van Rossem soll verdächtig sein?», fragte er dann ungläubig.

«Es muss jemand sein, der sich überall frei bewegen kann. Und er muss sportlich sein.»

«Wie bitte?»

«Er ist ins Gefängnis eingedrungen. Er ist eine steile Wand hochgeklettert, ist durch ein enges Loch im Maschendraht gestiegen. Er hat die Eigenschaften einer Spinne! Geert van Rossem war Fechter. Er hat sogar bei den Olympischen Spielen von 1924 mitgemacht. Vorläufig ist er verdächtig.»

«Und Baron Alpherts?»

«Auch. Auch seit Jahren dem Sport verbunden. Zugang zu den Büros. Aber ich kann dich beruhigen: Sie sind nicht die einzigen Verdächtigen. Bob Vanderbilt steht auch immer noch auf meiner Liste. Militärisch trainiert, sportlich, und auch er hat die Möglichkeit, in alle Büros zu kommen.»

«Ich kann sie festnehmen lassen», schlug Saltet vor.

«Und einen internationalen Skandal heraufbeschwören? Man darf doch annehmen, dass MacArthur in einem solchen Fall noch heute Nacht abfahren würde. Und falls du Geert van Rossem ohne Beweise verhaften lassen solltest … nun ja, dann könntest du die Olympischen Spiele wohl besser gleich absagen.»

«Wir sitzen in der Falle», stellte Jonathan fest. «Was soll ich tun?»

«Bestell ein Auto für Fräulein Van Henegouwen und mich. Und das mit der Bewachung … das ist eine gute Idee.»

«Es kann sein, dass er sich nicht dich, sondern jemand anderen vorknöpft», meinte Saltet. «Ich sorge dafür, dass das Stadion eine Art Fort Knox wird, eine undurchdringliche Festung. Ich stelle jeden Meter einen Beamten auf.»

Van Ledden Hulsebosch nickte. Das schien ihm auch das Beste zu sein, im Moment jedenfalls.

Es würde noch einige Stunden dauern, bis das große Finale der Sprinter begann. Im Stadion wurden derzeit am laufenden Band Medaillen verliehen, aber das interessierte Van Ledden Hulsebosch nicht. Ione kam, um sich von ihm zu verabschieden. Sie wollte schon ins Stadion vorgehen, die Atmosphäre auf sich wirken lassen und sich vor dem Lauf warm machen. Sie küsste C.J. auf die Wange, wie sie es mittlerweile immer tat, wenn sie aus dem Haus ging oder wieder zurückkehrte.

Als Van Ledden Hulsebosch sicher war, dass Ione zur Haustür hinausgegangen war, nahm er einen Abstrich von seiner Wange und betrachtete ihn unter dem Mikroskop. Zu seiner Erleichterung fand er keine Krankheitserreger.

Über die Pest wusste er inzwischen alles, was ihm

die Bücher sagen konnten. Die Krankheit hatte sich im Mittelalter über die Jahre hinweg zu einem breiten, tosenden Strom entwickelt, der 1346 als kleine Quelle irgendwo in Sizilien entsprungen war. Von dort hatte sich die Pest über Ratten nach Marseille ausgebreitet, der wichtigsten Hafenstadt zu dieser Zeit. Niemand hatte gewusst, was man gegen die Pest tun konnte. Die Menschen bekamen plötzlich hohes Fieber, wurden unruhig, verwirrt, und an ihren Leisten, unter den Achseln oder am Hals bildeten sich Beulen, so groß wie ein Apfel oder ein Hühnerei. Und dann begann das Blutspucken, und an einigen Stellen des Körpers erschienen rosaschwarze Verfärbungen.

Die Krankheit war sehr ansteckend. Wenn sich jemand in einem Haus infizierte, erkrankten in den nächsten Tagen auch die anderen Hausbewohner. Der Geistliche, der zu dem Kranken gerufen wurde, starb meist ein paar Tage später. Zwischen dem Ausbruch der Krankheit und dem Tod lagen in der Regel nur zwei bis acht Tage. Wenn die Pest irgendwo ausbrach, zogen die Bewohner fort, aus der Straße, aus der Stadt, aus der Gegend ... Die Städte und Dörfer starben langsam, aber sicher aus, und die Opferzahl stieg stündlich.

Abends wurden die Toten abgeholt und in große Gruben geworfen. Ein ordentliches Begräbnis war nicht mehr möglich. Es waren schlichtweg zu wenig Lebende übrig, um den Toten die letzte Ehre zu erweisen. Heilmittel gab es nicht, also machten Quacksalber gute Geschäfte: Sie verkauften Schafsköttel als Pillen und Atemmasken mit Lavendelsäckchen darin, die keine Wirkung hatten. Häuser, in denen Menschen wohnten, die an der Pest erkrankt waren, wurden zugesperrt, Holzbretter vor Türen und Fenster genagelt, selbst wenn die Bewohner noch lebten – so verwandelten sich ganze Dörfer innerhalb von Tagen, wenn nicht gar Stunden, in Grabkammern. Menschen tranken Essig, denn das sollte helfen; sie tranken Urin, denn das würde sie heilen; sie tranken Blut anderer Leute, denn auch das sollte helfen. Aber es half nicht.

Gott strafte die Welt für ihre Sünden – das war die Erklärung der Geistlichen für den Schwarzen Tod. Es mussten Bußprozessionen abgehalten werden, um Gott gnädig zu stimmen. Tausende von Menschen liefen in Jutesäcke gehüllt barfuß über peinigende Steinwege, wurden mit Asche bestreut und fügten sich mit einer Peitsche Schmerzen und Wunden zu. Sie machten es nur noch schlimmer, denn mit ihrem Blut und ihren Märschen sorgten sie lediglich dafür, dass sich die Krankheit mehr und mehr ausbreitete.

Schließlich fand man in den Juden die Schuldigen. Die Juden hatten Christus ermordet und mussten ihre Tat nun mit dem Schreckenstod, der Pest, büßen. Es wurden Razzien durchgeführt, und Pogrome fanden statt. Juden wurden aus ihren Häusern verschleppt und scharenweise ermordet.

Erst im 19. Jahrhundert entdeckte man, dass die Krankheit durch den Pestbazillus verursacht wurde. Und erst da erkannte man den Zusammenhang zwischen Ratten, Flöhen und der Pest. Flöhe übertrugen die Krankheit auf Ratten, Ratten übertrugen die Krankheit auf Menschen. Eine Rekonstruktion der Ereignisse ergab, dass die Pest in Asien entstanden war und auf dem Seeweg in den Mittelmeerraum gelangt war. Es waren also nicht die Schwefeldämpfe der unterirdischen Hölle, die bei Vulkanausbrüchen ihr teuflisches Gesicht zeigten, gewesen, die die Pest gebracht hatten. Es war ein Bazillus, eine Lebensform, die mit dem bloßen Auge nicht zu erkennen ist, dafür aber unter dem Mikroskop.

C.J. las in einer vorsichtigen Schätzung, dass ungefähr 20 Millionen Menschen am Schwarzen Tod gestorben waren, ein Viertel der Bevölkerung Europas, vielleicht sogar ein Drittel. In Avignon waren täglich 400 Menschen gestorben. Auf einem einzelnen Friedhof hatte man in einem Zeitraum von sechs Wochen 6000 Menschen zu Grabe getragen, und die große Kathedrale hatte nicht zu Ende gebaut werden können, da es keine Handwerker mehr gegeben hatte, und die Baumeister gestorben waren. Die Krankheit war nie wirklich bezwungen worden, sondern schlummerte wegen der verbesserten Hygiene in einer versteckten Ecke der Gesellschaft und wartete auf ihre nächste Chance.

Es waren andere Zahlen als die aus Narkaoos oder Meister Bouwers Briefen, wie er sich selbst nannte. In den wenigen Stunden, die Van Ledden Hulsebosch blieben, las er die Briefe erneut durch. Narkaoo drohte mit vier, sieben, elf Toten. Und zwischen den Zahlen konnte C.J. keine Verbindung entdecken, außer dass vier und sieben zusammen elf ergaben. Aber das war viel zu vordergründig. Van Ledden Hulsebosch fragte sich, was er übersah. Irgendwo in all diesen Papieren musste ein stiller Zeuge stecken, der ihm den Namen des Täters verraten konnte.

Die Ehrentribüne hatte sich mit allen erdenklichen Würdenträgern gefüllt. Sie waren schon den ganzen Nachmittag dort, und C.J. van Ledden Hulsebosch, mit Fräulein Van Henegouwen an seiner Seite, war einer der Letzten, die kamen. Er suchte unter den nummerierten Plätzen seinen Sitz und grüßte links und rechts einige Leute, die er vom Sehen her kannte.

Um ihn herum standen Polizisten, die mit Argusaugen die unterschiedlichen Gäste beobachteten. In jedem Block des Stadions saßen Leute von Saltet. C.J. hatte ihn am Eingang getroffen. Noch nie zuvor hatte er ihn so aufgeregt, so konzentriert gesehen. Es schien, als wolle der Kommissar jeden Zuschauer höchstpersönlich kontrollieren. Er gab seinen Männern kurze Anweisungen und wechselte kein Wort mit dem Apotheker.

Geert van Rossem hatte seinen Platz in der Nähe von Prinz Hendrik eingenommen, der auch an diesem Nachmittag wieder Ehrengast der Spiele war. Hinter dem Prinzen saß eine junge Frau mit weißem Hut, die ab und zu kurz ihre Hand auf seine Schulter legte. Van Ledden Hulsebosch achtete nicht darauf, denn er hatte mit dem Lebenswandel des Prinzen nichts zu tun. Baron Alpherts hatte vor dem Ermittler den Hut gelüftet und ihn mit einem kurzem «Hallo» gegrüßt. Polizeipräsident Marcusse hatte zu dieser besonderen Gelegenheit seine Frau mitgenommen und genoss das schöne Wetter, er schien keine Sorgen zu haben. Saltet hatte ihn nicht über die Gefahr, die am heutigen Tag drohte, informiert. Marcusse hatte in den letzten Tagen den Eindruck bekommen, dass die schrecklichen Drohbriefe wohl doch nicht so sonderlich ernst gemeint waren. Die Opfer waren unauffällige Sportler, und es schien Amsterdam zu gelingen, sich mit den Spielen aufs Vortrefflichste zu schmücken. Bürgermeister De Vlugt saß neben dem Prinzen, und ein paar Plätze weiter saß der alte Abgeordnete Wibaut.

Nicht weit von Van Ledden Hulsebosch entfernt saß der Diamanthändler Asscher inmitten einer bunten Gesellschaft aus jungen und alten Leuten. Asscher redete viel, riss Witze und brachte die Leute, für die er heute zweifellos viel Geld ausgeben würde, herzhaft zum Lachen. Er war fröhlich, aber in seinem Blick lag auch Bitterkeit.

«Schlawiner!», rief Asscher, der, als er Van Ledden Hulsebosch entdeckte, sofort wie von der Tarantel gestochen aufsprang. «Ich habe inzwischen eine Menge über Sie gehört. Sie sind in der Stadt durchaus bekannt und lösen Mordfälle. Sie schieben sicher eine ruhige Kugel zwischen all den friedliebenden Menschen hier. Langweilig, was?» Es schien ein zuckersüßes Kompliment zu sein, aber der Ton war so sauer wie Essig.

«Das hält sich in Grenzen», sagte der Fahnder. «Das Verbrechen schläft nicht. Auch während der Spiele werden Menschen ermordet.»

«Oh, aber in der Zeitung liest man kaum etwas darüber – lediglich von Mord und Totschlag bei den Boxmeisterschaften. Van Klaveren bringt heute Abend den Argentinier Victor Peralta um … passen Sie bloß auf. Noch ein Fall, den Sie lösen dürfen. Ich kann es Ihnen schon verraten: Van Klaveren ist der Täter!»

Asscher lachte kräftig über seinen Scherz. Van Ledden Hulsebosch verzog angewidert das Gesicht.

«Genießen Sie meine Spiele ein wenig?», fragte Asscher und biss die Spitze seiner Zigarre ab.

«Ihre Spiele?»

«Ich habe sie zum Teil bezahlt. Ich glaube, dass der heutige Tag mir gehört.»

«Ich fürchte nicht.»

«Wie bitte?»

«Ich bin hier, um Ione Chatterjee Golaknath anzufeuern. Sie wird laufen. Ich hoffe, dass heute ihr großer Tag sein wird.»

Aus der Gruppe um Asscher herum erklangen Rufe, Asscher müsse sich wieder setzen; eine junge Frau kicherte, aber der Diamanthändler wimmelte die Beschwerden mit einer Geste ab.

«Sie sind ein guter Mensch, Herr Van Ledden Hulsebosch. Die trifft man zurzeit nicht oft.»

«Jedem sein Glück», sagte C.J. knapp.

«Ich auch. Ich tue sehr viel Gutes», sagte Josef Asscher und ließ sich Feuer geben.

«Ich glaube, die Leute wünschen, dass Sie sich setzen», sagte ein Mann, dessen Aussicht auf die Wettkämpfe vom korpulenten Diamanthändler und dem ebenfalls nicht gerade mageren Fahnder behindert wurde. Ja, ja, winkte Asscher ab.

C.J. nickte ihm freundlich zu. «Ohne Sie keine Spiele!»

«Ich sorge gut für mein Personal. Ich bin ein äußerst sozialer Mensch. Heute haben alle meine Angestellten einen freien Tag. Und sie haben alle einen Sitzplatz im Block TT. Sie haben sogar Spruchbänder mitgenommen, um sich bei mir zu bedanken. Ich habe sie heute Morgen im großen Saal zusammenkommen lassen und gesagt: ‹Wir gehen zu den Spielen. Lasst euer Werkzeug liegen und steigt in den Bus.› Ja, ich habe sogar einen Bus gemietet. So gewinnt man die Dankbarkeit der Menschen. Wenn Sie wüssten, welche guten Zwecke ich alle unterstütze. Und welche nicht!»

Van Ledden Hulsebosch sah ihn durchdringend an. «Was meinen Sie damit?»

«Genau so, wie ich es sage, Herr Van Ledden Hulsebosch. Ich unterstütze einen guten Zweck, wenn ich das will.» Dabei klopfte er nachdrücklich auf den kleinen Kupferstab, den er als Brosche trug. «Nicht, wenn mich jemand dazu zwingen will. Ist das klar?»

Van Ledden Hulsebosch runzelte die Stirn. Beim ersten Treffen war Asscher so einnehmend gewesen. Jetzt klang alles, was er sagte, ziemlich kryptisch, aber anscheinend hielt Asscher das Gespräch für beendet. Mit einem flammenden Blick in den Augen ging er zurück an seinen Platz. Dort blieb er zunächst noch etwas still und angeschlagen sitzen, fand aber schnell wieder eine Gelegenheit, einen Witz zu erzählen, um den laut gelacht wurde. Es schien, als habe er den Ermittler schnell wieder vergessen.

Es gab niemanden, der sich in Van Ledden Hulseboschs Richtung drängelte. Die Polizeibeamten behielten ihn die ganze Zeit im Auge, und es gab tatsächlich keine einzige Möglichkeit, einen Anschlag auf C.J. zu verüben. Van Ledden Hulsebosch hatte keine Zeit mehr, ängstlich zu sein – Asschers Worte spukten ihm die ganze Zeit durch den Kopf. Und ab und zu sah er zum Diamanthändler hinüber.

Ione ging an den Start. Es hatte einen Moment gedauert, bevor der Apotheker sie entdeckte, denn sie trug – im Gegensatz zu den Qualifikationsläufen – nicht das blau-rot-weiße Trikot ihres Landes, sondern ein grünes Hemd und eine grüne Hose. Auf ihrem Rücken war das Bild eines gelben Monds zu sehen. Es waren die Farben des Kaiserreichs Moghul, als es noch nicht in britischen Besitz übergegangen war. Sie hatte beim Komitee um Erlaubnis gebeten, es tragen zu dürfen. Ihre Aktion hatte für einigen Aufruhr gesorgt, aber Geert van Rossem hatte die Wogen geglättet. Er fand, dass die Läuferin nach all ihren schrecklichen Erlebnissen ein wenig Verständnis verdiente. Es gab im Stadion übrigens niemanden, dem diese kleine Ode an ihre Heimat auffiel.

Die Amerikanerin Cate Robinson startete auf Bahn vier, weil sie die beste Zeit in den Vorrunden gelaufen war. Ione hatte Bahn sieben, weil ihre Zeit schlechter war. Es war erneut eine Britin mit dabei, Germaine Fleming, und außerdem eine Französin, Julienne Langley, die eine überraschend gute Zeit in der Qualifikation gelaufen war. Dann noch eine Österreicherin, von der sie nichts zu befürchten hatte, und eine Spanierin, die ebenfalls keine Chance gegen sie hatte.

Ione lief für Britisch-Indien, für ihre Mutter, für C.J. van Ledden Hulsebosch, für Fräulein Van Henegouwen, für Professor Buytendijk. Sie rannte für alle freundlichen Menschen auf dieser Welt. Sie hatte sich vorgenommen, jedem von ihnen 100 Meter zu widmen. Das sollte den Schmerz erträglich machen.

Van Ledden Hulsebosch beobachtete die Männer mit den Strohhüten. Ione trug für den Rest der Spiele die Nummer 111. Die 30 000 Zuschauer wurden für einen Moment still, bei einem Lauf, den es bisher noch nie als olympischen Wettkampf gegeben hatte. Alle hatten abfällig über die Frauen gesprochen, die diese Distanz liefen, aber jetzt standen diese Frauen hier, mitten im Stadion, um die Welt mit einer übermenschlichen Leistung zu überraschen.

Ione sah vom Start aus zur Ehrentribüne hinüber, aber ihre Augen waren nicht gut genug, um das Gesicht, nach dem sie suchte, aus der Menge herauszufiltern. Sie wusste, dass ihre Freunde dort waren.

Endlich vergaß Van Ledden Hulsebosch für einen

Augenblick alles, was ihm durch den Kopf spukte. Er konzentrierte sich ganz auf den Wettkampf.

Da ertönte der Startschuss. Die ersten 200 Meter hatte Ione einen Rückstand. Die Amerikanerin wusste, dass sie diesen Wettkampf gewinnen würde, und hatte sich beim Start nicht umgesehen. Sie war losgelaufen und hatte sich nicht um die Konkurrenz gekümmert. Die Französin und die Britin waren in ihren Windschatten geraten, und sogar die Spanierin und die Österreicherin lagen noch vor Ione.

Nach 200 Metern stellte sie sich die Frage, warum sie lief. Sie hatte ihren Lauf anderen gewidmet, und sie würde diese anderen enttäuschen, wenn sie verlor. Aber sie würden sie trösten. Sogar ihre Mutter würde das tun, wenn sie in der Lage dazu wäre. Alle würden sie trotzdem lieben. Gewinnen war unwichtig, Mitmachen war ein Verdienst, Verlieren war eine Wunde, wegen der man getröstet wurde.

Nach diesen Gedanken waren 400 Meter vorbei, und sowohl ihr Körper als auch ihr Verstand hatten sich mit dem Gedanken versöhnt, dass noch nicht einmal eine Medaille für sie dabei wäre. Sie war eine Verliererin geworden – eine glanzvolle Verliererin, für die die Welt sicher irgendwo ein Plätzchen hätte. Sie würde immer sagen können, dass sie bei den Spielen dabei gewesen war. Sie spürte eine Welle der Ruhe und sogar des Glücks. Und mit einem Mal entspannten sich ihre Muskeln, und der Schmerz hörte auf zu existieren. Der Abstand zwischen ihr und der Läuferin vor ihr wurde größer. Die Sonne funkelte ihr ins Gesicht. Ione erschrak.

Sie erinnerte sich an das Zimmer am Haarlemmerdijk, wie sie es bei der Hypnose gesehen hatte. Und sie erinnerte sich plötzlich an den Schatten, den sie aus den Augenwinkeln heraus hatte wegtauchen sehen. Sie sah kein Gesicht, aber eine Erscheinung. Sie wusste, dass er da war, ohne dass sie ihn gesehen hatte. Er würde zuschlagen, sobald sie die Tür hinter sich zuzog … Sie sah ihre Mutter auf dem Bett liegen, küsste sie zum Abschied, und wie sehr ihr Körper auch protestierte, sie ging weg! Sie ließ ihre Mutter mit einem Teufel zurück, der sie mit einem grausamen Gift lähmen würde. Plötzlich kochte die Wut in Ione hoch. Ihr Feind hatte sie besiegt, und ihre Niederlage von heute würde das nur noch bestätigen. Da wurde ihr klar, dass der Täter auf der Tribüne saß. Er sah ihr zu. Sie war davon überzeugt, dass er seinen heutigen Sieg genießen würde. Irgendwo zwischen diesen 30 000 Gesichtern war derjenige, der sie und ihre Mutter ins Unglück gestürzt hatte. Zwischen all den jubelnden Menschen stand einer, der nicht für einen anderen jubelte, sondern seinen eigenen Sieg auskostete. Er war der Einzige, dem dieser Wettkampf wirklich eine Medaille bringen würde.

Van Ledden Hulsebosch weinte nie, na ja, vielleicht das eine Mal bei Saltet. Aber als er sah, wie Ione sich nach 400 Metern enorm steigerte, wurden seine Augen feucht. Er wusste nicht, woher sie die Energie nahm oder welcher neue Impuls ihr diese Kraft verlieh. Nach 100 Metern hatte Ione die Spanierin und die Österreicherin überholt. C. J. weinte, und die Tränen liefen ihm übers Gesicht. Seine Haushälterin gab ihm schweigend ein Taschentuch, nachdem sie ihre eigenen Tränen weggewischt hatte.

Ione ging auf die Britin los, die diese plötzliche Attacke völlig überraschte. Die Französin versuchte dagegenzuhalten. 200 Meter vor der Ziellinie lag die Amerikanerin noch zwei Meter vor Ione. Die französische Läuferin lief direkt neben ihr. Ione wusste, dass die Silbermedaille ihr sicher war. Aber das war nicht genug. Es musste Gold sein!

Die Französin konnte das Tempo nicht mehr halten, ihre Muskeln gaben auf. Sie vertrat sich sogar den Fuß und musste mit Schmerzen im Knöchel weiterlaufen, was der Engländerin schließlich doch noch Bronze einbrachte.

Die Amerikanerin hatte die Ziellinie bereits fest im Blick. Noch 60 Meter. Da sah sie Ione neben sich auftauchen. Die beiden sahen sich einen Moment lang direkt in die Augen. Cate Robinson lag fünf Meter vor dem Ziel noch vor Ione. Doch sie wusste bereits, dass sie verlieren würde.

Ione zerriss das Band mit einer neuen Rekordzeit. Sie hatte kaum noch die Kraft, die Arme in die Luft zu strecken. Sie lief noch zehn Meter weiter, fiel zu Boden, stand auf und streckte die Faust jubelnd zur Ehrentribüne. Van Ledden Hulsebosch sprang genau in dem Moment auf und ließ einen Urschrei los, den sie gehört haben musste. Nie wieder in seinem Leben würde er einen solchen Schrei ausstoßen. Johnny Weissmuller – frei von Sorgen und mit Medaillen überhäuft – saß auf der Ehrentribüne und sah kurz auf. Diesen Schrei musste er sich merken, für den Fall, dass je ein Tonfilm von Tarzan gemacht wurde.

«Ich möchte zu ihr», sagte Fräulein Van Henegouwen. «Und mich wird niemand davon abhalten.»

Van Ledden Hulsebosch stand auf. Auf der Ehrentribüne drehte sich Geert van Rossem zu dem Fahnder um und fing an, in seine Richtung zu klatschen. Der Prinz tat dasselbe. Und andere auf der Tribüne, die zugeflüstert bekommen hatten, dass die Gewinnerin ein Schützling des berühmten Kriminalisten sei, klatschten ebenfalls. Van Ledden Hulsebosch sah verwundert zu ihnen hinüber. Er hatte nichts getan. Im Gegenteil: Er musste noch etwas tun. Bescheiden winkte er den Leuten kurz zu, die für ihn klatschten. Endlich sah Ione ihn und warf ihm Handküsse zu. Auch für sie wurde geklatscht. C.J. nahm Fräulein Van Henegouwen mit, und die Polizisten folgten ihm Richtung Mittelfeld. Auf dem Weg zum Tribünenausgang hielt ihn Jozef Asscher an.

«Glückwunsch», gratulierte der Diamanthändler.

«Ich würde Sie gerne sprechen», sagte Van Ledden Hulsebosch.

Asscher zog die Augenbrauen zusammen. «Fragen Sie meinen Sekretär nach einem Termin; aber ich mache Ihnen wenig Hoffnung.»

Auf dem Mittelfeld umarmte Van Ledden Hulsebosch seinen Schützling. Heute Nachmittag würde sie ihre Goldmedaille überreicht bekommen, und schon jetzt meinte sie: «Ich würde sie gern meiner Mutter zeigen.»

Van Ledden Hulsebosch nickte.

— 15 —

Die Blutuntersuchung war negativ; Van Ledden Hulsebosch war nicht mit der Pest infiziert worden. Er betrachtete die Probe unter dem Mikroskop. Er hatte keinen Moment lang das Gefühl gehabt, in der Nähe des Straftäters zu sein, aber trotzdem wollte er sicher gehen. Eine Infizierung würde den Tod bedeuten, doch er war trotzdem ein bisschen enttäuscht, dass sich Narkaoo nicht gezeigt hatte – er hatte nicht einmal versucht, ihn anzugreifen! Saltets Männer würden den Apotheker auch weiterhin bewachen. Wenn es nach Jonathan ginge, käme niemand auch nur in C.J.s Nähe. Für den war die Sache damit allerdings nicht erledigt. Narkaoo war noch immer dort draußen, und Van Ledden Hulsebosch hatte nicht die Absicht, ihn entkommen zu lassen.

Professor Buytendijk war bei Iones glorreichem Lauf dabei gewesen und der Erste, der bei Van Ledden Hulsebosch vor der Tür stand.

«Sie möchte die Medaille ihrer Mutter zeigen, habe ich Recht?», fragte der Professor. «Ich wollte mich erkundigen, ob ich bei dieser Gelegenheit ein kleines elektronisches Experiment durchführen darf.»

«Kann es der Mutter schaden?», fragte C.J.

«Aber nein. Ich möchte messen, ob es elektrische Gehirnströme gibt, wenn sie die Medaille sieht. Wenn ja, gibt es Hoffnung auf Rehabilitation.»

Van Ledden Hulsebosch musste Ione um ihre Zustimmung bitten. Sie fragte, ob das Experiment ihrer

Mutter Schmerzen bereiten würde, aber Buytendijk konnte ihr versichern, dass das sehr unwahrscheinlich sei. Ione stimmte dem Versuch zu.

Inzwischen versuchte Van Ledden Hulsebosch ein paar Mal, Cock Preumer zu erreichen, Jozef Asschers Sekretär, aber der hatte zweifellos – wie auch das übrige Personal – Freikarten und befand sich im Stadion. C.J. wollte so schnell wie möglich wissen, warum Asscher so aggressiv gewesen war, denn er hatte keinen blassen Schimmer, was der Diamanthändler mit alldem, was er gesagt hatte, meinen könnte.

Professor Buytendijk baute seine Apparatur im düsteren Bethanienkloster auf. Auch Dr. Anton van Renterghem war bei dem Experiment anwesend, weil es ein neues Licht auf die Funktionsweise des Gehirns werfen konnte. Er wunderte sich über all die Schnüre und Apparate, die Buytendijk um das Bett von Iones Mutter herum aufbaute. Das wichtigste Gerät war ein großes Amperemeter, das die kleinste elektrische Aktivität anzeigen konnte. Der schlafenden Frau auf dem Bett wurden Elektroden an den Schläfen befestigt. Es war notwendig, ihre Augenlider zu öffnen, und weil sie nicht von allein offen blieben, wurden sie mit Pflaster festgeklebt. Die gesamte Apparatur hing an zwei großen Akkus, die für die Stromzufuhr zwischen den Elektroden sorgten. Es war eine originelle Maschine, ziemlich schwer und plump, und die braunen Drähte, die mit dickem Garn umwickelt waren, machten sie zu einem gefährlich aussehenden Instrument.

«Ich versichere Ihnen, dass der Apparat nichts Schlimmes anrichtet!», sagte Buytendijk. Van Ledden Hulsebosch blieb nichts anderes übrig, als ihm zu vertrauen.

Fräulein Van Henegouwen begleitete Ione auf dem Weg zum Kloster, wobei sie das Viertel um den Oudekerksplein durchqueren mussten. Beide hatten ein Kopftuch umgebunden, um sich deutlich von den Freudenmädchen, die hier auch tagsüber herumliefen, zu unterscheiden. Ione trug die Goldmedaille um den Hals und umschloss sie mit der Hand, als wäre sie ein Amulett, das Glück brachte. So viel Glück, dass ihr niemand in dieser Gegend etwas tun könnte. Ihre Absätze klapperten über das Kopfsteinpflaster, als sie eilig entlang der Gracht liefen.

Van Ledden Hulsebosch empfing die Frauen in dem Zimmer neben dem von Iones Mutter. Anton van Renterghem hatte sich, während der Apparat aufgebaut wurde, auf einen Stuhl neben die Mutter gesetzt und mit seiner ruhigen Stimme auf Englisch erklärt, was all der Trubel um sie herum zu bedeuten habe. Mit derselben Stimme rief er bei seinen Patienten oft einen Hypnosezustand hervor, und auch diesmal versuchte er, eine gewisse Trance zu erreichen. Diesmal allerdings nicht, damit die Illusion oder Suggestion Macht über den Verstand bekam, sondern gerade, um die sinnliche Wahrnehmung direkt zum Verstand durchdringen zu lassen.

Das Amperemeter schlug manchmal ein klein wenig aus, aber das konnte genauso gut auf einen magnetischen Einfluss zurückzuführen sein, wie Professor Buytendijk erklärte. Erst bei einem Ausschlag von minimal 8 Ohm konnte man von einer Gehirnaktivität sprechen, und der war bis jetzt noch nicht gemessen worden.

Van Ledden Hulsebosch ließ Ione mittels Saltets Übersetzung erklären, was genau von ihr erwartet wurde. Sie sollte zu ihrer Mutter gehen, ihr die Goldmedaille zeigen und von ihrem Sieg beim 800-Meter-Lauf der Damen berichten. Neben dem Amperemeter war eine Uhr befestigt, und Buytendijk würde sich die Zeit und den Ausschlag des Messgeräts notieren.

Ione betrat das Zimmer, ging an das Bett ihrer Mutter, setzte sich auf den Rand und streichelte das Gesicht der Frau, die ihr so teuer war. Es waren keine Gehirnströme messbar. Ione blieb eine Zeit lang sitzen, nahm schließlich die Medaille und hielt sie vor das Gesicht der Mutter. Die von den Pflastern offen gehaltenen Augen schienen sich nicht direkt auf das Kleinod zu richten.

Es gab nicht den geringsten Ausschlag auf dem Amperemeter.

Ione erzählte ihre Geschichte. Sie erzählte, wie sie den Wettkampf gelaufen war. Wie sie an ihre Mutter gedacht hatte und an das Verbrechen, dessen Opfer sie geworden war. Sie erzählte von ihrer Sehnsucht, nach Hause zurückzukehren. Nach Hause zu den Gerüchen von Britisch-Indien, zu den Ufern der gelben und roten Flüsse, in die sich Tonerde gemischt hatte.

Keine Reaktion.

Sie umarmte ihre Mutter, und auch das schien die Frau nicht wahrzunehmen. Van Ledden Hulsebosch war enttäuscht. Buytendijk ebenfalls, und Van Renterghem konnte es nicht lassen, leise zu fluchen. Im Beisein von Ione würde nicht über das Ergebnis der Untersuchung gesprochen werden, aber Van Ledden Hulsebosch wusste, dass es bedeutete, dass die Frau gehirntot war. In diesem Bett lag eine leere Hülle, mehr nicht.

Ione begriff, dass ihre Mutter verloren war, und

wandte sich ab. Sie warf die Medaille wütend weg. Fräulein Van Henegouwen ging hin, hob die Auszeichnung auf und kehrte damit zum Bett zurück. Sie hielt sie Ione hin, die die Medaille trotzig zur Seite stieß; doch die Haushälterin hielt das Band gut fest, sodass das Amulett vor dem Gesicht der Mutter hin und her schwankte. Bei dieser Drehung fing die Medaille einen Lichtstrahl auf, ein bisschen Sonnenlicht, das durchs Fenster fiel, und reflektierte es in die Augen von Iones Mutter. In den Augen war ein kleiner Reflex zu sehen, direkt gefolgt von einem Ausschlag. Der Zeiger erreichte 10 bis 20 Ohm.

Buytendijk war der Erste, der es bemerkte.

Er tippte Van Ledden Hulsebosch an, der zum Amperemeter schaute und sah, was passierte. Wieder drehte sich die Medaille, Fräulein Van Henegouwen wollte sie weglegen, doch der Apotheker ergriff die Hand seiner Haushälterin und hielt die Medaille hoch. Erneut wurde das Sonnenlicht von der goldenen Scheibe in die Augen von Iones Mutter gespiegelt, und erneut verursachte dies einen heftigen Ausschlag des Zeigers.

Van Ledden Hulsebosch sah sich die Medaille an. Auf der Vorderseite war ein Stadion abgebildet, vor dem eine winkende Frau stand. Es war nicht das Olympiastadion, eher das Kolosseum in Rom. Auf der Rückseite sah man eine Horde jubelnder Athleten, junge Männer, die den Sieger auf der Schulter trugen. Auf der Vorderseite stand außerdem, dass die Medaille bei den neunten Olympischen Spielen gewonnen worden war, und die Jahreszahl.

«Was ist das?», fragte Buytendijk.

Van Ledden Hulsebosch schüttelte den Kopf. Van Renterghem nahm die Medaille in die Hand und ließ das Gold wie ein Pendel vor ihrem Gesicht hin und her schwingen – genau wie er es mit seiner Taschenuhr bei Patienten tat, die er hypnotisieren wollte. Jedes Mal, wenn die Medaille das Sonnenlicht in ihre Augen reflektierte, gab es eine Reaktion, eine starke sogar. Da nahm Van Renterghem die Medaille weg.

Ione sah den Apotheker mit großen, fragenden Augen an. Sie wollte wissen, was das bedeutete, aber C.J. schwieg. Er wusste nicht, warum die Reflexion der Medaille eine Reaktion verursacht hatte.

Buytendijk ergriff das Wort. «Ihre Mutter denkt. Sie kann sich nicht bewegen, nicht sprechen, nichts sagen, aber sie denkt. Ihr Gehirn ist nicht tot.»

Ione umarmte ihre Mutter, ihr Herz schlug schneller vor lauter Glück. Sie wusste, dass noch nicht alles verloren war. Der Zeiger schlug konstant über acht Ohm aus. Die Frau im Bett schien Gefühle zu haben. In ihr war Leben, auch wenn niemand sagen konnte, ob sie jemals wieder über ihre Sinnesorgane verfügen würde.

Van Ledden Hulsebosch zeichnete in seinem Laboratorium sorgfältig die Medaille nach. Die darauf befindliche Abbildung war ein mythisches Bild des Sieges, mit Verweisen zur Antike, vor allem den Römern, die eigentlich nichts mit der Entstehung der Spiele zu tun hatten. Er sah sich die Zahlen auf dem Gold an, aber sie sagten ihm nichts.

Saltet kam mit hochgekrempelten Ärmeln herein. Er studierte das Programmheft der Olympischen Spiele, nahm sich einen Stuhl, schob ihn heran und setzte sich.

«Noch zwei Tage», sagte Saltet. «Glaubst du, dass Narkaoo noch zuschlagen wird?»

«Ich weiß es nicht», sagte Van Ledden Hulsebosch, der die Medaille Millimeter für Millimeter studierte. Er war auf der Suche nach einem Geheimnis, aber er fand es nicht.

«Was haben die doch für merkwürdige Wettkämpfe», sagte der Kommissar.

«O ja?»

«Ja … gleich wird zum Beispiel die Goldmedaille für die beste Architektur verliehen! Das scheint auch eine olympische Sportart zu sein.»

Van Ledden Hulsebosch drückte eine Lupe vor sein linkes Auge und betrachtete die Goldmedaille sorgfältig. Saltet machte sich über die Verrücktheiten der Olympischen Spiele lustig. «Man baut ein Stadion und bekommt eine Medaille!»

Van Ledden Hulsebosch sah auf.

«Was sagst du da?»

«Dass man eine Medaille bekommt, wenn man ein Stadion baut. Die Goldmedaille geht an den Architekten Jan Wils, der das Olympiastadion entworfen hat. Die Verleihung ist in ein paar Stunden.»

«Bauen?»

«Na ja, er hat es doch entworfen», half Saltet dem Gedächtnis seines Freundes auf die Sprünge.

«Bauen. Er ist der Erbauer des Stadi… Der Meister Bouwer.»

«Wie bitte?»

«Narkaoo erwähnt in einem Brief den Meister Bouwer, den ‹Meister Architekten›, wenn man so will. Und er sagt, dass er das sei. Wir müssen zu dieser Medaillenverleihung, Saltet!»

Van Ledden Hulsebosch schnappte sich seine Jacke. Er ließ die Medaille fallen.

«Da kommen wir nicht so einfach rein.»

«Wir kommen überall rein», sagte C.J. entschieden und war schon unterwegs zum Auto.

Die Verleihung der Goldmedaille für den besten Architekten fand im dunklen Stedelijk Museum statt. In der Tat war dies ein sonderbarer Teil der neunten Olympischen Spiele, obwohl es auch bei den vorherigen Spielen Preise für besondere Leistungen gegeben hatte.

Das Stadion, das Jan Wils entworfen hatte, stand wie beinah alle Gebäude der Stadt auf Pfählen – in diesem Fall waren es mehr als 4000. So verhinderte man, dass die Häuser im Treibsand einsanken, auf dem Amsterdam zum größten Teil entstanden war. Van Ledden Hulsebosch erinnerte sich daran, wie er in der Schule gelernt hatte, dass der Paleis auf dem Dam auf mehr als 13 659 Pfählen ruhte. Der Lehrer hatte dann immer versucht, sie mit einer Fangfrage zu verwirren: «Auf wie vielen Pfählen ist der Westertoren gebaut?» Die Antwort war natürlich gewesen: «Auf keinem einzigen.» Der Westertoren stand auf Kuhfellen, eine mindestens genauso effektive Methode, um dafür zu sorgen, dass das Gebäude nicht absackte. Die Erinnerung an diese Spielereien irritierte Van Ledden Hulsebosch, vor allem, weil er sie jetzt mit Narkaoos Rätseln assoziierte.

«Die müssten hier mal die Wände neu weißen», sagte Van Ledden Hulsebosch, als er mürrisch die große Treppe zum oberen Saal hinaufstieg. Dort waren alle Modelle der Bewerber ausgestellt, und mittendrin stand das prächtige Modell von Jan Wils. Eine große Anzahl geladener Gäste war anwesend, unter ihnen sah Van Ledden Hulsebosch viele Bekannte. Der Prinz war unterwegs – er hatte dringende Geschäfte in der

Stadt zu erledigen und würde etwas später kommen. Er hatte Geert van Rossem bestellen lassen, nicht auf ihn zu warten. Auch Jozef Asscher, begleitet von seinem Sekretär Cock Preumer, war da. Van Ledden Hulsebosch nahm sich vor, die Verabredung mit Asscher gleich im Anschluss zu machen. Natürlich war Baron Alpherts im Saal, er sollte Jan Wils gleich die Medaille überreichen.

Geert van Rossem hatte C.J. hereinkommen sehen und ging zu ihm hin. «Schön, dass Sie da sind, Herr Van Ledden Hulsebosch. Ich wollte Ihnen noch gratulieren, aber da waren Sie schon weg.»

Der Kriminalist nickte. Van Rossem führte sie in den Saal. Saltet blieb direkt hinter den beiden; er wollte sicher gehen, dass seinem Freund nichts zustieß.

«Was glauben Sie? Wird Narkaoo noch zuschlagen? Oder gibt er auf?»

«Narkaoo, der Meister Bouwer», sagte Van Ledden Hulsebosch langsam und sorgte dafür, dass auch Van Rossems Gedächtnis aufgefrischt wurde. Der zog für einen Moment die Augenbrauen hoch, entspannte sich dann aber sichtlich.

«Jan Wils ist ein ausgezeichneter Architekt und wirklich kein Verdächtiger in diesem Fall.»

«Solange ich den Straftäter nicht gefunden habe», sagte Van Ledden Hulsebosch, «ist jeder verdächtig. Auch Sie.»

Baron Alpherts stieg aufs Podium und ergriff das Wort. Er pries den Architekten und sagte, dass gerade dieser Preis die Krone sei, nicht nur für das Werk des Erbauers, sondern vor allem für die gesamte Organisation. Er bekam Applaus für seine freundlichen Worte.

Dann betrat Jan Wils das Podium. Er bekam die

Medaille umgehängt und nickte bescheiden. Er wollte lieber nichts sagen, aber damit kam er nicht durch; Alpherts drängte ihn ans Mikrophon.

«Ein paar Worte dann», sagte er in bescheidenem Tonfall. «Ich habe der Stadt nicht nur ein Gebäude schenken wollen, sondern ein Juwel. Ein Gebäude muss durchsichtig wie ein Diamant sein, und die Form geschliffen wie ein Smaragd. Ich bin meinem Freund Jozef Asscher sehr dankbar, dass ich einen Blick in seine Schleiferei werfen durfte. Wir wissen alle, dass diese Spiele ohne seinen großzügigen Beitrag nie zustande gekommen wären. Das Stadion ist auch eine Verbeugung vor ihm.»

Van Ledden Hulsebosch sah zu dem Modell hinüber. Das Stadion hatte in der Aufsicht tatsächlich etwas von der geschliffenen Form eines Ovals und Smaragds. Die Miniatur zeigte auch, wie luftig, ja beinahe durchsichtig das Gebäude eigentlich war. Auch die Linien verliefen alle so exakt wie bei einem Edelstein.

Van Ledden Hulsebosch ging wie gebannt zu dem Modell hin.

«Was ist, C.J.?», fragte Saltet, als er das Interesse seines Freundes bemerkte.

«Alles greift ineinander», sagte der Ermittler. Wenn Buytendijk in diesem Moment seine Gehirnaktivität gemessen hätte, wäre seine Maschine sicherlich explodiert. C.J. starrte das Stadion wie hypnotisiert an und konnte seine Augen nicht mehr davon abwenden.

«Geht es dir gut?»

Van Ledden Hulsebosch sah auf.

«Du weißt es, oder?», fragte Saltet. «Du hast das Rätsel gelöst.»

Van Ledden Hulsebosch nickte.

Es war wie eine göttliche Erleuchtung, eine Vision. Die Erklärung für all das war so offensichtlich.

Die Ansprache war vorbei, und die Zuhörer wandten sich wieder einander zu. Die hohe Decke sorgte dafür, dass das Geflüster der Menge nur gedämpft zu vernehmen war. In einer Ecke des Saales hatte man ein opulentes Buffet aufgebaut.

Van Ledden Hulsebosch setzte sich in Bewegung.

«Seine königliche Hoheit, Prinz Hendrik!», kündigte plötzlich einer der Organisatoren laut an. Die anwesenden Herren verbeugten sich, die Damen machten einen Knicks. Der Prinz stieg träge die Treppe herauf, so wie man es von seinen öffentlichen Auftritten her gewohnt war. Oben angekommen, ging er sofort mit ausgestreckter Hand auf den Medaillengewinner zu.

«Ich gratuliere Ihnen», sagte der deutschstämmige Prinz in seinem besten Niederländisch. «Ein außerordentlicher Sieg, mein Herr.»

Im Saal war es still geworden. Prinz Hendrik schüttelte Van Rossem die Hand, der ihm die anderen Gäste vorstellen sollte. Van Ledden Hulsebosch fixierte derweil Jozef Asscher mit konzentriertem Blick. Der Prinz begrüßte den Diamanthändler mit Handschlag. Sie sprachen sogar kurz miteinander, bevor der Prinz sich den anderen Gästen zuwandte.

Schließlich kam er zu C.J. van Ledden Hulsebosch.

«Sie kennen ihn vielleicht nicht, aber Herr Van Ledden Hulsebosch …», wollte Geert van Rossem erklären.

«Der Herr Kriminalist», schnitt ihm Prinz Hendrik das Wort ab. «Wenn meine Frau gewusst hätte, dass Sie da sind, hätte sie mich bestimmt begleitet.»

«Würden Sie Ihre Frau bitte von mir grüßen. Ich

fühle mich immer noch sehr geehrt von der Auszeichnung», sagte Van Ledden Hulsebosch in ergebenem Tonfall.

«Sie haben den Orden verdient. Und Ihre Grüße werde ich sicher ausrichten. Sie liest übrigens gerne Polizeigeschichten, wussten Sie das? Wenn sie unserem Volk nicht dienen dürfte, wäre meine Frau sicherlich eine ausgezeichnete Ermittlerin – genau wie Sie. Sie lösen Fälle, unglaublich …» Der Prinz klang beinahe ehrfürchtig. Doch in seiner Stimme lag auch ein wenig Bedauern. «Bei einer richtigen Verhaftung dabei zu sein, das wäre mal was», sagte er dann lachend.

«Die könnte noch etwas auf sich warten lassen», sagte der Apotheker. «Aber unter den hier Anwesenden befindet sich ein Mörder, den ich sehr bald fassen werde.»

Die Miene des Prinzen verfinsterte sich. Geert van Rossem hatte sich eigentlich vorgenommen, den Frieden mit dem Kriminalisten zu wahren. Doch als er nun sah, dass Van Ledden Hulsebosch wieder gegen die Etikette verstieß, versuchte er die Situation zu retten. «Ich bin sicher, dass sich der Apotheker täuscht», redete er auf den Prinzen ein.

«Ich täusche mich nicht oft, mein Herr. Und jetzt sicher nicht», bekräftigte C.J. «Wenn Sie mich jetzt entschuldigen würden?»

Van Rossem rümpfte die Nase. Den Prinzen so nonchalant stehen zu lassen, gehörte sich nun wirklich nicht.

Van Ledden Hulsebosch ging direkt auf Jozef Ascher zu, der sich immer noch großartig amüsierte. Geert van Rossem wollte eingreifen, aber der Prinz legte dem Organisator den Arm um die Schulter. «Sogar was sein Temperament angeht, ähnelt er meiner Frau. Die beiden würden ein schönes Kriminalistenduo bilden», scherzte er und entschärfte damit die Situation.

«Herr Asscher!», sagte Van Ledden Hulsebosch und unterbrach damit abrupt das lebhafte Gespräch, in dem sich der Diamanthändler befand. Asscher sah auf.

«Machen Sie einen Termin, mein Herr.»

«Nein, ich möchte Sie jetzt sprechen.»

«Ich glaube kaum, dass dies der geeignete Ort ...»

«Jetzt, Herr Asscher.»

Saltet kam hinter Van Ledden Hulsebosch her. Er wollte ihm sagen, dass sein Verhalten – zumal im Beisein eines Mitglieds der königlichen Familie – alles andere als passend sei. Aber der Apotheker hob die Hand, und Saltet sagte nichts mehr.

«Ich lasse mich nicht erpressen», protestierte Asscher lautstark.

«Ich wüsste gern, wovon Sie sprechen», fragte C.J.

«Von Ihren Briefen», sagte Asscher. Er wühlte in seiner Innentasche, zog ein Schreiben heraus und gab es Van Ledden Hulsebosch. «Sie drohen, Tod und Verderben zu säen, wenn ich Sie nicht bei der Errichtung Ihres kriminalistischen Instituts unterstütze. Sie fordern Unsummen.»

«Ich habe diese Briefe nicht geschrieben.»

«Sie können froh sein, dass ich sie noch nicht der Polizei übergeben habe.»

«Ich muss Sie sprechen, so schnell wie möglich.»

«Ich lasse mich nicht von Ihnen einschüchtern.»

Cock Preumer stellte sich vor seinen Arbeitgeber. «Herr Van Ledden Hulsebosch, verlassen Sie diesen Raum und laufen Sie nicht Amok. Wir sprechen uns später», sagte er.

«Jetzt!», schrie Van Ledden Hulsebosch. Im Saal herrschte Stille. Alle drehten sich um. Auch die Aufmerksamkeit des Prinzen war von dem laut gewordenen Apotheker geweckt worden.

«Ich möchte Sie jetzt sprechen. Mein Kollege von der Amsterdamer Polizei wird bei dem Gespräch dabei sein. Meinetwegen können Sie Ihren Sekretär mitnehmen.»

«Sie schreien herum wie eine wilde Furie!», empörte sich Asscher.

«Es geht um Mord.»

Jozef Asscher schloss die Augen. Er dachte nach. Worauf spielte Van Ledden Hulsebosch an? Dass es einen anderen gab, der ihn bedrohte und erpresste? Und wozu sollte er dann Geld für ein lächerliches kriminalistisches Institut überweisen?

«Ist dies eine Verhaftung oder ein Theaterstück?», fragte Prinz Hendrik recht gut gelaunt Geert van Rossem, der sich eine Antwort verkniff.

«Nicht hier! Nicht jetzt!», sagte Jozef Asscher. Er wandte sich von der Gruppe ab und ging zu Baron Alpherts und Geert van Rossem, um sich für sein übereiltes Gehen zu entschuldigen. «Wir fahren in die Tolstraat.»

Die beiden Wagen fuhren hintereinander durch die Straßen Amsterdams. Im vorderen, einer weißen Limousine, fuhr Asscher. Im hinteren Wagen saßen Van Ledden Hulsebosch und Saltet. Sie näherten sich Asschers Betrieb, einem prächtigen, hohen Gebäude an der Amsterdamer Tolstraat, gegenüber dem neuen Kuppelkino Cinetol.

«Asscher?», fragte Saltet.

«Nein, er ist es nicht», sagte C.J. Dann schwieg er, bis sie das Gebäude erreicht hatten.

Asscher führte sie an der Rezeption vorbei in einen mit Eichenholz getäfelten, großen Sitzungssaal, in dem gut 40 Leute Platz hatten.

Asscher bestellte kaltes Wasser.

«Sie haben mir Drohbriefe geschickt», sagte Asscher kühl. «Sie wollen Geld von mir.»

Sein Sekretär Cock Preumer setzte sich und öffnete eine Mappe.

«Die Briefe wurden von einem gewissen Narkaoo geschrieben. Er hat auch das Organisationskomitee im Griff. Er droht mit Krankheiten. Er will mich mit der Pest infizieren», erklärte Van Ledden Hulsebosch.

«Die Pest gibt es nicht mehr.»

«Die Pest gibt es noch immer, und es wäre eine Katastrophe, wenn sie zu neuem Leben erwacht. Ich bin es, der in Gefahr schwebt.»

Jozef Asscher durchmaß das Zimmer. Er ließ die Hand über das Holz des Konferenztisches gleiten und versuchte seine Gedanken zu ordnen. Cock Preumer machte Notizen von dem Gespräch.

«Hör mit dem Schreiben auf. Du machst mich verrückt mit dem Gekritzel», fuhr ihn Asscher an.

Der Sekretär legte den Federhalter zur Seite.

«Ich soll Sie also nicht verdächtigen?», sagte der Diamanthändler und warf die Briefe auf den Tisch.

«Sie haben mir vor einiger Zeit von diesem großen Diamanten erzählt, den Sie gespalten haben: dem Cullinan. Haben Sie einen ähnlichen Diamanten zurzeit im Haus?»

«Wir haben vor ein paar Tagen einen Diamanten gespalten, den Imothep. Er kommt aus Ägypten und gehört einem arabischen Prinzen. Es ist uns gelungen, daraus eine wunderschöne Kollektion zu schleifen.»

«Imothep?»

«Ja, der ägyptische Gott der Architekten. Ohne ihn wären die Pyramiden nie zustande gekommen.»

«Der Meister Bouwer», flüsterte Van Ledden Hulsebosch. «Darf ich diese Kollektion sehen?»

Cock Preumer reagierte sofort. «Was glauben Sie, was das hier ist? Ein Museum? Wir können nicht einfach jeden in unsere Keller rein- und wieder rausgehen lassen. Die sind streng gesichert, und es bedarf eines besonderen Vorgehens!»

«Ich würde die Kollektion gerne sehen.»

«Herr Apotheker ...», setzte Preumer an, aber Asscher forderte ihn auf zu schweigen.

«Wenn Sie möchten. Folgen Sie mir, Herr Van Ledden Hulsebosch.»

Sie stiegen eine Treppe in die Keller des Gebäudes hinab und kamen zu einer großen Tresortür, vor der zwei Bewacher standen. Preumer steckte einen Schlüssel in das Türschloss; Asscher tat dasselbe, und einer der Wächter hatte einen dritten Schlüssel. Eine einfache, aber sichere Maßnahme, um zu verhindern, dass jemand allzu leicht in den Tresor eindringen konnte.

«Mein Sekretär hat diesen Tresor aus einer Reihe anderer Modelle ausgesucht. Uns wurde versichert, dass dieses Verfahren größte Sicherheit bietet», erklärte Asscher.

Van Ledden Hulsebosch nickte.

Die große Tresortür ließ sich leicht öffnen. Sie betraten einen Raum, der mit Vitrinen gefüllt war. Überall lagen Diamanten in jeder denkbaren Form. Asscher zeigte auf die neueste Kollektion, die auf Samt drapiert lag.

Van Ledden Hulsebosch trat vorsichtig näher, als betrete er einen Tempel. Der Imothep war in vier große Diamanten und zwanzig kleinere gespalten worden. Er betrachtete sie staunend.

«Das Licht bricht sich wunderschön in den Kristallen», bemerkte C.J.

«Diamant ist kein Kristall», verbesserte Asscher den Apotheker.

«Aber das hier ist Kristall», sagte Van Ledden Hulsebosch.

Asscher fing zu lachen an, und Preumer lachte mit. Saltet und Van Ledden Hulsebosch sahen den Diamanthändler an, ohne die Miene zu verziehen. Da zog Asscher eine Lupe aus seiner Hosentasche, klemmte sie vor sein Auge und nahm den größten Diamanten in die Hand. Er betrachtete ihn im Licht, nahm einen anderen und betrachtete ihn ebenfalls.

«Verdammt!», sagte er bestürzt. «Wie …»

«Ich muss Sie bitten mitzukommen.»

«Sagen Sie mir erst, woher Sie das wissen. Haben Sie die Diamanten gesehen?»

«Ich bin hier zum ersten Mal in meinem Leben.»

«Und woher wissen Sie dann … Niemand kann hier herein … Niemand!» Asscher geriet in Panik, er war ratlos. Hier hätten Diamanten für mehrere Millionen liegen müssen, und das Einzige, was hier lag, war Kristall … Glas. Genau in derselben Form geschliffen wie die Diamanten. Es waren Fälschungen.

Saltet fragte sich, woher Van Ledden Hulsebosch das gewusst hatte. Aber für den Moment hielt er sich lieber zurück. C.J. kam gerade erst in Fahrt; da war es besser, ihn nicht zu unterbrechen. Saltet beschloss, einfach an seiner Seite zu bleiben, falls er ihn brauchen würde.

«Wohin wollen Sie mich bringen?», fragte Asscher.

«Wir haben einen Zeugen, der den Mörder, der auch der Dieb Ihrer Diamanten ist, gesehen hat», entgegnete Van Ledden Hulsebosch.

«Und wo ist dieser Zeuge?»

«Wir bringen Sie hin.»

Van Ledden Hulsebosch betrachtete den Diamanthändler und seinen Sekretär.

«Verdächtigen Sie mich?», fragte Asscher. «Wieso sollte ich mich selbst bestehlen?»

«Kommen Sie bitte mit.»

«Ich habe Sie etwas gefragt!», rief Asscher plötzlich ungewöhnlich aggressiv. «Sie werden mir eine Antwort geben, Sie Schuft. Ich brauche Ihren Befehlen nicht zu gehorchen!» Er wollte den Apotheker angreifen, doch der wurde von den Wächtern und von Saltet beschützt. «Ihr arbeitet für mich, verdammt nochmal.»

«Kommen Sie bitte ganz ruhig mit», sagte Saltet, der fürchtete, die Situation könnte außer Kontrolle geraten. «Ich werde diesen Raum von meinen Männern bewachen lassen.»

Eine Viertelstunde später fuhren vier Polizeibusse vor dem Gebäude vor. Jonathan Saltet ließ den Diamanthändler und seinen Sekretär einsteigen und fuhr mit ihnen zum Bethanienkloster. Van Ledden Hulsebosch war die Ruhe in Person. Anscheinend war er davon überzeugt, dass er Recht hatte und den Übeltäter schließlich hinter Schloss und Riegel bekommen würde. Asscher war verwirrt, und Saltet konnte nicht erraten, woher diese Verwirrung kam. War er der Täter? Oder wurde ihm bewusst, dass man ihn um einige Millionen bestohlen hatte? Millionen, die ihm im Übrigen gar nicht gehörten, denn die Diamanten waren ihm nur überlassen worden, um sie zu spalten und zu schleifen.

Sie gingen durch die Zimmerei und das ehemalige Kloster. Van Ledden Hulsebosch hatte Buytendijk beauftragt, seine Apparate wieder aufzustellen. Ione hatte seit ihrem Sieg nur noch am Bett ihrer Mutter gewacht. Die Nonnen versorgten die beiden mit allem, was sie brauchten. Van Ledden Hulsebosch beobachtete Asscher und Preumer und bemerkte, wie nervös sie waren. Sie wussten nicht, was ihnen bevorstand. Preumer drückte sein Monokel wieder fest vors Auge; weil er schwitzte, rutschte es aber immer wieder weg, also ließ er es an der Kette baumeln, die am Revers seiner Jacke befestigt war.

Sie gingen ins Zimmer, Asscher und Preumer stellten sich ans Kopfende des Bettes.

«Würden Sie mir bitte erklären, wer das ist?», verlangte Asscher.

«Das, mein lieber Herr Asscher, ist das erste Opfer des Mannes, den wir Narkaoo nennen. Und ich bin davon überzeugt, dass diese Frau ihn gesehen hat.»

«Schläft sie?»

«Nein, sie ist nicht in der Lage zu kommunizieren und ist größtenteils gelähmt. Sie kann nicht sprechen; sie kann den Kopf nicht bewegen; sie hat jegliche Kontrolle über ihren Körper verloren.»

«Und das ist Ihr Zeuge?», fragte Preumer lachend.

«Sie hat Narkaoo gesehen», sagte Van Ledden Hulsebosch streng. Er ging zum Kopfende des Bettes und öffnete Iones Mutter die Augen. Er nahm zwei Pflaster und klebte die Augenlider fest. Buytendijk schloss die Elektroden an. Als das erledigt war, bedeutete der Apotheker dem Diamanthändler, näher ans Bett heranzutreten.

«Würden Sie Ihr Gesicht bitte dicht vor das der Frau halten?», wies Van Ledden Hulsebosch ihn an.

Asscher tat wie ihm geheißen.

Die Nadel des Amperemeters rührte sich nicht.

Van Ledden Hulsebosch runzelte die Stirn.

«Können wir jetzt gehen?», fragte Preumer gelangweilt.

«Was ist der Koperen-Stelenfonds für eine Vereinigung, Herr Asscher?» Van Ledden Hulsebosch war noch nicht fertig mit den beiden.

«Nimmt dieser Unsinn denn gar kein Ende?» Asscher verlor langsam die Geduld.

«Ich habe Sie etwas gefragt.»

«Beim Schleifen der Diamanten benutzen wir einen Schraubenbolzen aus Kupfer, in dem wir den Diamanten festklemmen. Früher haben wir die alten Schraubenbolzen weggeworfen – jetzt nicht mehr. Wir lassen sie zu Kupferstäben umschmelzen. Dieses Kupfer bringen wir auf den Markt. Von dem Ertrag habe ich ein Sanatorium bauen lassen.»

«Sanatorium Zonnestraal?»

«Ja. Speziell für die Menschen, die Diamanten bearbeiten und an Tuberkulose leiden. Das ist eine meiner guten Taten.»

«Eines der Opfer von Narkaoo arbeitete im Zonnestraal.»

«Ja, und?»

«Alles greift ineinander, Herr Asscher, merken Sie das denn nicht?»

«Ich sehe nur einen Haufen Drähte und Unsinn. Und eine Frau, die so gut wie tot ist, soll Ihr Zeuge sein? Sie müssen mit etwas Besserem kommen, Herr Van Ledden Hulsebosch.» Asscher zeigt mit dem Finger auf Iones Mutter. «Die da ist tot! Vielleicht atmet sie noch, aber ansonsten ist sie tot!»

«Wieso sind Sie sich da so sicher?»

«Ich sehe es doch!»

«Herr Preumer? Würden Sie bitte näher treten?», bat C.J. den Sekretär.

Preumer sah auf. «Was für ein unglaublicher Unsinn. Das hat doch alles überhaupt keine Bedeutung. Sie sind allesamt Quacksalber!»

«Preumer, jetzt geh schon! Dann haben wir diesen Quatsch hinter uns!», trieb Asscher ihn an.

Preumer schwitzte am ganzen Körper; auf seiner Stirn und seiner Oberlippe hatten sich große Schweißperlen gebildet. Ängstlich trat er an das Bett heran.

Er stand Iones Mutter gegenüber und sah ihr in die Augen.

Es passierte nichts.

«Sehen Sie, es ist Unsinn! Alles glasklarer Unsinn!»

Preumer atmete erleichtert auf, nahm sein Einstecktuch und wischte sich den Schweiß vom Gesicht. Dann zog er sein Monokel hervor. Das Glas glitzerte kurz in der Sonne und reflektierte die Strahlen in das Gesicht der Frau.

In dem Moment zerriss ein schrilles Klingeln die Stille im Raum.

Buytendijk sah auf.

Er hatte eine kleine Klingel installiert, die anschlug, wenn der Zeiger des Amperemeters über 15 Ohm stieg.

«Was zum Teufel …?» Preumer blickte sich panisch um. Links und rechts von ihm standen Polizisten. Er sah Asscher an.

«Unfug. Sie kann überhaupt nicht mehr reagieren. Sie hat Jaundicium. Das vernichtet alle Gehirnfunktionen», stammelte der Sekretär aufgeregt.

«Das entspricht nicht ganz den Tatsachen», sagte Buytendijk. «Die Gehirnfunktionen des motorischen Systems sind vielleicht beschädigt, nicht aber die Persönlichkeitsfunktionen … zumindest … bin ich gerade dabei, das nachzuweisen.»

«Wie haben Sie die Krankheit genannt?», fragte Jonathan Saltet.

«Wie bitte?»

«Sie hatten einen Namen für die Krankheit. Sie nannten sie …»

«Jaundicium», sagte Van Ledden Hulsebosch.

«Ja, Gelbfieber. Das ist doch deutlich, das sieht man. Man sieht den gelben Schimmer auf ihrer Haut.»

«Nein, das stimmt nicht. Ione hat mich gefragt, ob sie ihre Mutter pflegen darf. Sie wollte so gern, dass sie wieder etwas Farbe im Gesicht bekam. Da hat sie getönte Gesichtscreme aufgetragen. Sie können also überhaupt nicht sehen, dass ihre Haut gelb ist.» Van Ledden Hulsebosch sah Preumer eindringlich an.

«Ich … sie hat …»

Preumer saß fest. Er blickte zu den Anwesenden im Zimmer und brach dann in schallendes Lachen aus.

«Gut. Ihr hab mich … aber was ihr noch nicht habt, sind die Diamanten.»

— 16 —

Jozef Asscher saß in dem prächtigen Eichenholzsaal seines Betriebes und trank Wasser – literweise. Er hatte den Stuhl vom Tisch weggedreht und stützte sich mutlos vornübergebeugt auf seine Knie. Die Sonnenstrahlen brachen sich in dem Bleiglasfenster und beleuchteten den Tisch in den verschiedensten Farbtönen: Rot, Schwarz, Grün, Gelb und Blau. Asscher ließ das Licht auf seine Hand scheinen. Ab und zu schüttelte er den Kopf.

Van Ledden Hulsebosch kam herein und sah einen niedergeschlagenen Mann vor sich, dem man Illusionen und viel Geld geraubt hatte.

«Die Versicherung will nicht zahlen. Ich habe mein Personal eingeladen und ins Stadion gebracht, um einen Nachmittag lang die Spiele zu genießen.»

«Auch das Wachpersonal?»

Asscher nickte betrübt. «Was sollte mir schon passieren? Ich hatte meinen Schlüssel, Preumer seinen und die Wächter hatten ihren Schlüssel dabei. Ich habe keine Sekunde lang geglaubt, dass das der Zeitpunkt für das perfekte Verbrechen ist.»

Der Apotheker rückte einen Stuhl herbei. «Ihr Sekretär hat den Tresor ausgesucht, nicht wahr? Und demnach war er der Einzige, der mit dem Hersteller über Ersatzschlüssel verhandeln konnte.»

«Hinter meinem Rücken, der Schuft!» Asscher schlug sich mit der flachen Hand auf den Oberschenkel.

«Sie sind vielleicht etwas zu gutgläubig gewesen.

Alle Amsterdamer Polizisten befanden sich zu diesem Zeitpunkt in und um das Stadion herum. Ihr Personal war ebenfalls dort. Ihr Bürogebäude war unbewacht. Die Diamanten konnten mühelos mitgenommen und abtransportiert werden», analysierte Van Ledden Hulsebosch.

Der Diamanthändler sah den Rechercheur mit einem verzweifelten Blick an.

«Es hätte Monate dauern können, bis ich den Raub entdeckt hätte», musste Asscher eingestehen. «Die Ägypter wollten ihre Diamanten erst im Herbst abholen. Das wäre eine furchtbare Blamage geworden. Ich bin froh, dass das Verbrechen jetzt ans Licht gekommen ist. Wenn ich nur wüsste, wo die Diamanten sind.»

«Ich bin auf der Suche nach ihnen», beruhigte C.J. ihn.

Asscher war ein eingefleischter Pessimist. Er konnte sich nicht vorstellen, dass Preumer das Versteck der Diamanten preisgeben würde.

«Ich kenne ihn», sagte er. «Der Mann ist eine harte Nuss, nicht zu knacken. Und trotzdem versteh ich's nicht …»

«Was verstehen Sie nicht?»

«Warum er das getan hat? Ich muss ihn zutiefst verletzt haben. Das ist seine Rache.»

«Rache? Wofür?», wollte der Apotheker wissen.

«Preumer behauptet noch immer, dass er den so genannten Asscher-Cut erfunden hat. Sie wissen schon: Man kann Diamanten in viele unterschiedliche Formen schleifen: die Birnenform, das Oval, den Smaragd … und wir haben den Asscher-Cut erfunden.»

«Wir?»

«Preumer hatte eine Skizze gemacht … Sie war nicht

besonders, aber sie brachte mich auf die Idee, mir eine eigene Schleifform auszudenken. Ich wusste nicht, dass ihn das derart frustriert hat. Er wollte Geld, und ich habe ihm gesagt: ‹Mensch, du hast doch alles, was dein Herz begehrt!› Das ist tatsächlich so. Er hat ein schönes Haus, das ich für ihn gekauft habe. Er bekommt ein gutes Gehalt. Jedes Mal, wenn ich Geld für einen guten Zweck gegeben habe, ist er wütend geworden. Sie hätten ihn hören sollen, als wir Zonnestraal gründeten. Und wegen der Olympischen Spiele wurde er fuchsteufelswild. Er hat als Sportler natürlich auch eine tragische Vergangenheit.»

«Er war Fünfkämpfer», wusste Van Ledden Hulsebosch.

«Er hatte eine Verletzung und konnte nicht mehr mitmachen. Aber er hat seine Fähigkeiten gut gebrauchen können, wie mir scheint. Wenn ich höre, wie er ins Gefängnis geklettert ist, um den Schurken abzumurksen …»

«Von dem Moment an wusste ich, dass wir es mit einem sportlichen Mörder zu tun haben. Die Frage war nur noch, mit welchem.»

«Aber warum musste alles so kompliziert sein?»

«So kompliziert war es nicht», erklärte C. J. «Preumer wollte, dass sich alle mit einem Erpresser beschäftigten, mit jemandem, der die Spiele bedrohte. Er schrieb ein paar Briefe und warf sie an unterschiedlichen Stellen in Amsterdam ein. Zusammen ergaben diese Stellen in der Stadt eine symmetrische Form, ein Achteck, oder besser gesagt, ein Rechteck mit abgeflachten Ecken. Ich habe lange gedacht, dass es ein Spinnennetz darstellen sollte, weil ich die verschiedenen Orte auf der Karte mit einem Faden verbunden hatte. Erst später erkannte ich, dass wir es mit der Form eines Diamanten zu tun haben.»

«Dem Royal Asscher-Cut.»

«Genau. Preumer wollte, dass wir uns ausschließlich auf seine Erpressungen konzentrieren. Und das sollte zu dem riesigen Polizeiaufgebot bei diesem einen Wettkampf führen: der große Lauf der Ione Chatterjee Golaknath. Alle Polizisten in einem Stadion, und auch Ihr ganzes Personal. Und kaum jemand auf der Straße; es war schließlich das Finale. Preumer konnte in aller Ruhe seine Arbeit machen. Ich hatte mich schon gewundert, warum er Ihnen nicht Gesellschaft leistete, aber zu dem Zeitpunkt nahm ich noch an, dass er sich vielleicht irgendwo unter dem Personal befand. Später hielt ich es für eine unsinnige Annahme. Ein Sekretär ist immer an der Seite seines Chefs, nicht wahr?»

«Und die Krankheiten?», wunderte sich Asscher.

«Er hat Iones Mutter mit Gelbfieber infiziert. Sie war die einzige lebende Person, die ihn gesehen hat. Er und sein Monokel, das zweifelsohne im Sonnenlicht wie eine Goldmedaille der Olympischen Spiele geglänzt hat. Er wollte, dass wir auch die Bedrohung durch andere mögliche Krankheiten spüren. Er hat Johannes Klugt, den Hotelbesitzer, mit Sicherheit bestochen, um Ione und ihrer Mutter einen Besuch abstatten zu können. Doch Preumer musste befürchten, dass Klugt früher oder später reden würde; er war kein ausgebuffter Krimineller. Er hetzte ihm einen Mörder auf den Hals, und als sich die Schlinge auch um De Geldere zuzog, brach er ins Gefängnis ein. Dort schoss er mit tödlicher Präzision einen Pfeil ins Kinn des Mörders. Ein Teil des Fünfkampfs ist Schießen, nicht wahr?»

«Und dann machte er Jagd auf Sportler», fügte Ascher das Puzzle weiter zusammen.

«Dabei hatte er einen Helfer», erklärte Van Ledden Hulsebosch. «Hendrik Jan Paauwe vom Institut Zonnestraal, der aus dem Laboratorium unterschiedliche Proben von allen möglichen Viruserkrankungen stahl. Wenn ich gewusst hätte, dass Sie einer der wichtigsten Geldgeber dieser Einrichtung sind, wäre ich viel früher darauf gekommen.»

«Worauf?»

«Auf den Zusammenhang. Der Zusammenhang zwischen den Diamanten, den Olympischen Spielen und den Viren. Erst als ich wusste, dass Sie das Zonnestraal finanzieren, ging mir ein Licht auf.»

«Aber der Ruderer und das Pferd ...?»

«Reine Drohgebärden. Damit hatte er auch Paauwe in seiner Macht. Er hatte ihm ein harmloses Rötelvirus injiziert und behauptet, es sei etwas Schlimmes, etwas, wogegen er ein Gegengift benötigte. Paauwe bekam lediglich Wasserinjektionen als Antiserum, sonst nichts – aber im Glauben, darauf angewiesen zu sein, arbeitete er an Preumers teuflischem Plan mit. Preumer war das Zentrum eines mörderischen Plans; bei ihm liefen alle Fäden zusammen. Es gelang ihm, sich überall Zugang zu verschaffen, bis hin zur Geschäftsstelle des Organisationskomitees.»

«Der Meister Bouwer.»

«Ja, so nannte er sich.»

«In Zahlen steckt Macht, wussten Sie das? Ich habe oft mit Preumer darüber gesprochen. Seine Skizze war unausgewogen, nur auf Schönheit ausgerichtet ... Aber ein Diamant ist nur schön, weil er rein ist. Mathematisch sauber. Ich glaube an die Urkraft der Zahl. An die

Vier, weil sie die reine Verkörperung unserer Elemente ist. An die Drei, weil sie das kraftvollste Fundament ergibt. Die Sieben ist Vollkommenheit. Ich spreche gern darüber.»

«Er hat Ihnen auch gerne zugehört», stellte Van Ledden Hulsebosch fest.

«Er betrachtete mein Gerede als dummes Geschwätz.»

«Er hat es in seinen Drohungen verwendet. Die einzige Zahl, die ich nicht entschlüsseln konnte, ist die 49 und die Verbindung zu dem gestorbenen Rennpferd des amerikanischen Generals Douglas MacArthur.»

«Der Goldsucher.»

«Wie bitte?»

«In Amerika wird ein Goldsucher ein ‹Forty-niner› genannt. Es ist nicht ganz klar wieso, vielleicht weil es in San Francisco ein 49 Kilometer langes Gebiet gab, auf dem man eine unerschöpfliche Goldmine vermutete. Oder weil das große Goldfieber 1849 ausbrach. Wie auch immer, Goldsucher sind ‹Forty-niners›, Neunundvierziger also.»

«Er wollte Diamanten.»

«Er wollte Reichtum, sei es nun in Form von Gold oder Diamanten.»

«Er wollte nach Argentinien», sagte der Apotheker. «In seinem Haus haben wir Schiffskarten gefunden. Er plante, in einer Woche nach Südamerika zu fahren, aber ich glaube, er muss seine Reise ein wenig verschieben.»

«Aber wenn er irgendwann wieder auf freien Fuß kommt, wird er dorthin gehen, Herr Van Ledden Hulsebosch. Er wartet ab, bis seine Zeit kommt.»

«Aber ohne die Diamanten.»

«Ich befürchte, Herr Van Ledden Hulsebosch, dass Preumer genauso hart wie ein Diamant ist. Den brechen oder spalten Sie nicht … Sie werden also nie erfahren, wo die Diamanten sind.»

Er stand auf. «Sie haben den Fall gelöst. Ich werde mein Geschäft wohl bald schließen müssen. Wir sind bankrott, da die Versicherung nicht bezahlen will. Das ist bedauerlich, wirklich traurig … ich würde wünschen, es wäre anders.»

Cock Preumer saß im Untersuchungsgefängnis; er wurde keine Sekunde aus den Augen gelassen. Er war hier bereits eingedrungen, und man wusste nicht, ob er auch ausbrechen könnte. Preumer hingegen wusste, dass er nur eine einzige Chance brauchte … dann war er weg, weit weg.

Stundenlang hatten ihn Jonathan Saltet und seine Kollegen verhört, aber er hatte nichts preisgegeben. Er presste die Lippen aufeinander, und egal, womit man ihm drohte, es ließ ihn kalt. Er wusste, dass man ihn schmoren lassen wollte. Doch irgendwann würde ihre Aufmerksamkeit bei dem langen Warten schwinden. Dann würde er die Zellentür öffnen, an der Gefängniswand entlangklettern, seine Beute abholen und dann als reicher Mann in ein anderes Land flüchten.

Saltet war dem Wahnsinn nahe. Er wusste, dass Cock Preumer seine Strafe mit der süßen Gewissheit absitzen würde, dass er den Rest seines Lebens in großem Reichtum verbringen würde.

«Der Apotheker!», stellte Preumer lachend fest, als auch Van Ledden Hulsebosch kam, um mit ihm zu sprechen. «Sie haben meinen Fall gelöst? Bravo!»

«Ja, nur noch die Frage mit den Diamanten ist offen.»

Das war tatsächlich das einzige Rätsel, das übrig blieb. Preumer hatte mit einem gewissen Stolz alle Taten bekannt, aber nichts über die Diamanten gesagt.

«Angeblich bin ich im Besitz vieler Diamanten», sagte Preumer lachend.

«Nein, die Steine sind noch immer der Besitz des Herrn Jozef Asscher, beziehungsweise seines Auftraggebers», sagte C.J.

«Das nützt ihm aber nichts, denn er hat sie nicht», feixte Preumer.

«Sie haben sie.»

«Nein, ich habe sie nicht. Sie haben meine Kleidung durchsucht, da waren sie nicht. Sie haben mein Haus auf den Kopf gestellt ... keine Diamanten. Ich habe sie nicht. Sie haben sie nicht. Asscher hat sie nicht. Niemand hat sie. Das ist ein Jammer, nicht wahr?»

«Sie wollten also nach Argentinien, Herr Preumer», sagte Van Ledden Hulsebosch. Preumer grinste so breit, dass seine Zähne blitzten. Er klemmte sich sein Monokel vor das Auge. C.J. sah es sich gut an, zur Sicherheit; aber es war aus normalem Glas.

Die Olympischen Spiele waren beinah vorüber. Das Feuer sollte am Sonntag gelöscht werden. Es würde eine Schlussveranstaltung mit vielen Ansprachen, einer Parade und Fanfarenmusik geben. Am Abend davor hatte Geert van Rossem eine ausgewählte Gesellschaft zu einer Zirkusvorstellung im Theater Carré an der Amstel eingeladen. Fräulein Van Henegouwen fand solche Veranstaltungen einfach sagenhaft, und deswegen ließ sich Van Ledden Hulsebosch dazu überreden, dennoch hinzugehen.

Es würde einer der letzten Abende mit Ione sein. Am Montag würde sie mit dem Zug nach Scheveningen fahren und von dort mit dem Schiff nach England übersetzen. Der englische Lord James Buckley, der Gold beim 200-Meter-Hürdenlauf gewonnen hatte, hatte ihr angeboten, so lange sie wollte auf seinem Landgut zu wohnen. Dort, in Essex, gab es auch ein Pflegeheim, wo die Ärzte bei Patienten mit Lähmungserscheinungen gute Ergebnisse erzielt hatten. Professor Buytendijk kannte die Klinik und bot an, den behandelnden Ärzten in England seine Erfahrungen mitzuteilen. Vielleicht konnten sie zusammen eine Therapie entwickeln, durch die Iones Mutter wieder genesen würde. Über Geld brauchte Ione sich keine Sorgen zu machen. James Buckley war unverheiratet und hatte sehr, sehr lang und tief in Iones Augen geschaut und war sich sicher, dass sie eine ausgezeichnete Lady Buckley abgeben würde. Nach Britisch-Indien wollte die Läuferin ohnehin nicht mehr zurück.

In der Empfangshalle des Theaters Carré schüttelte Geert van Rossem Van Ledden Hulsebosch die Hand. «Es ist bedauerlich, dass Asscher der Leidtragende der ganzen Affäre geworden ist. Das hat der Mann nicht verdient, aber ich muss zugeben, dass ich über die von Ihnen veranlasste Verhaftung sehr erleichtert bin.»

«Es tut mir Leid, dass ich Ihnen so oft im Weg gestanden habe. Die Spiele waren prachtvoll. Ich habe sie sehr genossen», sagte C. J.

«Da wir gerade über ‹im Weg stehen› sprechen: Prinz Hendrik hat mir viel über Sie erzählt, das ich noch nicht wusste. Sie sind in meiner Achtung gestiegen.»

Van Rossem lächelte, schüttelte dem Apotheker die Hand und entfernte sich. Er musste zusammen mit Baron Alpherts die Königin und den Prinzen begrüßen.

Ihre Majestät sah aus dem Augenwinkel heraus den Kriminalisten und nickte ihm zu – königlich und kaum sichtbar. Van Ledden Hulsebosch erwiderte den Gruß dezent. Sie wurden einander nicht vorgestellt, denn das war im Protokoll nicht vorgesehen.

Die Vorstellung bestand aus Jongleuren, Elefanten, die in einer Reihe hintereinander herliefen, Akrobaten, die hoch unter dem Dach schaukelten, aus angeblich witzigen Clowns, Tänzern auf einem straff gespannten Seil und anderen schwindelerregenden Darbietungen. Die 1400 Zuschauer belohnten die Vorstellungen mit staunenden «Ahs» und «Ohs». Van Ledden Hulsebosch amüsierte sich nur leidlich; er fand, dass es stank.

Saltet und Lize saßen in der Reihe hinter dem Apotheker und seiner Haushälterin. Lize genoss die Vorstellung sichtlich. «Wenn der Kleine erst einmal da ist, gehe ich mit ihm jede Woche in den Zirkus», sagte Lize.

«Oder mit ihr.»

«Nein, mit ihm. Es wird ein Junge. Da bin ich mir sicher», meinte sie.

Saltet war sich da nicht so gewiss: Er stellte sich ein Mädchen vor, mit dem er im Park Enten füttern konnte. Und Lize wollte einen Fußballer, der Tore gegen Belgien schoss. Die Natur würde es entscheiden.

Da kam ein Mann auf dem Fahrrad in die Manege. Er hieß Gustav Birini und konnte alles auf dem Fahrrad. Er fuhr damit im Kreis herum, dann stellte er sich auf den Sattel und den Gepäckträger. Er konnte sogar auf dem Lenkrad einen Handstand machen und dabei weiterfahren.

Alle klatschten.

Ione klatschte am lautesten.

Van Ledden Hulsebosch klatschte nicht.

Er beobachtete.

Der Mann auf dem Fahrrad vollführte halsbrecherische Kunststücke. Die Nummer dauerte lange, und mittendrin sagte Van Ledden Hulsebosch plötzlich: «Saltet, wir müssen gehen.»

Lize war enttäuscht, und Fräulein Van Henegouwen war mit dem plötzlichen Weggang nicht einverstanden.

«Muss das denn jetzt sein?», fragte sie.

«Es muss jetzt sein», sagte Van Ledden Hulsebosch.

«Kann das nicht warten? Es kann bestimmt warten!» Die Haushälterin duldete keine Widerrede. Sie sah das betretene Gesicht von Lize, die sich so auf diesen Abend gefreut hatte, und zog Van Ledden Hulsebosch wieder auf den Sitz.

«Aber das Verbrechen …»

«Wenn Sie nicht aufpassen, mein Herr, dann begehe ich ein Verbrechen, über das Sie in den nächsten Jahren nicht hinwegkommen werden», sagte Fräulein Van Henegouwen bissig. Sie nahm ihr Opernglas und schaute durch, und damit war die Diskussion beendet.

Der Abend, der noch sehr lange dauerte, wurde von Baron Alpherts beschlossen, der als offizieller Sprecher hinter das große Mikrofon trat. Er dankte allen freiwilligen Helfern und den Menschen, die die Olympischen Spiele möglich gemacht hatten. Er nannte Jozef Asscher nicht namentlich, aber die Rede galt auch ihm.

Ein Taxi brachte sie nach Hause, und Van Ledden Hulsebosch bat um Zustimmung, sich mit Jonathan Saltet noch kurz auf den Fall stürzen zu dürfen. Es sei spät, gab Fräulein Van Henegouwen zu bedenken, und Lize mochte es nicht, allein zu schlafen, jetzt, wo sie schwanger war. Doch die Haushälterin las an C.J.s bedrücktem Gesicht ab, dass für ihn viel auf dem Spiel stand. Sie nickte, nahm Lize mit in das Haus und richtete das zweite Gästezimmer für sie her.

Saltet und C.J. stiegen wieder ins Taxi.

«Was machen wir?», fragte Jonathan.

«Als Erstes wecken wir Professor Buytendijk. Wir brauchen seine Apparate.»

«Wieso?»

«Um die Diamanten zu finden.» Mehr verriet Van Ledden Hulsebosch nicht.

Der Empfangschef des Victoria-Hotels hatte andere Sorgen, als einen seiner Gäste zu wecken. Eine gewisse Dame musste aus dem Hotel geschafft werden, bevor sich die königlichen Herrschaften in die exklusive Suite begaben. Was die Dame dort genau machte, wurde Van Ledden Hulsebosch nicht ganz klar, denn die beiden Hotelangestellten, die sie hinausbrachten, hielten ihr sogar den Mund zu, sodass man sie nicht verstehen konnte, als sie prustend abgeführt wurde. Draußen auf dem Bürgersteig biss sie einen der beiden noch in die Hand, fing dann äußerst ordinär an, über «ihn» zu schimpfen, und drohte, dass «er» noch von ihr hören würde. Sie wurde in ein Taxi verfrachtet, und die Hotelangestellten fuhren mit, um sicher zu gehen, dass sie nicht mehr zurückkam.

Erst dann hatte der Empfangschef Zeit für den Ermittler. Er rief Buytendijk an und weckte ihn. Innerhalb weniger Minuten stand der Professor vor ihnen.

«Tragbar?», fragte Buytendijk. «Meine Instrumente sind auf keinen Fall mobil.»

«Und wenn wir Ihre Sachen hinten ins Auto packen und alles an die Autobatterie anschließen würden?», schlug C.J. vor.

«Ja, das könnte man versuchen.»

«Wie viel Zeit brauchen Sie für den Umbau?»

«Ich glaube ... Tja, wenn es funktioniert, könnte man innerhalb einer halben Stunde fertig sein. Man muss die Apparate einladen und anschließen. Ich brauche auch Licht. Geben Sie mir eine Stunde, und das Auto ist fertig. Gibt es einen Wagen?»

Van Ledden Hulsebosch warf Jonathan Saltet einen Blick zu, woraufhin dieser sofort Marcusse anrief.

Kurz darauf fuhr das Polizeiauto vor dem Eingang des Hotels vor. Buytendijk und zwei seiner Mitarbeiter machten sich mit hochgekrempelten Ärmeln im Licht der Hotellaternen an die Arbeit.

«Und wir?», fragte Saltet.

«Wir holen Preumer ab.»

Cock Preumer schlief und weigerte sich zunächst, seine Zelle zu verlassen.

«Sie haben kein Recht ...», fing er an, aber der Apotheker ließ ihn nicht ausreden.

«Ich habe jedes Recht der Welt», sagte der Fahnder.

«Und was wollen Sie von mir?»

«Das werden Sie schon merken.»

Saltet zerrte ihn aus dem Bett und machte ihm unmissverständlich klar, dass er sich anziehen sollte. Preumer leistete keinen Widerstand mehr.

Es dauerte keine Stunde, und sie waren mit ihm zurück im Hotel.

«Und was sollen wir hier?», fragte Preumer.

«Heute Abend musste ich plötzlich an Fahrräder denken. An einen nicht aufgeklärten Mord, nämlich an den des dunkelhäutigen Mannes im Rauch des olympischen Feuers. Ich habe gesehen, wie er sich vor dem Fußballspiel Niederlande–Argentinien mit jemandem stritt. Der Fußballer, mit dem er Streit hatte, sagte aus, es wäre um Eintrittskarten gegangen. Das habe ich ihm nie geglaubt. Meiner Meinung nach wollte sich der Fußballer die Hände nicht dreckig machen.»

«Was habe ich damit zu tun? Soll ich den Mann auch ermordet haben?»

«Aber ja, gewiss! Ich bin mir ziemlich sicher, dass Sie ihn ebenfalls ermordet haben. Und heute Abend ist mir plötzlich eingefallen, dass der Mann während des Streits ein Fahrrad bei sich hatte», sagte Van Ledden Hulsebosch. «Und ich weiß noch, dass ich das merkwürdig fand. Was macht ein Argentinier in Amsterdam mit einem Fahrrad?»

«Fahrrad fahren?» Preumer fand seine Erklärung einleuchtend.

«Er konnte nicht Fahrrad fahren.»

Cock Preumer versuchte sich loszureißen, aber die Beamten hielten ihn fest.

«Das Schlimme ist, dass ich mich kaum an das Fahrrad erinnern kann», fuhr Van Ledden Hulsebosch fort. «Zweifellos könnte ich mich in Hypnose versetzen lassen. Vielleicht würde ich mich dann wieder deutlich an das Fahrrad erinnern. Aber ehrlich gesagt glaube ich, dass uns das Fahrrad nicht weiterbringt.»

«C. J., ich versteh das nicht …», setzte Saltet an.

«Wer war der Argentinier?», fragte C. J. Preumer.

«Was glaubst du eigentlich, Van Ledden Hulsebosch?

Dass du das Fahrrad noch finden kannst? Mann! Begreif es endlich: Ich habe diesen Wettkampf längst gewonnen.»

«Ich habe Sie etwas gefragt!»

«Der Argentinier war ein Dummkopf!», rutschte es Preumer heraus, und er schwieg sofort wieder.

«Der Argentinier war ein Handlanger, ein Mitschuldiger. Wie hatten Sie sich das im Einzelnen gedacht? Der Argentinier schmuggelt das Rad in sein Land, Sie reisen mit und übernehmen nach der Ankunft in Südamerika das Fahrrad?»

«Was soll man denn mit einem Fahrrad in Südamerika», fragte Saltet, der sich nicht länger beherrschen konnte.

«Nichts, es sei denn, man hat im Rahmen Diamanten versteckt. Er sollte Ihnen helfen, nicht wahr? Beim Verschiffen des Fahrrads. Aber er hat Sie falsch verstanden. Er dachte, Sie hätten die Diamanten schon. Er wollte Sie überlisten. Er stahl Ihnen das Rad und wollte zusammen mit dem argentinischen Team abreisen. Ihnen blieb nichts anderes übrig, als ihn zu ermorden.» Van Ledden Hulsebosch sah Preumer in die Augen.

«Wieso sollte ich jemanden wegen eines Fahrrads ermorden?»

«Es war mehr als nur ein Rad.»

«Sie haben selbst gesagt: Die Diamanten sind erst später gestohlen worden. Es war ein wertloses Fahrrad», warf Preumer zu seiner Verteidigung ein.

«Aber Sie wussten nicht, was er gesagt hatte. Sie wussten nicht, worüber er mit dem argentinischen Fußballer gesprochen hatte. Sie mussten ihn aus dem Weg räumen.»

Saltet kratzte sich am Hinterkopf. «Die Diamanten stecken also in einem Fahrrad?»

«Dann versuchen Sie doch mal herauszukriegen, in welchem», sagte Preumer laut lachend.

«Saltet, sieh mal rüber zum Bahnhof», forderte C.J. den Kommissar auf.

Jonathan sah zur Centraal Station, die in der Nacht vom Lampenschein angestrahlt wurde. Der Bahnhof stand auf einer Insel; früher hatte sich hier vor dem Hotel der Hafen befunden. Das Wasserbecken an der Vorderseite des Bahnhofs, in dem viele Schiffe vor Anker lagen, erinnerte noch an diese Zeit. An einem grünen Zaun, der dafür sorgte, dass niemand ins Wasser fiel, standen mehrere hundert alte Räder geparkt. Bürgermeister De Vlugt war das schon lange ein Dorn im Auge, aber es musste erst eine besondere Verordnung verabschiedet werden, bevor er all die Wracks abtransportieren lassen konnte. Vorläufig durften sie dort noch stehen, selbst wenn sie kein Vorder- oder Hinterrad hatten oder keinen Lenker.

Cock Preumer wurde vorn in den Wagen gesetzt und bekam Handschellen angelegt. Auf seinen Scheitel wurde eine Elektrode geklebt, und zwei wurden auf seinen Schläfen befestigt. Er wollte sie abschütteln, aber Saltet Männer banden seinen Kopf fest. An seinen Handgelenken brachten sie Elektroden an, die den Herzschlag messen sollten.

Van Ledden Hulsebosch begann ein Fahrrad nach dem anderen zu kontrollieren. Preumer war fest entschlossen, sich nichts anmerken zu lassen. Bald würde er ein reicher Mann sein. Endlich würde er das Vermögen bekommen, das ihm zustand.

Die Suche dauerte bald schon mehr als zwei Stunden, und Van Ledden Hulsebosch fing an, den Mut zu verlieren. Sie kamen an einem schwarzen Fahrrad vorbei, dessen Kette abgesprungen war. Buytendijk sah, wie der Zeiger des Amperemeters ausschlug, ließ den Wagen aber nicht anhalten. Der Zeiger ging wieder auf die Normalstellung zurück. Er ließ den Rest der Strecke zurücklegen, blieb aber mit Van Ledden Hulsebosch in Blickkontakt. Das beste Ergebnis würde über einen Erinnerungsschock erzielt werden.

Als sie fertig waren, war Preumer bester Laune. Er genoss sichtlich seinen scheinbaren Sieg über die Technik. Er wurde losgebunden und stand auf, doch die Elektroden blieben noch an seinem Körper.

«Sie haben bestanden», sagte Van Ledden Hulsebosch.

«Genau», stimmte Preumer ihm lachend zu.

«Ich werde Sie in Ihr ‹Hotel› zurückbringen lassen, der Wagen kann wieder zurück zu Marcusse», sagte der Apotheker.

«Wie kommen Sie nach Hause?», fragte Saltet. Buytendijk trat auf Van Ledden Hulsebosch zu.

«Ich fahre mit dem Rad», sagte Van Ledden Hulsebosch und nahm dem Professor das Zweirad ab. Die Polizisten hatten inzwischen das Schloss geknackt. Preumer riss die Augen auf – der Zeiger schlug über 44 Ohm aus.

Im Beisein von Jozef Asscher, der mitten in der Nacht zum Nieuwendijk kommen musste, sägte Van Ledden Hulsebosch im Laboratorium den Rahmen des Fahrrads auf.

Es ging nur mühsam, und Ione wachte davon auf. Auch Fräulein Van Henegouwen kam, um zuzusehen, und sogar Lize sah zu. Niemand sagte ein Wort. Van Ledden Hulsebosch arbeitete in aller Stille. Das Material war unnachgiebig – ein Hollandrad ließ sich eben nicht so einfach zersägen.

Dann, endlich, war es so weit. Aus den hohlen Stangen des Rahmens kamen, gut verpackt, erst viele kleine, funkelnde Diamanten und dann die vier großen zum Vorschein.

Van Ledden Hulsebosch betrachtete den größten Diamanten und nahm ihn in die Hand.

Er studierte die Form: ein Achteck. Der Stein hatte ein ansehnliches Gewicht und glitzerte im Licht der vielen Lampen, die C.J. im Laboratorium eingeschaltet hatte. Er verfolgte die Linien des Diamanten, die unzähligen Achsen, über die der Stein geschliffen war, die Flächen, die in ihrer mathematischen Form vollendet waren.

Jozef Asscher begutachtete die Diamanten unter einer Lupe. Sie waren echt. Er nickte dem Fahnder zu.

«Sie sind ein Meister Ihres Fachs, Herr Van Ledden Hulsebosch», sagte Asscher zufrieden. «Vielleicht sind Sie kein Meister Bouwer, aber ganz sicher ein Meister Ermittler.»

Van Ledden Hulsebosch sah bescheiden zu Boden. Ione beobachtete ihn und lächelte. Sie würde in den nächsten Tagen abreisen, wusste aber, dass sie den Kriminalisten oft besuchen würde. Sie vertraute darauf, dass der Zustand ihrer Mutter sich bessern würde. Die Zukunft sah nicht mehr düster aus, sondern strahlte wieder ein wenig.

Asscher schüttelte C.J. die Hand und wiederholte: «Meister Ermittler.»

Bescheiden schüttelte C.J. den Kopf. Er bemerkte,

dass Saltet, Lize und Fräulein Henegouwen ihn anschauten, wie er, noch ganz verschwitzt vom Sägen, dastand, und war dann doch ein wenig stolz. Nicht nur, weil er das verhängnisvolle Rätsel schließlich gelöst hatte, sondern auch, weil während dieses Abenteuers etwas geschehen war, was er nicht erklären konnte. Er sah Fräulein Van Henegouwen an, die ihm freundlich zuzwinkerte. Bei Gelegenheit musste er mal darüber nachdenken, was das eigentlich war.